Avec son premier roman, l'Américain A. J. Finn a fait une entrée fracassante dans le monde du thriller. Vendu dans plus de trente-huit pays en un temps record, *La Femme à la fenêtre*, paru aux Presses de la Cité en 2018, est en cours d'adaptation pour le grand écran par la Fox.

LA FEMME
À LA FENÊTRE

A. J. FINN

LA FEMME
À LA FENÊTRE

Traduit de l'anglais (États-Unis)
par Isabelle Maillet

PRESSES
DE LA CITÉ

Titre original :
THE WOMAN IN THE WINDOW
L'édition originale de cet ouvrage a paru
chez HarperCollins, New York.

Pocket, une marque d'Univers Poche,
est un éditeur qui s'engage pour la préservation
de l'environnement et qui utilise du papier fabriqué
à partir de bois provenant de forêts gérées
de manière responsable.

place
des
éditeurs

© Presses de la Cité, un département
2018 pour la traduction française
ISBN : 978-2-266-29186-6
Dépôt légal : fevrier 2019

Pour George

« J'ai le sentiment que, quelque part en toi,
il y a quelque chose que tout le monde ignore. »

L'Ombre d'un doute (1943)

Dimanche 24 octobre

1

Son mari ne va plus tarder. Ce coup-ci, c'est sûr, il va la surprendre.

Il n'y a ni rideaux ni stores au 212, la maison de ville couleur rouille qu'habitaient les Mott, de jeunes mariés, il n'y a encore pas si longtemps – jusqu'à ce qu'ils défassent les liens du mariage. Je ne les ai jamais rencontrés, mais de temps à autre je jette un coup d'œil au profil du mari sur LinkedIn et à la page Facebook de la femme. Leur liste de mariage est toujours chez Macy's ; si je voulais, je pourrais leur acheter une ménagère.

Bref, comme je le disais, les fenêtres du 212 sont dépourvues de tout ornement. La demeure, située en face de la mienne, semble poser sur moi un regard vide et, alors que je la contemple en retour, je vois la maîtresse des lieux guider son artisan vers la chambre d'amis. Qu'a-t-elle de si spécial, cette maison, pour que l'amour y meure à coup sûr ?

La femme est ravissante : une vraie rousse, aux yeux vert émeraude et au dos parsemé de minuscules grains de beauté. Beaucoup plus attirante en tout cas que son mari,

13

John Miller, psychothérapeute – oui, il reçoit des couples en difficulté –, et l'un des 436 000 John Miller qu'on peut recenser sur Internet. Ce représentant particulier de l'espèce travaille près de Gramercy Park et n'accepte que les paiements en liquide. D'après l'acte de vente publié en ligne, il aurait payé cette propriété 3,6 millions de dollars. Son cabinet doit bien tourner.

J'en sais à la fois plus et moins sur elle. Il me paraît clair qu'elle ne s'intéresse pas à la décoration intérieure ; les Miller ont emménagé il y a déjà huit semaines, pourtant leurs fenêtres sont toujours nues… *Pff !* Elle va à son cours de yoga trois fois par semaine, dévale les marches avec son tapis magique roulé sous le bras, les jambes gainées d'un legging Lululemon. Et elle doit faire du bénévolat quelque part, car elle sort un peu après 11 heures le lundi et le vendredi matin, au moment où je me lève, et revient vers 5 heures ou 5 h 30 de l'après-midi, quand je me mets devant la télé pour mon film du soir. (Choix d'aujourd'hui : *L'homme qui en savait trop*, pour la énième fois. Moi, je suis la femme qui en a trop vu.)

J'ai remarqué qu'elle aimait bien boire un verre dans l'après-midi, comme moi. Est-ce qu'elle s'en sert également un le matin, comme moi ?

Son âge reste un mystère, même si elle est assurément plus jeune que son psychothérapeute de mari, et sans doute plus jeune que moi (plus souple aussi). Je n'ai aucune idée non plus de son prénom. Je l'ai baptisée Rita, comme Rita Hayworth dans *Gilda*. « Je ne suis pas le moins du monde intéressée. » J'adore cette réplique.

Intéressée, moi, je le suis. Beaucoup. Pas par son corps – chaque fois que j'aperçois dans le viseur de mon appareil photo la ligne pâle de sa colonne vertébrale, ses omoplates saillantes, pareilles à deux moignons d'ailes ou le soutien-gorge bleu pastel emprisonnant ses seins, je détourne les yeux –, mais par la façon dont elle mène sa vie. *Ses* vies, plus exactement : elle en a deux de plus que moi.

Son mari a débouché au coin de la rue il y a quelques minutes, peu après midi. Il n'y avait pas longtemps que sa femme avait refermé la portée d'entrée sur elle et l'artisan. Ce retour impromptu relève de l'anomalie : le dimanche, M. Miller revient toujours chez lui à 3 h 15. Il est réglé comme une horloge.

Pourtant, c'est bien lui qui avance sur le trottoir, soufflant par la bouche, sa mallette se balançant au bout de son bras, son alliance scintillant au soleil. Je zoome sur ses pieds : mocassins couleur sang de bœuf, impeccablement cirés, brillant dans la lumière automnale.

J'oriente le viseur vers sa tête. Mon Nikon D5500, équipé d'une lentille Opteka, ne rate pas grand-chose : tignasse grisonnante en bataille, fines lunettes bon marché, îlots de barbe naissante dans le creux de ses joues. Il apporte indéniablement plus de soin à ses chaussures qu'à son apparence.

Retour au 212, où Rita et l'artisan sont en train de se dévêtir en toute hâte. Je pourrais appeler les Renseignements, téléphoner chez elle et la prévenir… Je ne le ferai pas. Observer les autres, c'est comme tourner un documentaire animalier : on ne se mêle pas de la vie des bêtes.

M. Miller n'est peut-être plus qu'à trente secondes de la porte. La bouche de sa femme se pose dans le cou de l'artisan. Son chemisier s'envole.

Encore quatre pas. Cinq, six, sept. Vingt secondes à présent, maximum.

Elle saisit entre ses dents la cravate de son amant. Lui sourit. Ses mains s'activent sur les boutons de la chemise qu'il porte encore, tandis qu'il lui mordille l'oreille.

John Miller saute par-dessus une dalle du trottoir descellée. Quinze secondes.

Je peux presque entendre le bruissement de la cravate qui glisse sur le col de l'artisan, avant que Rita la fasse voltiger dans la chambre.

Dix secondes. Je zoome de nouveau, avec l'impression de sentir l'objectif de l'appareil frémir sous mes doigts. La main de M. Miller s'enfonce dans sa poche, en sort un trousseau de clés. Sept secondes.

Elle défait sa queue-de-cheval, laisse cascader ses cheveux sur ses épaules.

Trois secondes. Son mari gravit les marches du perron.

Elle enlace l'artisan et l'embrasse à pleine bouche.

John Miller insère la clé dans la serrure. La tourne.

Je zoome sur le visage de Rita, dont les yeux s'arrondissent brusquement. Elle a entendu.

Je prends une photo.

Au même moment, la mallette du mari s'ouvre.

Une épaisse liasse de documents en jaillit et se disperse au vent. Je braque l'appareil sur M. Miller, sur ses lèvres qui s'avancent pour former un : « Flûte ! » Il pose la mallette sur le perron, bloque plusieurs feuilles sous ses chaussures lustrées, ramasse les autres par brassées. Une page plus aventureuse est allée se coincer dans les racines d'un arbre. Il ne la remarque pas.

Retour sur Rita, qui passe prestement les bras dans les manches de son chemisier, puis rejette ses cheveux en arrière et s'élance hors de la pièce. L'artisan abandonné saute du lit, récupère sa cravate et la fourre dans sa poche.

L'air s'échappe de ma bouche comme d'un ballon qui se dégonfle. Je ne m'étais pas rendu compte que je retenais mon souffle.

La porte d'entrée s'ouvre et Rita descend les marches en appelant son mari. Il se retourne. Sans doute lui sourit-il ; je ne sais pas, je ne vois plus son visage. Elle se penche, récupère plusieurs papiers sur le trottoir.

L'artisan apparaît sur le seuil, une main dans sa poche, l'autre levée en signe de salut. John Miller agite la sienne en retour. Il remonte les marches, saisit sa mallette, et les deux hommes échangent une poignée de main. Ils entrent, suivis par Rita.

Bah, tant pis ! La prochaine fois, peut-être.

Lundi 25 octobre

2

La voiture est passée dans la rue il y a déjà un moment, sombre comme un corbillard, ses feux stop rougeoyant dans la pénombre.

— On a de nouveaux voisins, dis-je à ma fille.

— Dans quelle maison ?

— De l'autre côté du parc. Au 207.

Les occupants du véhicule sont descendus, à présent. Silhouettes spectrales au crépuscule, ils exhument des cartons du coffre.

J'entends Olivia avaler.

— Qu'est-ce que tu manges, ma puce ?

Je le sais déjà : ce soir, c'est menu chinois ; elle mange des nouilles *lo mein*.

— Des nouilles.

— Ne parle pas la bouche pleine, s'il te plaît.

Elle avale de nouveau, mastique.

— Oh, m'man…

Je grimace. C'est une lutte constante entre nous ; elle a raccourci le mot « maman » malgré mes protestations, le réduisant à quelque chose d'informe, d'atrophié. « Laisse tomber », me conseille Ed. Évidemment, lui, il a toujours droit à « papa ».

— Tu devrais aller leur dire bonjour, suggère Olivia.

— J'aimerais bien, mon cœur.

Je monte à l'étage, d'où j'ai une meilleure vue sur le quartier.

— Il y a des citrouilles partout, dis-je. Tous les voisins en ont mis une dehors. Les Gray en ont même mis quatre !

Mon verre appuyé contre ma bouche, j'arrive sur le palier. Le vin me lèche les lèvres.

— J'aimerais tellement aller te chercher une citrouille, ma chérie… Demande à papa de t'en acheter une.

J'avale une gorgée de rouge.

— En fait, dis-lui d'en prendre deux : une pour toi et une pour moi.

— D'accord.

J'entrevois mon reflet dans la glace sombre du cabinet de toilette.

— Est-ce que tu es heureuse, mon cœur ?

— Oui.

— Tu ne te sens pas trop seule ?

Elle n'a jamais vraiment eu d'amis à New York ; elle était trop jeune, trop timorée.

— Non.

Je scrute la pénombre au sommet de l'escalier et le ciel d'encre au-delà. Dans la journée, le dôme vitré du puits de lumière laisse entrer le soleil ; la nuit, ce n'est qu'un œil ouvert sur les profondeurs de la cage d'escalier.

— Punch ne te manque pas ?

— Non.

Elle ne s'est jamais entendue avec notre chat. Il l'a griffée au poignet un matin de Noël, traçant deux grandes lignes – nord-sud, est-ouest – sur sa peau, où le sang a aussitôt perlé. Ed a bien failli expédier le coupable par la fenêtre. En l'occurrence, Punch est blotti sur le canapé de la bibliothèque, d'où il me regarde.

— Je vais parler à papa, ma puce.

Je gravis la volée de marches suivante. Le revêtement de l'escalier est rugueux sous mes pieds. Du sisal… Qu'est-ce qui nous a pris de choisir ça ? C'est tellement salissant !

Ed m'accueille d'un :

— Hello, ma petite picoleuse ! Je t'ai entendue mentionner de nouveaux voisins ?

— Oui.

— Encore ? Il n'y en a pas qui viennent tout juste d'arriver ?

— C'était il y a deux mois. Au 212. Les Miller.

Je tourne les talons pour redescendre.

— Et ceux-là, ils s'installent où ? demande Ed.

— Au 207, de l'autre côté du parc.

— Le quartier change.

— Ils n'ont pas apporté grand-chose, dis-je en franchissant le palier. Leurs affaires tiennent dans une voiture.

— J'imagine que les déménageurs arriveront plus tard…

— Sûrement, oui.

Silence. Je bois une gorgée de vin.

Je suis maintenant dans le salon, près du feu qui projette des ombres dans les coins de la pièce.

— Anna…, commence Ed.

— Ils ont un fils.

— Hein ?

— Les nouveaux voisins, ils ont un fils.

J'appuie mon front contre la vitre froide. Seul un quartier de lune éclaire la rue dans ce coin de Harlem où les réverbères à vapeur de sodium n'ont pas encore fait leur apparition, mais je distingue un peu mieux leurs silhouettes : un homme, une femme et un garçon assez grand, qui transportent toujours des cartons vers la porte d'entrée. J'ajoute sans réfléchir :

— Un adolescent.

— Hé, on se calme, cougar !

Les mots jaillissent avant que je puisse les retenir :

— J'aimerais tant que tu sois là…

Cet aveu m'a prise au dépourvu. Ed ne s'y attendait pas non plus, à en juger par la longue pause qui s'ensuit.

— Tu as encore besoin de temps, déclare-t-il enfin.

Je garde le silence.

— Les médecins t'ont conseillé de ne pas avoir trop d'échanges avec nous. D'après eux, ce n'est pas sain.

— C'est moi, le médecin qui a dit ça.

— Entre autres.

Un bruit sec s'élève derrière moi, rappelant un craquement d'articulations. Je me retourne. Ce n'est qu'une étincelle dans la cheminée. Le feu ronfle dans l'âtre.

— Pourquoi tu ne les inviterais pas, ces nouveaux voisins ? reprend Ed.

Je vide mon verre.

— Je crois que ça suffit pour ce soir.

24

— Anna ?

— Oui, Ed ?

Je parviens presque à l'entendre respirer.

— Je regrette qu'on ne soit pas là, avec toi.

Et je parviens presque à entendre les battements de mon cœur.

— Moi aussi.

Punch m'a suivie au rez-de-chaussée. Je le soulève d'une main avant de me réfugier dans la cuisine, où je pose le téléphone sur le plan de travail. Un dernier verre, et j'irai au lit.

J'attrape la bouteille par le goulot, me tourne vers la fenêtre, derrière laquelle les trois fantômes hantent toujours le trottoir, et leur porte un toast.

Mardi 26 octobre

3

L'année dernière à la même époque, nous avions décidé de vendre la maison et nous l'avions même confiée à un agent immobilier. Olivia irait à l'école à Midtown à la rentrée de septembre, et Ed nous avait trouvé à Lenox Hill une propriété à retaper entièrement. « On va bien s'amuser, avait-il affirmé. Tu verras, j'installerai un bidet rien que pour toi. » Je lui avais donné une tape sur l'épaule.

« C'est quoi, un bidet ? » avait demandé Olivia.

Mais ensuite, Ed est parti, et notre fille avec lui. J'en ai eu le cœur brisé hier soir quand les premiers mots de notre annonce mort-née me sont revenus à la mémoire : UN JOYAU AU CŒUR DE HARLEM, TYPIQUE DE L'ARCHITECTURE DU XIXe SIÈCLE, RESTAURÉ AVEC AMOUR ! MAGNIFIQUE MAISON FAMILIALE ! « Joyau » et « typique » sont probablement sujets à débat. « Harlem », c'est indiscutable, de même que « XIXe siècle » (1884). « Restauré avec amour », je peux en témoigner. Et à grands frais, qui plus est. « Magnifique maison familiale », c'est vrai aussi.

Laissez-moi vous décrire mon domaine et ses avant-postes :

Le sous-sol : ou « appartement indépendant », d'après notre agent immobilier. Un espace de vie qui fait toute la surface de la maison, situé en dessous du niveau de la rue et doté de sa propre entrée : cuisine, salle de bains, chambre, minuscule bureau. Ed en a fait son lieu de travail pendant huit ans. Il recouvrait de plans la table à dessin, punaisait au mur les instructions des entrepreneurs. Présentement loué.

Le jardin : une grande terrasse, plutôt, accessible du rez-de-chaussée. Une étendue de dalles en calcaire et un carré d'herbe ; deux fauteuils Adirondack abandonnés ; un jeune frêne tout au fond, frêle et solitaire, comme un adolescent sans copains. J'ai parfois envie de le serrer dans mes bras.

Le rez-de-chaussée (du moins, si on vit en Grande-Bretagne ou en France ; aux États-Unis, on le qualifie de « premier étage ». Je ne suis ni française ni anglaise, mais j'ai séjourné à Oxford pendant mon internat – dans un appartement en sous-sol, d'ailleurs –, et en juillet dernier j'ai commencé à prendre des cours de français sur Internet.) : cuisine ouverte et « élégante » (toujours d'après l'agent immobilier), avec une porte donnant sur le jardin, une autre sur le parc et une troisième pour accéder au sous-sol. Parquet de bouleau blanc, aujourd'hui souillé de taches de merlot. Dans le vestibule, un cabinet de toilettes, que j'ai baptisé le « cabinet rouge » ; « Rouge tomate », c'est la référence dans le catalogue de peintures Benjamin Moore. Et enfin le salon, avec canapé, table basse et tapis persan, toujours moelleux sous les pieds.

Au premier : la bibliothèque (celle d'Ed ; rayonnages pleins de livres au dos fendillé et à la jaquette abîmée, tous serrés comme des sardines dans une boîte) et le bureau (le mien ; spartiate, aéré, un ordinateur Mac installé sur une table IKEA – mon champ de bataille contre mes adversaires aux échecs sur Internet). Un deuxième cabinet de toilettes, bleu celui-là, référence « Extase divine » dans le catalogue susmentionné, ce qui peut paraître un peu décalé pour une pièce avec un W.-C. Et un très grand placard de rangement, presque une pièce, que je convertirai peut-être un jour en chambre noire, si je me décide à abandonner le numérique pour l'argentique. Mais je crois que la photo ne m'intéresse plus autant qu'avant.

Au deuxième : chambre parentale et salle de bains attenante. J'ai passé beaucoup de temps au lit cette année. Le matelas est équipé d'un système permettant de modifier le niveau de fermeté. Pour son côté, Ed a choisi la douceur duveteuse ; le mien est programmé sur dur. « Tu dors sur des briques, m'a-t-il dit un jour en tapotant le drap du dessus.

— Et toi, tu dors sur un nuage », ai-je répliqué. Nous avons ensuite échangé un baiser langoureux.

Après le départ d'Ed et d'Olivia, tout au long de ces mois de désolation où je pouvais à peine me lever, je roulais lentement d'un côté à l'autre de ce lit, comme une vague, entraînant draps et couverture avec moi.

À cet étage également, une chambre d'amis avec salle de bains attenante.

Au troisième : autrefois les chambres de bonnes, aujourd'hui la chambre d'Olivia et une seconde chambre d'amis. Certains soirs, j'erre comme une âme en peine dans l'ancien domaine de ma fille. Parfois, je me contente de rester immobile sur le seuil, à regarder les grains de poussière danser dans la lumière du soleil. Il m'arrive aussi de passer des semaines entières sans monter au troisième, et alors le souvenir de cette pièce commence à s'estomper, comme celui de la sensation de la pluie sur ma peau.

Bref. Je leur parlerai de nouveau demain. En attendant, aucun signe des nouveaux arrivants qui ont emménagé de l'autre côté du parc.

Mercredi 27 octobre

4

Un adolescent dégingandé jaillit de l'entrée du 207, comme un cheval s'élance lorsque s'ouvrent les portes du *starting-gate*, et s'éloigne vers l'est au grand galop. Il longe mes fenêtres mais, prise de court, j'ai à peine le temps de le voir : je me suis réveillée tôt, après avoir regardé *La Griffe du passé* jusque tard dans la nuit et, quand il est apparu, j'étais en train de me demander si une goutte de merlot dès le matin serait bien raisonnable. Je n'aperçois qu'une tignasse blonde et un sac à dos tressautant sur une épaule.

Je vide un verre, me transporte au premier et m'assois à mon bureau. Je saisis mon Nikon.

Au 207, le père de famille, grand et large d'épaules, est dans la cuisine, devant un écran de télévision. Je zoome et reconnais l'émission *Today*. Je pourrais descendre, allumer la télé et la regarder moi aussi, en même temps que mon voisin. Rien ne m'empêche non plus de la suivre d'ici, sur son poste, à travers le viseur de mon appareil.

C'est l'option que je choisis.

Il y a un bon moment que je n'ai pas posé les yeux sur la maison, mais Google est là pour me fournir des images de la rue : façade de pierre blanchie à la chaux, vaguement inspirée du style beaux-arts, couronnée par un balcon panoramique. De chez moi, bien sûr, je n'aperçois qu'un côté de la bâtisse. Ses fenêtres orientées à l'est me permettent d'observer la cuisine, un salon au premier et une chambre au-dessus.

Hier, une escouade de déménageurs a débarqué, déchargeant du camion canapés, téléviseurs et une armoire ancienne. Le mari dirigeait les opérations. Je n'ai pas revu la femme depuis leur arrivée. Je me demande à quoi elle ressemble.

Dans l'après-midi, je m'apprête à mettre Rook & Roll échec et mat sur mon site de jeu en ligne quand j'entends la sonnette. Je descends au rez-de-chaussée, presse le bouton de l'interphone vidéo, déverrouille la porte du vestibule et découvre la haute silhouette de mon locataire, dans toute sa virilité brute. De fait, il est très séduisant, avec son visage fin et ses grands yeux bruns. On dirait un peu Gregory Peck après une soirée tardive. (Je ne suis pas la seule à le penser, de toute évidence ; j'ai remarqué – entendu, plutôt – qu'il aimait bien divertir ces dames.)

— Je vais à Brooklyn, ce soir, m'annonce-t-il.

D'une main, je me lisse les cheveux.

— D'accord.

— Vous avez besoin de mes services avant que je parte ?

La question ressemble à une proposition ou à une réplique sortie tout droit d'un film noir. « Vous savez siffler ? On pince les lèvres et on souffle. »

— Non, merci. Je n'ai besoin de rien.

Il regarde un point derrière moi, plisse les yeux.

— Pas d'ampoules à changer, vous êtes sûre ? Il fait sombre, ici.

— Je n'aime pas trop les lumières.

« Chez les hommes non plus », ai-je failli ajouter. N'est-ce pas une blague tirée de *Y a-t-il un pilote dans l'avion ?* Peut-être. C'était quelque chose d'approchant, en tout cas.

— Bon, alors…

Amusez-vous bien ? Passez une bonne soirée ? Baisez bien ? J'opte pour : « Bonne soirée. »

Il se détourne.

— Au fait, vous pouvez entrer par la porte intérieure, dis-je en m'efforçant d'adopter un ton léger. Il y a toutes les chances pour que je sois à la maison, vous savez !

J'espère qu'il va sourire. Il est là depuis deux mois et je ne l'ai jamais vu sourire.

Il hoche la tête, puis s'en va.

Après son départ, je ferme la porte d'entrée à double tour.

Je m'examine dans la glace. Faisceau de rides autour des yeux. Masse de cheveux bruns, striés de gris, qui m'arrive aux épaules. Poils naissants sous les aisselles. Bourrelets sur le ventre, capitons sur les cuisses. Peau d'une pâleur presque irréelle, bras et jambes sillonnés de veines violettes.

Rides, bourrelets, capitons, poils… J'ai du pain sur la planche. Je possédais un charme naturel autrefois, d'après certains, dont Ed. « Je pensais toujours à toi comme à l'épouse idéale », disait-il tristement, vers la fin.

Je regarde mes orteils déployés sur le carrelage, fins et gracieux – un (ou plutôt dix) de mes atouts –, dont les ongles trop longs me font penser aux griffes d'un petit prédateur. Je fouille dans mon armoire à pharmacie, parmi les flacons et boîtes de comprimés empilées les unes sur les autres comme des totems, et finis par dénicher un coupe-ongles. Au moins un problème que je suis capable de régler toute seule.

Jeudi 28 octobre

5

L'acte de vente a été publié sur Internet hier. Mes nouveaux voisins s'appellent Alistair et Jane Russell, et ils ont payé leur humble demeure la modique somme de 3,45 millions de dollars. Google m'apprend qu'il est associé dans un cabinet de consultants de taille moyenne, et qu'il travaillait auparavant à Boston. Elle est introuvable, forcément : allez-y, tapez « Jane Russell » dans un moteur de recherche, pour voir !

Ils ont choisi un quartier animé.

La maison des Miller, de l'autre côté de la rue – « Vous qui entrez ici, abandonnez toute espérance » – fait partie des cinq que je peux surveiller de mes fenêtres orientées au sud. Laissez-moi vous présenter, à l'est, les « jumelles grises » : mêmes corniches carrées surmontant les fenêtres, mêmes portes d'entrée vert bouteille. Celle de droite – la sœur d'un gris légèrement plus foncé, me semble-t-il – appartient à Henry et Lisa Wasserman, qui l'habitent depuis une éternité. « Quatre décennies, et ce n'est pas fini », s'est vantée Mme Wasserman quand nous avons emménagé. Elle était passée nous dire (« de vive voix ») combien elle (« et mon Henry ») déplorait l'arrivée d'une « autre tribu de bobos » dans ce qui était avant « un vrai quartier ».

Ed fulminait. Olivia avait baptisé « Bobo » son lapin en peluche.

Les « Wassermen[1] », comme nous les avions surnommés, ne m'ont jamais reparlé, même s'il n'y a plus que moi aujourd'hui – une tribu réduite à un seul membre. Ils ne semblent pas plus chaleureux envers les habitants de l'autre « sœur grise », une famille nommée, je vous le donne en mille, Gray[2] : des jumelles adolescentes, le père associé dans une société de conseil en fusions-acquisitions, la mère animatrice passionnée d'un club de lecture. La sélection du mois, *Jude l'obscur*, présentée sur la page Meetup, fait en ce moment même l'objet d'une discussion dans le salon entre huit femmes d'une cinquantaine d'années.

Ayant moi-même lu le livre, j'imagine que je participe au débat en grignotant des petits gâteaux (je n'en ai pas sous la main) et en buvant du vin (ça, pas de problème). « Alors, qu'avez-vous pensé de *Jude*, Anna ? » me demanderait Christine Gray, et je répondrais que le roman m'avait paru « plutôt obscur ». Nous éclaterions de rire. Elles sont en train de rire, d'ailleurs. J'essaie de rire avec elles. J'avale une gorgée de vin.

La maison à l'ouest de celle des Miller est occupée par les Takeda. Le mari est japonais, la femme occidentale, leur fils d'une beauté éthérée. Il est violoncelliste,

---

1. « Men » est le pluriel de « man ». *(Toutes les notes sont de la traductrice.)*
2. « Gris » en français.

et durant les mois d'été il s'exerce devant les fenêtres du salon ouvertes. Pour en profiter, Ed ouvrait toujours les nôtres. Nous avons dansé un lointain soir de juin au son d'une suite de Bach, oscillant doucement dans la cuisine, ma tête sur son épaule, ses mains croisées sur mes reins.

L'été dernier, la musique du jeune garçon s'est aventurée vers la maison. Elle s'est approchée de mon salon et a toqué poliment au carreau : « Laissez-moi entrer. » Je ne l'ai pas fait, je ne pouvais pas, je n'ouvre plus les fenêtres, jamais, mais je l'ai entendue me supplier : « Laissez-moi entrer, je vous en prie ! »

Le 206-208, une grande demeure de grès brun-rouge, flanque la maison des Takeda. Une société l'a acquise au mois de novembre il y a deux ans, mais personne n'est venu s'y installer. Mystère. Pendant presque un an, un échafaudage est resté plaqué contre la façade comme un jardin suspendu. Il a disparu du jour au lendemain, quelques mois avant le départ d'Ed et Olivia. Depuis, rien.

Voilà, vous avez devant vous mon empire méridional et ses sujets. Je n'ai pas d'amis parmi eux ; pour la plupart, je ne les ai rencontrés qu'une ou deux fois. C'est la vie citadine qui veut ça, j'imagine. Peut-être les Wassermen se sont-ils doutés de quelque chose. Je me demande s'ils savent ce qu'il m'est arrivé.

Une école catholique délabrée jouxte ma maison à l'est. Elle en est si proche qu'elle semble s'appuyer contre mes murs : c'est St Dymphna, fermée depuis notre emménagement. Nous avions menacé Olivia de l'y envoyer si elle n'était pas sage.

Façade de grès brun criblée de trous, vitres noires de crasse… C'est du moins le souvenir que j'en garde ; cela fait un bon moment que je n'ai pas posé les yeux sur l'édifice.

Côté ouest, je donne directement sur le parc : minuscule, à peine un quart d'acre, traversé par une étroite allée de brique qui relie notre rue à la parallèle au nord. Une grille basse le borde et un sycomore au feuillage embrasé en cette saison monte la garde à chaque extrémité. C'est, comme l'a dit cet agent immobilier que je cite volontiers, « tout à fait pittoresque ».

Enfin, il y a la maison de l'autre côté du parc. Le numéro 207. Les Lord l'ont vendue il y a deux mois et se sont empressés de la vider pour s'envoler vers Vero Beach, où ils ont acheté une villa pour leur retraite. Aujourd'hui, c'est Alistair et Jane Russell qui en ont pris possession.

Jane Russell ! Comme une de mes actrices préférées. Bina, ma kiné, n'en avait jamais entendu parler. « *Les hommes préfèrent les blondes*, lui ai-je rappelé.

— Pas que je sache », a-t-elle répliqué.

Elle est jeune. Ceci explique peut-être cela.

Nous avons eu cet échange un peu plus tôt dans la journée. Avant que je puisse la contredire, elle m'a obligée à croiser les jambes puis m'a fait rouler sur le flanc droit. La douleur m'a coupé le souffle. « Vos ischio-jambiers en ont besoin, m'a-t-elle assuré.

— Espèce de… de sadique », ai-je hoqueté.

Elle a appuyé mon genou sur le sol. « Vous ne me payez pas pour que je vous ménage. »

J'ai grimacé. « Je peux peut-être vous payer pour ficher le camp ? »

Bina vient me voir une fois par semaine pour m'aider à détester la vie, comme j'aime à le répéter, et me tenir au courant de ses aventures sexuelles, qui sont à peu près aussi inexistantes que les miennes. Sauf que, dans son cas, c'est parce qu'elle est difficile. « La moitié des types sur ces applis mettent des photos qui datent d'au moins cinq ans, se plaint-elle toujours en ramenant sur une épaule sa cascade de boucles. Et l'autre est mariée. Quant à ceux de l'autre autre moitié, ils ne sont pas célibataires pour rien ! »

Ce qui nous fait trois moitiés, une observation que je garde cependant pour moi : il est dangereux d'engager un débat avec quelqu'un qui s'emploie à remettre en état votre colonne vertébrale.

Je me suis inscrite sur Happn il y a un mois. Juste pour voir, me suis-je dit. Happn, m'avait expliqué Bina, vous met en contact avec des personnes dont vous avez croisé la route. Et si vous n'avez croisé la route de personne ? Si votre univers devait se limiter pour toujours à trois cent soixante-dix mètres carrés sur quatre niveaux ?

Je ne sais pas. Le premier profil que j'ai repéré, c'était celui de David. J'ai aussitôt supprimé mon compte.

Quatre jours se sont écoulés depuis que j'ai aperçu Jane Russell. Elle n'a manifestement pas les mensurations de l'originale – seins comme des obus, taille de guêpe –, mais après tout moi non plus. Le fils, je ne l'ai vu qu'hier matin, quand il est passé en courant.

Le mari, cependant – épaules larges, sourcils grisonnants, nez pointu – est en exposition permanente dans la maison : en train de battre des œufs dans la cuisine, de lire dans le salon ou d'aller jeter un coup d'œil dans la chambre comme s'il cherchait quelqu'un.

Vendredi 29 octobre

6

Une *leçon*[*1] de français aujourd'hui et *Les Diaboliques* ce soir. Un mari retors, sa « petite ruine » de femme, une maîtresse, un meurtre, un cadavre qui disparaît. Peut-on faire mieux en matière de suspense qu'un cadavre disparu ?

Mais, d'abord, le devoir m'appelle. Après avoir avalé mes comprimés, je m'installe devant mon ordinateur, réveille la souris et entre le mot de passe pour me connecter à l'Agora.

Quelle que soit l'heure du jour ou de la nuit, il y a toujours plusieurs dizaines d'utilisateurs dialoguant sur ce site – une constellation d'individus répartis dans le monde entier. J'en connais certains de nom : Talia, de Bay Area ; Phil, à Boston ; Mitzi, une avocate de Manchester dont le prénom me paraît trop pétillant pour l'austérité de l'univers juridique ; Pedro, un Bolivien dont l'anglais rudimentaire n'est probablement pas pire que mon français petit nègre. D'autres, dont moi,

1. Tous les mots ou expressions en italique suivis d'un astérisque sont en français dans le texte.

se servent de pseudonymes ; dans un moment de fantaisie, j'ai opté pour « Annagoraphobe », mais ensuite je me suis ressaisie : j'ai supprimé mon compte avant de me réinscrire en tant que psychologue, et la nouvelle s'est rapidement répandue. Voilà, aujourd'hui, je suis « votrepsyenligne ». Prête à vous recevoir.

Agoraphobie : en théorie, la crainte des lieux publics et de la foule ; en pratique, un terme qui recouvre différents troubles d'anxiété. Étudiée d'abord à la fin du XIXᵉ siècle, puis « codifiée comme une entité diagnostique indépendante » un siècle plus tard, même si elle reste largement considérée comme comorbide des attaques de panique. Si cela vous intéresse, vous pouvez en apprendre plus sur le sujet dans le *Manuel diagnostique et statistique des troubles mentaux*, Quatrième édition. DSM-IV en abrégé. Ça m'a toujours amusée, ce titre ; on dirait une franchise cinématographique. Vous avez aimé *Troubles mentaux 3* ? Vous allez adorer la suite !

Les publications médicales se montrent singulièrement prolixes quand il s'agit d'établir un diagnostic. « La caractéristique essentielle de l'agoraphobie est une anxiété liée au fait de se trouver dans des endroits d'où il pourrait être difficile (ou gênant) de s'échapper… [Elle] conduit typiquement à un évitement envahissant de nombreuses situations pouvant inclure le fait d'être seul hors de son domicile ou d'être seul chez soi ; d'être dans une foule ; de voyager en voiture, en bus ou en avion ; ou d'être sur un pont ou dans un ascenseur.[1] » Bon sang ! Qu'est-ce que je ne donnerais pas pour me tenir sur un pont ! Ou dans une file d'attente...

Pages 497 et 498, si ça vous intéresse.

Bon nombre d'entre nous – les plus gravement atteints, ceux qui souffrent d'un syndrome de stress post-traumatique – sont confinés chez eux, à l'abri de la pagaille du monde extérieur. Certains redoutent les mouvements de foule ; d'autres, les transports publics et les embouteillages. Moi, c'est l'immensité du ciel qui m'effraie, l'infini de l'horizon, le seul fait d'être exposée, la pression écrasante des grands espaces – cette « phobie de l'espace » dont parle le DSM-IV, une qualification sans doute délibérément vague, pour obliger le lecteur à aller lire toutes les notes.

En tant que médecin, j'affirme que le malade recherche avant tout un environnement qu'il est capable de maîtriser. Telle est la position clinique. En tant que malade moi-même (et le mot n'est pas trop fort), j'affirme que l'agoraphobie n'a pas tant dévasté qu'envahi ma vie.

L'écran d'accueil de l'Agora s'affiche. Je parcours les forums, passe en revue les liens. « Coincée chez moi depuis 3 mois. » Je t'entends, Kala88 ; pour moi, ça fait presque dix mois, et ce n'est pas fini. « Agora dépendante de l'humeur ? » Ça ressemble plutôt à une phobie sociale, EarlyRiser. Ou à un problème

---

1. American Psychiatric Association, DSM-IV, Elsevier Masson, 2003, coordination générale de la traduction française Julien Daniel Guelfi et Marc-Antoine Crocq.

de thyroïde. « Toujours incapable de reprendre un emploi. » Oh, Megan… Je sais, et j'en suis désolée. Grâce à Ed, je n'ai pas besoin de retravailler, mais mes patients me manquent. Je m'inquiète pour eux.

Une nouvelle venue m'a envoyé un mail. Je l'oriente vers le manuel de survie que j'ai rédigé au printemps : *Alors comme ça, vous souffrez d'un trouble d'anxiété ?* Un titre qui me semblait agréablement léger.

Question : Comment faire mes courses ?

Réponse : Blue Apron, Plated, HelloFresh… les services de livraison à domicile ne manquent pas aux États-Unis ! Pour les autres, qui habitent à l'étranger, j'imagine que c'est pareil.

Question : Comment me procurer mes médicaments ?

Réponse : Toutes les grandes pharmacies américaines proposent de vous les apporter à domicile. En cas de problème, demandez à votre médecin d'intervenir auprès de votre pharmacie de quartier.

Question : Comment assurer l'entretien de la maison ?

Réponse : Récurez-la ! Faites vous-même le ménage ou adressez-vous à une société spécialisée.

(Pour ma part, je ne fais ni l'un ni l'autre. Un bon nettoyage ne serait pas du luxe.)

Q : Et pour sortir les ordures ?

R : Votre femme de ménage peut s'en occuper. Ou un(e) ami(e).

Q : Comment éviter l'ennui ?

R : Ah ! Ça, c'est toute la question…

Etc. Dans l'ensemble, je suis satisfaite de mon guide. J'aurais bien aimé en avoir moi-même un au début.

Une boîte de dialogue apparaît soudain sur mon écran.

Sally4th : Hello, doc !

Je sens un sourire étirer mes lèvres. Sally : vingt-six ans, domiciliée à Perth, a été agressée un peu plus tôt cette année, le dimanche de Pâques. Elle s'en est sortie avec un bras cassé et le visage et les yeux tuméfiés ; le violeur n'a été ni identifié ni appréhendé. Sally a passé quatre mois enfermée chez elle, isolée dans la ville la plus isolée du monde, mais a recommencé à s'aventurer dehors depuis maintenant plus de dix semaines. « Tant mieux », comme elle pourrait le dire elle-même. Elle consulte une psychologue pratiquant la thérapie par l'aversion et prend du propranolol. Rien de tel qu'un bêtabloquant.

Votrepsyenligne : Hello ! Tout va bien ?
Sally4th : Super ! À midi, c'était pique-nique !

Elle a toujours eu un faible pour les points d'exclamation, même au plus profond de sa dépression.

Votrepsyenligne : Comment ça s'est passé ?
Sally4th : j'ai survécu ! ☺

Elle aime bien aussi les émoticônes.

Votrepsyenligne : Bravo ! Vous êtes une survivante ! Vous supportez bien l'Inderal ?
Sally4th : pas de pb, posologie réduite à 80 mg.
Votrepsyenligne : 2 x par jour ?
Sally4th : 1 x !!

Votrepsyenligne : Le dosage minimum ! Formidable ! Pas d'effets secondaires ?

Sally4th : sécheresse oculaire, c'est tout.

Elle a de la chance. Je prends aussi de l'Inderal (entre autres) et j'ai parfois des maux de tête terribles, qui me donnent l'impression que mon cerveau va exploser. Dans certains cas, le propranolol peut provoquer migraines, arythmie cardiaque, essoufflement, dépression, hallucinations, éruptions cutanées, nausée, baisse de la libido, insomnie et somnolence. « Je trouve que la liste des effets secondaires n'est pas assez longue, a ironisé Ed un jour.

— On pourrait ajouter, je ne sais pas, combustion spontanée ? ai-je suggéré.

— Ou coliques.

— Ou encore, agonie lente et prolongée… »

Votrepsyenligne : Pas de rechute ?

Sally4th : j'ai eu des vertiges la semaine dernière.

Sally4th : mais j'ai tenu le coup.

Sally4th : grâce aux exercices de respiration.

Votrepsyenligne : Le bon vieux sac en papier ?

Sally4th : je me sens ridicule mais ça marche.

Votrepsyenligne : Exact. Bien joué.

Sally4th : merci ☺

Je bois une gorgée de vin. Une autre boîte de dialogue s'ouvre : c'est Andrew, un homme que j'ai rencontré sur un site dédié aux fans de films classiques.

Cycle Graham Greene @ l'Angelika ce w/e, ça vous tente ?

Je réfléchis. *Première désillusion* est l'un de mes films préférés – je me rappelle le majordome soupçonné à tort, la scène de l'avion en papier qui pourrait le perdre – et ça fait bien quinze ans que j'ai vu *Espions sur la Tamise*. C'est aussi grâce aux vieux films que nous nous sommes rencontrés, Ed et moi.

Mais je n'ai pas parlé de ma situation à Andrew. « Indisponible » me dispense d'explications.

Je reviens à Sally.

Votrepsyenligne : Vous continuez vos séances avec la psychologue ?

Sally4th : oui ☺ merci. seulement 1 x par semaine. elle dit que je fais de gros progrès.

Sally4th : cachetons et roupillons, c'est la clé de tout.

Votrepsyenligne : Vous dormez bien ?

Sally4th : je fais toujours des cauchemars.

Sally4th : et vous ?

Votrepsyenligne : Je dors beaucoup.

Trop, sans doute. Je devrais en parler au Dr Fielding mais j'hésite.

Sally4th : des progrès de votre côté ? prête pour la bataille ?

Votrepsyenligne : Je ne suis pas aussi rapide que vous ! Le SSPT est un monstre. Mais je suis coriace.

Sally4th : c'est sûr !

Sally4th : je voulais juste avoir des nouvelles de tous mes amis ici, pensées à vous tous !!!

Je prends congé de Sally au moment où mon prof de français m'appelle sur Skype. « Bonjour, Yves », dis-je devant mon ordinateur. Je ne réponds cependant pas tout de suite. Je me rends compte que j'ai très envie de le voir – ses cheveux de jais, son teint mat, ses sourcils qui s'élèvent pour former un *accent circonflexe* quand ma prononciation le désarçonne, ce qui arrive souvent…

Si Andrew se manifeste encore, je l'ignorerai pour le moment. Peut-être définitivement. Le cinéma classique, c'est ce que je partageais avec Ed. Et avec personne d'autre.

Je retourne le sablier sur mon bureau et regarde la petite pyramide de sable en haut qui semble palpiter à mesure qu'elle se vide. Ça fait si longtemps… Presque un an. Je ne suis pas sortie de chez moi depuis presque un an.

Du moins, à quelques exceptions près : à cinq reprises en huit semaines, je suis parvenue à m'aventurer dehors, derrière, dans le jardin. Mon « arme secrète », comme dit le Dr Fielding, c'est mon parapluie, ou plutôt celui d'Ed, un vieux machin branlant de chez London Fog. Le Dr Fielding, lui-même un vieux machin branlant, se dresse dans le jardin comme un épouvantail quand je pousse la porte, le parapluie tendu devant moi. Une pression sur le ressort, et il s'épanouit ; je regarde fixement le ventre de la créature en face de moi, ses côtes et sa peau. Toile sombre, quatre carrés noirs entre les baleines, séparés par quatre lignes blanches. Quatre carrés noirs, quatre lignes blanches. Inspire, compte jusqu'à quatre. Expire, compte jusqu'à quatre. Quatre, le chiffre magique.

Le parapluie me défend et me protège, comme un sabre, comme un bouclier.

Je sors.

Inspire, deux, trois, quatre.

Expire, deux, trois, quatre.

Le soleil éclaire le nylon. Je descends la première marche (il y en a quatre, évidemment) et redresse le parapluie vers le ciel, de quelques centimètres seulement. J'aperçois les chaussures du Dr Fielding, ses tibias... Le monde extérieur se presse à la périphérie de mon champ de vision, comme l'eau sur le point d'inonder une cloche de plongée.

— N'oubliez pas que vous avez votre arme secrète ! me lance le Dr Fielding.

« Ça n'a rien d'une arme secrète ! ai-je envie de crier. Ce n'est qu'un foutu parapluie, que je brandis en plein jour ! »

Expire, deux, trois, quatre ; inspire, deux, trois, quatre. Et, contre toute attente, ça fonctionne : j'arrive au bas des marches (expire, deux, trois, quatre) et fais quelques pas sur les dalles (inspire, deux, trois, quatre). Jusqu'au moment où la panique enfle en moi, pareille à une marée montante qui me submerge et noie la voix du Dr Fielding. Après... je préfère ne plus y penser.

Samedi 30 octobre

7

Un orage. Le frêne ploie, les pierres calcaires de la terrasse, sombres et mouillées, luisent. Je me rappelle avoir laissé tomber un verre dehors, un jour ; il a éclaté comme une bulle et le merlot s'est répandu, emplissant de liquide rouge foncé les joints entre les dalles, dessinant un réseau de veines jusqu'à mes pieds.

Parfois, quand le ciel est bas, je m'imagine au-dessus, dans un avion ou sur un nuage, en train d'observer l'île en contrebas : les ponts qui rayonnent depuis la côte orientale ; les voitures attirées vers elle comme des nuées de papillons de nuit par une ampoule électrique.

Il y a si longtemps que je n'ai pas senti la pluie sur ma peau... Ni le vent, d'ailleurs. La « caresse du vent », ai-je failli dire, sauf que l'image semble sortie tout droit d'un roman de gare.

C'est pourtant vrai. La neige aussi m'est devenue étrangère. Mais la neige, je ne veux plus jamais en faire l'expérience.

Une pêche s'est retrouvée mélangée à mes pommes Granny Smith dans la livraison de ce matin envoyée par Fresh-Direct. Je me demande comment elle a atterri là.

Le soir où nous nous sommes rencontrés, Ed et moi, dans un cinéma d'art et essai qui passait *Les 39 Marches*, nous avons comparé nos histoires familiales. Ma mère, lui avais-je dit, m'avait nourrie toute ma jeunesse de vieux thrillers et de films noirs classiques. Résultat, adolescente, je préférais la compagnie de Gene Tierney et de James Stewart à celle de mes camarades de classe. « Je n'arrive pas à déterminer si c'est admirable ou navrant », avait répliqué Ed qui, jusque-là, n'avait jamais vu de film en noir et blanc. Deux heures plus tard, il posait sa bouche sur la mienne.

J'ai l'impression de l'entendre rectifier : « C'est plutôt toi qui posais ta bouche sur la mienne ! »

Avant la naissance d'Olivia, nous avions pris l'habitude de regarder au moins un film par semaine – tous les classiques du suspense avec lesquels j'avais grandi : *Assurance sur la mort*, *Hantise*, *La Cinquième Colonne*, *La Grande Horloge*… Ces soirs-là, nous vivions dans un monde privé de couleurs. Pour moi, c'était l'occasion de revoir des amis de longue date ; pour Ed, c'était l'occasion de s'en faire de nouveaux.

Et nous établissions des listes. Tous les remakes de *L'Introuvable*, du plus réussi (l'original) au pire (*Meurtre en musique*). Les meilleures productions de la récolte exceptionnelle de 1944. Les plus beaux moments de Joseph Cotten.

Je peux toujours dresser des listes toute seule, bien sûr. Par exemple : meilleurs films hitchcockiens que Hitchcock n'a pas réalisés. Je dirais :

Le Boucher, un des premiers Claude Chabrol que, d'après la rumeur, Hitchcock aurait aimé tourner. *Les Passagers de la nuit*, avec Humphrey Bogart et Lauren Bacall, une romance située à San Francisco, tout auréolée de brouillard, dans laquelle pour la première fois un personnage subit une opération de chirurgie esthétique afin de ne pas être reconnu. *Niagara*, avec Marilyn Monroe. *Charade*, avec Audrey Hepburn. *Le Masque arraché*, avec Joan Crawford et ses célèbres sourcils. *Seule dans la nuit*, où Audrey Hepburn, encore, joue une aveugle retranchée dans son appartement en sous-sol. Pour ma part, je deviendrais folle dans un logement de ce genre.

Maintenant, les films hitchcockiens postérieurs à Hitchcock : *L'Homme qui voulait savoir*, avec sa fin glaçante. *Frantic*, l'hommage de Polanski au maître. *Effets secondaires*, qui commence comme un réquisitoire contre la pharmacologie avant de glisser habilement vers un autre genre.

OK.

Les citations de films erronées les plus populaires : « Play it again, Sam », une réplique soi-disant tirée de *Casablanca*, que ni Bogart ni Bergman ne prononcent jamais. « He's alive » (« Il est vivant »), sauf que la créature du Dr Frankenstein n'est pas sexuée ; la phrase exacte est : « It's alive » (« C'est vivant »). Et si l'expression « Elementary, my dear Watson » (« Élémentaire, mon cher Watson ») apparaît bien dans le premier film parlant mettant en scène Holmes, elle ne figure nulle part dans l'œuvre de Conan Doyle.

OK.

Ensuite ?

J'ouvre mon ordinateur portable et vais faire un tour sur l'Agora. Je remarque un message de Mitzi, à Manchester, et une évaluation des progrès donnée par Dimples2016, en Arizona. Rien d'important.

Dans le salon du numéro 210, le fils Takeda manie l'archet. Plus à l'est, les quatre membres de la famille Gray courent pour échapper à la pluie et grimpent les marches de leur perron en riant. En face du parc, Alistair Russell, dans sa cuisine, remplit un verre au robinet de l'évier.

8

En fin d'après-midi, je suis sur le point de me servir un pinot noir californien quand un coup de sonnette m'interrompt. Surprise, je lâche mon verre.

Il vole en éclats sur le parquet, et une longue langue de vin vient lécher les lattes de bouleau blanc. « Et merde ! » Le cri a jailli de mes lèvres sans que je puisse le retenir. (Une chose que j'ai remarquée : en l'absence d'autrui, je jure beaucoup plus souvent et beaucoup plus fort qu'avant. Ed serait consterné. De fait, *je* suis consternée.)

Je viens d'arracher plusieurs feuilles de papier absorbant lorsque la sonnette retentit de nouveau. Qui ça peut être, bon sang ? me dis-je en moi-même. À moins que je n'aie prononcé les mots à voix haute ? David, qui avait un travail à faire à East Harlem, est parti il y a une heure – de la fenêtre du bureau, je l'ai vu s'en aller –, et je n'attends pas de livraison. Je me baisse, entasse les feuilles de papier absorbant sur la flaque rouge, puis me dirige vers la porte.

L'écran de l'interphone vidéo me révèle un grand jeune homme en blouson étroit, les mains refermées sur une petite boîte blanche. C'est le fils Russell.

J'appuie sur la touche du micro.

— Oui ?

Moins chaleureux que « Bonjour », plus aimable que
« Qui êtes-vous, bon sang ? ».

— Je, euh, j'habite en face de chez vous, de l'autre
côté du parc, déclare-t-il.

Il a presque crié, pourtant sa voix me paraît mélodieuse.

— Ma mère m'a chargé de vous donner ça.

Je le vois lever la boîte. Puis, ne sachant manifestement pas où est la caméra, il tourne lentement sur
lui-même, les bras toujours en l'air.

— Eh bien, vous n'avez qu'à...

Devrais-je lui demander de déposer la boîte dans le
vestibule ? Ce n'est sans doute pas la façon la plus cor-
diale d'accueillir un voisin, mais je ne me suis pas lavée
depuis deux jours. Sans compter que le chat risque de
lui sauter dessus.

Il est toujours sur le perron, la boîte entre les mains.

— Entrez, dis-je finalement, en appuyant sur la
touche d'ouverture.

Quand j'entends la porte d'entrée se déverrouiller, je
m'avance prudemment vers celle du vestibule, comme
Punch s'approche des inconnus – ou plutôt, s'en appro-
chait, à l'époque où des inconnus venaient encore à
la maison.

Une ombre se dessine derrière la vitre dépolie, mince
et sombre, comme un arbuste. Je tire les verrous puis
tourne la poignée.

Il est bel et bien grand pour son âge. Visage poupin,
yeux bleus, tignasse blond cendré... Une cicatrice
pâle lui barre un sourcil et se prolonge sur son front.

Il doit avoir une quinzaine d'années. Il ressemble à un garçon que j'ai connu autrefois, et embrassé un jour, en colonie de vacances dans le Maine – il y a un quart de siècle. Je le trouve d'emblée sympathique.

— Je m'appelle Ethan, annonce-t-il.

Je répète : « Entrez », et il s'exécute.

— Il fait rudement sombre, ici, observe-t-il.

J'appuie sur l'interrupteur pour éclairer.

Tout en l'examinant, je le vois balayer la pièce du regard, remarquer les tableaux, le chat vautré sur la méridienne, le monticule de feuilles de papier absorbant détrempées se délitant sur le parquet.

— Qu'est-ce qui s'est passé ?

— Un petit accident. Je m'appelle Anna. Anna Fox, dis-je, au cas où il attendrait des présentations en bonne et due forme.

Après tout, j'ai l'âge d'être sa (jeune) mère.

Nous nous serrons la main, puis il me tend la boîte enveloppée d'un beau papier blanc brillant, maintenu par un ruban.

— Pour vous, précise-t-il timidement.

— Posez-la sur la table, là. Vous voulez boire quelque chose ?

Il s'approche du canapé.

— Je pourrais avoir un verre d'eau ?

— Bien sûr.

Je me dirige vers la cuisine, où je commence par nettoyer la flaque de vin.

— Des glaçons ?

— Non, merci.

Je remplis un verre, puis un autre, ignorant la bouteille de pinot noir abandonnée sur le plan de travail.

La boîte blanche est maintenant sur la table basse, près de mon ordinateur portable. Je suis toujours connectée à l'Agora, parce que j'ai aidé DiscoMickey à surmonter un début d'attaque de panique il y a un petit moment. Son message de remerciement apparaît en gros sur l'écran.

— Alors…, dis-je en m'asseyant à côté d'Ethan.

Je place son verre devant lui, referme l'ordinateur et saisis la boîte.

— Voyons un peu ce qu'il y a là-dedans.

Je dénoue le ruban, soulève le couvercle et découvre une bougie lovée dans un nid de papier de soie, avec des fleurs emprisonnées dans la cire comme des insectes dans un morceau d'ambre. Je l'approche de mon visage en la humant ostensiblement.

— Lavande, précise Ethan.

— C'est bien ce que je pensais.

Je la hume de nouveau.

— J'adare la lovande. Non, je recommence : j'adore la lavande.

Il esquisse un sourire qui relève un coin de sa bouche. D'ici à quelques années, ce sera un bel homme. Les femmes raffoleront de cette petite cicatrice. Les filles en raffolent peut-être déjà. Ou les garçons, qui sait…

— Ça fait plusieurs jours que ma mère m'avait demandé de vous l'apporter, avoue-t-il.

— C'est très gentil de sa part. En principe, ce serait plutôt à nous d'offrir des cadeaux de bienvenue à nos nouveaux voisins.

— Une dame est passée chez vous, me raconte-t-il. Elle a dit qu'on n'avait pas besoin d'une aussi grande maison juste pour nous trois.

— Je parie que c'était Mme Wasserman.

— C'est ça.

— Ignorez-la.

— C'est ce qu'on a fait.

Punch, qui a sauté de la méridienne, s'approche de nous tout doucement. Ethan se penche et pose une main sur le tapis, paume vers le haut. Le chat s'arrête, puis se coule vers nous et vient renifler les doigts de l'adolescent, qu'il lèche. Ethan pouffe.

— J'adore la langue des chats, dit-il.

— Moi aussi.

Je bois une gorgée d'eau.

— Elles sont couvertes de minuscules excroissances qui picotent. Comme des aiguilles.

J'ai donné cette précision au cas où il ne comprendrait pas le mot « excroissance ».

Je me rends compte que je ne sais pas trop comment parler à un adolescent ; les plus âgés de mes jeunes patients n'avaient que douze ans.

— Et si j'allumais cette bougie ?

Ethan hausse les épaules. Sourit.

— Si vous voulez.

Je me lève pour aller chercher une boîte d'allumettes. J'en trouve une dans le bureau, rouge vif, avec les mots « The Red Cat » inscrits en travers. C'est le nom d'un restaurant où j'avais dîné avec Ed plus de deux ans auparavant. Trois, peut-être. Nous avions pris un tajine de poulet, me semble-t-il, et il avait beaucoup apprécié le vin. Je ne buvais pas autant, à l'époque.

Je craque une allumette et enflamme la mèche de la bougie.

— Oh, regardez !

La flamme grandit, s'épanouit, illuminant les fleurs à l'intérieur de la cire.

— C'est ravissant.

Nous gardons le silence quelques instants. Punch, qui louvoie entre les jambes d'Ethan, bondit soudain sur ses genoux. Le jeune garçon éclate de rire.

— Je crois qu'il vous aime bien, Ethan.

— On dirait, réplique-t-il en effleurant de l'index l'oreille du chat.

— Il n'est pas aussi familier, d'habitude. Il a mauvais caractère.

Un grondement assourdi s'élève. Punch ronronne.

Ethan sourit.

— Il ne sort jamais ?

— Si, il y a une chatière dans la porte de la cuisine. Mais, la plupart du temps, il reste à l'intérieur.

— Oui, t'es gentil, murmure Ethan quand Punch se frotte contre son aisselle.

— Votre nouvelle maison vous plaît ?

Il réfléchit un petit moment, tout en caressant la tête du chat.

— L'ancienne me manque, révèle-t-il enfin.

— Je m'en doute. Où habitiez-vous ?

Je connais déjà la réponse, bien sûr.

— À Boston.

— Et qu'est-ce qui vous a amenés à New York ?

Ça, je le sais aussi.

— Mon père a changé de boulot.

Il a été muté, en fait, mais je ne vais certainement pas le contredire.

— Ma chambre est plus grande ici, déclare-t-il tout à trac, comme si cette pensée venait seulement de lui traverser l'esprit.

— Les gens qui habitaient là avant vous l'ont rénovée.

— Ma mère dit qu'ils ont tout refait.

— C'est exact. Entre autres, ils ont cassé des cloisons pour agrandir certaines des chambres à l'étage.

— Vous avez déjà vu ma maison ?

— J'y suis allée plusieurs fois, oui. Je ne fréquentais pas beaucoup les Lord, mais ils organisaient chaque année une fête à laquelle nous étions invités.

La dernière remonte à près d'un an. Nous y étions allés ensemble, Ed et moi. Il m'a quittée deux semaines plus tard.

J'ai commencé à me détendre, une réaction que j'attribue d'abord à l'effet apaisant produit par la compagnie d'Ethan – il est décontracté et s'exprime d'une voix douce, et même le chat a l'air conquis –, avant de me rendre compte que je me suis de nouveau glissée dans mon rôle d'analyste et que j'imprime à la conversation le rythme familier des questions et des réponses. Curiosité et compassion : les outils de mon métier.

Et durant un instant, un court instant, je me retrouve dans mon cabinet de la 88e Rue Est, cette petite pièce silencieuse baignée par une lumière tamisée, où deux profonds fauteuils se font face, séparés par un tapis bleu semblable à un lac. On n'entend que l'eau circuler dans le radiateur de temps à autre.

Puis la porte s'ouvre, révélant la salle d'attente. J'ai l'impression de voir le canapé, la table en bois croulant sous les piles branlantes d'exemplaires de *Highlights* et de *Ranger Rick*, le bac en plastique rempli de cubes de

Lego, l'appareil diffuseur de bruits d'ambiance installé dans un coin…

Et la porte du cabinet de Wesley, mon associé, mon mentor pendant mes études, qui a ensuite réussi à me convaincre d'aller travailler dans le privé. Wesley Brill – ou Wesley « Brillant », comme on le surnommait, l'homme aux cheveux en bataille et aux chaussettes dépareillées, à l'incroyable vivacité d'esprit et à la voix de stentor. Je me le représente avachi dans son fauteuil inclinable Eames, ses longues jambes tendues vers le centre de la pièce, un livre sur les genoux. La fenêtre ouverte laisse entrer l'air hivernal. Il a fumé. Il lève les yeux.

« Salut, Fox ! » me lance-t-il.

— Ma nouvelle chambre est plus grande, répète Ethan.

Je m'appuie contre le dossier du canapé et croise les jambes. La position me paraît soudain étrangement guindée. À quand remonte la dernière fois où j'ai croisé les jambes ?

— À quel lycée es-tu inscrit, Ethan ? Je peux te tutoyer, n'est-ce pas ?

— Bien sûr. En fait, je ne vais pas au lycée. C'est maman qui me donne des cours à la maison.

Sans me laisser le temps de dire quelque chose, il indique de la tête une photo sur le bout de canapé.

— C'est votre famille ?

— Oui. Mon mari et ma fille. Ed et Olivia.

— Ils sont là ?

— Non, ils n'habitent plus ici. Nous sommes séparés.

— Oh.

Il caresse Punch.

— Elle a quel âge, votre fille ?

— Huit ans. Et toi ?

— Seize. J'en aurai dix-sept en février, s'empresse-t-il d'ajouter.

C'est le genre de chose que dirait Olivia. Il est plus vieux qu'il ne le paraît.

— Ma fille aussi est née en février. Le jour de la Saint-Valentin.

— Moi, je suis du vingt-huit.

— Tu as bien failli ne fêter ton anniversaire que tous les quatre ans…

Un hochement de tête.

— Vous faites quoi dans la vie ? demande-t-il.

— Je suis pédopsychiatre. Je travaille avec des enfants.

Il fronce le nez.

— Ah bon ? Pourquoi les enfants auraient-ils besoin d'un psy ?

— Oh, pour toutes sortes de raisons. Certains ont des problèmes à l'école, d'autres des difficultés chez eux. Quelques-uns ont parfois aussi du mal à s'adapter à un nouvel environnement…

Ethan ne relève pas.

— Si tu ne vas pas au lycée, il faut que tu te fasses des amis ailleurs, j'imagine.

Il soupire.

— Mon père m'a inscrit dans un club de natation.

— Tu nages depuis longtemps ?

— J'ai appris à cinq ans. Depuis, je m'entraîne régulièrement.

— Tu dois avoir un excellent niveau !

— Ça va. Mon père dit que je me débrouille.

Je hoche la tête.

— Je suis assez bon, oui, admet-il modestement. Je donne des leçons.

— C'est vrai ?

— À des gens qui ont des déficiences, précise-t-il. Je veux dire, pas des handicapés physiques…

— Des personnes qui ont des problèmes de développement mental, alors ?

— C'est ça. Je le faisais souvent, à Boston. J'aimerais continuer ici.

— Comment as-tu eu cette idée, au départ ?

— La sœur d'un copain a le syndrome de Down. Elle a vu les jeux Olympiques il y a quelques années, et du coup elle a voulu apprendre à nager. C'est moi qui me suis occupé d'elle et d'autres gamins de son école aussi. Après, je me suis retrouvé dans ce… dans ce milieu, quoi.

— Bravo ! C'est formidable.

— C'est pas trop mon truc, les fêtes entre jeunes et tout le reste.

— Tu ne t'y sens pas dans ton « milieu » ?

— Non, répond-il avec un sourire. Pas du tout.

Il tourne la tête vers la cuisine.

— Vous savez, je vois votre maison depuis ma chambre.

Je tourne la tête à mon tour. S'il peut voir la maison, cela signifie que sa chambre est orientée à l'est, donc en face de la mienne. Cette pensée suscite en moi un léger trouble ; c'est un adolescent, après tout. Pour la seconde fois, je me demande s'il est gay.

Puis je m'aperçois que son regard est devenu vitreux.

— Oh...

Je jette un coup d'œil sur ma droite, où devraient se trouver les mouchoirs en papier – où ils se trouvaient dans mon cabinet. Ici, c'est une photo encadrée d'Olivia, dont le large sourire révèle des dents manquantes, que j'ai posée.

— Désolé, dit Ethan.

— Pourquoi ? Qu'est-ce qu'il y a ?

— Rien.

Il se frotte les yeux.

J'attends un moment. Lui-même est encore un enfant, me dis-je, même s'il est grand, même si sa voix a mué.

— Mes copains me manquent, me confie-t-il.

— Je veux bien le croire.

— Je ne connais personne, ici.

Une larme roule sur sa joue. Il l'essuie d'un revers de main.

— Je comprends, Ethan. C'est dur de déménager. Il m'a fallu un certain temps pour rencontrer de nouvelles personnes quand on est arrivés.

Il renifle bruyamment.

— C'était quand ?

— Il y a huit ans. Non, neuf, maintenant. Avant, nous habitions dans le Connecticut.

Il renifle de nouveau, se passe un doigt sous le nez.

— C'est moins loin que Boston.

— Exact. N'empêche, quitter un endroit où on a vécu est toujours difficile.

J'aimerais le serrer dans mes bras. Je ne le ferai pas. J'imagine déjà les gros titres du genre : UNE

Nous gardons le silence un moment.

— Je pourrais avoir un autre verre d'eau ? demande-t-il.

— Bien sûr. Je vais te le chercher.

— Non, ne bougez pas, j'y vais.

Quand il se redresse, Punch saute par terre et va se blottir sous la table basse.

Ethan se dirige vers l'évier. Lorsque j'entends le robinet couler, je me lève à mon tour et m'approche du téléviseur pour ouvrir le tiroir en dessous.

— Ethan ? Tu aimes les films ?

Pas de réponse. Je me retourne, pour le découvrir sur le seuil de la cuisine, en contemplation devant le parc. À côté de lui, les bouteilles de vin vides dans la poubelle de recyclage semblent luire d'un éclat phosphorescent.

Au bout d'un moment, il reporte son attention sur moi.

— Hein ?

— Tu aimes les films ?

— Oui.

— Alors viens voir. J'ai plein de DVD. Trop, d'après mon mari.

— Je croyais que vous étiez séparés, murmure Ethan en me rejoignant.

— Eh bien, c'est toujours mon mari…

Mes yeux se posent sur mon alliance, que je fais tourner à mon doigt.

— Mais tu as raison.

Je lui montre le tiroir ouvert.

— Tu peux emprunter tout ce que tu veux. Tu as un lecteur de DVD ?

— Mon père peut les lire sur son ordinateur portable. Il acceptera peut-être de me le prêter.

— Je l'espère pour toi.

Je commence à me faire une idée de la personnalité d'Alistair Russell.

— C'est quel genre de films ? reprend Ethan.

— Surtout des vieux.

— Des trucs en noir et blanc, c'est ça ?

— Oui.

— Je n'en ai jamais vu.

J'ouvre des yeux comme des soucoupes.

— Alors sers-toi. Les meilleurs films sont en noir et blanc.

Il a l'air sceptique mais il regarde néanmoins dans le tiroir. Presque deux cents boîtiers, des collections sorties chez Criterion ou chez Kino, le coffret Hitchcock d'Universal, différents coffrets réunissant des films noirs, *Star Wars* (oui, j'ai moi aussi mes faiblesses). J'inspecte les dos : *Les Forbans de la nuit*, *Le Mystérieux Docteur Korvo*, *Adieu, ma belle*...

— Tiens, prends celui-là, dis-je à Ethan en lui tendant un DVD.

— *La Force des ténèbres*, lit-il à haute voix.

— C'est un bon point de départ. Du suspense, mais rien d'effrayant.

— Merci.

Il s'éclaircit la gorge, toussote.

— Dé... désolé, hoquette-t-il, avant d'avaler une grande gorgée d'eau. Je suis allergique aux chats.

Surprise, je le dévisage.

— Pourquoi ne pas l'avoir dit plus tôt ?

Je foudroie Punch du regard.

— Bah, il est tellement affectueux ! s'exclame-t-il. Je ne voulais pas le vexer.

— C'est ridicule. Mais gentil de ta part.

Il sourit.

— Bon, faut que j'y aille.

Il retourne vers la table basse, pose son verre et se penche pour s'adresser à Punch sous la vitre.

— Tu n'y es pour rien, mon vieux.

Il se redresse en frottant ses mains sur son jean.

— Tu veux une brosse adhésive pour enlever les poils ?

Je ne suis même pas sûre d'en avoir encore une.

— Non, ça va.

Il regarde autour de lui.

— Je peux passer aux W.-C. ?

Je lui indique le cabinet rouge.

— Vas-y, c'est là-bas.

Pendant qu'il est aux toilettes, je m'inspecte dans la glace du buffet. Une douche ce soir, c'est sûr. Demain au plus tard.

Je retourne vers le canapé et ouvre mon ordinateur. « Merci pour votre aide, a écrit DiscoMickey. Vous êtes formidable. »

Je rédige une brève réponse et l'envoie au moment où s'élève le bruit de la chasse d'eau. Ethan sort un instant plus tard.

— Cette fois, j'y vais, déclare-t-il.

Les mains dans les poches, il se dirige vers le vestibule en traînant les pieds comme l'adolescent qu'il est.

Je lui emboîte le pas.

— Merci encore de ta visite, Ethan.

— À bientôt, dit-il en ouvrant la porte.

Non, je ne crois pas.

— Oui, à bientôt.

9

Après le départ d'Ethan, je regarde une nouvelle fois *Laura*. À force, je ne devrais plus me laisser prendre, et pourtant, les scènes familières – Clifton Webb dévorant des yeux le paysage, Vincent Price s'essayant à l'accent du Sud – me font toujours autant d'effet. Et quelle musique ! « Ils m'ont envoyé le scénario, pas la partition », avait déploré Hedy Lamarr[1].

Je laisse la bougie allumée, avec sa minuscule flamme tremblotante.

Puis, tout en fredonnant le thème du film, je passe le doigt sur l'écran de mon téléphone et vais voir sur Internet ce que deviennent mes patients. Mes anciens patients. Il y a dix mois, je les ai tous perdus : Mary, neuf ans, qui se débattait avec le divorce de ses parents ; Justin, huit ans, dont le frère jumeau était mort d'un mélanome ; Anne Marie, qui à douze ans avait toujours peur du noir… Et Rasheed (onze ans, transgenre), Emily (neuf ans, tyrannique), et cette petite de dix ans anormalement dépressive, pourtant prénommée Joy,

1. Pressentie pour le rôle de Laura, l'actrice l'avait refusé.

comme par une sorte d'ironie du sort. J'ai perdu leurs sanglots, leurs problèmes, leur colère, leurs progrès. J'ai perdu dix-neuf enfants au total. Vingt, si on compte ma fille.

Je sais où est Olivia aujourd'hui, bien sûr ; pour les autres, j'essaie de me tenir au courant. Pas trop souvent – un psychiatre n'est pas censé enquêter sur ses patients, même les anciens –, mais environ une fois par mois, cédant à la nostalgie, je fais des recherches sur le web. J'ai plusieurs outils à ma disposition : un compte Facebook fantôme, un profil LinkedIn poussiéreux… Avec les plus jeunes, cependant, je ne peux utiliser que Google.

Après avoir découvert qu'Ava avait participé à un concours d'orthographe et que Jacob avait été élu au conseil des élèves de son collège, après avoir passé en revue les albums Instagram de la mère de Grace et pris connaissance des posts de Ben sur Twitter (il aurait vraiment intérêt à activer les filtres de sécurité), après avoir essuyé mes joues mouillées de larmes et avalé trois verres de vin rouge, je me retrouve dans ma chambre, à faire défiler des photos sur mon téléphone. Et là, une fois de plus, je m'adresse à Ed.

— Devine qui c'est, dis-je, comme à mon habitude.

— Toi, t'es pompette.

— La journée a été longue.

Je jette un coup d'œil à mon verre vide avec une pointe de culpabilité.

— Où est Livvy ? Qu'est-ce qu'elle fait ?

— Elle se prépare pour demain.

— Oh. Elle a choisi quoi, comme déguisement ?

— Un fantôme, répond-il.

— Tu l'as échappé belle.

— Comment ça ?

Je ris doucement.

— Rappelle-toi, Ed : l'année dernière, elle voulait absolument se déguiser en camion de pompiers.

— Ah oui, on a mis des jours à préparer le costume…

— Comment ça, « on » ? *J'ai* mis des jours à préparer le costume !

J'ai l'impression de le voir sourire.

De l'autre côté du parc, au deuxième étage de la maison des Russell, j'aperçois la lueur d'un écran d'ordinateur au fond d'une pièce sombre. Brusquement, la lumière jaillit – un lever de soleil instantané ; je distingue un bureau, une lampe et ensuite Ethan, qui se débarrasse de son pull. C'est vrai : nos chambres se font bel et bien face.

Il se retourne, les yeux baissés, et enlève son tee-shirt. Je regarde ailleurs.

Dimanche 31 octobre

10

La pâle lumière du matin peine à entrer par la fenêtre de ma chambre. En me retournant dans mon lit, je me cogne la hanche contre mon ordinateur portable. Encore une soirée passée à jouer aux échecs comme un pied jusqu'à point d'heure. Mes cavaliers ont vacillé, mes tours se sont effondrées.

Je me traîne sous la douche, m'essuie ensuite les cheveux avec une serviette et me passe du déodorant sous les aisselles. Prête pour la bataille, comme dirait Sally. Joyeux Halloween !

Je n'ouvrirai pas la porte ce soir, évidemment. Je crois me rappeler que David doit sortir vers 19 heures, pour aller en ville. Une soirée agréable en perspective, je suppose.

Il m'a suggéré un peu plus tôt de placer sur le perron un saladier rempli de bonbons.

« Non, le premier gosse venu s'empresserait de tout emporter, le saladier et le reste », ai-je objecté.

Il a paru contrarié.

« Oh, c'est vrai que je ne suis pas psy pour gamins…

— Pas besoin d'être psy pour le savoir, il suffit juste d'avoir été un gamin. »

Je vais éteindre toutes les lumières pour qu'on croie la maison vide.

Je me rends sur mon site de cinéphiles. Andrew est en ligne ; il a posté un lien vers une critique de *Vertigo* signée Pauline Kael – « stupide » et « superficielle » – et, dessous, il dresse une liste intitulée : « Meilleur film noir à regarder en se tenant la main ? » (*Le Troisième Homme*, ai-je envie de répondre. Ne serait-ce que pour le dernier plan.)

Je lis l'article de Kael puis envoie un message à Andrew. Il se déconnecte au bout de cinq minutes.

Je ne me souviens même plus de la dernière fois où quelqu'un m'a tenu la main.

11

Vlam.

La porte d'entrée, encore. Cette fois, je suis recroquevillée sur le canapé, en train de regarder *Rififi* – la longue scène du casse, une demi-heure sans dialogue ni musique, juste le son diégétique et le bourdonnement du sang à mes oreilles. Quand Yves m'avait suggéré de m'intéresser de plus près au cinéma français, il ne pensait probablement pas à un film quasiment muet. *Quel dommage* * !

De nouveau, ce même *vlam* sourd contre la porte.

Je repousse la couverture étalée sur mes jambes, me redresse et attrape la télécommande pour appuyer sur la touche Pause.

Le crépuscule étend son ombre dehors. Je me dirige vers la première porte et l'ouvre.

Vlam.

Je fais un pas dans le vestibule, la seule partie de la maison qui m'inspire autant de répulsion que de défiance, une zone de grisaille fraîche entre mon royaume et le monde extérieur. Il est plongé dans la pénombre, les murs assombris me font penser à deux mains prêtes à m'écraser entre elles.

La porte d'entrée s'orne d'un vitrail au plomb. Je m'en approche.

Un claquement le fait trembler. Un petit projectile l'a touché : un œuf, dont les entrailles sont étalées sur le verre. Je m'entends pousser un cri étranglé. À travers les coulures jaunes, j'aperçois trois gamins dans la rue, l'air ravi, le sourire insolent. L'un d'eux s'est figé en position de tir, les doigts refermés sur un autre œuf.

Je tangue sur place, appuie une main contre le mur. C'est mon foyer. Ma vitre.

Ma gorge se noue, les larmes me montent aux yeux. À ma première réaction de surprise succède la honte.

Vlam.

Puis la colère.

Je ne peux pas ouvrir la porte à la volée pour les faire détaler. Je ne peux pas débouler dehors et les affronter. Je toque à la vitre, un coup sec…

Vlam.

Je plaque ma paume contre le battant.

Le frappe de mon poing.

Je gronde, je rugis, ma voix se répercute sur les murs, le petit vestibule sombre résonne comme une chambre d'écho.

Je me sens complètement impuissante.

Il me semble entendre le Dr Fielding répliquer : « Faux, vous ne l'êtes pas. »

Inspire, deux, trois, quatre.

Non, je ne suis pas impuissante.

Non. J'ai trimé dur près de dix années pendant mes études. J'ai passé quinze mois à me former dans les écoles des quartiers défavorisés. J'ai exercé pendant sept ans. « Je suis coriace », ai-je assuré à Sally.

Je repousse mes cheveux en arrière en même temps que je bats en retraite dans le salon. Puis j'avale une grande goulée d'air et écrase un doigt sur le bouton de l'interphone.

— Allez-vous-en ! dis-je entre mes dents serrées.

Ils m'entendront forcément, dehors.

Mon index tremble sur le bouton.

— Allez-vous-en !

Vlam.

Je traverse la pièce d'une démarche chancelante, trébuche dans l'escalier, me rue dans mon bureau et me poste à la fenêtre. Ils sont là, rassemblés dans la rue comme des voyous déterminés à assiéger mon foyer. Leurs ombres semblent s'étendre à l'infini dans la lumière déclinante. J'agite la main derrière la vitre.

L'un d'eux me montre du doigt et éclate de rire. Replie son bras comme un lanceur. Expédie un autre œuf.

Je tape de nouveau à la vitre, assez fort pour la faire vibrer dans son encadrement. C'est ma porte. Ma maison.

Ma vue se brouille.

Et soudain, me voilà en train de dévaler l'escalier. Je retourne dans le vestibule, pieds nus sur le carrelage. Ma main se pose sur la poignée. La colère me saisit à la gorge et m'aveugle. Je me force à inspirer, une fois, deux fois…

Deux, trois…

J'ouvre la porte. L'air et la lumière m'explosent à la figure.

Durant un instant, c'est le silence, comme dans le film. Tout semble aussi figé que le soleil couchant. Les maisons d'en face. Les trois gamins entre elles et moi. La rue autour d'eux. Tout est calme et immobile – une horloge arrêtée.

Je jurerais entendre soudain un énorme craquement, semblable à celui d'un arbre qu'on abat.

Puis…

… puis tout se précipite vers moi, enfle en prenant de la vitesse, le monde extérieur est pareil à un bloc de pierre projeté par une catapulte, qui me heurte au creux de l'estomac avec une telle force que je me plie en deux sous l'impact. Ma bouche s'ouvre en grand, comme une fenêtre. Le vent s'y engouffre. Je suis une maison vide, toute de poutres pourries et de courants d'air. Mon toit s'effondre dans un grondement…

… et c'est moi qui gronde, glisse et chute, une main griffant désespérément la brique de la façade, l'autre tendue vers le vide. Mes yeux se révulsent, j'aperçois le rouge vif des feuilles, et après plus rien. Coup de projecteur sur une femme en noir, dont les yeux ne voient plus que du blanc – le blanc du métal en fusion. Je voudrais crier, mes lèvres ne font que rencontrer la poussière. Le goût du ciment envahit ma bouche. Le goût du sang aussi. Mes membres s'agitent sur le sol. Le sol ondoie sous mon corps. Mon corps ondoie dans l'air.

Quelque part dans les profondeurs de mon cerveau, je me rappelle que c'est déjà arrivé une fois, sur ces mêmes marches. Je me souviens du bourdonnement des voix, pareil au murmure des vagues, des mots qui affleuraient de temps à autre, clairs et distincts : « tombée », « voisine », « quelqu'un », « folle ». Cette fois, il n'y a que le silence.

Mon bras est passé autour du cou de quelqu'un. Des cheveux plus épais que les miens m'effleurent le visage. Des pieds raclent doucement le ciment, ensuite le carrelage. Je suis à l'intérieur à présent, d'abord dans la fraîcheur du vestibule, ensuite dans la chaleur du salon.

12

— Vous avez fait une sacrée chute !

Une image se forme devant mes yeux, comme sur un tirage Polaroid. C'est mon plafond, d'où l'un des spots encastrés semble me regarder de son petit œil rond.

— Je vais vous chercher quelque chose. Ne bougez pas, j'en ai pour une seconde.

Je laisse ma tête retomber sur le côté et sens la caresse du velours contre mon oreille. La méridienne du salon, le meuble idéal pour la pâmoison. Ha !

— Une seconde, une seconde…

Une femme se tient devant l'évier de la cuisine, une longue natte brune lui barrant le dos.

Je porte les mains à mon visage, me couvre le nez et la bouche. Inspire, expire. Doucement, calme-toi. Mes lèvres me brûlent.

— J'allais vers la maison d'en face quand j'ai vu ces petits cons lancer des œufs sur votre porte, m'explique l'inconnue. Je leur ai dit : « Qu'est-ce que vous fabriquez, espèces de sales morveux ? » Et là, vous avez… vous êtes sortie de chez vous en titubant, et vous vous êtes écroulée comme un sac de…

Elle ne termine pas sa phrase. Un sac de quoi ? De patates ?

Déjà, elle revient vers moi, un verre dans chaque main, l'un rempli d'eau, l'autre d'un liquide épais et doré. Du cognac, j'espère, pris dans le cabinet à liqueurs.

— Je ne sais pas du tout si le cognac a un effet bénéfique, dit-elle. J'ai l'impression de jouer dans *Downtown Abbey*. Je suis votre Florence Nightingale !

— Vous êtes la femme qui habite de l'autre côté du parc…

J'ai l'impression que les mots titubent sur ma langue comme des ivrognes dans un bar. Moi, « coriace » ? Pitoyable, plutôt !

— Pardon ?

Malgré moi, je déclare :

— Vous êtes Jane Russell.

Elle s'immobilise, me dévisage d'un air étonné, puis éclate de rire. Ses dents brillent dans la pénombre.

— Comment le savez-vous ?

— Vous avez dit que vous alliez vers « la maison d'en face »…

Je dois fournir un gros effort pour articuler. *Un chasseur sachant chasser. Les chaussettes de l'archiduchesse sont sèches et archisèches.*

— Votre fils est passé me voir.

Les yeux mi-clos, je l'examine plus attentivement. Elle fait partie de ces femmes qu'Ed qualifierait sans doute d'un ton approbateur de « bien en chair » : hanches rondes, poitrine généreuse, peau veloutée, visage radieux, lèvres pleines, yeux d'un bleu limpide. Elle porte un jean bleu foncé et un pull noir dont l'encolure en V révèle un médaillon en argent niché entre ses seins. Je lui donne dans les trente-huit ou trente-neuf ans. Elle devait être toute jeune quand elle a eu Ethan.

Comme son fils, je la trouve d'emblée sympathique.

Elle s'approche de la méridienne et effleure mon genou du sien.

— Asseyez-vous. C'est préférable, au cas où vous auriez une commotion cérébrale.

Je me redresse péniblement en position assise tandis qu'elle pose les verres sur la table, puis s'installe en face de moi, à la place que son fils occupait hier. Elle tourne la tête vers le téléviseur.

— Qu'est-ce que vous regardiez ? Un film en noir et blanc ?

Elle n'en revient pas, apparemment.

Je saisis la télécommande pour éteindre. L'écran devient noir.

— Il fait sombre, ici, observe Jane.

— Pourriez-vous allumer, s'il vous plaît ? Je me sens encore un peu…

Je n'ai même pas la force de terminer ma phrase.

— Bien sûr.

Elle tend la main par-dessus le dossier du canapé et appuie sur l'interrupteur du lampadaire. La pièce s'éclaire.

Je renverse la tête et contemple les moulures biseautées au plafond. Inspire, un, deux, trois, quatre. Un petit coup de peinture ne leur ferait pas de mal. J'en parlerai à David. Expire, deux, trois, quatre.

— Alors, reprend Jane, les coudes sur les genoux, en me dévisageant attentivement. Que s'est-il passé, tout à l'heure ?

— J'ai eu une crise de panique.

— Oh, ma pauvre… ! Comment vous appelez-vous ?

— Anna. Fox.

— Écoutez, Anna, ce n'étaient que des gosses pas très futés.

— Ce… ce n'est pas le problème. En fait, je ne peux pas sortir de chez moi.

Je baisse les yeux et saisis mon cognac.

— Mais vous êtes sortie ! Doucement, ne buvez pas tout d'un coup, ajoute-t-elle en me voyant avaler de longues gorgées d'alcool.

— Je n'aurais pas dû mettre le nez dehors.

— Pourquoi ? Vous êtes un vampire ?

Presque, me dis-je en jetant un coup d'œil à la peau pâle de mon bras.

— Agoraphobe, plutôt… ? risqué-je.

Elle pince les lèvres.

— C'est une question ?

— Non, je n'étais pas sûre que vous sachiez ce que c'est.

— Bien sûr que je le sais ! Vous n'aimez pas les espaces à ciel ouvert.

Je ferme les yeux, hoche la tête.

— Mais je croyais que l'agoraphobie vous empêchait seulement de… d'aller faire du camping, par exemple, ou n'importe quelle activité en plein air, poursuit-elle.

— Je ne peux aller nulle part.

Le regard songeur, elle se passe la langue sur les dents.

— Et ça dure depuis combien de temps ?

J'avale les dernières gouttes de cognac.

— Dix mois.

Cette fois, elle garde le silence. Je prends une profonde inspiration, qui me fait tousser.

— Vous avez besoin d'un inhalateur, peut-être ? demande-t-elle.

— Non, ça n'arrangerait rien. Au contraire, ça accélérerait mon rythme cardiaque.

Elle réfléchit.

— Pourquoi pas un sac en papier ?

Je pose mon verre vide et referme mes doigts sur celui rempli d'eau.

— Non. Je veux dire, ça marche parfois, mais je n'en ai pas besoin maintenant. En tout cas, merci mille fois de m'avoir aidée à rentrer. Je suis vraiment gênée de…

— Non, ne…

— Je vous assure. Quoi qu'il en soit, ne vous inquiétez pas, ça ne deviendra pas une habitude.

Elle pince de nouveau les lèvres. Sa bouche est très mobile, ai-je remarqué. Peut-être fume-t-elle, même si je ne décèle sur elle qu'une odeur de beurre de karité.

— C'est déjà arrivé, Anna ? Que vous sortiez et…

Je grimace.

— Au printemps dernier, oui. Un livreur avait déposé mes sacs de courses sur le perron et j'ai cru pouvoir les récupérer.

— Mais vous n'avez pas pu.

— Non. Malheureusement, il y avait beaucoup de gens dans la rue quand j'ai eu mon attaque de panique. Il leur a fallu une bonne minute pour déterminer que je n'étais pas dingue et que j'habitais bien ici.

Elle balaie la pièce du regard.

— Cette maison est absolument… Waouh !

Soudain, elle tire son téléphone de sa poche et jette un coup d'œil à l'écran.

— Excusez-moi, il faut que je rentre, dit-elle en se levant.

Je tente de l'imiter, mais mes jambes refusent de coopérer.

— Votre fils est charmant, dis-je. Merci aussi pour le cadeau.

Elle considère la bougie sur la table en caressant le pendentif sur sa gorge.

— Il est gentil, confirme-t-elle. Il l'a toujours été.

— Et très beau garçon.

— Oui, il l'a toujours été aussi ! s'exclame-t-elle en riant.

De l'ongle de son pouce, elle ouvre son médaillon puis se penche vers moi, et je comprends qu'elle veut me montrer la photo à l'intérieur. Cette proximité avec une inconnue dont j'effleure le pendentif me paraît bizarrement intime. Ou alors, j'ai perdu l'habitude des contacts humains.

La photo du médaillon, minuscule, montre un petit garçon d'environ quatre ans, tignasse blonde en bataille, dents manquantes, pareilles à des piquets de clôture après une tempête. Un sourcil barré par une cicatrice. Le doute n'est pas permis : c'est Ethan.

— Quel âge a-t-il, sur cette photo ?

— Cinq ans. Mais il paraît plus jeune, vous ne trouvez pas ?

— J'aurais dit quatre.

— Exactement.

Je lâche le pendentif.

— À quel moment est-il devenu aussi grand ?

Elle le referme délicatement.

— Quelque part entre cette époque et maintenant !

Elle s'esclaffe, puis prend brusquement un air grave.

— Je peux vous laisser toute seule, vous êtes sûre ? Vous ne risquez pas d'hyperventiler ?

— Non, ça va aller.

— Vous voulez un autre cognac ? demande-t-elle en esquissant un geste vers la table basse.

À cet instant seulement, je remarque l'album photo qui y est posé ; Jane a dû l'apporter. Elle le fourre sous son bras et indique mon verre vide.

Je préfère mentir :

— Non, merci. Je vais m'en tenir à l'eau.

— D'accord.

Elle hésite un instant, les yeux rivés sur la fenêtre.

— D'accord, répète-t-elle. Dites, un homme extrêmement séduisant vient de s'engager dans votre allée. C'est votre mari ?

— Non, c'est David, mon locataire. Il habite l'appartement au sous-sol.

— Ah oui ? Eh bien, dommage qu'il ne loge pas chez moi !

Pas un seul coup de sonnette ce soir. Peut-être les fenêtres sombres ont-elles découragé les gamins en quête de bonbons. À moins que ce ne soit la vue du jaune d'œuf séché sur la porte ?

Je vais me coucher tôt.

Pendant mes études, j'ai rencontré un petit garçon de sept ans souffrant du syndrome de Cotard, un trouble psychologique qui amène le sujet à se croire mort.

Il s'agit d'une maladie rare, surtout chez les enfants. Elle peut se soigner par l'administration d'antipsychotiques, voire, dans les cas les plus résistants, par la thérapie électroconvulsive. En l'occurrence, j'ai réussi à le guérir par la parole. Ce fut mon premier grand succès, celui qui a attiré sur moi l'attention de Wesley.

Ce petit garçon doit être un adolescent aujourd'hui, à peu près de l'âge d'Ethan, soit environ la moitié du mien. Si je pense à lui ce soir, tandis que je regarde le plafond, c'est parce que je me sens moi-même morte. Morte, mais pas absente pour autant : je vois la vie s'écouler autour de moi, sans pouvoir intervenir.

Lundi 1er novembre

13

Le lendemain matin, je viens de descendre l'escalier et de me rendre à la cuisine, quand j'aperçois un papier glissé sous la porte du sous-sol. Un seul mot y est écrit : « œufs ».

Je le regarde sans comprendre. David veut-il que je lui prépare son petit déjeuner ? Puis je retourne la feuille et découvre le mot « nettoyés » au-dessus de la pliure. Merci, David.

Des œufs, à la réflexion, ça me tente bien, alors j'en casse trois dans une poêle et les prépare au plat. Quelques minutes plus tard, j'avale la dernière bouchée, m'installe à mon bureau et me connecte à l'Agora.

C'est toujours la bousculade le matin, car les agoraphobes souffrent souvent d'une anxiété aiguë après le réveil. Comme je m'y attendais, il y a foule aujourd'hui. Je passe deux heures à essayer d'offrir réconfort et soutien ; je conseille aux utilisateurs divers traitements (l'imipramine est aujourd'hui mon choix de prédilection, même si le Xanax n'est jamais passé de mode) ; j'interviens en tant que médiatrice dans un débat sur les bénéfices incontestables de la thérapie par l'aversion ; je regarde, à la demande de Dimples2016, une vidéo montrant un chat qui joue de la batterie.

Je m'apprête à me déconnecter pour rejoindre mon site d'échecs, dans l'espoir de prendre ma revanche après mes défaites de samedi, quand un message apparaît sur mon écran :

DiscoMickey : Merci encore pour votre aide l'autre jour, doc.

L'attaque de panique… J'ai pianoté sur mon clavier pendant près d'une heure afin d'accompagner DiscoMickey qui, selon ses propres termes, « pétait les plombs ».

Votrepsyenligne : De rien. À votre service. Ça va mieux ?
DiscoMickey : Beaucoup mieux.
DiscoMickey : Je vous écris psk je suis en train de dialoguer avec une nouvelle qui voudrait savoir s'il y a des professionnels sur le site. Je lui ai transmis vos FAQ.

Une patiente qu'on m'envoie. Je consulte l'horloge.

Votrepsyenligne : Je n'aurai peut-être pas le temps aujourd'hui, mais adressez-la-moi.
DiscoMickey : Cool.

Il quitte la discussion.

Un moment plus tard, une autre boîte de dialogue apparaît. GrannyLizzie. Je clique sur le nom, parcours rapidement le profil. Âge : soixante-dix ans. Domiciliation : Montana. Inscrite sur le site depuis deux jours.

104

Je consulte de nouveau l'horloge. Les échecs peuvent attendre.

Une ligne de texte au bas de l'écran m'informe que GrannyLizzie est en train de rédiger un message. Je patiente – un certain temps, me semble-t-il. Ou elle rédige un long texte ou elle est atteinte de « seniorite », comme l'étaient mes parents, qui tapaient toujours avec un seul doigt, de sorte qu'il ne leur fallait pas moins de trente secondes juste pour écrire « Bonjour ».

GrannyLizzie : Bonjour à vous !

Un début chaleureux. Avant que je puisse répondre :

GrannyLizzie : C'est DiscoMickey qui m'a donné votre nom. J'ai désespérément besoin de conseils !
GrannyLizzie : De chocolat aussi, mais c'est une autre histoire…

Je parviens à insérer quelques mots.

Votrepsyenligne : Bonjour à vous aussi ! Vous êtes nouvelle sur ce forum ?
GrannyLizzie : Oui !
Votrepsyenligne : J'espère que DiscoMickey vous a bien accueillie.
GrannyLizzie : Oui, il a été parfait !
Votrepsyenligne : Alors, comment puis-je vous aider ?
GrannyLizzie : J'ai peur que vous ne puissiez pas faire grand-chose pour le chocolat, hélas !

Est-elle survoltée ou seulement nerveuse ? Je patiente.

GrannyLizzie : À vrai dire, je…
GrannyLizzie : J'ai beaucoup de mal à l'avouer…

Roulement de tambour…

GrannyLizzie : Je ne peux plus sortir de chez moi depuis un mois.

GrannyLizzie : Voilà, c'est dit : c'est tout le PROBLÈME !

Votrepsyenligne : Je comprends. Je peux vous appeler Lizzie ?

GrannyLizzie : Bien sûr.

GrannyLizzie : J'habite dans le Montana. Je suis d'abord grand-mère, et ensuite prof d'art.

On y viendra, mais pour le moment :

Votrepsyenligne : S'est-il passé quelque chose de particulier dans votre vie il y a un mois ?

Quelques secondes s'écoulent.

GrannyLizzie : Mon mari est mort.

Votrepsyenligne : Je vois. Comment s'appelait-il ?

GrannyLizzie : Richard.

Votrepsyenligne : Toutes mes condoléances, Lizzie. Richard, c'était aussi le prénom de mon père.

GrannyLizzie : Est-ce qu'il est décédé ?

Votrepsyenligne : Ma mère et lui sont morts il y a quatre ans. Elle d'un cancer, lui d'une crise cardiaque cinq mois plus tard. En attendant, je pense que les hommes prénommés Richard comptent parmi les meilleurs d'entre nous.

GrannyLizzie : C'était aussi le prénom de Nixon !!!

Bien. Nous commençons à développer une relation.

Votrepsyenligne : Vous étiez mariés depuis longtemps ?

GrannyLizzie : Quarante-sept ans.

GrannyLizzie : Nous nous sommes rencontrés au travail. C'était un authentique COUP DE FOUDRE !

GrannyLizzie : Il était prof de chimie, moi d'art. Les contraires s'attirent !

Votrepsyenligne : Formidable ! Vous avez des enfants ?

GrannyLizzie : Deux fils et trois petits-fils.

GrannyLizzie : Mes fils sont beaux, mais mes petits-fils sont merveilleux !

Votrepsyenligne : Ça fait beaucoup de garçons.

GrannyLizzie : À qui le dites-vous !

GrannyLizzie : Si vous saviez tout ce que j'ai vu… !

GrannyLizzie : Et tout ce que j'ai senti… !

Je note le ton, vif et enjoué, le langage, familier mais assuré, l'absence de fautes d'orthographe. Elle est intelligente, ouverte. Elle n'utilise pas d'abréviations, peut-être en raison de son âge. Quoi qu'il en soit, elle m'apparaît comme une adulte avec laquelle je peux travailler.

GrannyLizzie : Êtes-vous un garçon, à propos ?

GrannyLizzie : Si je vous pose la question, c'est parce que nous avons aussi des femmes médecins, ici, au fin fond du Montana !

Je souris. Décidément, elle me plaît bien.

Votrepsyenligne : Je suis une doctoresse, en effet.

GrannyLizzie : Tant mieux ! Il en faudrait plus comme vous !

Votrepsyenligne : Dites-moi, Lizzie, que s'est-il passé depuis la mort de Richard ?

Elle me raconte tout. Me décrit ce moment où, de retour de l'enterrement, elle s'est sentie incapable de raccompagner au-delà de la porte les proches et amis réunis chez elle. Évoque cette impression effrayante, au cours des jours suivants, « comme si l'extérieur essayait d'entrer », qui l'avait amenée à baisser les stores. Elle me parle aussi de ses fils, qui vivent loin d'elle, dans le Sud-Est, de leur incompréhension et de leur inquiétude.

GrannyLizzie : Plaisanterie mise à part, je dois bien avouer que c'est vraiment perturbant.

Bon. Il est temps pour moi de retrousser mes manches.

Votrepsyenligne : Le contraire serait étonnant. À mon avis, la mort de Richard a profondément bouleversé votre existence, mais vous vous rendez compte que le monde continue de tourner sans lui. C'est une réalité très difficile à affronter et à accepter.

J'attends une réponse. Rien.

Votrepsyenligne : Vous m'avez dit que vous aviez gardé toutes les affaires de Richard, ce que je peux comprendre. Mais j'aimerais que vous réfléchissiez à ceci.

Silence radio.
Puis :

GrannyLizzie : Je suis tellement contente de vous avoir parlé ! Vrai de vrai.
GrannyLizzie : C'est une expression que mes petits-fils répètent tout le temps. Ils l'ont entendue dans *Shrek*. Vrai de vrai.
GrannyLizzie : Puis-je vous recontacter bientôt ?
Votrepsyenligne : J'en serais heureuse. Vrai de vrai !

Ç'a été plus fort que moi.

GrannyLizzie : Je suis vraiment (!!) reconnaissante à DiscoMickey de m'avoir orientée vers vous. Vous êtes un amour.
Votrepsyenligne : C'était un plaisir.

J'attends qu'elle se déconnecte, mais elle tape toujours.

GrannyLizzie : Je viens de m'apercevoir que je ne connais même pas votre prénom !

J'hésite. Je ne me suis jamais identifiée sur l'Agora. Je ne veux pas qu'on puisse remonter jusqu'à moi, associer mon nom à mon métier et me percer à jour. Pourtant, quelque chose dans l'histoire de Lizzie me touche : une veuve âgée, seule et endeuillée, qui s'efforce de faire bonne figure… Elle peut bien plaisanter, il n'en reste pas moins qu'elle ne peut plus sortir de chez elle, et que c'est terrifiant. Je suis bien placée pour le savoir.

Votrepsyenligne : Je m'appelle Anna.

Je m'apprête à quitter le forum quand un dernier message apparaît sur l'écran.

GrannyLizzie : Merci, Anna.

GrannyLizzie s'est déconnectée.

J'ai l'impression que le sang circule plus vite dans mes veines. J'ai aidé quelqu'un. Établi un lien, une communication. « Il suffit de mettre en communication »…. Où ai-je entendu cette expression ?

Je mérite un verre.

14

Alors que je me dirige vers la cuisine en faisant rouler ma tête pour assouplir mes cervicales, et que j'entends mes os craquer, quelque chose, au-dessus de moi, attire soudain mon regard : dans un recoin du plafond, tout en haut de l'escalier, s'étale une tache d'humidité sombre dont l'origine doit se situer au niveau de la trappe d'accès au toit, à côté du dôme vitré.

Je vais frapper à la porte de David. Elle s'ouvre quelques instants plus tard. Il est pieds nus, en tee-shirt délavé et jean informe. De toute évidence, je l'ai réveillé.

— Désolée, dis-je. Vous dormiez ?

— Non.

Oh si.

— Est-ce que vous pourriez venir voir ? Je pense avoir repéré une tache d'humidité au plafond.

Nous montons au deuxième, passons devant le bureau et ma chambre, poursuivons notre ascension et nous arrêtons dans le couloir, entre la chambre d'Olivia et la chambre d'amis.

— Sacrée verrière ! commente David.

Je ne sais pas si c'est un compliment. Dans le doute, et juste pour dire quelque chose, je réplique :

— Oui, c'est… original.

— Bombé, quoi.

— C'est ça.

— Je n'en ai pas vu beaucoup de ce genre.

— Des puits de lumière bombés ?

Mais notre bref échange est terminé. David examine attentivement la tache.

— C'est du salpêtre, déclare-t-il à voix basse, comme un médecin annonçant une mauvaise nouvelle à un patient.

— On peut toujours nettoyer la partie salie, non ?

— Ça ne résoudra pas le problème.

— Que faut-il faire, alors ?

Il soupire.

— D'abord, je vais aller jeter un coup d'œil au toit.

Déjà, il tire la chaîne de la trappe. Celle-ci s'ouvre, et une échelle glisse vers nous en grinçant. Le soleil s'engouffre aussitôt dans la brèche. Je m'écarte d'un pas, pour m'éloigner de la lumière. Je suis peut-être un vampire, finalement…

David fait descendre l'échelle jusqu'au sol. Je le regarde monter, les fesses moulées par son jean. Puis il disparaît.

— Vous voyez quelque chose ?

Pas de réponse.

— David ?

J'entends un claquement métallique. Soudain, une coulée d'eau, scintillante sous le soleil, se déverse sur le palier. Je recule.

— Oups, désolé ! lance David. J'ai buté dans un arrosoir.

— Ce n'est pas grave. Vous voyez quelque chose ?

Au bout de quelques secondes, sa voix s'élève de nouveau, teintée d'une certaine admiration.

— C'est la jungle, là-haut !

C'était Ed qui avait eu cette idée, il y a quatre ans, après la mort de ma mère. « Tu as besoin d'un projet », avait-il décrété. Alors nous avions entrepris de convertir le toit terrasse en jardin : des massifs de fleurs, un petit potager, une rangée de buis miniatures. Et le chef-d'œuvre central, ce que l'agent immobilier avait appelé la « pièce maîtresse » : un treillage en arceaux, d'un mètre quatre-vingts de large sur presque quatre de long, recouvert d'un épais feuillage au printemps et en été – un tunnel d'ombre et de fraîcheur. Lorsque mon père avait succombé à une crise cardiaque, quelques mois plus tard, Ed avait placé un banc commémoratif à l'intérieur. « *Ad astra per aspera* », disait l'inscription. « À travers l'adversité, jusqu'aux étoiles. » Je m'y asseyais les soirs de printemps et d'été, dans la lumière vert doré, pour lire un livre en buvant un verre.

Je n'avais pas repensé à ce jardin depuis un certain temps. La végétation doit s'en donner à cœur joie.

— Un vrai fouillis, confirme David. On se croirait presque dans une forêt vierge.

Je voudrais qu'il redescende, maintenant.

— C'est un treillage, au bout ? demande-t-il. Sous la bâche ?

Nous le protégions chaque automne. Perdue dans mes souvenirs, je ne réponds pas.

— En tout cas, il faut drôlement faire attention avec la verrière, reprend-il. Si on marche dessus, c'est la dégringolade assurée.

— Oh, je n'ai pas l'intention de monter !

La vitre vibre quand il la tapote du bout du pied.

— Mouais, c'est fragile. Suffirait qu'une branche tombe dessus pour tout emporter.

S'ensuit de nouveau un court silence.

— N'empêche, c'est complètement dingue, cet endroit ! lance-t-il. Vous voulez que je prenne une photo ?

— Non, merci. Qu'est-ce qu'on fait pour l'humidité ?

Un pied apparaît dans l'ouverture, puis David redescend.

— On va devoir s'adresser à un professionnel.

Il me rejoint et remet l'échelle en place.

— C'est toute l'étanchéité du toit qui est à revoir. En attendant, je peux toujours enlever le salpêtre avec un grattoir, ajoute-t-il en refermant la trappe. Je poncerai la partie abîmée, et après je passerai un enduit et un coup de peinture.

— Vous avez tout ça en stock ?

— J'irai acheter l'enduit et la peinture. En attendant, ce serait bien d'aérer un peu.

Je me raidis.

— Comment ça ?

— Si vous pouviez ouvrir quelques fenêtres… Pas forcément à cet étage, d'ailleurs.

— Je ne les ouvre jamais. Nulle part dans la maison.

Il hausse les épaules.

— Dommage.

Quand je me détourne, il m'emboîte le pas, et nous nous engageons en silence dans l'escalier.

Une fois dans la cuisine, je me sens obligée de dire quelque chose :

— Merci d'avoir nettoyé les dégâts sur la porte d'entrée.

— Qui a fait ça ?

— Des gosses.

— Vous les connaissez ?

— Non.

Je marque une pause.

— Pourquoi ? Vous seriez prêt à aller leur coller une raclée ?

Il cille. Je n'insiste pas.

— Vous êtes bien installé, en bas, j'espère…

Il est là depuis deux mois. C'est le Dr Fielding qui m'a suggéré de prendre un locataire, quelqu'un pour faire les courses, sortir les ordures, m'aider à l'entretien, etc., en échange d'un loyer modique. David a été le premier à répondre à mon annonce, postée sur Airbnb. Je me rappelle avoir pensé que son mail était succinct, voire sec, jusqu'à ce que je le rencontre en personne et me rende compte qu'il n'était vraiment pas du genre bavard. Tout juste arrivé de Boston, bricoleur émérite, non-fumeur, 7 000 dollars sur son compte. Nous avons signé le bail l'après-midi même.

— Oui, oui.

Il lève les yeux vers les spots encastrés dans le plafond.

— Pourquoi restez-vous toujours dans le noir ? C'est pour une raison médicale ?

Je sens mes joues s'empourprer.

— En fait, beaucoup de personnes dans mon…

Je m'interromps, le temps de chercher le mot qui convient.

— … dans mon état se sentent exposées quand il y a trop de lumière.

Je fais un geste vers les fenêtres.

— De toute façon, la lumière naturelle entre à flots.

David acquiesce d'un signe de tête.

— Votre appartement n'est pas trop sombre ?

— Non, ça va, répond-il.

Je hoche la tête à mon tour, avant d'ajouter :

— Si vous trouvez d'autres plans d'Ed en bas, dites-le-moi. Je les mets de côté.

À cet instant, j'entends le claquement de la chatière et vois Punch se couler dans la cuisine.

— En tout cas, j'apprécie vraiment tout ce que vous faites pour moi, David.

Mes remerciements arrivent cependant un peu tard ; il se dirige déjà vers la porte du sous-sol.

— Vous savez, les poubelles, les réparations et tout… Vous me sauvez la vie.

— Pas de problème.

— Et, euh, si vous pouviez appeler quelqu'un pour le toit…

— Bien sûr.

Au même instant, Punch bondit sur l'îlot central entre nous et lâche ce qu'il tenait dans la gueule.

Un rat mort.

J'ai un mouvement de recul, et je constate avec une certaine satisfaction que David aussi. C'est un petit rat au poil luisant, avec une queue noire rappelant un ver de terre. Son corps a été mis en pièces.

Punch semble se rengorger.

— Non !

Pour toute réaction, il se borne à pencher la tête sur le côté.

— Il l'a rudement amoché, observe David.

J'inspecte la bestiole.

— C'est toi qui as fait ça ? je demande, avant de me rappeler que je m'adresse à un chat.

Punch saute par terre.

— Un vrai massacre, murmure David.

Je lève les yeux. Penché de l'autre côté de l'îlot, il étudie toujours le rat, et je lui trouve le regard étrangement brillant.

— On va l'enterrer, dis-je. Je ne veux pas qu'il pourrisse dans ma poubelle.

David s'éclaircit la gorge.

— C'est mardi, demain.

Le jour des éboueurs.

— Je vais sortir les ordures maintenant, d'accord ? propose-t-il. Vous n'auriez pas un journal ?

— Parce que ça existe encore ?

Mon intonation était plus cassante que je ne l'aurais voulu. Je m'empresse d'ajouter :

— Je dois avoir un sac en plastique.

Je finis par en dénicher un dans un tiroir. Déjà, David tend la main vers moi, mais ça, je peux m'en charger toute seule. Je retourne le sachet, y fourre mes doigts et l'approche de la dépouille. Quand je la soulève avec précaution, j'ai l'impression de recevoir une petite décharge électrique.

Je scelle ensuite le plastique. David m'en débarrasse et le jette dans la poubelle sous l'îlot central. RIP.

Au moment où il tire le sac hors de la poubelle, des bruits s'élèvent en bas. Les canalisations gargouillent, comme si les murs se parlaient. La douche.

J'interroge David du regard. Sans ciller, il noue les liens du sac, qu'il jette sur son épaule.

— J'emporte tout ça dehors ! lance-t-il en se dirigeant vers la porte d'entrée.

De toute façon, je ne comptais pas lui demander comment elle s'appelle.

15

— Devine qui c'est.

— M'man…

Je ne relève pas.

— Tu as bien profité de Halloween, mon cœur ?

— Oui.

Elle mâchonne quelque chose. J'espère qu'Ed n'oublie pas de surveiller son poids.

— Tu as eu beaucoup de bonbons ?

— Des tonnes ! Plus que les autres fois.

— Et tu préfères lesquels ?

Les M&M's, bien sûr.

— Les Snickers.

Au temps pour moi.

— Ils sont tout petits, m'explique-t-elle. Des bébés Snickers.

— Alors, qu'est-ce que vous avez mangé pour le dîner ? Des plats chinois ou des friandises ?

— Les deux.

Ah. Il faudra que j'en touche un mot à Ed.

Mais, quand j'aborde le sujet avec lui, il se met aussitôt sur la défensive.

— C'est le seul soir de l'année où elle peut manger des sucreries pour le dîner ! proteste-t-il.

— Je ne veux pas qu'elle ait des problèmes.

Un silence. Puis :

— De caries, tu veux dire ?

— Des problèmes de poids, Ed !

Il soupire.

— Je suis tout à fait capable de m'occuper d'elle.

Je soupire à mon tour.

— Je n'ai jamais dit le contraire.

— C'est tout de même ce que tu insinues.

Je plaque une main sur mon front.

— Elle n'a que huit ans, Ed, et beaucoup de gosses grossissent à cet âge. Surtout les filles.

— Je serai vigilant, promis.

— Elle était potelée, à une certaine époque. Rappelle-toi.

— Tu veux en faire une brindille ?

— Pas du tout, ce ne serait pas sain non plus. Ce qui compte, c'est qu'elle soit en bonne santé.

— Bien. Je lui ferai un bisou zéro calorie, ce soir. Un smack light.

Je souris. Pourtant, quand nous prenons congé l'un de l'autre, une certaine tension subsiste entre nous.

Mardi 2 novembre

16

À la mi-février, après six semaines passées pratiquement terrée dans ma maison, quand je me suis rendu compte que je n'allais pas mieux, j'ai appelé un psychiatre qui, cinq ans plus tôt, avait donné à Baltimore une conférence (« Antipsychotiques atypiques et stress post-traumatique ») à laquelle j'avais assisté. Il ne me connaissait pas, alors. Aujourd'hui, il me connaît bien.

Les personnes qui ne sont pas familières avec la thérapie supposent souvent que le thérapeute est par défaut une personne pleine de sollicitude à la voix douce. Le patient s'étale sur son canapé comme du beurre sur un toast, et fond peu à peu. Or ce n'est pas toujours le cas. Illustration avec le Dr Julian Fielding.

D'abord, il n'est pas question de canapé. Nous avons rendez-vous tous les mardis dans la bibliothèque d'Ed, où le Dr Fielding a droit au fauteuil club près de la cheminée, tandis que je m'assois dans le fauteuil à oreillettes à côté de la fenêtre. Ensuite, s'il parle doucement, sa voix grince comme une vieille porte ; il est en outre précis et méthodique, comme devrait l'être tout bon psychiatre. « C'est bien le genre de type à sortir de la cabine de douche pour pisser », a dit Ed à son sujet.

— Si je comprends bien, vous vous êtes disputée avec Ed hier à propos d'Olivia, déclare le Dr Fielding.

Un rayon de soleil l'illumine et se réfléchit sur ses lunettes, les transformant en minuscules astres.

— Ces conversations avec lui vous apportent-elles quelque chose, Anna ?

Discrètement, je jette un coup d'œil à la maison des Russell. Je me demande ce que fait Jane en ce moment même. J'ai envie d'un verre.

Mes doigts suivent la ligne de mon cou. Je reporte mon attention sur le Dr Fielding.

Il m'observe, le front creusé de profonds sillons. Peut-être est-il fatigué ? Moi, en tout cas, je le suis. La séance a été bien remplie : je lui ai raconté mon attaque de panique (il m'a semblé soucieux), mes tractations avec David (qui n'ont pas paru l'intéresser) et mes échanges avec Ed et Olivia (encore cette expression soucieuse).

Je détourne de nouveau les yeux et, sans ciller, sans penser, dirige mon regard vers les livres d'Ed sur les rayonnages. Une histoire de l'agence Pinkerton. Deux volumes sur Napoléon. *Bay Area Architecture*. La preuve des goûts éclectiques de mon mari en matière de lecture. Mon mari, dont je suis séparée.

— J'ai l'impression que ces discussions suscitent en vous des sentiments mitigés, reprend le Dr Fielding.

Je reconnais bien là le jargon typique du thérapeute : « J'ai l'impression que » ; « Ce que j'entends » ; « Ce que vous dites, me semble-t-il »... Dans ce métier, nous sommes des interprètes. Des traducteurs.

— Je ne… je n'arrête pas de…

Les mots se bousculent dans ma bouche. Je recommence ? Oui, c'est préférable.

— Ce voyage m'obsède. C'était mon idée, et je ne le supporte pas.

Aucune réaction, peut-être parce qu'il le sait déjà. Il sait tout, il a entendu l'histoire encore et encore. Et encore.

— Je regrette de l'avoir eue. Je regrette que ça n'ait pas été l'idée d'Ed, ou de quelqu'un d'autre. Je voudrais qu'on ne soit jamais partis. Forcément…

Je me tords les mains.

— Mais vous êtes partis, réplique-t-il d'une voix douce.

Ces mots me brûlent de l'intérieur.

— Vous avez organisé des vacances en famille, Anna. Personne ne devrait avoir honte d'une telle initiative.

— Qu'est-ce qui m'a pris de choisir la Nouvelle-Angleterre ? En plein hiver de surcroît ?

— Beaucoup de gens vont en Nouvelle-Angleterre l'hiver, souligne-t-il.

— C'était de la folie.

— Non, vous cherchiez à leur faire plaisir.

— De la folie pure…

Le Dr Fielding reste impassible. La chaudière se met en route.

Je finis par rompre le silence :

— Si je n'avais pas proposé ce voyage, nous serions toujours ensemble.

Il hausse les épaules.

— Peut-être.

— C'est certain.

Je sens son regard peser sur moi.

— J'ai aidé quelqu'un hier, docteur. Une femme, dans le Montana. Une grand-mère, enfermée chez elle depuis un mois.

Il est habitué à ces brusques changements de sujet – des « sauts synaptiques », comme il les appelle, même si nous savons tous les deux que c'est délibéré de ma part. Je lui parle de GrannyLizzie, de ma décision de lui révéler mon prénom.

— Qu'est-ce qui vous a poussée à le faire, Anna ?

— J'ai eu le sentiment qu'elle essayait de communiquer.

Cette fois, ça me revient : n'est-ce pas ce que Forster nous exhortait à faire ? Nous « mettre en communication » ? La formule est tirée du roman *Howards End*, la sélection de Christine Gray en juillet pour son club de lecture.

— Alors j'ai voulu l'aider, me montrer accessible.

— C'était généreux de votre part.

— Possible.

Le Dr Fielding change de position sur son siège.

— Il me semble que vous acceptez aujourd'hui de dialoguer avec les autres en fonction de leurs besoins, et pas seulement des vôtres.

— C'est possible.

— C'est un progrès, Anna.

Punch, qui s'est faufilé dans la pièce, tourne autour de mes pieds en lorgnant mes genoux. Je croise les jambes.

— Et comment se passe la rééducation ? demande-t-il.

J'indique mes jambes et mon torse comme si je présentais le prix à remporter dans un jeu : « Vous aussi, vous pouvez gagner ce corps délaissé de trente-huit ans ! »

— Je me suis déjà sentie plus à mon avantage.

Puis, sans lui laisser le temps de me contredire, j'ajoute :

— Je sais, ce n'est pas un programme de remise en forme.

— Ce n'est *pas seulement* un programme de remise en forme, rectifie-t-il.

— J'en suis consciente.

— Donc, ça se passe bien ?

— Je suis guérie. Tout va pour le mieux.

Il soutient mon regard.

— Je vous assure, ma colonne est intacte, mes côtes se sont ressoudées… Et je ne boite plus.

— J'ai remarqué, en effet.

— Mais j'ai tout de même besoin de faire un peu d'exercice. Et je me suis attachée à Bina.

— C'est une amie, aujourd'hui ?

— D'une certaine façon, oui. Une amie que je paie.

— Elle vient le mercredi, n'est-ce pas ?

— En général.

— Parfait, dit-il, comme si le mercredi était le jour idéal pour les activités style aérobic.

Il n'a jamais rencontré Bina, et je n'arrive pas à les imaginer ensemble ; ils ne me paraissent pas évoluer dans la même dimension.

C'est l'heure de prendre congé. Je le sais sans avoir besoin de consulter la pendule sur le manteau de la cheminée, tout comme le Dr Fielding le sait ; après des années de pratique professionnelle, nous sommes tous les deux capables d'estimer une durée de cinquante minutes, presque à la seconde près.

— Vous allez continuer à prendre le bêtabloquant, même posologie, déclare-t-il. Pour le Tofranil, on va augmenter la dose, de cent cinquante à deux cent cinquante.

Il fronce les sourcils.

— J'estime que c'est nécessaire, compte tenu de notre séance d'aujourd'hui. Ça devrait vous aider à stabiliser votre humeur.

— Je suis déjà suffisamment dans le flou comme ça, non ?

— Pardon ?

— Dans le brouillard, si vous préférez. Les deux, en fait.

— Vous voulez parler de votre vision ?

— Non, pas de ma vision. Plutôt…

Nous avons déjà évoqué ce problème, a-t-il oublié ? À moins que nous ne l'ayons jamais abordé… Le flou, le brouillard, embrumée, ensuquée. Bon sang ! Je donnerais cher pour me le servir, ce verre.

— J'ai quelquefois trop de pensées d'un coup, comme si mon cerveau était un carrefour où tout le monde voulait passer en même temps.

Mal à l'aise, je laisse échapper un petit rire.

Le Dr Fielding fronce les sourcils, puis soupire.

— Il ne s'agit pas d'une science exacte, Anna. Vous le savez aussi bien que moi.

— C'est vrai.

— Vous prenez beaucoup de médicaments différents. Nous ajusterons la posologie de chacun jusqu'à trouver la bonne combinaison.

Je hoche la tête. En d'autres termes, il pense que mon état empire. Je sens ma poitrine se comprimer.

— On va essayer le deux cent cinquante, Anna, et s'il y a un problème, nous chercherons quelque chose pour vous aider à vous concentrer.

— Un nootropique ?

En posant la question, je songe à l'Adderall. Combien de fois des parents m'ont-ils demandé si l'Adderall serait bénéfique pour leurs enfants, et combien de fois le leur ai-je déconseillé ? Aujourd'hui, c'est moi qui cherche à en obtenir.

— Nous en rediscuterons le moment venu, réplique le Dr Fielding.

Il fait courir son stylo sur un bloc d'ordonnances, puis arrache la feuille et me la tend. Elle frémit entre ses mains. S'agit-il d'un tremblement essentiel ou d'une hypoglycémie ? J'espère que ce n'est pas un début de Parkinson. Quoi qu'il en soit, ce n'est pas à moi de m'enquérir de sa santé. Je saisis l'ordonnance.

— Merci, dis-je quand il se lève en lissant sa cravate. J'en ferai bon usage.

Il opine du chef.

— À la semaine prochaine.

Arrivé près de la porte, il se retourne.

— Anna ? S'il vous plaît, ne tardez pas trop à vous procurer ce traitement.

Après le départ du Dr Fielding, je passe dûment ma commande auprès de ma pharmacie attitrée sur Internet. Je serai livrée à 17 heures, ce qui me laisse largement le temps de boire un verre. Peut-être même *deux**.

Mais pas tout de suite. D'abord, je dirige le curseur de mon écran vers un coin négligé du bureau puis, sans conviction, clique deux fois sur une feuille de calcul Excel : meds. xlsx.

J'y ai consigné tous les médicaments qu'on m'a prescrits, toutes les posologies, toutes les indications et contre-indications… tous les ingrédients qui composent mon pharma-cocktail. Je m'aperçois que je n'ai pas mis à jour le document depuis le mois d'août.

Le Dr Fielding a raison, comme d'habitude : j'avale pas mal de cachets. Autant que j'ai de doigts. Je sais en outre – et cette pensée m'arrache une petite grimace – que je ne les prends pas toujours comme il le faudrait, ni au bon moment. Les doubles doses, les doses oubliées, les doses mélangées à de l'alcool… Le Dr Fielding serait furieux. Je dois absolument faire un effort. Je ne veux pas perdre la tête.

Je quitte Excel. Le merlot m'attend.

17

Un gobelet dans une main et mon Nikon dans l'autre, je m'installe à mon poste d'observation habituel, entre les fenêtres de mon bureau donnant au sud et à l'ouest, pour surveiller le quartier. Je fais « l'inventaire du stock », comme dit Ed. Là, c'est Rita Miller qui rentre du yoga, encore luisante de sueur, son téléphone portable plaqué contre une oreille. Je zoome. Elle sourit. Est-ce son artisan à l'autre bout de la ligne ? Son mari ? À moins que ce ne soit ni l'un ni l'autre.

À côté, au 214, Mme Wasserman et « son » Henry descendent les marches de leur perron. Prêts à répandre la bonté et la lumière partout autour d'eux.

Je braque mon appareil vers l'ouest. Deux piétons sont arrêtés devant la grande maison vide, et l'un d'eux montre les volets clos. Je l'imagine en train de dire : « C'est une construction solide, saine. »

Oh, bon sang ! Voilà maintenant que j'invente des conversations…

Tout doucement, comme si je ne voulais pas qu'on me voie – et, de fait, je n'en ai aucune envie –, j'oriente le Nikon vers le parc, en direction de la maison des Russell. La cuisine est sombre et vide, les stores à moitié baissés tels des yeux mi-clos. Dans le salon à l'étage, je découvre Jane et Ethan, encadrés par la fenêtre, assis sur la causeuse rayée. Elle porte un pull jaune vif au décolleté généreux, et son médaillon brille entre ses seins, pareil à un alpiniste suspendu au-dessus d'un précipice.

Je tourne la bague de l'objectif pour obtenir une image plus nette. Jane parle vite, les dents découvertes par un sourire, les mains voltigeant devant elle. Ethan contemple ses genoux, mais ce petit sourire timide que je lui ai déjà vu flotte sur ses lèvres.

Je n'ai pas mentionné les Russell au Dr Fielding. Je sais ce qu'il penserait, je suis tout à fait capable de m'analyser moi-même : j'ai trouvé dans cette famille nucléaire – mère, père, enfant unique – un écho de la mienne. Ils sont là, dans la maison d'en face, à une porte de distance : la famille que j'avais, la vie que je menais – une vie que je croyais irrémédiablement perdue, mais qui se déroule aujourd'hui sous mes yeux, de l'autre côté du parc. Et alors ? Où est le mal ? me dis-je. Je prononce peut-être les mots à voix haute. Depuis quelque temps, je ne suis plus sûre de rien.

Je bois une gorgée de vin, m'essuie les lèvres, braque de nouveau mon Nikon sur le salon.

Jane me dévisage.

Surprise, je lâche l'appareil, qui tombe sur mes genoux.

Impossible de s'y méprendre : même à l'œil nu, je distingue clairement son regard fixé sur moi, ses lèvres entrouvertes.

Elle lève une main, me fait signe.

Je voudrais disparaître dans un trou de souris.

Dois-je lui faire signe à mon tour ? Me détourner ? Feindre de ne pas l'avoir remarquée, comme si je me concentrais sur autre chose, un point près d'elle ? « Oh, je ne vous avais pas vue... »

Non.

Je me redresse d'un bond, expédiant l'appareil par terre.

— Tant pis, laisse-le.

Cette fois, j'en suis sûre, j'ai prononcé les mots à voix haute.

Ils résonnent encore à mes oreilles quand je file me réfugier dans la pénombre de l'escalier.

Personne ne m'avait encore prise en flagrant délit. Ni John Miller et sa femme, ni les Takeda, ni les Wassermen, ni la horde des Gray. Ni les Lord avant leur départ ni les Mott avant leur divorce. Ni les taxis engagés dans la rue ni les passants. Pas même le facteur, qu'au début je photographiais tous les jours, devant toutes les portes. Durant des mois, j'ai contemplé ces photos, revécu ces moments, jusqu'à ce que je ne puisse plus suivre le rythme du monde derrière mes fenêtres. Je fais encore une exception de temps à autre, bien sûr ; les Miller m'intéressent, ou du moins ils m'intéressaient avant l'arrivée des Russell.

Et cet objectif Opteka est décidément bien mieux que des jumelles.

Mais à présent la honte me submerge. Je pense à toutes ces personnes et à toutes ces scènes du quotidien que j'ai capturées dans mon appareil : voisins, inconnus, baisers, crises, ongles rongés, pièces de monnaie qui tombent, foulées assurées, pas chancelants... Le fils Takeda, les yeux clos, les doigts refermés sur son archet. Les Gray, tout joyeux, levant leurs verres de vin pour porter un toast. Mme Gray dans son salon, allumant des bougies sur un gâteau. Les jeunes époux Mott en plein marasme, vociférant dans leur salon rouge Saint-Valentin, les fragments d'un vase éparpillés sur le sol entre eux.

Je songe à mon disque dur, rempli d'images volées. Et à Jane Russell qui m'a regardée sans ciller. Je ne suis pas invisible. Je ne suis pas morte. Je suis en vie, exposée, et honteuse.

Une réplique du Dr Brulov dans *La Maison du docteur Edwardes* me revient : « Ma chère petite, il est inutile de se cogner la tête contre les réalités et de prétendre qu'elles n'existent pas. »

Trois minutes plus tard, je retourne dans le bureau. La causeuse des Russell est désertée. Je jette un coup d'œil à la chambre d'Ethan. Il est là, voûté devant son ordinateur.

Je ramasse l'appareil. Il n'est pas abîmé.

Un coup de sonnette me fait sursauter.

18

— Vous devez vous ennuyer à mourir, non ? lance-
t-elle quand j'ouvre la porte du vestibule.

Sans me laisser le temps de réagir, elle m'enlace.
Un petit rire nerveux m'échappe.

— Tous ces films en noir et blanc, ça va bien un
temps, mais c'est sûrement lassant, à la longue !

Elle s'écarte. Je n'ai pas encore dit un mot.

— Je vous ai apporté quelque chose, déclare-t-elle.
Avec un sourire, elle plonge une main dans son sac.

— Elle est bien fraîche.

Une bouteille de riesling, humide de condensation.
J'en salive. Ça fait une éternité que je n'ai pas bu de
vin blanc.

— Il ne fallait pas…

Déjà elle s'éloigne vers la cuisine.

Dix minutes plus tard, nous dégustons le vin. Jane
allume une Virginia Slim, puis une autre, et bientôt
la fumée ondoie dans l'air, tourbillonne au-dessus de
nos têtes, dérive sous les spots du plafond. Mon riesling prend le goût de ses cigarettes, mais ça ne me

dérange pas. Ça me rappelle mes études, les nuits sans étoiles devant les pubs de New Haven, les hommes à l'haleine imprégnée par le tabac.

— Vous avez pas mal de bouteilles de merlot, observe-t-elle en examinant le recoin sous le plan de travail.

— Oui, je le commande par caisses. J'aime bien ce vin.

— Vous regarnissez souvent le stock ?

— Oh, peut-être deux ou trois fois par an.

Au moins une fois par mois, à vrai dire.

Elle hoche la tête.

— Et vous vivez comme ça depuis… Depuis combien de temps, déjà ? Six mois ?

— Presque onze.

— Onze mois !

Ses lèvres forment un petit « o ».

— Je ne sais pas siffler, précise-t-elle, mais imaginez que je viens de vous manifester ma stupeur !

Elle écrase son mégot dans un bol à céréales, puis pose ses coudes sur la table et joint le bout de ses doigts, comme si elle priait.

— Alors, comment occupez-vous vos journées ? demande-t-elle.

— J'aide des gens à aller mieux.

— Ah bon ? Qui ?

— Des personnes sur Internet.

— Ah.

— Je prends aussi des cours de français en ligne. Et je joue aux échecs.

— En ligne aussi ?

— Oui.

Elle suit de l'index le contour de son verre.

— Si je comprends bien, Internet est un peu... votre fenêtre sur le monde.

— Tout comme la vraie, dis-je en indiquant la vitre derrière elle.

— Votre lorgnette, en quelque sorte...

Comme je rougis, elle s'empresse d'ajouter :

— Non, je plaisante.

— Écoutez, je suis désolée pour...

Elle balaie mes excuses d'un geste, tout en tirant sur sa cigarette.

— Chut ! Je ne veux rien entendre, déclare-t-elle, la fumée s'échappant de ses lèvres. Est-ce que vous avez un vrai échiquier ?

— Pourquoi ? Vous jouez ?

— Je jouais quand j'étais plus jeune, oui.

Elle tapote sa cigarette sur le bol pour faire tomber la cendre.

— Vous voulez bien aller le chercher, Anna ?

Nous sommes plongées dans notre première partie quand un nouveau coup de sonnette nous interrompt. Cinq fois de suite : c'est le signal convenu pour la livraison de la pharmacie. Jane se charge d'aller récupérer le paquet.

— Drogues à domicile ! s'exclame-t-elle en revenant du vestibule. Elles vous font du bien, au moins ?

— Ce sont des stimulants, dis-je en débouchant une seconde bouteille, de merlot cette fois.

— Waouh ! C'est la fête, ce soir..., commente Jane.

Tout en buvant et en jouant, nous bavardons. Nous sommes toutes les deux mères d'un enfant unique, ce que je savais déjà ; nous aimons toutes les deux la voile, ce que j'ignorais. Jane adore naviguer en solo, je préfère pratiquer cette activité en duo. Je préférais, du moins.

Je lui raconte ma lune de miel avec Ed : nous avions loué un Alerion de neuf mètres pour explorer les îles grecques, et vogué entre Santorin et Delos, Naxos et Mykonos.

— Rien que nous deux, en amoureux sur la mer Égée…

— Comme dans ce film, *Calme blanc*, déclare Jane.

J'avale un peu de vin, avant d'objecter :

— Je crois que *Calme blanc* se passait dans le Pacifique.

— Bah, à quelque chose près, c'est pareil.

— Et le couple était parti faire du bateau pour se remettre d'un accident.

— OK. Si vous voulez.

— Ensuite, ils ont sauvé un psychopathe qui a essayé de les tuer.

— Vous allez me laisser aller jusqu'au bout de mon idée, oui ou non ? lance-t-elle.

Alors qu'elle regarde l'échiquier en fronçant les sourcils, je cherche dans le frigo un restant de Toblerone, que je découpe grossièrement à l'aide d'un couteau de cuisine. Nous grignotons les morceaux à table. Des sucreries pour le dîner. Comme Olivia.

Plus tard :

— Vous recevez beaucoup de visites, Anna ?

Elle effleure son fou, puis le déplace sur l'échiquier.

Je fais non de la tête, tandis que le vin descend dans ma gorge.

— Aucune. À part votre fils et vous.

— Pourquoi ?

— Je ne sais pas. Mes parents sont morts et j'ai été trop prise par mon travail pour avoir le temps de me faire des amis.

— Pas de collègues ?

Je pense à Wesley.

— J'avais un associé, dis-je. Aujourd'hui, il doit assumer le double de patients. Autant dire qu'il est surchargé de travail !

Elle me regarde.

— C'est triste.

— Je vous l'accorde.

— Vous avez bien le téléphone, quand même ?

Je lui indique le téléphone fixe, tapi dans un coin du plan de travail, et tapote ma poche.

— J'ai aussi un iPhone qui fait figure d'antiquité, mais qui fonctionne. Au cas où mon psychiatre appellerait. Ou quelqu'un d'autre, d'ailleurs. Mon locataire, par exemple.

— Ah ! Votre charmant locataire…

— Tout juste.

Je porte mon verre à mes lèvres et capture sa reine.

— Alors là, c'était retors ! s'exclame-t-elle.

D'une pichenette, elle expédie par terre la cendre tombée sur la table, puis part d'un grand rire.

Après la seconde partie, elle demande à voir la maison. Je n'hésite qu'un instant. La dernière personne à l'avoir visitée de fond en comble, c'était David, et avant… je ne m'en souviens pas. Bina n'est jamais montée dans les étages et le Dr Fielding ne va que dans la bibliothèque. L'idée de montrer à Jane l'endroit où je vis me trouble un peu : j'ai l'impression de la laisser pénétrer dans mon intimité. Comme si c'était un nouvel amant que je prenais par la main pour le guider.

J'accepte néanmoins et l'escorte de pièce en pièce, d'étage en étage. Devant le cabinet rouge, elle s'exclame : « Ça me fait penser à l'intérieur d'une veine ! » La bibliothèque : « Waouh ! C'est impressionnant, ce nombre de livres ! Vous les avez tous lus ? » Je secoue la tête. « Vous en avez lu au moins un ? » Je pouffe.

La chambre d'Olivia : « Un peu petite, non ? Oui, assurément trop petite. Il lui faut une chambre comme celle d'Ethan, dans laquelle elle puisse grandir. » Mon bureau lui arrache des « Oh ! » et des « Ah ! »

— L'endroit idéal pour faire avancer les choses !

— À vrai dire, je m'en sers surtout pour jouer aux échecs et dialoguer sur Internet avec des personnes confinées chez elles.

— Eh ! Regardez-moi ça…

Elle pose son verre sur l'appui de fenêtre et glisse ses mains dans les poches arrière de son jean. Se penche vers la vitre.

— On voit drôlement bien la maison, dit-elle tout bas, d'une voix légèrement éraillée.

Son air soudain grave, alors qu'elle était enjouée jusque-là, m'arrache une petite grimace, comme si je venais d'entendre le saphir sauter un sillon sur un disque.

— C'est vrai.

— Elle est belle, hein ?

— Très.

Elle observe les lieux encore une bonne minute, puis nous retournons à la cuisine.

Encore plus tard :

— Vous vous en servez souvent ? demande Jane en explorant le salon pendant que je réfléchis à mon coup suivant.

Le soleil se couche. Avec son pull jaune dans la lumière déclinante, Jane m'évoque un feu follet.

Elle me montre le parapluie appuyé contre le mur du fond, comme un ivrogne incapable de tenir debout.

— Plus que vous ne le pensez, dis-je.

Adossée à ma chaise, je lui décris la thérapie mise en place par le Dr Fielding pour sortir dans le jardin, mes pas hésitants vers la porte et sur les marches, le dôme de nylon qui me protège du néant et me permet d'apprécier l'air frais, de sentir la caresse du vent.

— Intéressant, commente-t-elle.

— Ridicule, plutôt.

— Mais ça fonctionne ?

Je hausse les épaules.

— Plus ou moins.

— Alors, c'est bien, décrète-t-elle en tapotant le manche du parapluie comme si c'était la tête d'un chien.

— Anna ? C'est quand, votre anniversaire ?

— Pourquoi ? Vous voulez m'offrir un cadeau ?

— Hé, on se calme !

— Il approche, en fait.

— Le mien aussi.

— Moi, c'est le onze novembre.

Elle ouvre de grands yeux.

— Moi aussi !

— C'est une blague ?

— Pas du tout. Je suis du onze onze.

Je lève mon verre.

— Au onze onze !

Nous trinquons.

— Vous auriez un papier et un stylo ?

Je vais chercher les deux dans un tiroir et les pose devant elle.

— Asseyez-vous, Anna. Et montrez-vous à votre avantage.

Je bats des cils.

Elle fait glisser le stylo sur la feuille, à grands traits, et peu à peu je vois mon visage prendre forme : grands yeux, pommettes rondes, mâchoire étroite.

— N'oubliez pas ma dent qui avance, hein ?

De la main, elle m'intime l'ordre de me taire.

Après avoir passé quelques minutes à dessiner, et porté deux fois son verre à ses lèvres, elle déclare en tournant le papier vers moi :

— Voilà.

J'examine le portrait. La ressemblance est étonnante.

— Impressionnant ! Vous êtes rudement douée !

— N'est-ce pas ?

— Vous en faites d'autres ?

— Quoi, des portraits ? Croyez-le ou non, ça m'arrive.

— Non, je voulais dire, des animaux ou des paysages, des natures mortes...

— Ce sont surtout les gens qui m'intéressent. Je suis comme vous, quoi.

Avec un grand geste théâtral, elle griffonne sa signature dans un coin.

— Ta-da ! Un original de Jane Russell !

Je glisse le dessin dans un tiroir, celui où je range nappes et serviettes, pour éviter qu'il ne soit taché.

— Ben dites donc...

Nous contemplons les comprimés disséminés sur la table comme s'il s'agissait de joyaux.

— Il soigne quoi, celui-là ?

— Lequel ?

— Le rose, répond Jane. Celui qui est octogonal. Non, sexagonal.

— Hexagonal.

— Si vous voulez.

— C'est de l'Inderal. Un bêtabloquant.

Elle plisse les yeux.

— On ne le donne pas pour les problèmes cardiaques, d'habitude ?

— Et aussi pour les attaques de panique, dis-je. Ça ralentit le rythme cardiaque.

— Et celui-là ? Le petit blanc ovale ?

— C'est de l'aripiprazole. Un antipsychotique atypique.

— Houlà ! Ça ne rigole pas.

— Non, en effet. Ça m'empêche de devenir folle. Et ça me fait grossir.

Jane hoche la tête.

— Et celui-là ?

— C'est de l'imipramine. Du Tofranil. Pour la dépression. Et les pipis au lit.

— Vous faites pipi au lit ?

— Ce soir, ça pourrait m'arriver, dis-je en indiquant mon verre de vin.

— Et là ?

— Du témazépam. Un somnifère. C'est pour plus tard.

— Vous avez le droit de boire de l'alcool, avec tout ça ?

— Non.

Je saisis une poignée de comprimés, et c'est seulement en les sentant descendre dans ma gorge que je me rappelle les avoir déjà pris dans la matinée.

Jane renverse la tête en soufflant un jet de fumée.

— Anna ? Soyez gentille, ne dites pas : « Échec et mat »...

Elle pouffe.

— Trois défaites de suite, c'est trop pour mon ego. N'oubliez pas que je n'avais pas joué depuis des années.

— Ça se voit.

Elle part d'un grand rire, cette fois, me révélant quelques-uns de ses plombages.

Je passe en revue mes prisonniers : les deux tours, les deux fous, une rangée de pions. Jane n'a réussi à me prendre qu'un pion et un cavalier solitaire. Elle croise mon regard et renverse le cavalier.

144

— Le cheval est tombé, déclare-t-elle. Vite, appelez le véto !

— J'adore les chevaux.

— Ah oui ? Eh bien, regardez. Une guérison miracle !

Elle redresse le cavalier, caresse la crinière du cheval.

Je souris en terminant mon verre de vin. Quand elle me ressert, je l'observe plus attentivement.

— J'aime beaucoup vos boucles d'oreilles, dis-je.

Elle les effleure l'une après l'autre : un petit cercle de perles dans chaque lobe.

— Cadeau d'un ancien petit ami, explique-t-elle.

— Alistair accepte que vous les portiez ?

La question lui donne à réfléchir quelques instants. Puis elle sourit.

— Je ne crois pas qu'il le sache.

Elle fait tourner la mollette de son briquet et allume une cigarette. J'en profite pour demander :

— Il ne sait pas que vous les portez ou qu'elles viennent d'un ex ?

Après avoir tiré sur sa cigarette, elle souffle de côté un filet de fumée.

— Les deux. Il n'est pas toujours commode, voyez-vous.

Elle tapote sa cigarette sur le bol.

— Attention, ne me faites pas dire ce que je n'ai pas dit : c'est un homme bien et un bon père. Mais il a tendance à vouloir tout contrôler.

— Pourquoi ?

— Vous êtes en train de m'analyser, Anna ?

Jane a énoncé la question d'un ton léger, mais son regard est devenu froid.

— Si j'analysais quelqu'un, ce serait plutôt votre mari !

— Il a toujours été comme ça, réplique-t-elle. Il ne fait pas facilement confiance aux autres. Surtout à moi, d'ailleurs.

— Ah bon ? Pour quelle raison ?

— Oh, j'étais assez fofolle, dans ma jeunesse. « Dissolue », c'est le terme qui convient. Celui employé par Alistair, en tout cas. Mauvaises fréquentations, mauvaises décisions…

— Jusqu'à ce que vous le rencontriez ?

— Même après. Il m'a fallu un bon moment pour me désintoxiquer.

Pas si longtemps que ça, me dis-je. Elle ne devait guère avoir plus d'une vingtaine d'années quand elle a accouché.

— En fait, j'ai eu quelqu'un pendant un temps, avoue-t-elle.

— Qui ?

Une grimace.

— Bah, il ne mérite même pas qu'on le nomme. On fait tous des erreurs, dans la vie.

Je garde le silence.

— Quoi qu'il en soit, c'est terminé. Mais ma vie de famille est toujours… compliquée. Oui, c'est le mot.

— *Le mot juste*[*].

— Ces cours de français donnent de bons résultats, dites donc !

Je ne me laisse pas distraire.

— Qu'est-ce qui rend votre vie si compliquée ?

146

Elle arrondit les lèvres et souffle un rond de fumée parfait.

— Super ! Refaites-le !

Les mots ont jailli de mes lèvres presque malgré moi. Jane s'exécute, et je me rends compte que je commence à être sérieusement éméchée.

— Pour être franche, Anna, ça ne tient pas seulement à une raison. Ce n'est pas aussi simple. Alistair est quelqu'un de complexe. Une famille, ça l'est aussi.

— Pourtant, Ethan a l'air d'un gentil garçon. Croyez-moi, je sais reconnaître un gentil garçon quand j'en vois un.

Elle me regarde droit dans les yeux.

— Je suis contente que vous le pensiez. C'est aussi mon avis, déclare-t-elle en tapotant de nouveau sa cigarette sur le bol. Votre famille doit vous manquer.

— Oh oui ! Terriblement. Mais je leur parle tous les jours.

Quand elle hoche la tête, je vois ses yeux s'égarer un instant. Elle aussi doit ressentir les effets de l'alcool.

— N'empêche, ce n'est pas comme s'ils étaient là, hein ?

— Non. Bien sûr que non.

— Alors… Vous remarquerez que je ne vous ai pas demandé ce qui a fait de vous ce que vous êtes…

— Trop grosse, vous voulez dire ? Déjà grisonnante ?

Il n'y a pas de doute, je suis vraiment pompette.

Elle avale une gorgée de vin.

— Non, agoraphobe.

— Eh bien…

Puisque nous en sommes à partager des confidences, j'opte pour une réponse franche, mais vague :

— Un traumatisme. Comme tout le monde. J'ai ensuite sombré dans la dépression. Une dépression grave. Ce sont des moments que je préfère oublier.

— Je comprends, ça ne me regarde pas. Et j'imagine que vous n'êtes pas en mesure de recevoir des invités. En attendant, il faut qu'on vous trouve d'autres occupations. En plus des échecs et de vos films en noir et blanc.

— Et de l'espionnage.

— C'est ça.

Je réfléchis.

— J'aimais bien la photo, avant.

— Il me semble que c'est encore le cas !

La pique me fait sourire.

— Touché ! Non, je voulais parler de la photo en extérieur. Ça me plaisait beaucoup.

— Genre, galerie de portraits, comme l'auteur de ce blog, « Humans of New York » ?

— Non, plutôt dans la nature.

— À New York ?

— En Nouvelle-Angleterre. Nous y allions, parfois.

Jane se tourne vers la fenêtre.

— Regardez par là.

Elle m'indique l'ouest : magnifique coucher de soleil, prémices de crépuscule, contours nets des bâtiments en contre-jour. Un oiseau tournoie dans le ciel.

— C'est aussi la nature, pas vrai ?

— En partie. Mais je faisais allusion à…

— Le monde est un endroit merveilleux, affirme-t-elle, sérieuse.

Son regard croise le mien et ne le lâche plus.

— Ne l'oubliez pas, Anna.

Elle se penche pour écraser sa cigarette au fond du bol.

— Et ne passez pas à côté.

Je sors mon téléphone de ma poche, l'oriente vers la vitre et prends une photo. Puis je reporte mon attention sur Jane.

— Bravo ! s'exclame-t-elle. Je suis fière de vous !

19

Je la pousse vers le vestibule un peu après 18 heures.

— J'ai des choses très importantes à faire, m'annonce-t-elle.

— Moi aussi.

Deux heures et demie. À quand remonte la dernière fois où j'ai parlé à quelqu'un pendant deux heures et demie ? Je fouille dans ma mémoire, passe en revue les mois, les saisons… Rien. Personne. Pas depuis ma première rencontre avec le Dr Fielding, il y a une éternité, au cœur de l'hiver ; et encore, je n'aurais pas pu parler aussi longtemps, ma trachée était trop endommagée.

Je me sens de nouveau jeune, presque euphorique. C'est peut-être le vin, mais j'en doute. Cher journal, aujourd'hui je me suis fait une amie.

Plus tard dans la soirée, je somnole devant *Rebecca* lorsque s'élève le bourdonnement de l'interphone.

Après avoir repoussé ma couverture, je m'approche de la porte. « Pourquoi ne partez-vous pas ? lance

Judith Anderson derrière moi. Pourquoi ne quittez-vous pas Manderley... »

L'écran du visiophone me montre un homme : grand, épaules larges, hanches étroites, les cheveux implantés haut sur le front. Il me faut un petit moment pour le remettre, car d'habitude je le vois en couleur. C'est Alistair Russell.

— Qu'est-ce que tu peux bien me vouloir ? dis-je.

Du moins, je pense avoir prononcé les mots à voix haute. Je suis toujours ivre, c'est évident. Je n'aurais pas dû non plus avaler tous ces cachets avant.

J'appuie sur la touche de l'interphone. La serrure se déverrouille, la porte grince. J'attends qu'elle se referme.

À ce moment-là seulement, j'ouvre celle du vestibule. Mon visiteur est à l'intérieur, pâle dans la pénombre. Souriant. Dents et gencives saines, yeux clairs, pattes d'oie.

— Alistair Russell, se présente-t-il. J'habite au 207, de l'autre côté du parc.

— Entrez, dis-je, la main tendue. Anna Fox.

Il demeure immobile, sans faire le moindre geste.

— Je ne veux surtout pas m'imposer, et je suis désolé de vous déranger. Vous regardiez un film ?

Je hoche la tête.

Nouveau sourire, aussi éblouissant qu'une devanture à Noël.

— Voilà, j'aurais juste aimé savoir si vous aviez eu des visiteurs ce soir.

Je fronce les sourcils. Avant que je puisse répondre, une explosion retentit derrière moi : c'est la scène

151

du naufrage. « Un bateau sur les rochers ! crient les hommes. Venez ! Venez tous ! » Un grand tumulte.

Je me dirige vers le canapé, récupère la télécommande et presse la touche Pause. Quand je me retourne vers lui, Alistair Russell a fait un pas dans la pièce. Baigné par la lumière grise qui accentue les ombres dans le creux de ses joues, il ressemble à un cadavre. Derrière lui, le battant ouvert évoque une gueule noire et béante.

— Pourriez-vous fermer la porte, s'il vous plaît ?

Il s'exécute.

— Merci, monsieur Russell.

Je peine à prononcer les mots. J'ai la bouche pâteuse.

— J'arrive au mauvais moment, peut-être ? lance-t-il.

— Pas du tout. Vous voulez boire quelque chose ?

— Non, merci. Il est un peu tôt pour moi.

— Je pensais à de l'eau, ou à un jus de fruit…

Il secoue poliment la tête.

— Avez-vous eu des visiteurs ce soir ? répète-t-il.

Jane m'avait prévenue. Pourtant, il n'a pas l'air d'un tyran aux petits yeux inquisiteurs et aux lèvres fines du genre à tout contrôler ; avec sa barbe poivre et sel et sa calvitie galopante, il me paraît plutôt posé. Je les imagine bien sympathiser, Ed et lui, entre hommes, éclusant du whiskey et échangeant des récits de guerre. Mais bon, les apparences, comme on dit…

Quoi qu'il en soit, la réponse à cette question ne le regarde pas. Pour autant, je ne veux pas lui donner l'impression que je suis sur la défensive.

— J'ai passé la soirée seule, monsieur Russell. Je suis en plein milieu d'un marathon cinématographique.

— Pardon ?

— J'ai commencé par *Rebecca*, un de mes films préférés. Vous…

Je m'aperçois qu'il se concentre sur un point derrière moi, les sourcils froncés. Je me retourne.

L'échiquier.

J'ai pris soin de mettre les verres dans le lave-vaisselle, j'ai récuré le bol dans l'évier, mais j'ai oublié de ranger l'échiquier. Il est toujours là, jonché de pions – les survivants et les morts, le roi déchu de Jane toujours sur le flanc.

L'air de rien, je déclare :

— Mon locataire et moi aimons bien faire une partie d'échecs de temps en temps.

Les yeux plissés, il me dévisage en silence. Je suis incapable de deviner ce qu'il pense. En général, pourtant, ce n'est pas un problème pour moi – pas après seize ans passés dans la tête des autres –, mais peut-être ai-je perdu la main. Ou alors, c'est le vin. Et les médicaments.

— Vous jouez, monsieur Russell ?

Il ne répond pas tout de suite.

— Plus depuis longtemps, déclare-t-il enfin. Il n'y a que votre locataire et vous dans cette maison ?

— Non, je… Oui. Mon mari et moi sommes séparés. Notre fille est avec lui.

— Eh bien…

Après avoir jeté un dernier coup d'œil à l'échiquier et au téléviseur, il repart vers la porte.

— Merci de m'avoir reçu. Encore désolé de vous avoir dérangée.

— Ce n'est rien, dis-je quand il s'engage dans le vestibule. Oh, et remerciez votre femme pour la bougie.

Il se retourne.

— C'est Ethan qui me l'a apportée.

— Quand ? demande-t-il.

— Il y a quelques jours. Dimanche.

Une seconde. Quel jour sommes-nous, déjà ?

— Non, samedi.

L'irritation me gagne. Qu'est-ce que ça peut lui faire ?

— Pourquoi ? C'est important ?

Il me dévisage toujours, la bouche entrouverte. Puis il m'adresse un sourire absent et s'en va sans un mot.

Avant de me coucher, je regarde par la fenêtre en direction du 207. Tous les Russell sont réunis dans le salon : Jane et Ethan sur le canapé, Alistair dans le fauteuil en face d'eux. Il parle d'un air concentré. « Un homme bien et un bon père », a dit Jane.

Sait-on jamais ce qui se passe dans une famille ? « Un patient est toujours susceptible de vous sur-prendre, même après des années de travail avec lui, m'avait dit Wesley alors qu'il me serrait la main pour la première fois, de ses doigts jaunis par la nicotine.

— Comment ça ? » avais-je demandé.

Il s'était installé à son bureau et, de la main, avait lissé ses cheveux. « Vous pouvez avoir l'impression de ne rien ignorer des secrets d'une personne, de ses peurs et de ses désirs, mais rappelez-vous une chose : ils coexistent avec les secrets, les peurs et les désirs des autres, ceux qui partagent son foyer. Vous connaissez cette citation, selon laquelle toutes les familles heureuses se ressemblent ?

— *Guerre et paix.*

— Non, *Anna Karénine*, mais ce n'est pas le propos. Je voulais seulement dire que ce n'est pas vrai : aucune famille, heureuse ou malheureuse, ne ressemble à une autre. Tolstoï racontait n'importe quoi. Ne l'oubliez pas. »

Je repense à cet échange tout en faisant doucement la mise au point pour prendre une photo. Un portrait de famille.

Mais je finis par reposer l'appareil sans avoir appuyé sur le déclencheur.

Mercredi 3 novembre

20

Je me réveille avec l'image de Wesley en tête.

Et une bonne gueule de bois. Encore dans le brouillard, je descends jusqu'au bureau, mais je n'ai que le temps de me précipiter à la salle de bains pour vomir. Ah ! Extase divine…

À force d'être prise de nausées, j'ai peaufiné la technique pour éviter de salir. « Une vraie pro », dit Ed. Je tire la chasse, me rince la bouche, me tapote les joues pour me redonner des couleurs, puis retourne dans le bureau.

En face du parc, les fenêtres des Russell me révèlent des pièces vides. Je contemple la maison, qui semble me dévisager en retour. Ils me manquent.

Au sud, un taxi cabossé se traîne dans la rue. Une femme marche sur le trottoir derrière la voiture, un gobelet de café dans une main, la laisse de son goldendoodle dans l'autre. Je regarde l'heure sur mon téléphone. 10 h 28. Comment se fait-il que je sois debout si tôt ?

Ah oui. J'ai oublié mon témazépam. Forcément, je me suis écroulée avant de pouvoir y penser. En général, il prolonge mon état d'inconscience, me maintient dans les profondeurs du sommeil comme une pierre dont je serais lestée.

À présent, les souvenirs de la soirée d'hier défilent dans mon cerveau en une ronde aussi étourdissante que celle du manège dans *L'Inconnu du Nord-Express*. Tout cela a-t-il vraiment eu lieu ? Oui. Jane et moi avons débouché le vin blanc qu'elle avait apporté, nous avons parlé bateaux et dévoré du chocolat, j'ai pris une photo, nous avons évoqué nos familles, j'ai aligné mes cachets sur la table, nous avons encore bu… Pas nécessairement dans cet ordre, d'ailleurs.

À nous deux, nous avons vidé trois bouteilles de vin. Ou quatre, peut-être… Et alors ? Je suis capable de boire plus ; de fait, j'ai déjà bu plus.

— Les cachets, dis-je soudain, comme un détective s'écrie : « Eurêka ! »

Ça me revient, maintenant : j'ai doublé ma dose de médicaments, hier. « Je parie qu'il y a de quoi vous assommer ! » s'est exclamée Jane en riant quand j'ai avalé les comprimés avec une gorgée de vin.

Ma tête me lance, mes mains tremblent. Je finis par dénicher un tube d'Advil format voyage au fond d'un tiroir de mon bureau, et je prends trois gélules. Elles sont périmées depuis neuf mois. Neuf mois… Des enfants ont été conçus et mis au monde durant cette période. Des vies ont été créées.

J'en avale une quatrième, par prudence.

Et ensuite, qu'est-il arrivé hier ? Ah oui, Alistair Russell est venu me poser des questions sur d'éventuels visiteurs.

Un mouvement derrière la vitre attire mon attention. Je lève les yeux. C'est John Miller, qui part au travail. Je le salue à voix haute :

— Rendez-vous à 3 h 15, monsieur Miller ! Ne soyez pas en retard.

« Ne soyez pas en retard », c'était la règle numéro un aux yeux de Wesley. « Pour certains de nos patients, ce sont les cinquante minutes les plus importantes de toute la semaine, me répétait-il souvent. Alors, de grâce, quoi que vous fassiez ou quoi que vous n'ayez pas eu le temps de faire, ne soyez pas en retard. »

Wesley Brillant. Il y a bien trois mois que je n'ai pas cherché à savoir ce qu'il devenait… Je saisis ma souris et affiche Google. Le curseur clignote dans la barre de recherche comme un pouls qui bat. J'entre le nom.

Je constate qu'il a toujours son poste de vacataire. Il continue de publier des articles dans le *Times,* ainsi que dans diverses revues de la profession. Et il exerce toujours, bien sûr, même si je me rappelle maintenant qu'il a transféré son cabinet à Yorkville pendant l'été. Sa secrétaire, Phoebe, et son lecteur de cartes de crédit ont dû faire partie du voyage, ainsi que son fauteuil inclinable Eames. Il l'adore, ce fauteuil.

Et il n'y a guère de place dans son cœur pour autre chose. Wesley ne s'est jamais marié. L'enseignement était son grand amour, les patients ses enfants. « Surtout, Fox, n'allez pas plaindre ce pauvre Dr Brill », m'avait-il avertie au début. Je m'en souviens comme si c'était hier : nous avions cette conversation à Central Park, devant des cygnes au long cou gracieux, alors que le soleil était à son zénith au-dessus des ormes au feuillage dentelé. Il venait de me demander de le rejoindre dans son cabinet en tant qu'associée junior. « Ma vie est trop remplie, avait-il ajouté. C'est pour cette raison que j'ai besoin de vous, ou de quelqu'un comme vous. À nous deux, nous pourrons aider plus d'enfants. »

Il avait raison, comme toujours.

Je clique sur Images et vois apparaître une petite galerie de photos, dont aucune n'est particulièrement récente ni flatteuse. « Je ne suis pas photogénique, avait-il déclaré un jour, tout auréolé de la fumée de son cigare, en levant une main aux ongles jaunis et fendillés.

— Exact », avais-je approuvé.

Il avait haussé un de ses sourcils broussailleux. « Tu es toujours aussi dure ? Même avec ton mari ? Réponds-moi : vrai ou faux ?

— Ce n'est pas tout à fait vrai. »

Ma réponse lui avait arraché un petit ricanement. « Il n'y a pas de "tout à fait" qui tienne. C'est vrai ou ça ne l'est pas. C'est réel ou ça ne l'est pas.

— Tout à fait », avais-je répliqué.

21

— Devine qui c'est, dit Ed.

Je change de position dans mon fauteuil.

— Eh ! C'est ma réplique, fais-je remarquer.

— Tu as une drôle de voix. Ça ne va pas ?

— Pas trop.

— Tu es malade ?

— Je l'ai été.

Je ne devrais pas lui parler de la soirée d'hier, j'en ai bien conscience, mais je suis trop faible pour lui cacher quoi que ce soit. De plus, je tiens à me montrer honnête avec lui. Il le mérite.

Il n'est pas content.

— Tu ne peux pas boire, Anna. Pas avec tes médicaments.

— Je sais.

Je regrette déjà ma sincérité.

— Je suis sérieux, là !

— Je sais, je t'ai dit.

Quand il reprend la parole, c'est d'une voix plus douce :

— Tu as eu pas mal de visiteurs, récemment. C'est beaucoup de stimulation.

Une pause.

— Peut-être que ces nouveaux voisins, de l'autre côté du parc…

— Les Russell.

— OK. Eh bien, peut-être qu'ils feraient mieux de te laisser tranquille un moment, déclare-t-il.

— Si j'évite de tomber dans les pommes dehors, je suis sûre qu'ils ne s'imposeront plus !

— Tes problèmes ne les regardent pas, affirme-t-il.

Et je suis prête à parier qu'il se retient d'ajouter : Pas plus que les leurs ne te regardent.

— Qu'en pense le Dr Fielding ? poursuit-il.

Il me semble qu'il pose cette question chaque fois qu'il ignore comment poursuivre la discussion.

— Il s'intéresse surtout à la relation que j'entretiens avec toi.

— Seulement avec moi ?

— D'accord. Avec vous deux.

— Ah.

— Tu me manques, Ed.

Je n'avais pas eu l'intention de prononcer ces mots, je ne m'étais même pas rendu compte que je les avais en tête. Subconscient sans filtre.

— Désolée, c'était idiot.

Il garde le silence quelques instants.

— Ed-iot, plutôt, dit-il enfin.

Ses jeux de mots stupides ; ça aussi, ça me manque. « Je vis avec une psych-anna-lyste ! T'imagines ? » Quand je répliquais : « C'est nul », il me répondait invariablement : « Mais tu adores ça. » Et c'était vrai.

Au terme d'un autre silence, sa voix s'élève de nouveau.

— Qu'est-ce qui te manque le plus chez moi ?

Prise au dépourvu, j'hésite.

— Eh bien...

J'essaie de gagner du temps, en espérant que la réponse s'imposera d'elle-même.

Et soudain, les mots jaillissent en un torrent ininterrompu, comme si un barrage venait de se rompre :

— Ta façon de jouer au bowling...

C'est la première chose qui m'est venue à l'esprit.

— Ton incapacité à faire des nœuds de marin, les écorchures du rasoir sur tes joues, tes sourcils...

Tout en parlant, je gravis l'escalier, m'engage dans le couloir et entre dans la chambre.

— Je regrette la vue de tes chaussures. Le son de ta voix aussi, quand tu me réclamais du café le matin. Et tes bêtises, comme ce jour où tu as mis du mascara et où tout le monde s'en est aperçu. Et cette fois où tu as osé me demander de recoudre un truc, tu te souviens ? Je regrette ta politesse envers les serveurs...

Je suis dans mon lit, à présent. Dans *notre* lit.

— Et tes œufs.

Invariablement brouillés, même quand il voulait les faire au plat.

— Et les histoires que tu racontais le soir...

Où les héroïnes rejetaient les avances des princes charmants, parce qu'elles préféraient se concentrer sur leur doctorat.

— Et ton imitation de Nicolas Cage.

Qui était devenue plus grinçante après le remake du *Dieu d'osier*.

— Et ta façon de dire « enduire d'erreur » au lieu d'« induire en erreur ».

— D'accord, je me suis trompé pendant longtemps. Mais c'était *confusionnant*, reconnais-le !

Je laisse échapper un petit rire étranglé, et m'aperçois alors que je pleure.

— Tes blagues complètement idiotes me manquent. Et aussi ta foutue obstination à toujours casser un petit bout de ta barre chocolatée pour la goûter au lieu de mordre franchement dedans.

— Pas de gros mots.

— Désolée.

— De toute façon, c'est meilleur comme ça, décrète-t-il.

— J'ai la nostalgie de tes battements de cœur.

Une pause.

— Tu me manques tellement ! Je vous aime tant, tous les deux…

Il n'est pas question de schéma cognitif récurrent ici. Du moins, je n'en vois aucun, et Dieu sait que j'ai appris à les repérer. Il me manque, c'est tout. Il me manque, je l'aime. Je les aime tous les deux.

Le silence se prolonge, seulement troublé par mon souffle.

— Mais, Anna, dit-il doucement, si…

Un bruit s'élève en bas. Une sorte de grondement assourdi. Peut-être les canalisations qui gargouillent.

— Ed ? Attends.

Puis c'est une toux sèche que j'entends, suivie d'un grognement.

Cette fois, le doute n'est plus permis : il y a quelqu'un chez moi.

— Je dois te laisser.

— Qu'est-ce que…, commence Ed.

Je ne l'écoute plus. J'avance à pas de loup vers la porte. L'iPhone serré dans une main, j'affiche sur l'écran le 911, le numéro de police secours. Je me rappelle encore la dernière fois que j'ai appelé. Je l'ai déjà fait plusieurs fois, à vrai dire ; du moins, j'en ai eu l'intention. Aujourd'hui, j'espère que quelqu'un répondra.

Je descends doucement l'escalier, ma paume moite glissant sur la rampe. Les marches sont presque invisibles dans l'obscurité.

Parvenue au rez-de-chaussée, je me dirige vers la cuisine sur la pointe des pieds. Le mobile tremble dans ma main.

Un homme, de dos, se tient devant le lave-vaisselle.

Il se retourne. Au même moment, j'appuie sur l'icône du téléphone.

22

— Salut, dit David.

Oh, merde ! Je relâche mon souffle et coupe la communication. Fourre le téléphone dans ma poche.

— Désolé, ajoute-t-il. J'ai sonné il y a une demi-heure, et j'ai pensé que vous vous étiez endormie.

— Non, je… je devais être sous la douche.

Il ne réagit pas. Il est probablement embarrassé pour moi : je n'ai même pas les cheveux mouillés.

— Alors je suis passé par l'escalier intérieur, poursuit-il. J'espère que vous ne m'en voulez pas.

— Pas du tout. Vous êtes toujours le bienvenu.

Je m'approche de l'évier, remplis d'eau un verre. J'ai les nerfs à fleur de peau.

— Vous aviez besoin de quelque chose ?

— Je cherchais un X-Acto, en fait, répond-il.

— Un quoi ?

— Une lame X-Acto.

— C'est comme un cutter ?

— Exactement.

— X-Actoment !

168

Je n'en reviens pas d'avoir fait ce jeu de mots stupide. Qu'est-ce qui me prend ?

— J'ai regardé sous l'évier, enchaîne-t-il – sans relever, Dieu merci ! –, et dans le tiroir près du téléphone. À propos, il n'est même pas branché. J'ai l'impression qu'il est naze.

Je ne me souviens même plus de la dernière fois où j'ai utilisé la ligne fixe.

— Sûrement, oui.

— Je peux toujours vous arranger ça, si vous voulez.

Pas la peine, me dis-je en repartant vers l'escalier.

— J'ai un cutter là-haut, je vous l'apporte.

David m'a déjà emboîté le pas.

Parvenue dans le couloir du premier, je vais ouvrir la porte du placard. À l'intérieur, il fait noir comme dans un four. Je tire sur la chaîne à côté de l'ampoule nue. L'éclairage révèle un réduit tout en longueur, presque une pièce, avec des transats entassés au fond, des pots de peinture disséminés sur le sol et, bizarrement, des rouleaux de papier peint à motif de bergères et de gentilshommes. La boîte à outils d'Ed, en parfait état, est posée sur une étagère. « Bon, d'accord, je ne suis pas doué pour le bricolage, disait-il. Mais, avec un corps comme le mien, je n'ai pas besoin de ça pour plaire ! »

Je fouille dans la boîte.

— Là ! lance soudain David.

Il indique un manche en plastique gris argent, d'où émerge la pointe d'une lame. Je le saisis.

— Attention, me recommande-t-il.

— Oh, je ne vais pas vous blesser.

Je lui tends l'outil, la lame pointée vers moi.

— C'est plutôt à vous que je pensais.

Cette remarque suscite en moi un petit frémissement de plaisir.

— Qu'est-ce que vous voulez en faire, à propos ?

Je tire de nouveau sur la chaîne, et l'obscurité nous enveloppe. David ne bouge pas.

Il me vient à l'esprit, tandis que nous sommes tous les deux dans le noir, moi en robe de chambre et David serrant un cutter entre ses doigts, que nous n'avons jamais été aussi proches l'un de l'autre. Il pourrait tout aussi bien m'embrasser que me tuer.

— Je vais donner un coup de main au voisin, m'explique-t-il. Il a des cartons à ouvrir et du rangement à faire.

— Quel voisin ?

— Celui de l'autre côté du parc. Russell.

Alors qu'il s'éloigne en direction de l'escalier, je demande, un peu étonnée :

— Comment vous a-t-il contacté ?

— J'ai mis des annonces un peu partout. Il en a vu une dans un café, je crois. Ou peut-être ailleurs.

Il me jette un coup d'œil par-dessus son épaule.

— Vous le connaissez ?

— Non. Il est passé ici hier, c'est tout.

Nous retournons dans la cuisine.

— Il a aussi des meubles à assembler, ajoute-t-il. Je serai de retour dans l'après-midi.

— Je ne crois pas que les Russell soient chez eux.

Il plisse les yeux.

— Comment le savez-vous ?

Je surveille leur maison, figurez-vous.

— Regardez, dis-je. J'ai l'impression qu'il n'y a personne.

170

Je lui montre le 207 par la fenêtre de la cuisine. Au même instant, leur salon s'éclaire. Alistair Russell se tient dans la pièce, un téléphone coincé entre la joue et l'épaule, les cheveux ébouriffés.

— C'est lui, déclare David en se dirigeant vers le vestibule. À tout à l'heure ! Et merci pour le cutter.

23

J'avais l'intention de m'entretenir de nouveau avec Ed – « Devine qui c'est », dirais-je ; c'est mon tour, cette fois –, quand on frappe à la porte du vestibule, un peu après le départ de David. Il a sûrement oublié quelque chose. Je vais voir ce qu'il veut.

Mais c'est une femme qui se tient de l'autre côté, svelte, les yeux légèrement écarquillés : Bina. Je jette un coup d'œil à mon téléphone. Midi pile. X-Actoment.

— David m'a laissée entrer, explique-t-elle. Décidément, il est de plus en plus beau chaque fois que je le vois. Où est-ce que ça va s'arrêter ?

— Vous devriez peut-être lui en parler ?

— Et vous, vous devriez la boucler et vous préparer à votre séance. Allez vous mettre en tenue.

Je m'exécute, puis déroule mon tapis de gym, et nous commençons aussitôt les exercices sur le plancher du salon. Cela fait presque dix mois que Bina et moi nous sommes rencontrées – à ma sortie d'hôpital, alors que j'avais la colonne endommagée et la gorge toujours meurtrie –, et durant cette période nous nous sommes attachées l'une à l'autre. Peut-être sommes-nous presque devenues des amies, comme l'a dit le Dr Fielding.

— Il fait bon dehors, aujourd'hui, observe-t-elle.

Elle pose un poids sur mes reins, alors que je suis à quatre pattes. Mes bras tremblent.

— Pourquoi ne pas ouvrir une fenêtre ?

— Pas question.

— Vous ratez quelque chose, souligne-t-elle.

— Je rate beaucoup de choses !

Une heure plus tard, mon tee-shirt plaqué contre ma peau, je lui tends la main pour qu'elle m'aide à me redresser.

— Vous voulez qu'on essaie ce tour de magie avec le parapluie ? me demande-t-elle.

Je lui fais signe que non. Mes cheveux humides de sueur collent à mon cou.

— Pas aujourd'hui. Et ce n'est pas un « tour de magie », Bina.

— C'est la journée idéale, pourtant : soleil et douceur de l'air.

— Non, je suis… Non.

— Vous avez la gueule de bois.

— Aussi, oui.

Un petit soupir lui échappe.

— Vous avez fait une tentative avec le Dr Fielding, cette semaine ?

Je décide de mentir.

— Oui.

— Comment ça s'est passé ?

— Bien.

— Vous êtes allée loin ?

— Treize pas.

Elle m'examine attentivement.

— D'accord. Pas mal pour une femme de votre âge.

— Et qui vieillit, en plus.

— Oh ! C'est quand, votre anniversaire ?

— La semaine prochaine. Le onze. Le onze onze.

— Super ! Je vais vous accorder une réduction spéciale senior, alors !

Elle se penche pour ranger ses haltères dans son sac.

— Allez, on va manger.

Je ne fais pas souvent la cuisine. Avant, c'était Ed qui se mettait aux fourneaux, et aujourd'hui Fresh-Direct me livre à domicile des plats tout prêts à réchauffer au four à micro-ondes, de la crème glacée et du vin (en quantité). Plus quelques portions de protéines maigres et de fruits, pour le bien de Bina. « Et le vôtre », affirmerait-elle.

Elle n'inclut pas le déjeuner dans ses heures de travail quand nous le prenons ensemble. Apparemment, elle apprécie ma compagnie.

« Vous ne voulez pas que je vous dédommage, vous êtes sûre ? lui ai-je demandé un jour.

— Certaine. Vous fournissez toujours le repas.

— Et quel repas ! » ai-je répliqué en lui servant un morceau de poulet trop cuit.

Aujourd'hui, le menu se compose de melon au miel accompagné de tranches de lard.

— Il n'est pas fumé, hein ? lance Bina.

— Non.

— Tant mieux.

174

Elle glisse un bout de melon dans sa bouche, essuie le miel sur sa lèvre.

— J'ai lu un article disant que les abeilles peuvent parcourir jusqu'à dix kilomètres autour de la ruche pour aller chercher du pollen.

— Ah oui ? Vous avez lu ça dans quoi ?

— *The Economist.*

— Oh ! Madame lit *The Economist*…

— Parfaitement. Elles sont incroyables, ces bestioles, non ?

— Déprimantes. Moi, je ne peux même pas sortir de chez moi.

— L'article ne parlait pas de vous, je vous signale ! Et vous saviez qu'elles dansent ? On appelle ça…

— La danse frétillante.

Elle coupe en deux une tranche de lard.

— Vous le saviez ?

— Je suis allée visiter une exposition au Pitt Rivers quand j'étais à Oxford. C'est le musée d'histoire naturelle.

— Oh ! Madame a étudié à Oxford…

— Parfaitement ! Et je me souviens bien de la danse frétillante, parce qu'on a essayé de l'imiter, tous autant qu'on était, gesticulations maladroites et bourdonnements inclus. Un peu comme quand je fais ma gymnastique, à vrai dire.

— Vous aviez bu ?

— Nous n'étions pas sobres.

— Je rêve d'abeilles depuis que j'ai lu cet article, me confie-t-elle. À votre avis, qu'est-ce que ça signifie ?

— Je ne suis pas freudienne. Je n'interprète pas les rêves.

— Mais si vous l'étiez…

— Si je l'étais, je dirais que les abeilles symbolisent votre besoin urgent d'arrêter de me demander ce que signifient vos rêves.

Elle prend le temps d'avaler une bouchée de melon, avant de rétorquer :

— Vous allez souffrir, la prochaine fois. Vous pouvez me croire !

Nous mangeons en silence.

— Anna ? Vous avez pris vos médicaments aujourd'hui ?

— Oui.

Non. Je les prendrai après son départ.

Quelques instants plus tard, les canalisations grondent. Bina jette un coup d'œil en direction de l'escalier.

— C'était une chasse d'eau ?

— Oui.

— Il y a quelqu'un d'autre, ici ?

— Il semblerait que David ait invité une amie…

— Ah, la garce !

— Il n'a rien d'un saint non plus.

— Vous savez qui est cette fille ?

— Non, je ne les croise jamais. Pourquoi ? Vous êtes jalouse ?

— Sûrement pas !

— Tiens donc… Vous n'aimeriez pas vous lancer dans une petite danse frétillante avec le beau David ?

Elle me jette un bout de lard à la figure.

— Bon, j'ai un conflit de prévu mercredi prochain, déclare-t-elle. Le même que la semaine dernière.

— Avec votre sœur.

— C'est ça. Elle en redemande. Du coup, jeudi, ça irait pour vous ?

— Il y a de bonnes chances pour que je sois libre…

— Super !

Bina saisit son verre, fait tournoyer l'eau à l'intérieur.

— Je vous trouve fatiguée, Anna. Vous dormez bien ?

— Oui. Enfin, non, je… j'ai eu beaucoup de soucis en tête, ces derniers temps. C'est difficile, vous savez. Tout… ça.

J'englobe la pièce d'un geste circulaire.

— Je m'en doute, dit-elle.

— L'exercice physique n'est pas non plus une partie de plaisir.

— Vous vous en sortez très bien, je vous assure.

— Et j'ai du mal avec la thérapie. C'est dur de se retrouver de l'autre côté.

— J'imagine, oui.

Je m'efforce de maîtriser ma respiration. Je ne veux pas donner prise à l'angoisse.

— Livvy et Ed me manquent tellement…

Bina repose sa fourchette.

— Je comprends.

Son sourire est si chaleureux que j'en ai les larmes aux yeux.

24

GrannyLizzie : Bonjour, Anna !

Le message apparaît sur le bureau de mon ordinateur, accompagné d'un bip. Je pose mon verre sur la table, interromps ma partie d'échecs. Score, 3 à 0 depuis le départ de Bina. Un exploit pour moi.

Votrepsyenligne : Bonjour, Lizzie ! Comment allez-vous ?

GrannyLizzie : Mieux, merci beaucoup.

Votrepsyenligne : Ravie de l'apprendre.

GrannyLizzie : J'ai donné les affaires de Richard à notre église.

Votrepsyenligne : Je suis sûre que ça fera des heureux.

GrannyLizzie : Sans doute. Et c'est ce que Richard aurait voulu.

GrannyLizzie : Mes élèves de CE2 m'ont envoyé une carte de bon rétablissement. Elle est immense, ils l'ont fabriquée eux-mêmes. Il y a des paillettes et des boules de coton partout.

Votrepsyenligne : C'est très mignon.

GrannyLizzie : Entre nous, je leur aurais tout juste mis la moyenne, mais c'est l'intention qui compte.

Je souris, tape « LOL » puis l'efface.

Votrepsyenligne : J'ai travaillé avec des gosses, moi aussi.
GrannyLizzie : Ah oui ? Dans quel domaine ?
Votrepsyenligne : Pédopsychiatrie.
GrannyLizzie : J'ai parfois l'impression que c'était aussi mon métier…

Je souris de nouveau.

GrannyLizzie : Oups ! J'ai failli oublier !
GrannyLizzie : J'ai pu faire une petite marche à l'extérieur ce matin ! Un de mes anciens élèves est passé me voir et m'a accompagnée dehors.
GrannyLizzie : Seulement quelques minutes, mais ça valait le coup.
Votrepsyenligne : C'est une étape décisive. À partir de maintenant, ce sera de plus en plus facile.

Ce n'est pas toujours vrai, mais je ne veux surtout pas la décourager.

Votrepsyenligne : En tout cas, je trouve formidable que vos élèves vous soient si attachés.
GrannyLizzie : Lui, c'est Sam. Aucun sens artistique, mais c'était un gamin adorable, et aujourd'hui c'est vraiment quelqu'un de bien.
GrannyLizzie : Sauf que j'avais oublié la clé de la maison.
Votrepsyenligne : Ça ne m'étonne pas.
GrannyLizzie : Pendant un moment, j'ai cru que je ne pourrais pas rentrer chez moi.
Votrepsyenligne : Vous n'avez pas paniqué, j'espère.
GrannyLizzie : Un peu, mais je cache toujours une clé de secours dans une jardinière. J'ai de magnifiques violettes en fleur.

Votrepsyenligne : Un luxe qu'on ne peut pas s'offrir à New York, hélas !

GrannyLizzie : *Laughing Out Loud.*

Je souris. Elle ne maîtrise pas encore les codes de la communication d'aujourd'hui.

GrannyLizzie : Je dois aller préparer le déjeuner. J'ai invité une amie.

Votrepsyenligne : Bien sûr, allez-y vite. Je suis heureuse de savoir que vous avez de la compagnie.

GrannyLizzie : Merci !

GrannyLizzie : ☺

Elle se déconnecte et je me sens tout heureuse. « Il est possible que je puisse faire le bien avant de mourir. » *Jude*, sixième partie, chapitre 1.

Il est 17 heures et tout va bien. Je termine ma partie (4-0 !), finis mon verre de vin et descends regarder la télé. Pourquoi pas un double Hitchcock, ce soir ? me dis-je en ouvrant le tiroir des DVD. Peut-être *La Corde* (une production sous-estimée) et *L'Inconnu du Nord-Express* (ah, tous ces croisements, le « crisscross » du maître), deux films dans lesquels jouent des acteurs gays. Est-ce pour cette raison que je les ai associés ? Je suis toujours en mode analyste. « Crisscross », dis-je à haute voix. Je parle beaucoup toute seule, depuis quelque temps. Penser à le signaler au Dr Fielding.

Ou alors, *La Mort aux trousses*.

Ou encore, *Une femme disparaît…*

Un hurlement s'élève, éraillé et frappé d'horreur.

Je me tourne vers les fenêtres de la cuisine.

180

La pièce est silencieuse. Mon cœur s'affole.

D'où venait ce cri ?

Dehors, il n'y a que des flots de lumière dorée et le vent dans les arbres. Est-ce quelqu'un dans la rue qui…

De nouveau, ce même cri déchirant, frénétique, poussé à pleins poumons. En provenance du 207. Les fenêtres du salon sont grandes ouvertes, les rideaux voltigent sous la brise. « Il fait bon aujourd'hui, m'a dit Bina. Pourquoi ne pas ouvrir une fenêtre ? »

Je scrute la maison des Russell. Mon regard va de la cuisine au salon, monte jusqu'à la chambre d'Ethan, revient vers la cuisine.

Alistair a-t-il attaqué Jane ? « Il a tendance à vouloir tout contrôler », m'a-t-elle confié.

Je n'ai pas leur numéro de téléphone. Je tire mon iPhone de ma poche, le fais tomber par terre. Merde ! Je le ramasse prestement et appelle les Renseignements.

— Quelle adresse ? demande une voix maussade.

Je réponds. Un instant plus tard, une voix préenregistrée récite dix chiffres, puis me propose de les répéter en espagnol. Je raccroche et compose le numéro sur mon téléphone.

Une première sonnerie bourdonne dans mon oreille.

Une deuxième.

Une troisième.

Une quatr…

— Allô ?

C'est Ethan. Il parle doucement, d'une voix tremblante. J'examine la façade de la maison, mais ne le repère nulle part.

— Anna à l'appareil. Votre voisine, de l'autre côté du parc.

Un reniflement.

— Oh, bonsoir.

— Que se passe-t-il ? J'ai entendu un cri.

— Hein ? Oh, non, non.

Il toussote.

— Tout va bien.

— Je t'assure, Ethan, j'ai vraiment entendu quelqu'un crier. C'était ta mère ?

— Tout va bien, répète-t-il. Il a juste perdu son calme.

— Vous avez besoin d'aide ?

Une hésitation.

— Non.

La tonalité me révèle qu'il a raccroché.

La maison en face de moi ne me livre rien.

David... David est allé travailler là-bas. À moins qu'il ne soit rentré ? Je frappe à la porte du sous-sol en l'appelant. Durant un instant, je crains de voir apparaître une inconnue me disant que David ne reviendra pas avant un bon moment, et vous permettez que je retourne me coucher ? Merci.

Mais personne ne répond.

A-t-il entendu quelque chose sur place ? A-t-il *vu* quelque chose ? Je l'appelle sur son portable.

Au bout de quatre longues sonneries, je tombe sur une annonce générique préenregistrée : « Votre correspondant n'est pas joignable... » C'est une voix de femme, comme toujours. Peut-être parce que nous paraissons plus contrites.

Je coupe la communication. Caresse le téléphone comme s'il s'agissait d'une lampe magique abritant un génie prêt à me prodiguer ses conseils et à exaucer mes vœux.

Jane a hurlé. À deux reprises. Son fils prétend qu'il ne s'est rien passé. Je ne peux pas appeler la police ; Ethan n'a rien voulu me dire, alors je doute qu'il accepte de répondre aux questions posées par des hommes en uniforme.

Mes ongles s'enfoncent dans ma paume.

Il faut que je lui parle de nouveau. Ou plutôt, que je parle à Jane. J'affiche le journal des appels et appuie sur le numéro des Russell. Cette fois, on décroche à la première sonnerie.

— Oui ? dit Alistair Russell de son agréable voix de ténor.

Je lève les yeux. Il est là, dans la cuisine, le combiné contre l'oreille. Il tient un marteau dans son autre main. De toute évidence, il ne m'a pas remarquée.

— Anna Fox à l'appareil. Au 213. Nous nous sommes rencontrés hier…

— Oui, je me souviens. Bonsoir.

— Bonsoir, dis-je machinalement, pour le regretter aussitôt. Voilà, je viens d'entendre un cri, il y a quelques minutes, et je voulais m'assurer que…

Il me tourne le dos, pose le marteau sur le plan de travail – est-ce la vue de l'outil qui a effrayé Jane ? – et plaque une main sur sa nuque comme pour se réconforter.

— Pardon ? Vous avez entendu quoi ?

Je ne m'attendais pas à une telle réaction.

— Eh bien, je…

Non, sois plus ferme.

— Un cri, monsieur Russell. Il y a quelques minutes.

— Un cri, vraiment ?

Dans sa bouche, le mot semble emprunté à une langue étrangère. *Sprezzatura. Schadenfreude. Scream.*

— Oui.

— Et qui venait d'où ? demande-t-il.

— De chez vous.

Retourne-toi. Je veux voir ton visage.

— C'est... personne n'a crié ici, vous pouvez me croire.

Je l'entends glousser, le vois s'adosser au mur.

— Je l'ai entendu, pourtant.

Je suis à deux doigts de lui dire que son fils a confirmé, mais je me retiens. Ça risque de déclencher sa fureur.

— Vous avez dû confondre avec un autre bruit, madame Fox. Ou alors, ça venait d'ailleurs. Il n'y a que mon fils et moi, ici. Je n'ai pas crié, et je suis sûr que lui non plus.

— Mais je...

— Désolé, madame Fox, je dois vous laisser, j'ai un autre appel. Tout va bien, ne vous inquiétez pas.

— Vous...

— Bonne soirée, madame Fox.

Il raccroche, et la tonalité résonne de nouveau à mon oreille. Après avoir récupéré le marteau sur le plan de travail, il sort de la pièce.

Je contemple mon téléphone, incrédule, comme s'il détenait la clé du mystère.

Au moment où je reporte mon attention sur la maison des Russell, je vois soudain Jane apparaître sur le perron. Elle demeure immobile quelques secondes avant de descendre les marches, tourne la tête d'un côté puis de l'autre – on dirait un suricate guettant un prédateur –, et pour finir s'éloigne vers l'ouest, en direction de l'avenue, tout auréolée par la lumière du couchant.

25

David s'appuie contre le chambranle. Son tee-shirt est assombri par la sueur, ses cheveux emmêlés. Un écouteur est enfoncé dans une de ses oreilles.

— Pardon ?

Je répète :

— Vous n'avez pas entendu crier chez les Russell ?

Il est revenu tout à l'heure, à peine trente minutes après l'apparition de Jane Russell sur le perron. Entre-temps, j'ai braqué mon Nikon sur toutes les fenêtres du 207, sans rien remarquer.

— Non, je suis parti de chez eux il y a une demi-heure, répond-il. Et j'ai fait un saut au café du coin pour m'acheter un sandwich.

Il saisit le bas de son tee-shirt, le relève et s'essuie le front, révélant ses tablettes de chocolat.

— Vous avez entendu un cri, c'est ça ? reprend-il.

— Deux, en fait. Deux grands cris. Vers 6 heures.

Il consulte sa montre.

— J'étais peut-être encore là-bas, mais j'avais ces trucs dans les oreilles…, dit-il en indiquant son écouteur ; l'autre pend sur sa cuisse. Alors, plus rien n'existait pour moi à part Springsteen.

C'est peut-être la première fois qu'il me livre une information sur ses goûts, mais je ne m'y attarde pas ; ce n'est pas le bon moment. Je poursuis :

— M. Russell ne m'a pas parlé de vous, il a dit qu'il était seul avec son fils.

— Ben, c'est que je ne devais plus être là.

— Je vous ai appelé, David.

Je perçois une note presque suppliante dans ma voix.

Il fronce les sourcils, tire son téléphone de sa poche et le regarde. Son froncement s'accentue, comme si le portable l'avait contrarié d'une manière ou d'une autre.

— Oh, c'est vrai. Vous avez besoin de quelque chose ?

— Donc, vous n'avez pas entendu quelqu'un crier.

— Non, je vous le répète, je n'ai entendu personne crier.

Je me détourne.

— Vous n'avez besoin de rien, vous êtes sûre ? insiste-t-il.

Sans répondre, je m'approche de la fenêtre, mon appareil à la main.

Je vois Ethan sortir de chez eux. La porte s'ouvre, puis se referme derrière lui. Il dévale les marches, tourne à gauche et s'engage sur le trottoir. En direction de chez moi.

Quand il sonne, quelques instants plus tard, je suis déjà postée près de l'interphone. J'appuie sur la touche, entends le jeune garçon entrer et repousser la porte.

J'ouvre alors celle du vestibule, et Ethan pose sur moi ses yeux gonflés et rougis, injectés de sang.

— Je suis désolé, dit-il, hésitant sur le seuil.

— Tu n'as aucune raison de l'être. Entre.

Il avance comme un cerf-volant se déplace dans le ciel, par brusques saccades. Fait d'abord un pas vers le canapé, ensuite un autre vers la cuisine.

— Tu veux manger quelque chose ?

— Non, non, je… je ne peux pas rester.

Des larmes lui sillonnent les joues. C'est la seconde fois qu'il vient chez moi, et la seconde fois qu'il pleure.

J'ai l'habitude de voir des jeunes en situation de détresse, bien sûr. Les sanglots, les cris, les coups de poing aux poupées, les livres déchirés… Je connais ce genre de réactions. Pour autant, Olivia était la seule que je pouvais prendre dans mes bras. En l'occurrence, je me surprends à les ouvrir en grand devant Ethan, qui s'avance gauchement vers moi.

Et, durant un instant – un petit moment, même –, j'ai l'impression de serrer ma fille contre moi, comme je l'avais fait si souvent – avant son premier jour d'école, dans la piscine pendant nos vacances à la Barbade et aussi sous la neige. C'est son cœur que j'ai l'impression de sentir battre contre le mien.

La tête appuyée sur mon épaule, Ethan marmonne quelque chose.

— Qu'est-ce que tu dis ?

— J'ai dit : « Je m'excuse », répète-t-il en s'écartant, avant de s'essuyer le nez avec sa manche. Je suis vraiment, vraiment désolé.

— Il n'y a pas de quoi. Tout va bien.

Je repousse une mèche tombée dans mes yeux puis fais de même avec lui.

— Que se passe-t-il, Ethan ?

— C'est mon père...

Il s'interrompt, le temps de jeter un coup d'œil à sa maison, qui dans la pénombre luit comme un crâne.

— Il a piqué une crise, et j'avais besoin de sortir.

— Où est ta mère ?

Il renifle, s'essuie de nouveau le nez.

— Je ne sais pas.

Après avoir inspiré profondément à plusieurs reprises, il me regarde.

— Désolé. J'ignore où elle est. Mais elle va bien.

— Tu en es sûr ?

Un éternuement l'empêche de répondre. Il baisse les yeux. Punch s'est glissé entre ses pieds et se frotte contre ses tibias. Il éternue de nouveau.

— Excusez-moi, c'est mon allergie..., dit-il en regardant autour de lui comme s'il était surpris de se retrouver dans ma cuisine. Il faut que je rentre, sinon mon père sera furieux.

— J'ai l'impression qu'il l'est déjà, non ?

Je tire une chaise et lui fais signe de s'asseoir.

Ethan considère le siège, puis lorgne vers la fenêtre.

— Non, je dois y aller. Je n'aurais jamais dû venir. Je voulais seulement...

— Tu voulais sortir de chez toi. Je comprends. Mais ce n'est pas dangereux d'y retourner maintenant ?

À ma grande surprise, il éclate d'un rire aigu et bref.

— Oh, il est fort en gueule, c'est tout ! Je n'ai pas peur de lui.

— Mais ta mère, si.

Il garde le silence.

Pour autant que je puisse en juger, Ethan ne présente aucun signe de maltraitance : visage et avant-bras exempts d'ecchymoses, attitude joyeuse et extravertie (il a tout de même pleuré deux fois, ne l'oublions pas), hygiène apparemment satisfaisante. Je ne pourrais cependant jurer de rien. Après tout, il est là, dans ma cuisine, en train de couler des regards craintifs en direction de sa maison.

Je repousse la chaise.

— Je vais te donner mon numéro de portable, d'accord ?

Il hoche la tête – à contrecœur, me semble-t-il, mais tant pis.

— Vous pouvez me l'écrire ? demande-t-il.

— Tu n'as pas de téléphone ?

— Non, il… Mon père ne veut pas. Je n'ai pas de mail non plus.

Ça ne me surprend pas. Je mets la main sur un vieux reçu dans un tiroir de la cuisine et griffonne mon numéro, avant de m'apercevoir que c'est celui de la ligne que je réservais autrefois à mes patients en situation d'urgence. « Ann-à votre secours », plaisantait toujours Ed.

— Désolée, je me suis trompée.

Je raye l'ancien numéro et note le bon. Quand je relève les yeux, Ethan se tient près de la porte, d'où il observe sa maison.

— Tu n'es pas obligé d'y retourner, dis-je.

— Si, il faut que je rentre.

Je lui tends le papier, qu'il fourre dans sa poche.

— Tu peux m'appeler quand tu veux, à n'importe quelle heure. Et donne aussi ce numéro à ta mère, s'il te plaît.

— OK.

Il se dirige vers la porte, les épaules en arrière, le dos bien droit. Comme s'il se préparait au combat.

— Ethan ?

Une main sur la poignée, il se retourne.

— Tu as bien compris, hein ? À n'importe quelle heure.

Sur un hochement de tête, il s'en va.

Je repars vers la fenêtre, d'où je le regarde longer le parc, gravir les marches du perron et insérer sa clé dans la serrure. Il hésite un instant, prend une profonde inspiration, puis disparaît à l'intérieur.

26

Deux heures plus tard, j'écluse les dernières gouttes de vin dans mon verre, puis pose la bouteille sur la table basse. Je me redresse lentement et sens aussitôt que je tangue.

Ressaisis-toi. Monte dans ta chambre. Passe à la salle de bains.

Sous le jet de la douche, le souvenir des derniers jours écoulés submerge mon cerveau, bouchant les fissures, comblant les trous : Ethan, en larmes sur le canapé ; le Dr Fielding et ses lunettes réfléchissant le soleil ; Bina, le genou appuyé sur ma colonne vertébrale ; cette folle soirée où Jane Russell m'a rendu visite. Et aussi : la voix d'Ed à mon oreille ; David et le cutter ; Alistair Russell, « un homme bien et un bon père » ; ces hurlements…

Je verse du shampooing dans ma paume, puis l'étale distraitement sur mes cheveux. L'eau monte autour de mes pieds.

Et les cachets. Oh, Seigneur ! Les cachets… « Ce sont des psychotropes puissants, Anna, m'avait avertie le Dr Fielding au tout début, quand j'avais encore l'esprit embrumé par les antalgiques. Faites-en un usage modéré. »

Je presse mes paumes contre le mur et laisse l'eau couler sur ma tête, le visage derrière un rideau de cheveux bruns. Quelque chose se passe en moi, quelque chose de dangereux et d'inédit – une force qui a pris racine, comme une plante vénéneuse, qui pousse, se déploie et enroule ses vrilles autour de mon ventre, de mes poumons, de mon cœur.

— Les médicaments…

Le son de ma voix est noyé par le grondement du jet.

Comme mue par une volonté propre, ma main trace des hiéroglyphes sur la vitre de la cabine. Après m'être essuyé les yeux, je m'emploie à les déchiffrer. J'ai écrit un nom dans la buée : « Jane Russell ».

Jeudi 4 novembre

27

Ed est allongé sur le lit. Je laisse courir mon doigt sur la ligne de poils noirs qui divise son torse, du nombril à la poitrine.

— J'aime ton corps, dis-je.

Il soupire, puis sourit.

— Je me demande bien pourquoi…

Alors que ma main s'attarde dans le creux à la naissance de son cou, il dresse la liste de tous ses défauts : sa peau trop sèche, surtout dans le dos ; le grain de beauté entre ses omoplates, perdu, comme un Eskimo égaré sur une étendue de glace friable ; l'ongle déformé de son gros orteil ; ses poignets noueux ; la minuscule cicatrice entre ses narines.

Quand j'effleure cette dernière, mon petit doigt s'enfonce dans son nez. Il renifle.

— Comment c'est arrivé ?

Il enroule mes cheveux autour de son pouce.

— C'est un souvenir de mon cousin, répond-il.

— Je ne savais pas que tu avais un cousin.

— J'en ai deux, en fait. Lui, c'était Robin. Il m'a appuyé un rasoir sur le nez en menaçant de me fendre les narines pour que je n'en aie plus qu'une. Comme je ne voulais pas, j'ai secoué la tête et la lame a entaillé la peau.

— Aïe !

Il relâche son souffle.

— Je sais. Si j'avais hoché la tête pour dire oui, tout se serait bien passé.

Je souris.

— Tu avais quel âge ?

— Oh, c'était mardi dernier.

J'éclate de rire et lui aussi.

Quand j'émerge du sommeil, le rêve – ou, plutôt, le souvenir – s'évapore telle de l'eau au soleil. J'essaie de le retenir, mais il a déjà disparu.

Je passe une main sur mon front dans une vaine tentative pour chasser ma gueule de bois. Puis je repousse mes draps, me lève et enfile mon peignoir. Tout en me dirigeant vers la commode, je jette un coup d'œil à la pendule murale : 10 h 10. Les aiguilles forment une sorte de moustache sur le cadran. J'ai dormi douze heures.

Dans l'intervalle, les événements de la veille ont perdu leur caractère dramatique. C'est une dispute conjugale que j'ai entendue par hasard, une occurrence déplaisante mais qui n'a rien d'exceptionnel dans le quartier. Quoi qu'il en soit, ce ne sont pas mes affaires. Peut-être qu'Ed a raison, me dis-je en descendant dans mon bureau.

Bien sûr qu'il a raison. J'ai été beaucoup stimulée, ces derniers temps, en effet. Trop, sans doute. Je dors trop, je bois trop, je réfléchis trop… M'étais-je autant investie dans l'existence des Miller, quand ils sont arrivés en août dernier ? Ils ne m'ont jamais rendu visite, pourtant j'ai observé leurs petites habitudes, leurs déplacements… Je les ai traqués comme un prédateur. Les Russell n'ont pas une vie tellement plus intéressante, c'est juste qu'ils habitent plus près de chez moi.

Je m'inquiète pour Jane, bien sûr. Et encore plus pour Ethan. « Il a piqué une crise », m'a-t-il dit à propos de son père. La scène a dû être violente, pour qu'il soit aussi bouleversé… En attendant, je ne peux pas appeler les services de protection de l'enfance. Pour leur dire quoi ? Je n'ai rien de concret à leur signaler. À ce stade, une telle initiative ferait plus de mal que de bien, j'en suis absolument certaine.

Mon téléphone sonne.

C'est si rare que, sur le coup, je n'identifie pas le bruit. Je regarde dehors comme s'il s'agissait d'un chant d'oiseau. Mon portable n'est pas dans les poches de mon peignoir, je l'entends quelque part au-dessus de moi. Le temps que j'arrive dans ma chambre et que je le récupère au milieu des draps entortillés, la sonnerie s'est arrêtée.

Le nom est toujours visible sur l'écran. C'est le Dr Fielding. Je le rappelle aussitôt.

— Allô ?

— Bonjour, docteur. Je vous ai raté de peu.

— Oh, bonjour, Anna.

— Oui, bonjour, bonjour.

Que de courbettes. J'ai mal à la tête.

— Je vous appelais pour… Excusez-moi une minute.

Sa voix s'éloigne quand il s'adresse à quelqu'un d'autre, puis s'élève de nouveau dans mon oreille.

— Je suis dans l'ascenseur. Je vous appelais pour m'assurer que vous aviez bien commandé les médicaments que je vous ai prescrits.

Quels médica… ? Ah oui, la livraison de la pharmacie que Jane est allée chercher à la porte pour moi.

— Oui, c'est fait.

— Tant mieux ! J'espère que vous ne m'en voulez pas de vous questionner ainsi.

À vrai dire, si. J'affirme néanmoins :

— Pas du tout.

— Vous devriez ressentir assez vite les premiers effets du traitement.

Le sisal recouvrant les marches est rugueux sous mes pieds.

— Les résultats sont rapides, c'est ça ?

— Je parlerais d'effets plutôt que de résultats, rectifie-t-il.

Rigueur et précision, comme toujours.

— Je vous tiendrai au courant, docteur.

— Bien. Voyez-vous, je me suis fait du souci après notre dernière séance.

Je m'immobilise.

— Je…

Non, je ne sais pas quoi dire.

— J'espère sincèrement que cette modification de la posologie vous sera bénéfique.

Je garde toujours le silence.

— Anna ?

— Oui, je… je, euh, je l'espère aussi.

Sa voix s'éloigne de nouveau.

— Pardon ?

Une seconde plus tard, il déclare avec force :

— Ne buvez pas d'alcool avec ce traitement.

Dans la cuisine, je fais passer les cachets avec une gorgée de merlot. Je comprends les inquiétudes du Dr Fielding, bien sûr ; je sais que l'alcool est un dépresseur, et qu'à ce titre il est déconseillé aux personnes angoissées. J'en suis consciente, d'ailleurs j'ai même écrit un article à ce sujet – « La dépression chez les adolescents et l'excès d'alcool », *Journal of Pediatric Psychology* (Volume 37, numéro 4). Coauteur : Wesley Brill. Je pourrais même citer nos conclusions le cas échéant. Comme dirait Bernard Shaw, je me cite souvent ; ça ajoute du sel à mes propos. Comme il l'a dit aussi, l'alcool est un anesthésique qui permet de supporter l'opération de la vie. Ah, ce bon vieux Shaw…

Alors, inutile de dramatiser, docteur. Ce ne sont pas des antibiotiques que je prends. De plus, je mélange alcool et médicaments depuis près d'un an et… je ne m'en porte pas plus mal, non ?

Mon ordinateur est posé dans un carré de soleil sur la table de la cuisine. Je l'ouvre, me rends sur l'Agora, explique la marche à suivre à deux nouvelles recrues, donne mon avis dans un énième débat sur les médicaments. (Prêche du jour : « Ne surtout pas boire d'alcool sous traitement. ») Une fois, une seule, je jette un coup d'œil furtif en direction de la maison des Russell. Je vois Ethan assis à son bureau, en train de pianoter sur son clavier d'ordinateur – il doit jouer à un jeu ou rédiger un devoir, puisqu'il n'a pas la possibilité d'aller sur Internet –, et Alistair installé dans le salon, sa tablette posée sur les genoux. Une famille typique du XXIᵉ siècle. Aucun signe de Jane, mais peu importe. Ce ne sont pas mes affaires. Éviter la stimulation excessive.

— Au revoir, les Russell, dis-je, avant de tourner la tête vers le téléviseur.

J'ai mis *Hantise* – Ingrid Bergman, plus pulpeuse que jamais, sombrant lentement dans la folie.

Peu après le déjeuner, je me suis réinstallée devant mon ordinateur quand je vois GrannyLizzie se connecter à l'Agora : la petite icône à côté de son nom se transforme en smiley, comme si sa seule présence sur ce forum la comblait de joie. Je décide de prendre les devants.

Votrepsyenligne : Bonjour, Lizzie !

GrannyLizzie : Bonjour docteur Anna !

Votrepsyenligne : Quel temps fait-il dans le Montana ?

GrannyLizzie : Il pleut, ce qui convient très bien à une recluse comme moi !

GrannyLizzie : Quel temps fait-il à New York City ?

GrannyLizzie : Est-ce que j'ai l'air d'une péquenaude quand je dis ça ? Je devrais peut-être juste parler de New York, non ?

Votrepsyenligne : Les deux sont équivalents ! Ici, c'est le grand soleil. Alors, comment vous sentez-vous ?

GrannyLizzie : Très franchement, la journée d'aujourd'hui est plus dure que celle d'hier. Jusqu'à présent, en tout cas.

Je porte mon verre à mes lèvres, savoure le vin.

Votrepsyenligne : Ça arrive. Les progrès sont parfois chaotiques.

GrannyLizzie : Je m'en suis rendu compte ! Je suis obligée de demander à mes voisins de faire les courses pour moi.

Votrepsyenligne : C'est fomidrable de pourrvoir compter sur le soutien de votre entourage.

Trois fautes de frappe, alors que j'ai bu à peine plus de deux verres. C'est une bonne moyenne, me dis-je. À voix haute, je confirme : « Une sacrée bonne moyenne. »

GrannyLizzie : Mais, la grande nouvelle, c'est que… mes fils arriveront samedi. J'espère vraiment pouvoir les accompagner dehors. Vrai de vrai !

Votrepsyenligne : Ne soyez pas trop dure envers vous-même si vous n'y parvenez pas.

Une pause.

GrannyLizzie : Je sais que l'expression est cruelle, mais j'ai du mal à ne pas me considérer comme une bête curieuse.

Cruelle, en effet. Elle me fend le cœur. Je vide mon verre, retrousse les manches de mon peignoir et fais courir mes doigts sur le clavier.

Votrepsyenligne : Vous n'êtes PAS une bête curieuse. Vous êtes victime des circonstances. Ce que vous vivez est terrible. Je suis enfermée chez moi depuis dix mois et je sais à quel point la situation est pénible. S'IL VOUS PLAÎT, ne vous considérez jamais comme une bête de foire, ni comme uneratée ; vous êtes une personne solide et pleine de ressources qui a eu le courageg de demander de l'aide. Vos fils devraient être fiers de vous et vous devriez l'êter aussi.

Fin. Pas de poésie. Pas même une orthographe correcte – mes doigts n'arrêtent pas de glisser sur les touches –, mais chaque mot est sincère. Parfaitement sincère.

GrannyLizzie : C'est réconfortant.
GrannyLizzie : Merci.
GrannyLizzie : Pas étonnant que vous soyez psy. Vous savez ce qu'il faut dire et comment le dire.

Je sens un sourire étirer mes lèvres.

GrannyLizzie : Avez-vous vous-même une famille ?

Mon sourire se fige.

Avant de répondre, je me ressers du merlot. Je remplis trop le verre, le vin menace de déborder, alors je baisse la tête pour en aspirer une gorgée. Une goutte coule de ma lèvre sur mon menton et tombe sur mon peignoir. En voulant la frotter, je l'étale sur le tissu éponge. Heureusement qu'Ed ne me voit pas. Heureusement que personne ne me voit.

Votrepsyenligne : Oui, mais mes proches et moi ne vivons plus ensemble.
GrannyLizzie : Pourquoi ?

Bonne question. Pourquoi ne vivons-nous plus ensemble ? Je lève mon verre, puis le repose. La scène se déploie devant mes yeux comme un éventail : les vastes étendues de neige, l'hôtel douillet décoré pour Noël, l'antique machine à glaçons…

Et, à ma grande surprise, je commence à tout lui raconter.

30

Cela faisait dix jours que nous avions décidé de nous séparer. C'est le point de départ de mon histoire, le « Il était une fois ». Ou plutôt, pour être totalement honnête, et tout à fait précise, Ed avait pris la décision de rompre, et j'avais accepté, sur le principe. J'avoue aujourd'hui que je n'ai jamais cru à cette éventualité, même quand il a fait venir l'agent immobilier. Je préférais m'abuser, en somme.

Le « pourquoi » ne regarde pas Lizzie. Le « où » et le « quand » sont en revanche pertinents.

Le Vermont en décembre dernier, quand nous avons installé Olivia dans l'Audi et fait rugir le moteur sur la 9A pour traverser le pont Henry Hudson et sortir de Manhattan. Deux heures plus tard, nous avions atteint le nord de l'État de New York et ce qu'Ed appelait les « routes secondaires ». « Tu verras, il y a des tas de petits restaurants et d'endroits qui servent des pancakes, avait-il assuré à notre fille.

— M'man, elle aime pas les pancakes, avait-elle objecté.

— Elle pourra toujours aller faire un tour dans les boutiques d'artisanat.

— M'man n'aime pas ça non plus », avais-je rétorqué.

À vrai dire, les routes secondaires de la région sont remarquablement dépourvues de boutiques d'artisanat et de crêperies. Nous avons fini par trouver un IHOP isolé dans la partie la plus à l'est de l'État, où Olivia a noyé ses pancakes sous le sirop d'érable (une production locale, à en croire la carte), tandis qu'Ed et moi échangions des coups d'œil de part et d'autre de la table. Il s'était mis à neigeoter, et de petits flocons kamikazes venaient s'écraser contre les vitres. Olivia avait pointé ses couverts vers la fenêtre en poussant des cris de joie.

J'avais ferraillé avec sa fourchette. « Il y en aura beaucoup plus à Blue River », lui avais-je promis. C'était notre destination, une station de ski dans le centre du Vermont où une amie d'Olivia avait séjourné. Non, rectification : une camarade de classe, pas une amie.

Retour dans la voiture, retour sur la route. Nous n'avions pas beaucoup parlé pendant le trajet. Nous n'avions encore rien dit à Olivia ; inutile de lui gâcher ses vacances, avais-je argumenté, et Ed avait acquiescé. Nous ferions semblant pour elle.

C'est donc en silence que nous avions longé de vastes champs et de petits cours d'eau gelés, traversé des villages oubliés et affronté une légère tempête de neige à proximité de la frontière du Vermont. Et puis, à un certain moment, Olivia avait entonné « Over the Meadow and Through the Woods », et j'avais voulu l'accompagner, sans toutefois parvenir à trouver la bonne tonalité.

« Papa ? Tu veux bien chanter aussi ? » l'avait supplié Olivia. Elle faisait toujours ça : demander plutôt qu'ordonner. Ce n'est pas courant chez un enfant. Ce n'est courant chez personne, me semble-t-il parfois.

Ed s'était éclairci la gorge avant de pousser la chansonnette à son tour.

C'était seulement à l'approche de la chaîne des Green Mountains qu'il avait commencé à se détendre. Olivia dévorait littéralement du regard les reliefs imposants. « J'ai jamais vu une chose pareille, avait-elle dit, haletante, et je m'étais demandé où elle avait bien pu entendre ces mots.

— Ces montagnes te plaisent, ma puce ?

— On dirait une couverture toute bosselée.

— C'est vrai.

— Sur le lit d'un géant.

— Le lit d'un géant ? avait répété Ed, l'air étonné.

— Oui. Le géant s'est endormi sous une couverture. C'est pour ça qu'il y a toutes ces bosses.

— Demain, tu seras en train de skier sur ces montagnes, avait déclaré Ed en négociant un virage serré. On montera toujours plus haut avec le tire-fesses, et après on descendra toujours plus bas dans la pente.

— Toujours plus haut, toujours plus haut, toujours plus haut, avait-elle chantonné.

— C'est ça.

— Toujours plus bas, toujours plus bas, toujours plus bas.

— C'est ça aussi.

— Oh, regarde ! On dirait une tête de cheval, là-bas, avec ses oreilles… » Olivia avait indiqué deux pics effilés au loin ; elle était à cet âge où tout lui faisait penser à un cheval.

Ed avait souri. « Comment appellerais-tu ton cheval si tu en avais un, Liv ?

— Mais on n'en aura pas, étais-je intervenue.

— Je l'appellerais Vixen, avait répondu Olivia.

— Comme la femelle du renard ?

— Oui, parce qu'il serait aussi rapide qu'un renard. »

Nous nous étions tous les trois absorbés un moment dans nos réflexions.

« Et toi, m'man, tu l'appellerais comment, ton cheval ?

— Tu ne voudrais pas dire "maman", pour une fois ?

— D'accord.

— Hein ?

— D'accord, maman.

— Eh bien, je l'appellerais "Bien sûr, Bien sûr". »

J'avais regardé Ed. Aucune réaction.

« Pourquoi ? avait demandé Olivia.

— C'était dans une chanson à la télé. Celle d'un vieux feuilleton où il y avait un cheval parlant.

— Ah bon ? » Elle avait froncé son petit nez. « C'est débile.

— Je suis d'accord.

— Papa ? Comment t'appellerais ton cheval ? »

Ed lui avait jeté un coup d'œil dans le rétroviseur. « J'aime bien Vixen, moi aussi.

— Oh ! » s'était-elle soudain écriée.

J'avais tourné la tête vers la vitre. Le vide s'ouvrait à côté et en dessous de nous – un gouffre immense, un vaste néant où s'accrochaient des lambeaux de brume laissant entrevoir des conifères au fond. Nous étions si proches du bord que nous avions l'impression de flotter au-dessus du monde.

« C'est profond ? avait-elle demandé.

— Très, avais-je répondu, avant de m'adresser à Ed. Tu pourrais ralentir un peu ? »

Il avait légèrement levé le pied.

« Tu pourrais ralentir encore plus ?

— On ne va pas vite, avait-il souligné.

— J'ai peur », avait dit Olivia d'une voix tremblante, en portant les mains à ses yeux. Cette fois, Ed avait freiné.

« Ne regarde pas en bas, ma puce, lui avais-je conseillé en me tournant vers elle. Regarde maman, d'accord ? »

Elle avait obéi, les yeux écarquillés. Je lui avais pris la main et j'avais serré ses petits doigts entre les miens. « Tout va bien, je suis là, avais-je déclaré. Regarde-moi. »

Nous avions prévu de loger à la sortie de Two Pines, à environ une demi-heure de la station, dans le « seul hôtel du Vermont Central à avoir conservé tout le charme d'antan », comme le clamait le Fisher Arms sur son site, qui montrait quantité de photos de feux de cheminée et de fenêtres ornées d'une dentelle de neige.

Nous nous étions garés sur le parking. Des stalactites pareilles à des griffes pendaient des pignons au-dessus de la porte d'entrée. L'intérieur offrait un décor rustique typique de la Nouvelle-Angleterre : plafonds mansardés, mobilier défraîchi mais de bon goût, feu ronflant dans l'une de ces cheminées si accueillantes sur les photos. La réceptionniste, une jeune blonde potelée dont le badge indiquait le prénom, Marie, nous avait invités à signer le registre pendant qu'elle arrangeait les iris dans le vase placé à côté. Je m'étais demandé si elle allait nous appeler « la petite famille », une expression qu'affectionnaient les habitants du coin.

« Alors, la petite famille est venue skier ?

— Oui, avais-je répondu. À Blue River.

— Vous êtes arrivés à temps. » Elle avait souri à Olivia. « Une tempête se prépare.

— Une tempête du cap Hatteras ? » avait suggéré Ed, dans une tentative pour paraître au fait du climat de la région.

Elle avait dirigé vers lui son sourire éblouissant. « Non, c'est plutôt un phénomène côtier, monsieur. Là, c'est juste une tempête-tempête. Mais ça va être quelque chose. Veillez à bien fermer vos fenêtres ce soir. »

J'avais failli lui faire remarquer que nous n'avions pas l'intention d'ouvrir les fenêtres par une nuit glaciale à une semaine de Noël, mais déjà elle me tendait les clés en me souhaitant une bonne soirée.

Nous avions traîné nos sacs dans le couloir – les « nombreuses commodités » du Fisher Arms vantées par son site n'incluaient pas le bagagiste – jusqu'à notre chambre : cheminée encadrée par des tableaux de faisans ; piles de couvertures disposées au pied des lits… Olivia s'était ruée aux toilettes en laissant la porte ouverte. Elle avait peur des salles de bains inconnues.

« C'est joli, avais-je murmuré.

— Liv ? avait appelé Ed. Comment est la salle de bains ?

— Froide.

— Quel lit tu préfères ? » m'avait demandé Ed. En vacances, lui et moi dormions toujours dans des lits séparés, pour qu'Olivia ne nous réveille pas tous les deux quand elle nous rejoignait. Certains soirs, elle faisait des allers-retours entre le lit d'Ed et le mien, raison pour laquelle il l'avait surnommée « Pong », comme dans ce jeu vidéo Atari où la balle rebondissait entre des barres.

« Prends celui près de la fenêtre, Ed. » Je m'étais assise sur l'autre avant d'ouvrir ma valise. « Et vérifie qu'elle est bien fermée. »

Il avait posé son sac sur le matelas et nous avions commencé à déballer nos affaires en silence. Derrière la vitre, le vent chassait des rideaux de neige gris et blancs dans la pénombre du crépuscule.

Au bout d'un moment, Ed avait remonté une manche pour se gratter l'avant-bras. « Tu sais... », avait-il commencé. J'avais tourné la tête vers lui.

Le bruit de la chasse d'eau l'avait interrompu. Un instant plus tard, Olivia faisait irruption dans la chambre en sautillant. « Quand est-ce qu'on va skier ? »

Pour le dîner, j'avais prévu des sandwichs au beurre de cacahuète et un assortiment de jus de fruits, ce qui ne m'avait pas empêchée de loger une bouteille de sauvignon blanc dans ma valise, parmi mes pulls. Le vin était désormais à température ambiante, et comme Ed n'aimait le blanc que « très sec et très frais », ainsi qu'il le précisait toujours aux serveurs, j'avais appelé la réception pour demander de la glace. « Il y a une machine dans le couloir, un peu après votre chambre, m'avait expliqué Marie. N'hésitez pas à pousser fort sur le couvercle. »

Munie du seau trouvé dans le minibar sous le téléviseur, j'étais sortie dans le couloir, où j'avais en effet découvert un vieux modèle Luma Comfort bourdonnant dans un renfoncement proche. On dirait le nom d'un matelas, avais-je songé. J'avais poussé fort sur le couvercle, qui s'était ouvert, m'envoyant à la figure le souffle gelé de la machine – et j'avais eu l'impression de voir une bouche exhaler un petit nuage blanc glacé, comme dans les publicités pour les chewing-gums à la menthe.

Il n'y avait pas de pelle. J'avais plongé mes mains dans la glace, qui m'avait brûlé les doigts, pour remplir le seau. Les glaçons collaient à ma peau. Luma « Comfort », tu parles !

C'est à ce moment-là qu'Ed m'avait rejointe.

Il était apparu brusquement à côté de moi et s'était appuyé contre le mur. Pendant quelques instants, j'avais feint de ne pas le voir ; je remplissais toujours mon seau, les yeux fixés sur le bac de la machine, comme si j'étais fascinée par son contenu, en souhaitant à la fois qu'il s'en aille et qu'il me prenne dans ses bras.

« Le spectacle est intéressant ? » avait-il fini par lancer.

Je m'étais tournée vers lui sans même prendre la peine de feindre la surprise.

« Écoute, Anna… », avait-il dit, avant de s'interrompre. J'avais complété sa phrase dans ma tête : « On va reconsidérer la situation », peut-être. Ou : « J'ai réagi de façon excessive. » Au lieu de quoi, il avait toussé. Il avait attrapé un rhume quelques jours plus tôt, le soir de la réception. J'avais patienté.

« Je ne veux pas faire les choses comme ça. »

J'avais refermé mes doigts sur une poignée de glaçons. « Faire quoi ? » J'avais le cœur serré. « Faire quoi, Ed ?

— Ça, avait-il répondu d'une voix sifflante, en fendant l'air de son bras. Jouer à la famille heureuse pendant les vacances, et ensuite, le lendemain de Noël… »

L'étau s'était encore resserré autour de mon cœur. « Comment comptes-tu t'y prendre, alors ? Tu veux tout lui dire maintenant ? »

Il n'avait pas répondu.

J'avais retiré ma main de la machine et refermé le couvercle, mais pas assez fort ; il s'était coincé à mi-parcours. J'avais calé le seau sur ma hanche pour pouvoir tirer dessus. C'était Ed qui, en fin de compte, l'avait débloqué.

Au même instant, le seau s'était renversé.

« Merde !

— Ce n'est pas grave, oublie les glaçons, avait-il dit. De toute façon, je n'ai pas envie de boire.

— Moi si. » Je m'étais agenouillée pour les ramasser. Ed m'observait.

« Qu'est-ce que tu vas en faire ?

— Il vaudrait mieux que je les laisse fondre sur la moquette, c'est ça ?

— Oui. »

Je m'étais relevée et j'avais posé le seau sur la machine. « Tu tiens vraiment à ce qu'on en parle maintenant ? »

Il avait poussé un profond soupir. « Je ne vois pas pourquoi on…

— Parce qu'on est déjà sur place. On est déjà… » J'avais indiqué la porte de notre chambre.

Il avait hoché la tête. « J'y ai pensé.

— Tu penses beaucoup, depuis quelque temps ! »

Sans relever, il avait repris :

« J'ai aussi pensé que… »

J'avais entendu derrière moi le déclic d'une porte qui se déverrouillait. J'avais tourné la tête, pour découvrir une femme d'une cinquantaine d'années avançant dans notre direction. Elle nous avait adressé un sourire timide avant de poursuivre son chemin vers la réception, les yeux baissés pour éviter les glaçons disséminés par terre.

« J'ai pensé que ce serait mieux pour toi si tu pouvais entamer au plus vite le processus de guérison. C'est ce que tu dirais à un de tes patients, non ?

— Tu n'as aucune idée de ce que je dirais ou pas », avais-je répliqué.

Il avait gardé le silence.

« De toute façon, jamais je ne parlerais comme ça à un enfant, avais-je ajouté.

— Mais à ses parents, si.

— Tu n'as aucune idée de ce que je dirais, tu m'entends ? Et, pour autant que je le sache, je ne suis pas malade, je n'ai pas besoin de "guérir" ! »

Il avait soupiré de nouveau en frottant distraitement le seau. « Le fait est, Anna, avait-il dit, et j'avais perçu

215

la tension dans ses yeux et sur son front, que je ne peux plus supporter la situation. »

J'avais contemplé les glaçons déjà en train de fondre sur le sol.

Pendant quelques instants, aucun de nous n'avait repris la parole. Ni bougé.

Puis je m'étais entendue prononcer les mots à voix basse : « Ne rejette pas la faute sur moi si elle est bouleversée. »

Un silence, de nouveau. « Oh si, c'est ta faute », avait-il répliqué encore plus doucement. Il avait lentement relâché son souffle. « Je pensais avoir épousé la femme parfaite pour moi... »

Je m'étais raidie dans l'attente de ce qui allait suivre.

« Mais aujourd'hui, c'est tout juste si j'arrive encore à te regarder. »

J'avais fermé les yeux en humant l'odeur piquante de la glace. Un souvenir m'était revenu en mémoire, non pas de notre mariage ni du soir où Olivia était née, mais de ce matin où nous avions cueilli des canneberges dans le New Jersey – Olivia tartinée de crème solaire, riant aux éclats dans ses cuissardes ; le soleil de septembre au-dessus de nos têtes ; un océan de baies rouges autour de nous. Ed, les mains pleines, les yeux brillants ; moi, serrant les doigts poisseux de notre fille. Je me rappelais l'eau marécageuse qui nous arrivait à la taille, l'impression de la sentir s'immiscer dans mes veines, monter vers mon cœur et mon visage...

Repoussant résolument les images dans ma tête, j'avais soulevé les paupières et découvert les yeux d'Ed rivés sur moi, ces yeux brun foncé si familiers. « Des yeux tout ce qu'il y a de plus ordinaire, » m'avait-il assuré lors de notre deuxième rendez-vous, mais pour moi ils étaient magnifiques. Ils le sont encore.

Il avait soutenu mon regard. La machine à glace bourdonnait toujours entre nous.

Puis nous étions allés dire la vérité à Olivia.

31

Votrepsyenligne : Ensuite, nous sommes allés dire la vérité à Olivia.

Mes doigts s'immobilisent au-dessus du clavier. A-t-elle besoin d'en savoir plus ? Suis-je capable de lui raconter la suite ? Mon cœur cogne déjà douloureusement dans ma poitrine.

Au bout d'une minute, je n'ai toujours pas de réponse. Mon expérience touche-t-elle Lizzie de trop près ? Je suis en train de lui parler d'une séparation d'avec mon mari, alors qu'elle a irrémédiablement perdu le sien. Je me demande si…

GrannyLizzie a quitté le forum.

Je contemple l'écran.

Je n'ai plus qu'à replonger toute seule dans mes souvenirs.

32

« Vous ne souffrez pas trop de la solitude ? »

C'est une voix masculine qui me tire du sommeil. Je soulève laborieusement les paupières.

« Je suis née solitaire. » Une voix de femme à présent. Un contralto suave.

J'aperçois des jeux d'ombre et de lumière. *Les Passagers de la nuit*. Bogart et Bacall échangeant des regards langoureux de part et d'autre d'une table basse.

« D'où votre intérêt pour les procès ? »

Sur ma propre table basse subsistent les restes de mon dîner : deux bouteilles de merlot vides et quatre tubes de comprimés.

« Non. J'y suis allée parce que mon père a été dans le même cas que vous. »

Je tapote à l'aveuglette la télécommande à côté de moi.

« Il n'a pas tué ma belle-mère. Il disait vrai… » Mon doigt se pose enfin sur la touche Marche/Arrêt. L'écran de télé devient sombre, plongeant du même coup le salon dans l'obscurité.

Quelle quantité d'alcool ai-je ingurgitée exactement ? Ah oui : deux bouteilles. Plus celle du déjeuner. Ça fait... beaucoup de vin, je veux bien l'admettre.

Quant aux médicaments... Ai-je pris la bonne dose ce matin ? Ai-je seulement pris les bons cachets ? Je deviens de plus en plus négligente, depuis quelque temps, j'en ai bien conscience. Le Dr Fielding a raison de penser que mon état empire.

— Tu n'as pas été raisonnable, ma fille, me tancé-je.

J'examine les tubes. L'un d'eux est presque terminé ; il ne reste que deux comprimés à l'intérieur – deux petites pastilles blanches au fond.

Oh, bon sang ! Je suis complètement ivre.

Je lève les yeux vers la fenêtre. Il fait sombre dehors, la soirée doit être bien avancée. Je tâtonne à la recherche de mon téléphone, mais impossible de le trouver. L'horloge qui se dresse dans un coin égrène son tic-tac comme pour attirer mon attention. 21 h 50.

— Vingt et une heures cinquante, dis-je à haute voix.

Pas très convaincant. Essaie dix heures moins dix.

— Dix heures moins dix.

Mieux. Je hoche la tête en direction de l'horloge.

— Merci.

Le cadran me dévisage solennellement.

Je titube vers la cuisine. « Tituber », n'est-ce pas le mot employé par Jane Russell pour me décrire, l'autre jour, quand ces petits crétins ont bombardé la maison avec leurs œufs et qu'elle m'a aidée ? Il me fait penser à « Lurch[1] », le majordome dégingandé dans *La Famille Addams*. Olivia adore la chanson du générique. *Clac, clac.*

J'agrippe le robinet, l'ouvre et en approche ma bouche. Un jet d'eau claire jaillit. J'avale à longs traits.

Je me passe ensuite une main sur le visage avant de retourner au salon. Mon regard se porte vers la maison des Russell : Ethan assis à son bureau, penché vers son ordinateur qui projette dans la chambre sa lueur bleutée ; la cuisine vide ; le salon, brillamment éclairé, joyeux… et Jane, en chemisier d'un blanc neigeux, assise sur la causeuse rayée. Elle ne me voit pas. Je lui fais de nouveau signe.

Elle ne me voit toujours pas.

Un pied, puis l'autre, puis le premier. Ensuite l'autre. Ne pas oublier l'autre, ma fille ! Je m'affale sur le canapé, cale ma tête sur mon épaule et ferme de nouveau les yeux.

Qu'est-il arrivé à Lizzie ? Ai-je dit quelque chose qu'il ne fallait pas ? Je fronce les sourcils.

Le marécage de canneberges se déploie devant moi, scintillant, mouvant. La main d'Olivia se glisse dans la mienne…

Le seau rempli de glace tombe par terre…

Non, je ne veux plus me souvenir. Je vais regarder la fin du film.

Je rouvre les yeux, extirpe la télécommande de sous mes fesses. Les haut-parleurs diffusent le son de l'orgue et Bacall jette un coup d'œil par-dessus

---

1. « Tituber » se dit *lurch* en anglais.

son épaule. « Tout ira bien. Ne respirez plus et croisez les doigts. » C'est la scène de l'opération : Bogart dans les vapes, des spectres tournoyant devant lui en une ronde infernale. « Il se diffuse dans votre sang à présent. » L'orgue, toujours. « Ouvrez-moi ! » Agnes Moorehead, tapant un petit coup sur l'objectif de la caméra. « Ouvrez-moi, ouvrez-moi ! » Une flamme vacille. « Du feu ? » propose le chauffeur de taxi.

Je tourne la tête vers la maison des Russell. Jane est toujours dans le salon. Elle est debout à présent et semble furieuse.

La musique du film enfle, des violons – une flottille entière, semble-t-il – accompagnent désormais l'orgue. Jane crie après quelqu'un, mais je ne vois pas qui ; le mur de la maison m'empêche de distinguer le reste de la pièce.

« Ne respirez plus et croisez les doigts. »

Jane s'égosille, le visage écarlate. J'aperçois mon Nikon sur le plan de travail.

« Il se diffuse dans votre sang à présent. »

Je me lève, me dirige vers la cuisine, attrape l'appareil photo d'une main et vais me poster devant la fenêtre.

« Ouvrez-moi. Ouvrez-moi, ouvrez-moi ! »

Je me penche vers la vitre, colle mon œil au viseur. Je ne discerne d'abord qu'un fond noir et flou, puis Jane apparaît – silhouette légèrement brouillée. Je fais la mise au point. Voilà, à présent elle est nette. Je distingue même son médaillon, qui brille sur sa gorge. Elle plisse les yeux, la bouche grande ouverte. Fend l'air de son index à plusieurs reprises. Une mèche folle lui retombe sur la joue.

Au moment où je zoome, elle s'éloigne vers la gauche, hors de ma vue.

« Ne respirez plus… » Je jette un coup d'œil au téléviseur. Bacall toujours, avec sa voix évoquant un ronronnement. « Croisez les doigts », dis-je en même temps qu'elle. Je reporte mon attention sur la maison d'en face, braque mon Nikon sur le salon.

Jane reparaît dans le champ, mais elle avance lentement, d'un pas étrangement saccadé. Elle titube. Une tache rouge foncé souille son chemisier, qui s'élargit vers son ventre. Ses mains griffent sa poitrine. Un objet fin et argenté, semblable à une lame, y est logé.

Mon Dieu ! C'est bien une lame.

Le sang gicle maintenant vers son cou, l'inondant de rouge. Sa bouche s'est relâchée, son front plissé lui donne l'air interloqué. Elle saisit mollement la lame d'une main. Lève l'autre vers la fenêtre, l'index tendu.

Droit vers moi.

Je lâche mon appareil et le sens descendre le long de ma jambe, seulement retenu par la dragonne autour de mon poignet.

Jane appuie son bras sur la fenêtre. Elle a les yeux exorbités, le regard suppliant. Elle articule des mots que je n'entends pas, que je ne peux pas déchiffrer. Puis, alors que le temps semble ralentir presque jusqu'à s'arrêter, elle presse sa paume sur la vitre et tombe de côté, laissant une large traînée de sang sur le verre.

Je suis pétrifiée.

Impossible de bouger.

Tout semble s'être figé, dans la pièce comme dehors.

Puis, dans un sursaut, j'émerge de mon hébétude.

Je tourne sur moi-même, me débarrasse de la dragonne et fonce vers le plan de travail, me cognant la hanche contre la table au passage. Je saisis le téléphone sur son socle et appuie sur la touche d'appel.

Rien. Aucune tonalité.

Je me souviens soudain de David me disant : « Il n'est même pas branché… »

David !

Je lâche le combiné et me précipite au sous-sol en criant son prénom, encore et encore. Arrivée devant la porte, je secoue la poignée.

En vain.

Je remonte, cours vers l'escalier, heurte le mur à deux reprises, trébuche sur la dernière marche et me rue vers le bureau.

Mon portable n'est pas sur la table. Je jurerais pourtant l'y avoir laissé.

Skype.

Les mains tremblantes, j'attrape la souris, clique deux fois sur Skype, et encore deux fois, entends la tonalité d'accueil, tape 911 sur le clavier de numérotation.

Un triangle rouge clignote sur l'écran. LES APPELS D'URGENCE NE SONT PAS PRIS EN CHARGE.

— Va te faire foutre, Skype !

Je sors en trombe du bureau, gravis les marches quatre à quatre et fais irruption dans ma chambre.

Sur la table de chevet de mon côté : un verre à vin, une photo encadrée. Sur l'autre : deux livres, mes lunettes de lecture.

Mon lit… L'iPhone serait-il dans mon lit encore une fois ? Je saisis la couette à deux mains, la tire d'un coup sec.

Le mobile s'envole.

En voulant le rattraper, je l'expédie sous le fauteuil. Le temps de le récupérer, et je passe mon doigt sur l'écran. Entre mon code secret. Une vibration. Code erroné. Je le tape de nouveau, en m'efforçant de maîtriser mes doigts glissants.

L'écran d'accueil, enfin. Je tape sur l'icône du téléphone, fais apparaître le clavier et compose le 911.

— Police secours, j'écoute ? dit une voix d'homme. Quelle est la raison de votre appel ?

— Ma voisine, dis-je en m'immobilisant pour la première fois depuis une longue minute. Elle… elle a été poignardée. Oh, mon Dieu ! Il faut l'aider.

— Du calme, madame, parlez plus lentement.

Lui-même parle lentement, comme pour me montrer l'exemple. Il a l'accent traînant de la Géorgie. Ça me porte sur les nerfs.

— Pouvez-vous me donner votre adresse ?

Je l'extirpe de mon cerveau, ensuite de ma gorge, et bredouille les mots. Par la fenêtre, je vois le salon lumineux des Russell, et cet arc de sang sur la vitre semblable à une peinture de guerre.

Il répète l'adresse.

— Oui, oui, c'est ça.

— Vous dites que votre voisine a été poignardée, madame ?

— Oui ! Il faut l'aider. Elle saigne…

— Quoi ?

— J'ai dit : « Il faut l'aider ! »

Pourquoi ne réagit-il pas ? J'avale une grande goulée d'air, puis une autre.

— Les secours sont en route, madame. Vous devez vous calmer. Comment vous appelez-vous ?

— Anna Fox.

— D'accord, Anna. Comment s'appelle votre voisine ?

— Jane Russell. Oh, mon Dieu !

— Êtes-vous avec elle en ce moment ?

— Non, elle est... Elle est dans la maison d'en face, de l'autre côté du parc.

— Anna, avez-vous...

Sa voix sirupeuse déverse des mots dans mon oreille – comment peut-on employer quelqu'un qui parle aussi lentement pour répondre à des appels d'urgence ? –, quand je sens soudain quelque chose sur ma cheville. Je baisse les yeux. Punch se frotte contre moi.

— Quoi ?

— Avez-vous poignardé votre voisine ?

Dans la vitre sombre, je vois ma bouche s'arrondir sous l'effet de la stupeur.

— Quoi ? *Non !*

— D'accord.

— J'ai regardé par la fenêtre et je l'ai vue avec une lame dans la poitrine.

— Ah. Savez-vous qui l'a poignardée ?

Je scrute le salon des Russell. Il se trouve maintenant un étage en dessous de moi, mais je ne distingue rien sur le sol à part un tapis à motif floral. Je me hausse sur la pointe des pieds, tends le cou.

Toujours rien.

Puis, brusquement, une main apparaît sur l'appui de fenêtre.

Elle monte tout doucement, comme un soldat qui passerait la tête par-dessus le bord d'une tranchée. Je regarde les doigts effleurer la vitre, tracer des lignes dans le sang.

Jane est toujours en vie.

— Madame ? Savez-vous qui...

Mais je ne l'écoute plus. Je lâche le téléphone et me précipite hors de la pièce, le chat miaulant derrière moi.

33

Le parapluie se trouve dans le coin habituel, blotti contre le mur comme s'il redoutait un danger. Je l'attrape par la poignée, fraîche et lisse dans ma paume moite.

L'ambulance n'est pas encore arrivée, mais moi je suis là, à quelques pas seulement de Jane. Je n'ai qu'à sortir de ces murs, franchir ces deux portes. Elle, qui s'est portée à mon secours et m'a aidée, a maintenant une lame dans la poitrine. Le serment du psychothérapeute me revient en mémoire : « Je ne dois surtout pas nuire à mes patients. Je m'emploierai à assurer leur bien-être et leur guérison, et ferai passer l'intérêt d'autrui avant le mien. »

Jane est là-bas, de l'autre côté du parc, en train d'étaler d'une main son sang sur la vitre.

Je pousse la porte du vestibule.

Traverse l'ombre dense jusqu'à la porte d'entrée. Je la déverrouille puis appuie sur le ressort du parapluie, qui fleurit dans l'obscurité. Les extrémités des baleines raclent le mur à côté de moi, comme de petites griffes.

Un. Deux.

Je pose la main sur la poignée.

Trois.

La tourne.

Quatre.

Le laiton est froid entre mes doigts.

Je ne peux pas bouger.

Je sens le monde extérieur s'approcher, tenter d'entrer. N'est-ce pas ainsi que Lizzie a formulé les choses ? Il se presse contre le battant, bande ses muscles, frappe le bois. Je l'entends souffler et grincer des dents. Il va m'écraser, me tailler en pièces, me dévorer...

J'appuie mon front contre la porte en exhalant lentement. Un. Deux. Trois. Quatre.

La rue est un canyon, profond et large. Bien trop exposé. Je n'y arriverai jamais.

Jane n'est qu'à quelques pas. De l'autre côté du parc.

De l'autre côté du parc.

Je recule, traînant le parapluie dans mon sillage, et repars vers la cuisine. Près du lave-vaisselle se trouve la porte latérale, qui donne directement sur le parc. Fermée à clé et munie d'un verrou qui n'a pas été tiré depuis près d'un an. J'ai placé une poubelle de recyclage devant ; le goulot des bouteilles dépassant de l'ouverture évoque une denture brisée.

J'écarte le conteneur dans un cliquetis de verre, attrape la clé suspendue au crochet près de l'encadrement, l'insère dans la serrure et fais coulisser le verrou.

Et si elle se refermait derrière moi après mon passage ? Si je ne pouvais plus rentrer ? Je laisse tomber la clé dans la poche de mon peignoir.

Je place mon parapluie – mon arme secrète, mon épée et mon bouclier – devant moi. Saisis la poignée. La tourne.

Ouvre.

L'air froid et vif m'assaille. Je ferme les yeux.

Silence. Obscurité.

Un. Deux.

Trois.

Quatre.

Je sors.

34

Mon pied droit rate la première marche et retombe lourdement sur la deuxième, me faisant chanceler dans la nuit, et mon parapluie avec moi. Le gauche dérape à son tour, achevant de me déséquilibrer. Mon mollet racle l'escalier et je m'effondre dans l'herbe.

Je ferme les yeux. Mon crâne frotte la toile du parapluie, qui me recouvre telle une tente.

Recroquevillée sur le sol, j'avance la main vers l'escalier et fais remonter tout doucement mes doigts jusqu'à sentir la marche du haut. Je lève les yeux. La porte est grande ouverte, la cuisine inondée de lumière dorée. Je tends le bras vers elle, comme si je pouvais saisir cette lumière et la rapprocher de moi.

Jane est en train de mourir, tout près…

Je me concentre de nouveau sur le parapluie. Quatre carrés noirs, quatre lignes blanches.

Une paume appuyée sur la brique rugueuse de la première marche, je me redresse lentement.

Des branches craquent au-dessus de moi tandis que j'aspire de courtes bouffées d'air glacial.

Puis – un, deux, trois, quatre – je commence à marcher. Je tangue comme si j'avais trop bu. De fait, j'ai trop bu.

Un, deux, trois, quatre.

Pendant ma troisième année d'internat, j'avais rencontré une enfant qui, à la suite d'une intervention chirurgicale destinée à calmer ses crises d'épilepsie, avait adopté un comportement curieux. Avant sa lobectomie, c'était une petite fille joyeuse de dix ans, malgré de graves épisodes d'épilepsie (« des épilépisodes », avait plaisanté quelqu'un) ; après, elle s'était coupée de sa famille, ignorant son petit frère, refusant tout contact physique avec ses parents.

Au début, son école avait pensé à un cas de maltraitance, jusqu'au moment où son entourage avait remarqué à quel point elle était devenue affectueuse envers les personnes qu'elle connaissait à peine, voire pas du tout : elle se jetait dans les bras des médecins, prenait la main des passants, bavardait avec les vendeuses dans les magasins comme si c'étaient des amies de longue date. Pendant ce temps, ses proches – ceux qu'elle avait aimés – souffraient de sa froideur.

Nous n'avions jamais déterminé la cause de cette attitude, mais nous avions qualifié le résultat de « détachement émotionnel sélectif ». Je me demande où elle est aujourd'hui, ce que devient sa famille.

Je repense à cette petite fille, à ses démonstrations de tendresse envers les étrangers, à ses affinités avec les inconnus, tout en avançant dans le parc pour me porter au secours d'une femme que j'ai vue seulement deux fois dans ma vie.

Quand mon parapluie heurte quelque chose, je m'immobilise brusquement.

C'est un banc.

Le seul banc du parc, un petit assemblage branlant de planches avec des accoudoirs ouvragés et une plaque commémorative boulonnée au dossier. Avant, de la terrasse en haut de la maison, je voyais souvent Ed et Olivia s'y asseoir, lui avec sa tablette, elle avec un livre, qu'ils s'échangeaient au bout d'un moment. « Alors ? Content de t'être replongé dans les histoires pour enfants ? lui demandais-je plus tard.

— *Expelliarmus !* » me répondait-il.

La pointe du parapluie s'est coincée entre les planches du siège. Je la dégage délicatement, avant d'être frappée par une pensée, ou plutôt par un souvenir :

La maison des Russell n'a pas d'accès direct au parc. Je ne peux y entrer que par la rue.

J'avais oublié.

Un. Deux. Trois. Quatre.

Isolée au milieu de ces mille cinq cents mètres carrés de verdure, avec pour toute protection le nylon et le métal de mon parapluie, je me dirige vers le foyer d'une femme qui a été poignardée.

J'entends la nuit gronder autour de moi. Je la sens encercler mes poumons, se lécher les babines.

Je peux y arriver, me dis-je tandis que mes jambes se dérobent. Allez, du cran. Un, deux, trois, quatre.

Je me penche en avant, fais un pas minuscule, mais un pas quand même. Je regarde mes pieds, l'herbe autour de mes pantoufles. « Je m'emploierai à assurer leur bien-être et leur guérison... »

Les griffes de la nuit se referment maintenant sur mon cœur et le serrent à le broyer. Je vais exploser.

« Et ferai passer l'intérêt d'autrui avant le mien. »

J'arrive, Jane ! Je force mon pied gauche à avancer, avec l'impression que mon corps tout entier va sombrer. Un, deux, trois, quatre.

Des sirènes hululent au loin. Une lumière rouge sang inonde le dôme du parapluie. Malgré moi, je me tourne vers la source du bruit.

Le vent hurle. Des phares m'aveuglent.

Un-deux-trois...

Vendredi 5 novembre

35

« On aurait dû fermer la porte à clé, avait murmuré Ed après qu'Olivia se fut précipitée dans le couloir.

— Tu t'attendais à quoi, hein ? avais-je répliqué.

— Je ne…

— Tu pensais qu'elle réagirait comment ? avais-je insisté, furieuse. Je t'avais prévenu, pourtant, non ? »

Sans attendre, j'étais sortie de la chambre. Je l'avais entendu me suivre, même si ses pas étaient assourdis par la moquette.

En nous voyant arriver dans le hall, Marie avait émergé de derrière le comptoir de la réception. « Tout va bien ? avait-elle demandé, les sourcils froncés.

— Non », avais-je répondu, en même temps qu'Ed disait : « Oui. »

Olivia s'était réfugiée dans le fauteuil près de l'âtre. Ses joues mouillées de larmes brillaient à la lueur du feu. Ed et moi nous étions accroupis de part et d'autre de son siège, et j'avais senti la chaleur des flammes dans mon dos.

« Livvy…, avait commencé Ed.

« — Non, l'avait-elle interrompu en secouant la tête avec vigueur.

— Livvy, écoute…

— Va te faire foutre ! » avait-elle hurlé.

Nous avions tous les deux eu un mouvement de recul et j'avais failli basculer dans la cheminée. Marie, qui avait battu en retraite derrière son bureau, faisait de son mieux pour nous ignorer.

« Qui t'a appris ces mots, Olivia ? avais-je demandé d'un ton sévère.

— Anna, s'il te plaît, était intervenu Ed.

— Ce n'est pas moi, en tout cas !

— Et alors ? Ce n'est pas la question. »

Il avait raison. « Désolée, ma puce », avais-je dit en lui caressant les cheveux. Elle avait de nouveau secoué la tête avant d'enfouir son visage dans un coussin.

Ed avait posé une main sur les siennes. Elle l'avait repoussée.

Il m'avait regardée, l'air démuni.

« Un enfant pleure dans votre cabinet. Que faites-vous ? » Premier cours de pédopsychiatrie, premier jour, dix premières minutes. Réponse : « Vous le laissez pleurer. Vous l'écoutez, bien sûr, vous cherchez à le comprendre, vous lui offrez du réconfort et vous l'encouragez à respirer à fond, mais vous le laisser pleurer tout son soûl. »

« Respire, ma puce », avais-je murmuré en plaçant ma paume sur sa tête.

Elle avait ravalé un sanglot et toussé.

Le silence s'était prolongé quelques instants. La pièce me semblait soudain froide, même si les flammes dansaient toujours dans la cheminée derrière moi. Puis Olivia avait marmonné, la bouche collée au coussin.

« Quoi ? » avait demandé Ed.

Elle avait levé la tête pour s'adresser à la fenêtre. « Je veux rentrer à la maison. »

J'avais considéré son petit visage, ses lèvres tremblantes, son nez qui coulait. Puis j'avais reporté mon attention sur Ed, notant les plis sur son front, les cernes sous ses yeux.

Était-ce vraiment moi qui infligeais cela à notre famille ?

La neige tombait derrière la vitre qui me renvoyait notre reflet : mon mari, ma fille et moi, blottis près du feu.

De nouveau, un silence.

J'avais fini par me redresser pour m'approcher de la réception. Marie m'avait adressé un sourire contraint, et je lui avais souri en retour.

« Cette tempête dont vous m'avez parlé…

— Oui, madame ?

— Savez-vous à quel moment elle va éclater ? Est-il prudent de prendre le volant ? »

Elle avait pianoté sur son clavier d'ordinateur. « On prévoit d'importantes chutes de neige, mais pas avant deux ou trois heures. Néanmoins…

— Alors, on pourrait… Oh, désolée, avais-je dit en me rendant compte que je lui avais coupé la parole.

— Je disais juste que ce n'est pas facile de faire des prévisions exactes en ce qui concerne les tempêtes de neige. » Elle avait jeté un coup d'œil par-dessus mon épaule. « Vous voulez vraiment partir maintenant ? »

Je m'étais retournée vers Olivia en larmes dans le fauteuil et Ed accroupi près d'elle. « Je crois que c'est préférable.

— Dans ce cas, mieux vaut vous mettre en route tout de suite. »

J'avais hoché la tête. « Pouvez-vous nous préparer la note ? »

Elle m'avait répondu quelque chose, mais sa voix avait été couverte par les gémissements du vent et le crépitement des flammes.

36

Bruissement d'une taie d'oreiller trop amidonnée.

Des pas tout proches.

Puis le silence, mais un silence étrange, inhabituel.

J'ouvre les yeux.

Allongée sur le flanc, je distingue un radiateur en face de moi.

Et, au-dessus, une fenêtre.

Par la fenêtre, une façade de brique, les zigzags d'un escalier de secours, les blocs rectangulaires des climatiseurs.

Un autre bâtiment.

Je suis dans un lit une place, enveloppée dans des draps bien tirés. Je me redresse.

Calée contre l'oreiller, je balaie la pièce du regard. Petite, meublée simplement. À peine meublée, en fait : une chaise en plastique repoussée contre un mur, une table en bois près du lit, avec dessus une boîte de mouchoirs. Une lampe. Un vase étroit, vide. Sol recouvert d'un lino terne. Une porte en face de moi, fermée, avec une vitre en verre dépoli. Au-dessus de ma tête, un éclairage au néon…

Mes doigts se crispent sur mon drap.

Ça recommence.

Le mur du fond coulisse et disparaît, la porte rétrécit. Les cloisons de chaque côté de mon lit s'éloignent l'une de l'autre. Le plafond vibre, craque et se détache comme un toit emporté par une tempête, en même temps que tout l'air de la pièce est aspiré. Mes poumons me brûlent. Le sol gronde, le lit tremble.

Clouée sur le matelas dans cette chambre ravagée, je ne peux plus respirer. Je suis en train de me noyer, de mourir…

— Au secours !

J'ai voulu crier, mais seul un murmure s'échappe de ma gorge – un souffle léger qui m'effleure les lèvres.

— Au se… cours…

Cette fois, je me mords la langue, et la douleur explose dans ma bouche comme si j'avais refermé mes dents sur un fil électrique sous tension.

Je hurle.

J'entends un brouhaha de voix, distingue une foule d'ombres qui franchissent cette porte lointaine, puis se ruent vers moi. Mais elles ont beau courir, la distance est trop grande…

Je hurle de nouveau. Les ombres s'égaillent, s'éparpillent autour de mon lit.

— Au secours…

Une aiguille s'enfonce dans mon bras. Le geste est rapide et précis, je ne sens pratiquement rien.

Une vague déferle au-dessus de moi, sans bruit, en un mouvement fluide et régulier. Je flotte, suspendue dans des abysses lumineux, insondables et frais. Des mots filent autour de moi tels des poissons.

« … reprend connaissance », murmure quelqu'un.

« … stabilisée », dit quelqu'un d'autre.

Et puis, une phrase résonne plus distinctement, comme si je venais de refaire surface et de vider l'eau dans mes oreilles : « Il était temps. »

J'essaie de tourner la tête. Elle oscille paresseusement sur l'oreiller.

« J'allais partir. »

Je le vois, à présent, mais pas en entier. Il me faut un petit moment pour y parvenir, parce que je suis bourrée de médicaments (je suis bien placée pour le savoir) et parce que c'est un véritable géant : peau noir bleuté, épaules larges, torse impressionnant, épais cheveux noirs. Son costume semble faire de son mieux pour l'envelopper sans craquer aux coutures.

— Bonjour, déclare-t-il d'une belle voix grave. Je suis l'inspecteur Little.

Je cille. Près de lui se tient une petite femme en blouse d'infirmière.

— Comprenez-vous ce que nous disons ? s'enquiert-elle.

Je cille de nouveau, puis hoche la tête. Je sens l'air se déplacer autour de moi comme s'il était visqueux ou comme si j'étais encore sous l'eau.

— Vous êtes à l'hôpital Morningside, explique-t-elle. Les policiers ont attendu toute la matinée que vous repreniez connaissance.

Elle s'est exprimée d'un ton réprobateur, et j'ai l'impression de me faire sermonner pour n'avoir pas répondu à un coup de sonnette.

— Comment vous appelez-vous ? Pouvez-vous nous donner votre nom ? me demande l'inspecteur Little.

J'ouvre la bouche pour répondre, mais ne produis qu'une sorte de croassement. J'ai la gorge complètement desséchée.

L'infirmière se dirige vers la table de chevet. Je la suis des yeux en tournant lentement la tête et la regarde placer un gobelet entre mes mains. Je le porte à mes lèvres, puis avale une gorgée d'eau tiède.

— Vous êtes sous sédatifs, m'annonce-t-elle d'une voix radoucie, presque comme si elle s'excusait. Vous étiez assez agitée, tout à l'heure.

La question de l'inspecteur est restée sans réponse. Je me force à me concentrer sur lui.

— Anna, dis-je.

Les syllabes se bousculent dans ma bouche. Que m'a-t-on injecté, nom d'un chien ?

— Puis-je connaître votre nom de famille, Anna ?

Je bois encore un peu d'eau.

— Fox.

Le nom résonne étrangement à mes oreilles.

— Bien.

Il tire un calepin de sa poche de poitrine.

— Et où habitez-vous ?

Je lui donne mon adresse.

— Savez-vous à quel endroit vous avez été retrouvée hier soir, madame Fox ?

— … docteur, dis-je.

À côté de moi, l'infirmière change de position.

— Le docteur sera bientôt là, déclare-t-elle.

— Non… Je suis docteur.

244

Little me dévisage. Un petit sourire éclaire son visage, révélant des dents d'une blancheur éblouissante.

— Alors, *docteur* Fox, reprend-il en tapotant son calepin, savez-vous à quel endroit on vous a retrouvée hier soir ?

Je l'étudie tout en me désaltérant. L'infirmière s'affaire autour de moi.

— Qui, « on » ?

Après tout, moi aussi je peux poser des questions, même si je les énonce d'une voix pâteuse.

— Les urgentistes, répond-il. Ils vous ont secourue à Hanover Park. Vous étiez inconsciente.

— Inconsciente, répète l'infirmière, comme si elle craignait que je n'aie pas compris la première fois.

— Vous avez appelé police secours un peu après 10 h 30. Quand on vous a découverte, vous étiez en peignoir, avec ceci dans votre poche.

Il me présente sa large paume, sur laquelle luit une clé – celle de chez moi.

— Et vous aviez ce parapluie à côté de vous.

Quand il le pose sur ses genoux, je constate qu'il est tordu.

Le nom remonte du plus profond de moi : « Jane ».

— Pardon ? lance Little, qui fronce les sourcils.

Je répète plus fort :

— Jane.

L'infirmière regarde le policier.

— Elle a dit : « Jane », traduit-elle, toute prête à rendre service.

— Ma voisine… On l'a poignardée, je l'ai vue.

Il m'a fallu une éternité pour prononcer ces mots, me semble-t-il.

— Oui, j'ai écouté l'enregistrement de votre appel, m'informe Little.

Tout me revient, à présent : mon interlocuteur à l'accent traînant, la porte de derrière dans la cuisine, mes premiers pas dans le parc, les branches qui s'agitaient au-dessus de moi, les lumières balayant mon parapluie... Ma vue se brouille. J'inspire à fond.

— Calmez-vous, m'ordonne l'infirmière.

J'inspire une nouvelle fois, m'étouffe.

— Doucement, m'encourage-t-elle.

Je rive mon regard sur Little.

— Elle va bien, affirme-t-il.

Je soulève ma tête de l'oreiller sans pouvoir réprimer un gémissement et m'efforce d'aspirer de courtes bouffées d'air. En même temps, la colère me gagne. De quel droit se permet-il de dire comment je me sens ? Il ne me connaît même pas, ce flic ! D'ailleurs, ai-je déjà rencontré un flic ? Oui, sans doute, à l'occasion d'une contravention...

La lumière clignote légèrement autour de moi, comme un éclairage stroboscopique, créant des rayures d'ombre devant mes yeux. Ceux de Little ne me quittent pas, même quand j'examine laborieusement son visage. Ses pupilles me paraissent énormes. Il a des lèvres pleines et son expression est bienveillante.

Alors que je le regarde, mes doigts griffant la couverture, je sens peu à peu mon corps se détendre et l'étau autour de ma poitrine se desserrer. Ma vision s'éclaircit. Je vais bien, en fin de compte.

— Elle va bien, répète Little.

L'infirmière me tapote la main.

Je me rallonge, exténuée. J'ai à peine la force de chuchoter :

— Ma voisine a été poignardée. Elle s'appelle Jane Russell.

J'entends la chaise de Little craquer quand il se penche vers moi.

— Vous avez vu qui l'a agressée ?

— Non.

Je m'oblige à soulever mes paupières. Little contemple son calepin, le front barré par un pli soucieux. Il fronce les sourcils et hoche la tête en même temps, me transmettant des messages contradictoires.

— Mais vous êtes sûre qu'elle était blessée ?

— Oui…

J'aimerais avoir la bouche moins pâteuse. J'aimerais aussi qu'il arrête de me poser des questions.

— Vous aviez bu, madame Fox ?

Beaucoup.

— Un peu. Mais c'est…

Au moment où je m'interromps pour inspirer, une nouvelle vague de panique me submerge.

— Il faut l'aider ! Elle… elle est peut-être morte.

— Je vais chercher le médecin, lance l'infirmière en se dirigeant vers la porte.

Après son départ, Little demande :

— Vous savez qui voudrait du mal à votre voisine ?

J'avale ma salive avec peine.

— Son mari.

Il multiplie froncements de sourcils et hochements de tête, avant de refermer son calepin.

— Écoutez, madame Fox, déclare-t-il, l'air soudain affairé, je suis passé chez les Russell ce matin.

— Est-ce que… est-ce que Jane va bien ?

— J'aimerais que vous y retourniez avec moi pour faire une déposition.

Le médecin est une jeune Hispanique d'une grande beauté, qui commence par m'injecter du lorazépam.

— Souhaitez-vous que nous prévenions quelqu'un de ce qui vous est arrivé ? demande-t-elle.

J'ouvre la bouche pour lui donner le nom d'Ed, puis me ravise. Non, cela ne servirait à rien.

— Inutile, dis-je.

— Pardon ?

— C'est inutile. Je n'ai personne à… Ça va, je vous assure.

Je m'efforce d'articuler clairement chaque mot.

— Mais…

— Pas de proches ? insiste-t-elle, les yeux fixés sur mon alliance.

— Non.

Comme si de rien n'était, je pose ma main droite sur la gauche.

— Mon mari est… je ne suis pas… nous ne sommes plus ensemble.

— Des amis, peut-être ?

Je fais non de la tête. Qui pourrais-je appeler ? Pas David, et certainement pas Wesley. Bina, à la rigueur, sauf que je vais bien, maintenant. Tout à fait bien. Contrairement à Jane.

— Ou un médecin ? suggère la praticienne.

— Julian Fielding.

J'ai répondu machinalement et je m'empresse d'ajouter :

— Non, non, pas lui.

Je la vois échanger un coup d'œil avec l'infirmière, qui en échange un avec Little, qui à son tour en échange un avec le médecin. Une vraie impasse mexicaine… J'ai presque envie de rire. Presque. Jane.

— On a dû vous dire que vous avez été retrouvée inconsciente dans le parc, poursuit le médecin. Comme les urgentistes ne pouvaient pas vous identifier, ils vous ont conduite à Morningside. Au moment de reprendre connaissance, vous avez eu une attaque de panique.

— Une grosse, intervient l'infirmière.

— En effet, déclare le médecin en examinant son écritoire à pince. Et ça s'est reproduit ce matin. Vous êtes docteur aussi, si j'ai bien compris ?

— Oui, mais pas en médecine. Je suis pédopsychiatre.

— Avez-vous…

— Écoutez, une femme a été poignardée !

Ma voix a gagné en force, et l'infirmière recule comme si j'avais brandi un poing menaçant.

— Pourquoi est-ce que personne ne fait rien ?

Le médecin jette un coup d'œil à Little, avant de s'adresser de nouveau à moi :

— Avez-vous déjà eu des attaques de panique ?

En réponse, je lui parle – à elle, mais aussi à l'inspecteur assis sur sa chaise et à l'infirmière qui s'agite autour de nous tel un colibri – de mon agoraphobie, de ma dépression et, oui, de mes crises de panique. Je leur décris mon traitement, mes dix mois d'enfermement, mes séances avec le Dr Fielding et sa thérapie par l'aversion. Il me faut un certain temps pour tout expliquer, car ma bouche est toujours cotonneuse et ma voix pâteuse ; je dois sans cesse boire de l'eau afin de permettre aux mots de remonter comme des bulles dans ma gorge et de franchir mes lèvres.

Quand j'ai terminé, je laisse retomber ma tête sur l'oreiller et le médecin considère son écritoire.

— Bon, déclare-t-elle enfin, avant de lever les yeux. J'aimerais m'entretenir avec l'inspecteur Little. Inspecteur, pourriez-vous…

Elle lui indique la porte.

Little se lève, arrachant d'autres craquements à la chaise. Il me sourit, puis sort de la chambre à la suite du médecin.

Son départ laisse un vide. Il ne reste plus que l'infirmière et moi.

— Vous devriez vous resservir un peu d'eau, me suggère-t-elle.

Ils reviennent quelques minutes plus tard, me semble-t-il. À moins que leur absence n'ait été plus longue ? Je ne saurais le dire, il n'y a pas de pendule dans la pièce.

— L'inspecteur Little a proposé de vous raccompagner chez vous, déclare le médecin.

Je regarde le policier, qui me sourit.

— Je vais vous donner de l'Ativan à prendre plus tard, poursuit la praticienne. Mais je tiens à m'assurer que vous n'aurez pas d'autres crises avant d'arriver, et le plus sûr moyen de les prévenir, c'est…

Je sais quel est le plus sûr moyen de les prévenir. De fait, l'infirmière brandit déjà sa seringue.

37

— On a d'abord cru qu'il s'agissait d'une farce, m'explique l'inspecteur Little. Enfin, quand je dis « on », je veux parler d'eux, des collègues. Bien sûr, on est censés dire « on », parce qu'on travaille tous ensemble. Pour favoriser l'esprit d'équipe, un truc dans le genre…

Il accélère.

— Mais moi, en fait, je n'étais pas là. Alors ce n'est pas moi qui ai pensé à une farce. Je n'étais même pas au courant, si vous voyez ce que je veux dire.

Non, je ne vois pas.

Je suis installée à côté de lui dans sa berline banalisée. Alors que nous longeons l'avenue, le soleil de l'après-midi se réfléchit par intermittence sur la voiture, comme un galet rebondit à la surface d'un étang. Toujours vêtue de ma robe de chambre, j'ai la tête appuyée contre la vitre. À côté de moi, Little déborde de son siège et son coude effleure le mien de temps à autre.

Mon corps et mon esprit fonctionnent au ralenti.

— Évidemment, après, quand ils vous ont trouvée effondrée dans le parc, ils ont changé d'avis..., poursuit-il. C'est ce qu'ils m'ont raconté, que vous étiez « effondrée ». Ils ont aussi vu la porte de votre maison ouverte, alors ils sont entrés, pensant que l'incident s'était produit à l'intérieur, mais non, il n'y avait rien. Ils ont été obligés de pénétrer chez vous, vous comprenez, à cause de ce qu'ils avaient entendu au téléphone.

Je hoche la tête, sans pouvoir me rappeler exactement ce que j'ai dit lors de cet appel.

— Vous avez des enfants, Anna ?

— Oui.

— Combien ?

Je lève un doigt.

— Un enfant unique, c'est ça ? Moi, j'en ai quatre. Ou, plus précisément, trois et un quatrième en route. La naissance est prévue pour janvier.

Il éclate de rire. Pas moi. Je peux à peine bouger les lèvres.

— Quarante-quatre ans, quatre gosses. Je dirais que « quatre » est mon chiffre porte-bonheur !

Le mien aussi. Un, deux, trois, quatre. Inspirer, expirer. Je sens le lorazépam circuler dans mes veines.

Little donne un coup de klaxon et la voiture devant nous accélère.

— C'est toujours pareil à l'heure du déjeuner ! Les gens lambinent au volant...

Je regarde par la vitre. Cela fait presque dix mois que je ne suis ni sortie dans les rues ni montée dans une voiture. Presque dix mois que je n'ai vu la ville que depuis mes fenêtres. J'ai l'impression d'être dans un autre monde, d'explorer un territoire inconnu, de découvrir une civilisation nouvelle. Les bâtiments dressés vers le ciel d'un bleu limpide me paraissent incroyablement hauts, des pancartes et des boutiques défilent sous mes yeux : « Deux pizzas pour le prix d'une ! », Starbucks, Whole Foods (à quel moment au juste la chaîne a-t-elle ouvert un magasin bio ici ?), une vieille caserne de pompiers reconvertie en immeuble d'habitations (« Appartements disponibles à partir de 1,99 million »)... Ruelles sombres, vitrines illuminées par le soleil... Des sirènes hululent derrière nous et Little se range sur le bas-côté pour laisser passer une ambulance.

À l'approche d'un carrefour, il ralentit jusqu'à s'arrêter. Je considère le feu de circulation, rouge comme un œil diabolique, puis le flot de piétons qui s'engagent sur le passage clouté : deux mères de famille en jean avec leur progéniture dans une poussette, un vieil homme voûté s'appuyant sur une canne, des adolescentes chargées de leurs sacs à dos rose vif, une femme en burqa turquoise... Un ballon vert, lâché d'un stand de bretzels proche, s'élève dans les airs en tourbillonnant. Des bruits envahissent la voiture : un cri aigu, le grondement de la circulation, le tintement d'une sonnette de vélo... Autour de moi, c'est une explosion de couleurs, une cacophonie de sons. Je suis submergée.

— Ah ! Enfin..., murmure Little en redémarrant.

Est-ce moi aujourd'hui, cette femme qui ouvre de grands yeux devant le spectacle de la ville comme un poisson dans son bocal ? Une étrangère à ce monde, stupéfiée par l'apparition de nouvelles boutiques ?

Au fond de moi, une force palpite, furieuse et vaincue. Je sens mes joues s'empourprer. Oui, voilà ce que je suis devenue. Ce que je suis aujourd'hui.

Sans les médicaments, je crois que je hurlerais jusqu'à faire voler les vitres en éclats.

38

— On arrive, déclare Little.

Nous tournons à droite pour nous engager dans ma rue.

Ma rue, telle que je ne l'ai pas vue depuis près d'un an : le café à l'angle, toujours là, servant sans doute toujours le même breuvage trop amer ; la bâtisse voisine, d'un rouge plus flamboyant que jamais, avec ses jardinières de chrysanthèmes ; le magasin d'antiquités en face, aujourd'hui sombre et vide, où une grande affiche collée sur la vitrine annonce : « Local commercial à louer ». St Dymphna, image même de la désolation…

Alors que nous roulons vers l'ouest sous une voûte de branches nues, je sens les larmes me monter aux yeux. Ma rue, quatre saisons plus tard. C'est tellement étrange !

— Qu'est-ce qui est étrange ? me demande Little.

Une fois de plus, j'ai formulé mes pensées à voix haute.

En apercevant ma maison, au bout de la rue, je retiens mon souffle. Je regarde approcher la porte d'entrée noire, avec les chiffres en laiton, 2-1-3, se détachant au-dessus du heurtoir ; les deux vitraux de part et d'autre, les lanternes jumelles qui les flanquent et diffusent une clarté orange ; les quatre étages de fenêtres qui semblent regarder fixement un point droit devant elles. La façade de pierre me paraît moins pimpante que dans mon souvenir : il y a des cascades de taches sous les fenêtres, comme si elles pleuraient, et sur le toit j'aperçois un fragment du treillage pourri. Toutes les vitres auraient besoin d'être nettoyées ; d'où je suis, je distingue la couche de crasse sur le verre. « C'est la plus belle baraque du coin », disait souvent Ed, et j'approuvais.

Nous avons vieilli, la maison et moi. Nous nous dégradons.

Little la dépasse, puis longe le parc.

— C'était là, dis-je en agitant la main vers la banquette arrière.

— J'aimerais que nous allions ensemble parler à vos voisins, m'explique-t-il en s'arrêtant le long du trottoir.

— Non, impossible.

Je secoue la tête avec vigueur. N'a-t-il toujours pas compris ?

— Il faut que je rentre.

Je bataille avec la ceinture de sécurité, sans parvenir à la déboucler.

Little me regarde en caressant le volant.

— Bon, comment allons-nous nous y prendre ? demande-t-il, sans doute plus pour lui-même que pour moi.

Je me fiche de ce qu'il a en tête. Je m'en fiche complètement. Je veux juste rentrer. Qu'il fasse donc venir les voisins. Qu'il les entasse tous dans mon salon. Qu'il invite même tout le quartier si ça lui chante ! Mais qu'il me ramène chez moi… Je vous en prie, ramenez-moi !

À la façon dont il m'observe, je me rends compte que j'ai encore prononcé les mots à voix haute.

Un petit coup à la vitre, rapide, me fait sursauter. Je lève les yeux. Une femme au nez pointu et au teint mat, vêtue d'un pull à col roulé et d'un long manteau en cuir, se tient sur le trottoir de mon côté.

— Ah, attendez, dit Little.

Il appuie sur une commande pour baisser ma vitre, mais s'empresse de la remonter en me voyant tressaillir. Il finit par descendre du véhicule et referme doucement sa portière.

L'inconnue et lui se parlent au-dessus du toit de la voiture. Quelques mots me parviennent, comme tamisés – « poignardée », « désorientée », « docteur » –, tandis que, les yeux clos, je me recroqueville sur mon siège avec l'impression de m'enfoncer sous l'eau. L'atmosphère s'apaise autour de moi. D'autres bribes de conversation passent à ma portée tels des bancs de poisson : « pédopsychiatre », « maison », « famille », « seule »… Je me laisse dériver. D'une main, je caresse mon autre manche. Puis mes doigts s'insinuent entre les pans de ma robe de chambre et pincent les replis de mon ventre.

Je suis prisonnière d'une voiture de police, et je ne trouve rien de mieux à faire que de tripoter mes bourrelets. C'est pitoyable.

Une minute ou peut-être une heure plus tard, les voix se taisent. J'ouvre un œil, pour découvrir le regard peu amène de la femme fixé sur moi. Je le referme.

La portière côté conducteur grince. Une bouffée d'air frais s'engouffre dans l'habitacle et me lèche les jambes.

— L'inspecteur Norelli est ma coéquipière, m'informe Little, un soupçon de dureté dans la voix. Je l'ai mise au courant de ce qu'il vous était arrivé. Elle va nous rejoindre chez vous avec plusieurs personnes. Vous êtes d'accord ?

J'incline la tête. Oui.

— Bon.

Il s'installe au volant, arrachant un soupir à son siège. Je me demande combien il pèse. Et combien je pèse moi-même.

— Vous ne voulez pas ouvrir les yeux ? lance-t-il. Vous préférez rester comme ça ?

De nouveau, j'incline la tête.

La portière claque, il met le contact, passe la marche arrière et recule sur le bitume. Je l'entends couper de nouveau le moteur.

— Voilà, on y est.

Je soulève les paupières et tourne la tête. Derrière la vitre, ma maison nous surplombe. La porte noire ressemble à une gueule béante, les marches du perron à une longue langue, les corniches au-dessus des fenêtres à des sourcils rectilignes. Olivia parle toujours des façades comme si c'étaient des visages et, maintenant que je vois la mienne sous cet angle, je comprends mieux pourquoi.

— Chouette baraque, commente Little. Et rudement grande, avec ça ! Trois étages plus le rez-de-chaussée... Il y a aussi un sous-sol ?

— Oui.

— Ben, dites donc.

Une feuille morte vient se jeter contre ma vitre, puis s'éloigne en virevoltant.

— Vous vivez seule ? demande Little.

— J'ai un locataire.

— Ah bon ? Et où loge-t-il ? Au sous-sol ou au dernier ?

— Au sous-sol.

— Il est là, en ce moment ?

Je hausse les épaules.

— Il va et il vient.

Silence. Little pianote sur le tableau de bord. Je tourne la tête vers lui. En croisant mon regard, il sourit.

— C'est là-bas qu'on vous a trouvée, me rappelle-t-il en indiquant le parc.

— Je sais.

— Joli petit parc.

— Sûrement, oui.

— Jolie rue.

— Oui, oui, tout est très joli...

Son sourire s'élargit. Il m'agite sous le nez l'anneau auquel est accrochée ma clé.

— Bon, est-ce qu'elle ouvre la porte d'entrée ou seulement celle de derrière ?

— Les deux.

— Bien. Vous voulez que je vous aide à sortir ?

39

Il m'extirpe de la voiture, puis me soutient pour franchir la grille et monter les marches. J'ai passé un bras autour de sa taille, mes pieds traînent à moitié sur le sol et j'ai accroché à mon avant-bras la poignée du parapluie. Un observateur extérieur pourrait croire que nous rentrons de promenade. Une petite promenade de santé pour une droguée aux médicaments…

Le soleil tente en vain de percer le rempart de mes paupières closes. Sur le perron, Little glisse la clé dans la serrure, la tourne et écarte le battant, qui s'ouvre à la volée et heurte le mur avec tant de force que les panneaux vitrés vibrent.

Je me demande si les voisins nous regardent, si Mme Wasserman vient de voir ce grand costaud noir me pousser à l'intérieur de ma maison. Je parie qu'elle est en train d'appeler les flics.

Le vestibule est à peine assez grand pour nous deux. Je me retrouve coincée sur le côté, l'épaule plaquée contre le mur. Little referme la porte d'un coup de pied, nous plongeant dans la pénombre. J'appuie ma tête sur son bras au moment où il insère la clé dans la seconde serrure.

Un instant plus tard, je sens la chaleur du salon.

Je hume l'odeur de renfermé de mon foyer.

J'entends le miaulement du chat.

Le chat... J'avais complètement oublié Punch.

J'ouvre les yeux. Les lieux sont tels que je les ai laissés quand je me suis précipitée dehors hier soir : le lave-vaisselle ouvert ; les couvertures emmêlées sur le canapé ; le téléviseur toujours allumé, montrant le menu figé du DVD des *Passagers de la nuit* ; et sur la table basse les deux bouteilles de vin vides, brillant dans la lumière du soleil, et les quatre tubes de comprimés, dont un renversé.

Je suis chez moi, enfin... Mon cœur fait un bond dans ma poitrine. J'en pleurerais de soulagement.

Le parapluie glisse de mon bras et tombe sur le sol.

Little me guide vers la table de la cuisine, mais je tends la main vers la gauche, et nous tournons vers le canapé, où Punch s'est réfugié derrière un coussin.

— Voilà... doucement, déclare Little en m'aidant à m'asseoir.

Le chat, qui nous surveille, s'approche de moi lorsque le policier s'écarte et crache dans sa direction.

— Oui, salut à toi aussi ! lui lance Little.

Je m'enfonce dans le canapé, consciente de mes battements de cœur qui ralentissent, du sang qui circule plus librement dans mes veines. Je suis chez moi. En sécurité. Chez moi. En sécurité.

La panique reflue peu à peu.

— Pourquoi ces gens sont-ils venus ici, inspecteur ?

— Hein ?

— Vous avez dit que les urgentistes étaient entrés chez moi.

Little hausse les sourcils.

— Après vous avoir trouvée dans le parc, ils ont vu votre porte ouverte et ils ont voulu savoir ce qui se passait, m'explique-t-il.

De la tête, il m'indique la photo d'Olivia posée sur le bout de canapé.

— C'est votre fille ?

— Oui.

— Elle est là ?

— Non, elle est avec son père.

Son regard survole ensuite la table basse.

— Quelqu'un a organisé une petite fête ici ?

Je prends le temps d'inspirer et d'expirer.

— C'était le chat, dis-je.

Où suis-je allée pêcher ça ? « Grands dieux ! Qu'était-ce donc ? Silence, c'était le chat. » Shakespeare ? Je fronce les sourcils. Non, pas Shakespeare. C'est trop gentillet.

Little ne sourit même pas.

— Ce sont vos bouteilles, là ? lance-t-il en les inspectant. Très bon choix de merlot.

Je change de position sur le canapé, avec l'impression d'être une gamine prise en faute.

— Oui, mais…

« Ce n'est pas aussi terrible que ça en a l'air », voudrais-je dire. Sauf que… n'est-ce pas *encore plus* terrible que ça en a l'air ?

Little plonge la main dans sa poche et en sort le tube d'Ativan prescrit par la belle Hispanique à l'hôpital. Lorsqu'il le place sur la table basse, je murmure :

— Merci.

Soudain, quelque chose se détache des profondeurs de mon cerveau et remonte à la surface.

Un corps.

Celui de Jane.

J'ouvre la bouche.

Pour la première fois, je remarque l'arme dans l'étui sur la hanche de Little. Je me souviens d'Olivia ouvrant un jour des yeux ronds devant un policier à cheval à Midtown ; il m'avait fallu une bonne dizaine de secondes pour me rendre compte qu'elle contemplait le pistolet, et non le cheval. J'avais souri, alors, et je l'avais taquinée, mais aujourd'hui, devant cette arme toute proche, je n'ai pas la moindre envie de sourire.

Surprenant mon regard, Little ramène le pan de sa veste sur l'étui.

— Qu'est-ce qui est arrivé à ma voisine ?

Sans répondre, il tire de sa poche son téléphone portable et l'approche de ses yeux, comme s'il était myope. Après avoir passé son doigt sur l'écran, il laisse retomber sa main le long de son flanc.

— Il n'y a que vous dans cette maison, c'est bien ça ? lance-t-il en marchant vers la cuisine. Et votre locataire, ajoute-t-il avant que j'aie pu répondre. Là, c'est la porte du sous-sol ?

— Oui. Alors, qu'est-ce qui est arrivé à ma voisine ?

Il consulte une nouvelle fois son portable, le range dans sa poche puis s'arrête et se baisse. Lorsqu'il se redresse, dépliant son corps immense, il tient le bol d'eau du chat dans sa main droite et le téléphone fixe dans la gauche. Ses yeux vont de l'un à l'autre, comme s'il évaluait ses options.

— Votre minet a sûrement soif, dit-il en s'approchant de l'évier.

Je vois son reflet sur l'écran de télé en même temps que j'entends le robinet couler. Il reste un fond de merlot dans l'une des bouteilles et je me demande si je pourrais l'avaler sans qu'il s'en aperçoive.

Le bol métallique tinte sur le sol quand il le pose. Little replace ensuite le combiné sur son socle et le scrute.

— La batterie est morte, déclare-t-il.

— Je sais.

— Je disais ça comme ça...

Il s'approche de la porte du sous-sol.

— Je peux frapper ?

— Si vous voulez...

Il toque au battant – un coup long, deux brefs, quatre longs – et patiente.

— Comment s'appelle votre locataire ?

— David.

Il toque de nouveau. Toujours pas de réponse.

— Où est votre téléphone ? lance-t-il en se tournant vers moi.

Je cligne des yeux.

— Pardon ?

— Votre portable, précise-t-il en me montrant le sien. Vous en avez bien un, n'est-ce pas ?

Je hoche la tête.

— Vous ne l'aviez pas sur vous hier soir, madame Fox. La plupart des gens se précipiteraient sur leur téléphone en arrivant chez eux s'ils avaient été absents toute la nuit...

— J'ignore où il est.

C'est vrai : où peut-il être ?

— Je ne m'en sers pas beaucoup.

Il garde le silence.

J'en ai assez. Je pose mes pieds sur le tapis, puis me lève. Si la pièce tangue bien un peu au début, elle finit cependant par se stabiliser. Je suis alors prête à affronter le regard du policier.

Punch me félicite d'un petit miaulement.

— Ça va ? demande Little en s'approchant de moi. Vous vous sentez bien ?

— Oui.

Mon peignoir s'est ouvert. Je resserre les pans et noue étroitement la ceinture.

— Qu'est-ce qui est arrivé à ma voisine ?

Les yeux fixés sur son téléphone, il ne m'écoute pas.

— Qu'est-ce qui...

— D'accord, d'accord, m'interrompt-il. Ils ne vont plus tarder.

Il se met soudain à arpenter la cuisine, qu'il examine attentivement.

— Là, c'est la fenêtre par laquelle vous avez vu votre voisine ?

— Oui.

Il franchit en deux longues enjambées la distance qui le sépare de l'évier, appuie ses paumes sur le plan de travail et jette un coup d'œil dehors. Je considère quelques instants son dos, aussi large que la fenêtre, puis me penche vers la table basse et commence à la débarrasser.

— Non, laissez tout en l'état, dit-il en se retournant. Laissez aussi la télé allumée. Vous regardiez quoi ?

— Un vieux film policier.

— Vous aimez les films policiers ?

Je sens la nervosité me gagner. Les effets du lora-zépam doivent se dissiper.

— Beaucoup, oui. Pourquoi ne voulez-vous pas que je débarrasse ?

— Parce qu'il est important pour nous de comprendre ce qui se passait ici quand vous avez assisté à cette agression.

— Ne serait-il pas plus important de comprendre ce qui s'est passé chez mes voisins ?

Little ignore la question.

— Il vaudrait peut-être mieux enfermer le chat quelque part, madame Fox. J'ai l'impression qu'il n'a pas bon caractère, et je ne voudrais pas qu'il griffe quelqu'un.

Il pivote vers l'évier et remplit d'eau un verre.

— Tenez, buvez, dit-il un instant plus tard, en me l'apportant. Il faut absolument vous hydrater. Vous avez reçu un choc…

Sa sollicitude s'apparente presque à de la ten-dresse. Je me demande s'il va aller jusqu'à me caresser la joue.

Je saisis le verre.

Au même moment, on sonne à la porte.

40

— J'ai amené M. Russell avec moi, annonce l'inspecteur Norelli.

Précision superflue.

Elle a une petite voix de gamine qui détonne avec sa tenue – ce long manteau de cuir style garce tyrannique. Son regard balaie la pièce puis se pose sur moi, glacial. Elle ne se présente pas. De toute évidence, elle a le rôle du méchant flic, et je me sens déçue à l'idée que la sollicitude de Little n'était sans doute qu'une façade.

Alistair Russell apparaît derrière elle, offrant une allure décontractée en pull et pantalon de toile. Il me semble néanmoins déceler une certaine crispation sur ses traits, mais peut-être est-ce son expression habituelle. Il me sourit.

— Bonjour, dit-il.

Je ne m'y attendais pas.

J'oscille, mal à l'aise. Mon organisme tourne toujours au ralenti, comme un moteur encrassé. Et mon voisin vient de m'adresser un sourire qui me prend complètement au dépourvu.

— Ça va ? demande Little, qui referme la porte d'entrée et vient se poster à côté de moi.

Je lui jette un coup d'œil. Oui. Non.

Il glisse un doigt sous mon coude.

— Venez, nous…

— Madame ? Vous vous sentez bien ? lance l'inspecteur Norelli.

Little lève une main.

— Oui, oui, pas de problème. Elle est sous sédatif, c'est tout.

Mes joues me brûlent.

Il me guide jusqu'à la cuisine et me fait asseoir à table – cette même table où Jane a craqué toutes les allumettes d'une pochette, où nous avons joué aux échecs et évoqué nos enfants, où elle m'a encouragée à photographier le coucher de soleil. Où elle m'a parlé de son passé et d'Alistair.

Son téléphone à la main, Norelli s'avance vers la fenêtre de la cuisine.

— Madame Fox ?

— Docteur Fox, la corrige Little.

— Docteur Fox, rectifie-t-elle docilement. D'après l'inspecteur Little, vous avez vu quelque chose d'inhabituel hier soir.

Je coule un regard furtif en direction d'Alistair Russell, toujours planté près de la porte du vestibule.

— Oui, je… j'ai vu ma voisine se faire poignarder.

— Ah. Comment s'appelle-t-elle, cette voisine ? s'enquiert Norelli.

— Jane Russell.

— Et vous avez assisté à la scène ?

— Oui.

— De quelle fenêtre ?

Je la lui montre.

— Celle-là.

Norelli suit du regard la direction que je lui indique.
Ses yeux inexpressifs, aussi sombres qu'une nuit sans
lune, balaient la maison des Russell, de gauche à droite,
comme si elle lisait un texte.

— Avez-vous vu qui l'a agressée ? questionne-t-elle.

— Non, mais je l'ai vue saigner. Il y avait un objet
dans sa poitrine.

— Ah bon ? Quel genre d'objet ?

Je change de position sur ma chaise.

— Quelque chose d'argenté.

Ce n'est pas le plus important, bon sang !

Elle hoche la tête, se retourne, me considère un instant puis fait un geste vers le salon.

— Vous étiez avec quelqu'un, hier soir ?

— Non.

— Donc, tout ce qui se trouve sur la table basse est
à vous ?

De plus en plus mal à l'aise, je change une nouvelle
fois de position.

— Oui.

— Bien, docteur Fox, dit-elle, mais en s'adressant
à Little, je vais...

Je lève une main au moment où Alistair Russell
s'approche de nous.

— Sa femme est...

— Attendez, m'interrompt Norelli en plaçant son
téléphone devant moi. Je vais vous faire écouter l'appel
que vous avez passé à 22 h 33 hier soir. Je crois que
ça répond à pas mal de questions.

Elle effleure l'écran d'un index fuselé, et une voix masculine s'élève du petit haut-parleur, si forte que je tressaille : « Police secours, j'écoute ? »

Norelli baisse le volume.

« … la raison de votre appel ?

— Ma voisine ! » Une exclamation suraiguë. « Elle… elle a été poignardée. Oh, mon Dieu ! Il faut l'aider. » C'est moi, je le sais ; ce sont mes mots, mais je ne reconnais pas ma voix, pâteuse et traînante.

« Du calme, madame, parlez plus lentement. » Oh, cet accent traînant ! Même maintenant, il me porte sur les nerfs. « Pouvez-vous me donner votre adresse ? »

Alistair et Little ont les yeux rivés sur le téléphone de Norelli.

Laquelle m'observe.

« Vous dites que votre voisine a été poignardée, madame ?

— Oui ! Il faut l'aider. Elle saigne. »

Je grimace. Mes propos sont quasiment inintelligibles.

« Quoi ?

— J'ai dit : "Il faut l'aider !"» Une petite toux étranglée. Je suis au bord des larmes.

« Les secours sont en route, madame. Vous devez vous calmer. Comment vous appelez-vous ?

— Anna Fox.

— D'accord, Anna. Comment s'appelle votre voisine ?

— Jane Russel ! Oh, mon Dieu ! » Un cri étouffé.

« Êtes-vous avec elle en ce moment ?

— Non, elle est… Elle est dans la maison d'en face, de l'autre côté du parc. »

270

Je sens peser sur moi le regard d'Alistair Russell. Je lève les yeux et les plonge dans les siens.

« Anna, avez-vous... »

Une pause. « Quoi ?

— Avez-vous poignardé votre voisine ?

— Quoi ? *Non !* »

Tout le monde me dévisage, à présent. Je me penche vers le téléphone de Norelli, dont l'écran devient noir alors que la voix poursuit :

« D'accord.

— J'ai regardé par la fenêtre et je l'ai vue avec une lame dans la poitrine.

— Ah. Savez-vous qui l'a poignardée ? »

Nouveau silence, plus long cette fois.

« Madame ? Savez-vous qui... »

Un bruissement puis un choc sourd. Le combiné est tombé, là-haut, sur le tapis du bureau. Il doit toujours y être, pareil à un cadavre abandonné.

« Madame ? »

Silence.

Je tourne la tête vers Little. Il m'ignore.

Norelli passe de nouveau son doigt sur l'écran du portable.

— L'opérateur est resté en ligne six minutes, déclare-t-elle. Il a attendu pour raccrocher d'avoir obtenu la confirmation que les secours étaient bien sur place.

Et qu'ont-ils trouvé sur place ? Qu'est-il arrivé à Jane ?

— Je ne comprends pas.

Je me sens brusquement accablée de fatigue. Mes yeux survolent la cuisine, les couverts brillants dans le lave-vaisselle ouvert, les bouteilles vides dans le conteneur de recyclage.

— Qu'est-il arrivé à…

— Rien, madame Fox, répond Little d'une voix douce. Il n'est rien arrivé à personne.

— Pardon ?

Il pince ses jambes de pantalon pour les remonter, avant de s'accroupir près de moi.

— Compte tenu de tout cet excellent merlot que vous aviez bu hier soir, de tous les médicaments que vous aviez pris et du film que vous regardiez, je crois que votre imagination s'est emballée, vous amenant à voir des choses qui n'étaient pas réelles.

Je le considère en silence.

Il cille.

— Vous pensez que j'ai tout inventé, c'est ça ?

Mon intonation me paraît guindée.

— Non, madame, réplique-t-il. Je crois que l'excès de stimulants vous est un peu monté à la tête.

J'en reste bouche bée.

— Vos médicaments ont-ils des effets secondaires, madame Fox ?

— Oui, mais…

— Peuvent-ils provoquer des hallucinations ?

— Je l'ignore.

Faux. Je sais très bien que c'est une possibilité.

— Le médecin à l'hôpital m'a confirmé que votre traitement pouvait avoir cet effet, déclare Little.

— Ce n'était pas une hallucination, inspecteur. Je sais ce que j'ai vu.

Je me redresse. Le chat jaillit de sous la chaise et file vers le salon.

Little lève les mains, paumes vers le haut.

— Vous venez d'entendre l'enregistrement de votre appel. Vous aviez beaucoup de mal à parler, me semble-t-il.

Norelli s'avance.

— Les analyses faites à l'hôpital ont révélé une alcoolémie élevée.

— Et ?

Alistair Russell, derrière elle, nous observe tour à tour.

— Je vous répète que ce n'était pas une hallucination ! Je n'ai rien imaginé. Je ne suis pas folle !

— Votre famille ne vit pas ici, si j'ai bien compris ? reprend Norelli.

— Est-ce une question ?

— C'en est une.

— Mon fils m'a dit que vous aviez divorcé, intervient Alistair.

Machinalement, je rectifie :

— Nous sommes séparés.

— Et, d'après ce que M. Russell nous a confié, on ne vous voit jamais dans le quartier, poursuit Norelli. Apparemment, vous ne sortez pas beaucoup.

Je ne réagis pas.

— Alors, j'ai une autre hypothèse à vous soumettre, déclare-t-elle. Pour moi, vous cherchiez à attirer l'attention.

Je recule, me cogne contre le plan de travail. Mon peignoir s'ouvre.

— Vous n'avez pas d'amis, votre famille est je ne sais où, vous aviez trop bu et vous avez décidé de faire un petit scandale, m'assène-t-elle.

— Vous prétendez que j'ai inventé cette histoire ?

— C'est ce que je pense, en effet.

Little s'éclaircit la gorge.

— Écoutez, madame Fox, je crois que vous tourniez un peu trop en rond, et que… Attention, je ne dis pas que vous avez agi délibérément…

— C'est vous qui imaginez des choses, qui inventez des histoires !

Je pointe sur eux un index tremblant.

— Je l'ai vue par cette fenêtre. Elle était couverte de sang !

Norelli ferme les yeux et soupire.

— M. Russell ici présent affirme que sa femme était absente. D'après lui, vous ne l'avez jamais rencontrée.

Un silence tendu s'ensuit. L'atmosphère semble chargée d'électricité.

— Elle est venue ici à deux reprises, dis-je posément.

— Il y a…

— La première fois, elle m'a aidée à me relever dehors. Puis elle est revenue. D'ailleurs, il est passé ici me demander où elle était, ajouté-je en foudroyant Alistair du regard.

Il hoche la tête.

— Je cherchais mon fils, pas ma femme. Et vous m'avez répondu que personne ne vous avait rendu visite.

— J'ai menti. Elle s'est assise à cette table et nous avons joué aux échecs.

Il se tourne vers Norelli, l'air impuissant.

— Elle a hurlé à cause de vous, dis-je encore.

Devant le regard interrogateur de Norelli, Alistair explique :

— Elle prétend avoir entendu des cris chez nous.

— Je les ai bel et bien entendus. Il y a trois jours.

Je ne suis pas certaine de la date. Tant pis. Dans la foulée, j'ajoute :

— Ethan m'a affirmé que c'était elle qui les avait poussés.

Ce n'est pas tout à fait vrai, mais pas faux non plus.

— Laissez Ethan en dehors de ça, m'ordonne Little.

Alignés devant moi, ils me font penser à ces trois petits morveux qui jetaient des œufs sur ma porte.

Je n'ai cependant pas dit mon dernier mot. Je vais les coincer.

— Alors où est-elle ?

Je croise les bras en un geste de défi.

— Où est Jane ? Si elle va bien, amenez-la ici.

Ils échangent des regards consternés.

Je resserre les pans du peignoir, renoue la ceinture et croise de nouveau les bras.

— Qu'est-ce que vous attendez ? Allez la chercher !

— Monsieur Russell ? lance Norelli. Vous voulez bien…

Il hoche la tête et retourne au salon en tirant son téléphone de sa poche.

— Après, dis-je à Little, je veux que vous sortiez tous de chez moi. Vous, vous croyez que j'ai des hallucinations, l'inspecteur Norelli m'accuse de mentir, et M. Russell, là-bas au téléphone, prétend que je n'ai jamais rencontré une femme que j'ai pourtant vue deux fois. C'est inacceptable. Et je tiens à savoir qui est entré chez moi pendant que je…

Alistair revient vers nous.

— Elle ne devrait pas tarder, annonce-t-il en rangeant le mobile dans sa poche.

Je lui jette un regard furieux.

— Et moi, je suis prête à parier qu'on va attendre un bon moment !

Personne ne pipe mot. Alistair consulte sa montre, Norelli observe tranquillement le chat… Seul Little me prête attention.

Vingt secondes s'écoulent ainsi.

Puis vingt autres.

Je soupire, décroise les bras.

C'est grotesque. Cette femme a été…

On sonne.

Je tourne la tête vers Norelli, puis vers Little.

— J'y vais, lance Alistair, qui se dirige vers le vestibule.

Figée sur place, je le regarde appuyer sur le bouton de l'interphone, ouvrir la première porte puis s'écarter.

Un instant plus tard, Ethan pénètre dans la pièce, les yeux baissés.

— Vous connaissez déjà mon fils, déclare Alistair. Et voici mon épouse, ajoute-t-il en l'introduisant dans la pièce.

Je dévisage la nouvelle venue.

Je ne l'ai jamais vue.

41

C'est une grande brune mince, dont les cheveux lisses encadrent un visage ciselé. Sous la courbe de ses fins sourcils brillent des yeux gris-vert. Elle pose sur moi un regard froid, puis s'avance vers la cuisine, une main tendue.

— Nous ne nous sommes pas encore rencontrées, je crois, déclare-t-elle.

Sa voix est grave et mélodieuse. Très Lauren Bacall.

Je ne fais pas un geste. J'en suis incapable.

Sa main reste là, immobile devant mon buste. Au bout d'un moment, je la repousse et demande :

— Qui est-ce ?

— Votre voisine, répond Little – avec une certaine tristesse, me semble-t-il.

— Jane Russell, précise Norelli.

Je considère les deux policiers, puis l'inconnue.

— Non, ce n'est pas vous, dis-je à cette dernière, avant d'affirmer aux inspecteurs : Ce n'est pas elle. Qu'est-ce que vous racontez ? Ce n'est pas Jane.

— Je vous assure que c'est bien..., commence Alistair.

— Vous n'avez pas à vous justifier, monsieur Russell, décrète Norelli.

— Est-ce que ça change quelque chose si c'est moi qui vous l'assure ? s'enquiert la brune.

Je fais un pas vers elle.

— Qui êtes-vous ?

Ma voix rend un son éraillé, et à ma grande satisfaction je les vois tous les deux, Alistair et elle, reculer d'un même mouvement, comme s'ils étaient enchaînés l'un à l'autre.

— Docteur Fox, intervient Little. S'il vous plaît, calmez-vous.

Il pose une main sur mon bras.

J'ai l'impression de recevoir une décharge électrique. Je m'écarte de lui et de Norelli, et me retrouve au milieu de la cuisine. Alistair et l'inconnue ont battu en retraite dans le salon.

Je marche droit vers eux.

— J'ai rencontré deux fois Jane Russell, dis-je en détachant bien les mots. Ce n'est pas vous !

Cette fois, elle ne recule pas.

— Je peux vous montrer mon permis de conduire, si vous voulez, réplique-t-elle.

Déjà, elle plonge une main dans sa poche.

Je fais non de la tête.

— Je ne tiens pas à voir votre permis.

— Madame Fox ! lance Norelli, qui vient s'interposer entre nous. Ça suffit, maintenant.

Alistair me fixe de ses yeux écarquillés. L'inconnue a toujours la main dans sa poche. Derrière eux, Ethan est allé s'asseoir sur la méridienne, et Punch s'est couché à ses pieds.

— Ethan ?

Il lève lentement les yeux vers moi, presque à contre-cœur, comme s'il redoutait ce moment.

Je m'avance entre Alistair et la brune pour m'approcher de lui.

— Ethan ? Qu'est-ce qui se passe ?

Il évite mon regard.

— Ce n'est pas ta mère, dis-je en lui effleurant l'épaule. N'est-ce pas ?

Ses yeux dévient vers la gauche tandis qu'il penche la tête sur le côté. Sa mâchoire se crispe. Il se mordille un ongle.

— Vous n'avez jamais rencontré ma mère, finit-il par murmurer.

Je retire ma main.

Me retourne au ralenti, avec l'impression d'être sonnée.

Tous les autres se mettent alors à parler en même temps, en un chœur dissonant : « Pouvons-nous… », commence Alistair en indiquant la porte du vestibule, alors que Norelli déclare : « Nous avons terminé » et que Little m'invite à aller « me reposer ».

Je cille.

— Pouvons-nous…, tente de nouveau Alistair.

— Merci, monsieur Russell, déclare Norelli. Et à Mme Russell aussi. Ce sera tout.

Le couple me jette un coup d'œil méfiant, comme si j'étais un animal sauvage à qui l'on vient d'injecter un tranquillisant.

— Viens, Ethan, ordonne Alistair.

Le jeune garçon se redresse, les yeux baissés, et enjambe le chat.

Tous trois se dirigent vers le vestibule. Norelli, qui s'apprêtait à leur emboîter le pas, se tourne vers moi.

— Faire de fausses déclarations à la police constitue un délit, docteur Fox. Est-ce que vous comprenez ?

Je me borne à la dévisager. Il me semble que je hoche la tête.

— Bien.

Elle relève son col.

— Je n'ai rien à ajouter.

Un instant plus tard, la porte du vestibule se referme derrière elle. J'entends l'autre se déverrouiller.

Il ne reste que Little et moi. Alors que je contemple le bout de ses chaussures noires et pointues, je me rends compte que j'ai raté ma leçon de français avec Yves, aujourd'hui.

Le silence est ponctué par le claquement de la porte d'entrée qui se referme.

— Je peux vous laisser seule ? demande Little.

Je hoche la tête en posant sur lui un regard vide.

— Y a-t-il quelqu'un que vous pouvez appeler si vous avez envie de parler ?

J'incline de nouveau la tête.

— Tenez.

Il me remet une carte de visite prise dans sa poche de poitrine. Un bristol de mauvaise qualité. Je le parcours. « Inspecteur Conrad Little, Police de New York. » Deux numéros de téléphone y sont indiqués, ainsi qu'une adresse mail.

— Si vous avez besoin de quelque chose, n'hésitez pas à me joindre. D'accord ?

Les mots se pressent dans ma bouche, mais mes lèvres n'en forment qu'un seul :

— D'accord.

— Bien. De jour comme de nuit.

Il fait passer son téléphone d'une main à l'autre.

— Avec mes gosses, je ne dors pas beaucoup…

Son téléphone circule toujours entre ses mains. Il suspend son geste en croisant mon regard.

Nous nous dévisageons un instant.

— Prenez soin de vous, docteur Fox, dit-il encore, avant de s'éloigner.

Il ouvre la porte du vestibule et la tire doucement derrière lui.

Une nouvelle fois, j'entends claquer celle de l'entrée.

42

Et soudain, c'est le silence. Un silence total. Le monde s'est figé.

Je me retrouve seule pour la première fois de la journée.

J'examine la pièce. Les bouteilles de vin, éclairées par le soleil bas. La chaise écartée de la table de la cuisine. Le chat qui arpente le canapé.

Des grains de poussière flottent dans la lumière.

Je marche vers la porte du vestibule, la ferme à clé et pousse le verrou.

Me retourne.

Le moment que je viens de vivre est-il réel ?

Mais qu'est-ce que je viens de vivre exactement ?

De retour dans la cuisine, je prends une bouteille de vin dans le placard. La débouche. Remplis un verre. L'approche de mes lèvres.

Je repense à Jane.

Je vide le verre, puis saisis la bouteille et la penche vers ma bouche. Je bois au goulot, à longs traits.

Je repense à cette inconnue.

Et me rends au salon d'un pas cette fois plus rapide. Fais tomber deux comprimés dans ma paume. Les sens descendre dans ma gorge.

Je repense à Alistair Russell. « Et voici mon épouse. »

Je bois encore, jusqu'à m'étrangler.

En reposant la bouteille, je repense à Ethan, à la façon dont il a évité mon regard, puis avalé sa salive avant de me répondre et mordillé son ongle. À ses paroles énoncées dans un chuchotement.

À son mensonge.

Parce qu'il a bel et bien menti. Son regard fuyant, son hésitation, ses gestes nerveux étaient autant de signes révélateurs. Je savais qu'il ne dirait pas la vérité avant même qu'il ouvre la bouche.

La mâchoire crispée, en revanche, indique autre chose.

La peur.

Le téléphone est par terre dans le bureau, à l'endroit où je l'ai laissé tomber. Je tapote l'écran en même temps que je vais ranger les tubes de comprimés à la salle de bains, dans l'armoire à pharmacie. Si le Dr Fielding possède un diplôme de la fac de médecine et un bloc d'ordonnances, ce n'est cependant pas lui qui peut m'aider dans le cas présent.

— Pourriez-vous venir ? dis-je dès qu'elle décroche.

— Pardon ?

Elle semble déroutée.

— Pourriez-vous passer chez moi ?

Je m'approche de mon lit, m'y assois.

— Maintenant ? Je ne suis pas…

— Je vous en prie, Bina.

Un court silence.

— Eh bien, je serai là vers… 9 heures, 9 h 30. J'ai un dîner de prévu, ajoute-t-elle.

Peu importe si elle arrive tard. L'essentiel, c'est qu'elle soit là.

— D'accord.

Je m'allonge et laisse l'oreiller envelopper ma tête. Derrière la fenêtre, les branches s'agitent et se dépouillent de leurs feuilles, qui s'envolent et effleurent la vitre.

— *Ouvaien*, Anna ?

— Quoi ?

Le témazépam me ralentit le cerveau. Je sens les circuits se débrancher les uns après les autres.

— J'ai dit : « Tout va bien ? »

— Non. Oui. Je… je vous expliquerai quand vous serez là.

Mes paupières trop lourdes se ferment toutes seules.

— OK. À tout à l'heure…

Je glisse déjà dans l'inconscience.

J'ai sombré dans un sommeil sans rêves, un petit moment d'oubli, et lorsque le son de l'interphone s'élève au rez-de-chaussée je me réveille, toujours épuisée.

Bina, bouche bée, me dévisage avec des yeux ronds.

Elle finit par refermer la bouche. Sans avoir prononcé un mot.

Nous sommes dans la bibliothèque d'Ed, moi recroquevillée dans le fauteuil à oreillettes, Bina installée dans le fauteuil club, celui où s'assoit toujours le Dr Fielding. Elle a croisé ses jambes interminables, et Punch tourne inlassablement autour de ses chevilles.

Un feu est allumé dans la cheminée.

Bina détourne les yeux, les pose sur les petites flammes qui ondulent.

— Et vous aviez beaucoup bu ? demande-t-elle d'un ton circonspect, comme si elle avait peur que je ne la frappe.

— Pas assez pour avoir des hallucinations, en tout cas !

— D'accord, mais avec les cachets...

J'agrippe la couverture étalée sur mes genoux et la tords entre mes doigts.

— J'ai rencontré Jane. Deux fois, Bina. À deux dates différentes.

— Ah.

— Je l'ai vue chez eux, avec sa famille. À plusieurs reprises.

— Ah.

— Je l'ai vue en sang. Avec un couteau dans la poitrine.

— Vous êtes sûre que c'était un couteau ?

— Ça ne ressemblait pas à un foutu bijou, croyez-moi !

— Je voulais simplement… OK, d'accord.

— Je la regardais à travers le viseur de mon appareil. Je la distinguais nettement.

— Mais vous n'avez pas pris de photos.

— Non. Je ne pensais qu'à l'aider, pas à… obtenir des preuves.

— OK.

Elle entortille machinalement une mèche autour de son doigt.

— Donc, si j'ai bien compris, ils affirment tous que personne n'a été poignardé.

— Et ils essaient de me faire croire que Jane est quelqu'un d'autre. Ou que quelqu'un d'autre est Jane.

— Vous êtes certaine que…, commence-t-elle.

Je me raidis, parce que je me doute déjà de ce qui va suivre.

— … vous êtes certaine qu'il ne peut pas s'agir d'une espèce de quipro…

Je me penche en avant.

— Je sais ce que j'ai vu, Bina.

Elle laisse retomber sa main.

— Eh bien, je… j'en reste sans voix.

Je prononce les mots lentement, comme si je me frayais un chemin à travers des éclats de verre :

— Les flics ne voudront jamais croire qu'il est arrivé quelque chose à Jane tant qu'ils prendront cette femme pour elle.

La formulation est un peu alambiquée, pourtant Bina hoche la tête.

— Ils ne lui ont pas demandé ses papiers d'identité ?

— Non, non, ils se sont fiés à la parole de son « mari ». Et, après tout, pourquoi en aurait-il été autrement ?

Le chat trottine sur le tapis et vient se couler sous mon siège, tandis que je poursuis :

— De toute façon, personne ne connaît cette femme ; ça fait à peine une semaine que les Russell ont emménagé dans le quartier. Ça pourrait être n'importe qui : un membre de la famille, la maîtresse d'Alistair ou même une fiancée choisie sur Internet, pourquoi pas ?

Je tends la main vers mon verre, avant de me rappeler que je ne m'en suis pas servi un.

— Mais j'ai vu Jane avec eux, Bina. J'ai vu son médaillon, avec la photo d'Ethan à l'intérieur. J'ai vu... elle l'a envoyé ici m'offrir une bougie, bon sang !

— Et son mari n'avait pas l'air de...

— ... d'avoir poignardé quelqu'un ? Non.

— Vous êtes néanmoins convaincue que c'est lui qui...

Elle s'agite dans le fauteuil.

— ... qui l'a tuée.

— Qui d'autre ? Leur fils est un ange. S'il devait un jour assassiner quelqu'un, ce serait probablement son père...

Ma main se porte de nouveau vers mon verre, pour ne rencontrer que le vide.

— Quoi qu'il en soit, je l'ai aperçu devant son ordinateur quelques instants avant l'agression. Je ne l'imagine pas se précipiter brusquement à l'étage du dessous pour planter un couteau dans la poitrine de sa mère ! Non, Ethan n'y est pour rien.

— Avez-vous parlé de tout ça à quelqu'un d'autre ?

— Pas encore.

— Même pas à votre psychiatre ?

— Je le ferai.

Je le dirai aussi à Ed. Plus tard.

Le silence entre nous se prolonge, seulement troublé par le ronflement des flammes dans l'âtre.

Tout en regardant Bina, dont la peau prend une teinte ambrée à la lueur du feu, je me demande si elle me croit ou si elle m'écoute juste pour me rassurer, me calmer. Après tout, c'est une histoire invraisemblable. « Mon voisin a tué sa femme, dont une usurpatrice a volé l'identité. Et leur fils a trop peur pour dire la vérité. »

— À votre avis, où est Jane ? murmure Bina.

Nouveau silence.

— J'ignorais tout d'elle, avoue Bina, penchée par-dessus mon épaule, ses cheveux formant un rideau entre la lampe et moi.

— C'était une des plus belles pin-up des années cinquante, dis-je. Et une militante ardente en faveur du droit à la vie.

— Ah.

— Elle a failli mourir en se faisant avorter.

— Oh.

Nous sommes installées dans mon bureau, en train de faire défiler sur mon écran d'ordinateur les vingt-deux pages de photos de Jane Russell : couverte de bijoux (*Les hommes préfèrent les blondes*), en petite tenue dans une meule de foin (*Le Banni*), faisant tourbillonner sa jupe longue (*L'Ardente Gitane*)… Nous avons consulté Pinterest, exploré Instagram, parcouru les sites des journaux de Boston, visité la galerie photos de Patrick McMullan… Rien sur la brune d'en face.

— Si on se fiait à Internet, on pourrait croire que certaines personnes n'existent pas ! s'exclame Bina. Ça ne vous paraît pas sidérant ?

Pour Alistair, c'est plus facile. Il est là, sous nos yeux, saucissonné dans un costume trop étroit, sur une photo qui accompagne un article de *Consulting Magazine* remontant à deux ans : « Alistair Russell est engagé chez Atkinson », annonce le titre. La même image figure sur son profil LinkedIn. Il y a également un portrait de lui, le montrant en train de porter un toast lors d'une soirée caritative, publié dans une newsletter des anciens élèves de Dartmouth.

Mais aucune trace de Jane.

Plus étrange encore : aucune trace d'Ethan non plus. Il n'est ni sur Facebook ni sur Foursquare ou d'autres sites du même genre, et Google ne nous livre que des liens vers un photographe homonyme.

— Presque tous les jeunes sont sur Facebook, pourtant, non ? lance Bina.

— Son père a dû lui interdire. Ethan n'a même pas de téléphone portable.

Je retrousse une manche de mon peignoir.

— Sans compter qu'il ne va pas au lycée, il suit des cours à la maison. Il n'a sans doute pas rencontré beaucoup de monde ici. Si ça se trouve, il ne connaît personne.

— Mais il y a forcément quelqu'un qui connaît sa mère ! Quelqu'un à Boston ou… je ne sais pas. Quelqu'un, quoi.

Bina s'approche de la fenêtre.

— Ils doivent bien avoir des photos de famille… La police s'est rendue chez eux, aujourd'hui, non ?

Je réfléchis.

— Ils les ont peut-être remplacées par des photos de cette autre femme… Alistair a pu montrer n'importe quoi aux inspecteurs, leur raconter n'importe quoi aussi. Les flics ne perquisitionneront pas, ils me l'ont bien fait comprendre.

Elle hoche la tête.

— Les stores sont baissés, m'informe-t-elle.

— Quoi ?

Je la rejoins. Elle a raison : la cuisine, le salon, la chambre d'Ethan… Toutes les pièces sont occultées.

La maison des Russell a fermé les yeux.

— Vous voyez, Bina ? Ils ne veulent plus que je les observe.

— Remarquez, on ne peut pas le leur reprocher…

— Ils se méfient. N'est-ce pas la preuve qu'ils ont quelque chose à cacher ?

— C'est louche, oui. Ils baissent souvent les stores ?

— Jamais. J'avais l'impression de regarder des poissons dans un aquarium.

Elle hésite.

291

— Vous croyez que… que vous pourriez être… en danger ?

Cette pensée ne m'avait pas effleurée.

— Pourquoi ?

— Parce que si vous avez réellement vu quelque chose…

Je tressaille.

— C'est le cas.

— … alors vous êtes un… un témoin.

Je prends une profonde inspiration. Puis une autre.

— Vous voulez bien rester ici cette nuit, Bina ?

Elle hausse les sourcils.

— Vous me faites du gringue ?

— Je vous paierai.

Les yeux mi-clos, elle me considère d'un air grave.

— Ce n'est pas le problème, réplique-t-elle. Je commence tôt demain matin, et toutes mes affaires sont…

— S'il vous plaît, dis-je en la regardant droit dans les yeux. Je vous le demande comme une faveur.

Elle soupire.

45

L'obscurité, dense, profonde. Il fait aussi noir que dans un abri antiatomique. Aussi noir que dans l'espace.

Et soudain, au loin, une étoile miniature, un point lumineux.

Qui se rapproche.

La lumière tremble, enfle, palpite.

Un cœur. Un cœur minuscule. Qui bat. Et brille.

Chassant les ténèbres alentour, révélant une fine chaîne. Un chemisier d'un blanc spectral. Des épaules auréolées de lumière. La ligne d'un cou. Une main, dont les doigts jouent avec le petit cœur battant.

Et, au-dessus, un visage : celui de Jane. La vraie Jane, radieuse, qui me regarde en souriant.

Je lui rends son sourire.

Un panneau vitré glisse devant elle. Elle y appuie une main, imprime sur le verre la cartographie de ses doigts.

Brusquement, l'obscurité derrière elle se dissipe, révélant une scène d'intérieur : la causeuse striée de lignes blanches et rouges ; les deux lampes jumelles, qui s'éclairent ; le tapis, pareil à un jardin en fleur.

Jane regarde d'abord son médaillon, qu'elle caresse tendrement, ensuite son chemisier éblouissant. Et la tache de sang qui s'étale, s'élargit, vient lécher son col, d'un rouge vif qui tranche sur la pâleur de sa peau.

Quand elle relève les yeux vers moi, ce n'est plus Jane, mais l'autre femme, la brune.

Samedi 6 novembre

46

Bina s'en va un peu après 7 heures, alors que la grisaille du jour s'immisce autour des rideaux. Elle ronfle, ai-je découvert. Produit de petites expectorations pareilles au murmure de vagues lointaines. Je ne m'y attendais pas.

Je la remercie encore une fois d'être restée, repose ma tête sur l'oreiller et me rendors. À mon réveil, je consulte mon téléphone. Il est presque 11 heures.

Je contemple l'écran un petit moment. Quelques instants plus tard, je parle à Ed. Pas de « Devine qui c'est » en introduction, cette fois.

— C'est incroyable, conclut-il à la fin de mon récit.

— Pourtant, c'est arrivé.

Un silence.

— Je ne dis pas le contraire, Anna, mais…

Je me raidis.

— … tu suis un traitement lourd, depuis quelque temps. Alors…

— Tu ne me crois pas non plus, c'est ça ?

Un soupir.

— Non, ce n'est pas ça. C'est juste que…

— Tu te rends compte à quel point c'est frustrant ? J'ai crié. Il garde le silence. Je continue :

— J'ai tout vu, Ed ! Oui, j'avais pris des cachets et oui, je… Oui. Mais je n'ai pas imaginé cette agression. Ce ne sont pas quelques comprimés qui peuvent avoir un tel effet. Et je ne suis pas non plus comme ces ados qui ont la tête farcie de jeux vidéo violents. Je sais ce que j'ai vu !

Il laisse encore s'écouler quelques secondes.

Puis :

— Bon, récapitulons : tu es sûre que c'est lui, le coupable ? Le mari, je veux dire.

— Bina m'a posé la même question. Évidemment que j'en suis sûre !

— Ça ne pourrait pas être cette autre femme ?

C'est à mon tour de garder le silence.

La voix d'Ed s'anime, comme souvent quand il pense à voix haute.

— Admettons que ce soit la maîtresse d'Alistair, comme tu sembles le penser. Venue de Boston, ou d'ailleurs. Jane et elle se disputent, elle met la main sur un couteau ou un autre truc pointu, et frappe. Le mari n'y est pour rien.

Je réfléchis. L'idée me heurte, mais… c'est possible. Sauf que :

— Pour le moment, la question n'est pas de savoir qui est le coupable. Le problème, c'est qu'un meurtre a été commis et que personne ne veut me croire. Pas même Bina. Pas même toi.

Silence. Entre-temps, j'ai gravi l'escalier et je suis entrée dans la chambre d'Olivia.

— Ed ? Ne dis rien à Livvy.

Il éclate de rire – un grand *haha !* qui résonne distinctement.

— Ça ne risque pas.

Il toussote.

— Qu'en pense le Dr Fielding ?

— Je ne lui en ai pas encore parlé.

Je devrais.

— Tu devrais.

— Je le ferai, Ed.

Une pause.

— Sinon… que s'est-il passé d'autre dans le quartier, ces derniers temps ?

Je me rends compte que je n'en ai aucune idée. Les Takeda, les Miller et même les Wassermen… tous ont disparu de mon écran radar la semaine dernière. Un rideau est tombé sur la rue, masquant les foyers alentour ; le monde se réduit à ma maison, à celle des Russell et au parc entre nous. Je me demande ce qu'est devenu l'artisan de Rita et quel livre Christine Gray a sélectionné pour son groupe de lecture. Avant, je consignais toutes leurs activités, épiais toutes leurs allées et venues. J'ai enregistré des chapitres entiers de leur vie dans ma carte mémoire. Mais aujourd'hui…

— Je n'en sais rien, en fait.

— C'est peut-être mieux ainsi, conclut Ed.

Après notre conversation, je consulte de nouveau l'écran de mon téléphone. 11 h 11. Onze onze, comme le jour de mon anniversaire. Et celui de Jane.

J'évite la cuisine depuis hier. À vrai dire, j'évite autant que possible le rez-de-chaussée. Pourtant, je me retrouve maintenant devant la fenêtre, à contempler la maison de l'autre côté du parc. Je verse un filet de vin dans un verre.

Je sais ce que j'ai vu. Elle saignait. Suppliait.

Ce n'est pas fini, loin de là.

Je bois.

48

Les stores sont relevés.

La maison me dévisage, les yeux grands ouverts, comme si elle était surprise de me voir la regarder. Je zoome, parcours la façade à travers mon viseur et me concentre sur le salon.

Impeccable. Rien. La causeuse est toujours là, imperturbable. Les deux lampes aussi, semblables à des sentinelles.

Je change de position, oriente l'appareil vers la chambre d'Ethan. Le jeune garçon est installé devant son ordinateur, avachi sur sa chaise telle une gargouille.

Je zoome encore un peu. Je pourrais presque lire le texte sur son écran.

Un mouvement dans la rue. Une voiture aux lignes fuselées, luisante comme un requin, se dirige vers une place devant la maison des Russell, puis se gare. La portière côté conducteur s'ouvre, et Alistair, vêtu d'un épais manteau, sort sur le trottoir.

Il marche vers son domicile.

Je prends une photo.

Et une autre quand il atteint la porte.

Je n'ai pas de plan en tête. (Suis-je encore capable d'en échafauder un ?) Je sais très bien que je n'aurai pas de cliché de lui les mains pleines de sang et qu'il ne viendra pas frapper à ma porte pour tout avouer.

Mais je peux l'observer.

Il entre. J'oriente mon Nikon vers la cuisine, où il pénètre quelques instants plus tard. Pose ses clés sur le plan de travail, se débarrasse de son manteau. Ressort de la pièce.

Et n'y revient pas.

Je dirige mon objectif vers le salon à l'étage.

Au même moment, elle apparaît, toute pimpante en pull d'un vert printanier : « Jane ».

Je fais la mise au point. Sa silhouette devient parfaitement nette alors qu'elle s'approche d'une des lampes, puis de l'autre, pour les allumer. Je regarde ses mains fines, son cou gracile, la masse de cheveux bruns près de sa joue…

Espèce de menteuse !

Elle quitte la pièce, ses hanches étroites se balançant légèrement au rythme de sa démarche.

Le salon est désormais vide. La cuisine aussi. En haut, la chaise d'Ethan est désertée, l'écran de son ordinateur éteint.

Le téléphone sonne.

Je tourne la tête, incrédule, et le Nikon tombe sur mes genoux.

Le son vient de derrière moi, pourtant mon mobile est posé près de ma main.

C'est le téléphone fixe.

Pas celui de la cuisine, dont la batterie est à plat, mais l'autre, dans la bibliothèque d'Ed. Je l'avais complètement oublié.

Les sonneries se succèdent, distantes, persistantes.

Je ne bouge pas. Je ne respire plus.

Qui voudrait me joindre ? Personne n'a appelé sur cette ligne depuis… Je serais bien en peine de le dire. Qui pourrait encore avoir le numéro ? J'ai moi-même du mal à m'en souvenir.

Encore une sonnerie.

Et une autre.

Je m'appuie contre la vitre froide, en proie à une soudaine sensation de faiblesse. J'imagine le bruit se répercutant dans toutes les pièces.

Une autre sonnerie.

Je jette un coup d'œil de l'autre côté du parc.

Elle est là, à la fenêtre du salon, le téléphone plaqué contre l'oreille.

Et elle me regarde. Sans ciller. Ses lèvres pincées ne forment plus qu'une fine ligne.

Je me lève d'un bond, attrape mon appareil photo d'une main et file me réfugier derrière mon bureau.

Comment a-t-elle eu mon numéro ?

De la même manière que j'ai obtenu le sien, je suppose… Les Renseignements. Je me la représente en train de les appeler, de donner mon nom, de demander la mise en relation. Avec moi. Pour envahir ma maison, ma tête.

Espèce de menteuse !

Je la foudroie du regard.

Elle me rend la pareille.

Encore une sonnerie.

Puis un autre son s'élève : la voix d'Ed.

« Vous êtes bien chez Anna et Ed… » Ses inflexions sont graves, viriles ; on croirait entendre une bande-annonce pour un film d'action. Je me rappelle lui avoir lancé, au moment où il enregistrait le message : « On dirait Vin Diesel ! » Il avait éclaté de rire, avant de descendre encore plus bas dans les graves.

« Nous sommes absents pour le moment, mais laissez-nous un message et nous vous rappellerons. » Je me souviens aussi que, après avoir appuyé sur le bouton Stop, il avait ajouté, en prenant un affreux accent cockney : « Quand ça nous chantera, si ça nous chante un jour ! »

Je ferme les yeux en imaginant que c'est lui à l'autre bout de la ligne.

Mais c'est sa voix à elle qui emplit la pièce. Qui emplit mon domaine.

« Vous savez qui je suis, n'est-ce pas ? » Une pause. J'ouvre les yeux. Elle m'observe toujours, et je vois sa bouche articuler les mots qui résonnent à mes oreilles. L'effet est étrangement perturbant. « Arrêtez de photographier notre maison ou j'appelle la police. »

Elle coupe la communication et glisse le téléphone dans sa poche. Je soutiens son regard.

Tout est silencieux, à présent.

Au bout de quelques secondes, je quitte la pièce.

49

« GIRLPOOL vous a lancé un défi ! »

C'est mon programme de jeu d'échecs. Je fais un doigt d'honneur à l'écran tout en pressant le téléphone contre mon oreille. La voix enregistrée du Dr Fielding m'accueille, aussi cassante qu'une feuille morte, et m'invite à laisser un message. Je m'exécute en prenant soin de bien articuler.

Je suis dans la bibliothèque d'Ed, mon ordinateur portable me chauffant les cuisses, le soleil de la mi-journée formant une flaque sur le tapis. Un verre de merlot est posé sur la table à côté de moi. Ainsi qu'une bouteille.

Je n'ai pas envie de boire. Je veux garder les idées claires. Il faut que je réfléchisse, que j'analyse la situation. Les événements des trente-six dernières heures sont déjà en train de s'estomper, de s'évaporer comme une nappe de brume. Il me semble que la maison carre les épaules, déterminée à repousser le monde extérieur.

J'ai besoin d'un verre.

Girlpool. Quel nom stupide ! Girlpool... Ça me fait penser à *Whirlpool*[1] avec Tierney et Bacall. Bacall, disant dans *Les Passagers de la nuit* : « Il se diffuse dans votre sang. »

Assurément. J'incline le verre, sens le vin couler dans ma gorge, circuler dans mes veines.

« Ne respirez plus et croisez les doigts. »

« Ouvrez-moi, ouvrez-moi ! »

« Tout ira bien. »

Tout ira bien... Tu parles !

Mon esprit est semblable à un marécage, profond et saumâtre, où le vrai et le faux se mélangent et se confondent. Comment appelle-t-on ces zones marécageuses où les arbres poussent, les racines à l'air libre ? Des man... mandragores ? Non. Mais man-quelque chose, j'en suis sûre.

David.

Le verre tremble dans ma main.

Dans le chaos des dernières heures, j'ai oublié David.

Qui a travaillé chez les Russell. Qui a peut-être – *sûrement* – rencontré Jane.

Je laisse mon verre sur la table et me lève. M'engage dans le couloir d'un pas mal assuré. Descends l'escalier, me dirige vers la cuisine. Je coule un regard vers la maison des Russell – personne n'est visible, personne ne m'observe –, puis vais frapper à la porte du sous-sol, d'abord doucement, ensuite plus fort. Je l'appelle.

Pas de réponse. Est-il endormi, en plein après-midi ?

Une idée me traverse l'esprit.

---

1. Sorti en France sous le titre *Le Mystérieux Docteur Korvo*.

Ce n'est pas bien, je le sais, mais après tout je suis chez moi. Et c'est urgent. Très urgent.

Je m'approche du secrétaire dans le salon, ouvre le tiroir et y prends la clé dentelée, à l'éclat terni.

De retour devant la porte du sous-sol, je toque encore une fois – toujours rien –, puis insère la clé dans la serrure. La tourne.

Ouvre la porte.

Qui grince, m'arrachant une petite grimace.

Mais tout est silencieux lorsque je regarde en bas. Je descends dans le noir, en laissant courir ma main sur le plâtre rugueux du mur. Mes pieds chaussés de pantoufles ne font aucun bruit.

Au sous-sol, les stores sont baissés, l'obscurité est totale. Mes doigts effleurent l'interrupteur, le relèvent. La pièce s'éclaire.

Ma dernière visite remonte à deux mois, quand j'ai montré l'appartement à David pour la première fois. Il a parcouru les lieux du regard – le salon, avec la table à dessin d'Ed en plein milieu ; l'alcôve étroite servant de chambre ; la kitchenette toute de chrome et de noyer ; la salle de bains –, avant de me signifier d'un hochement de tête qu'il était d'accord.

Il n'a pas apporté beaucoup de changements. De fait, il n'en a apporté aucun. Le canapé d'Ed est toujours à la même place, tout comme la table à dessin, qui n'est cependant plus inclinée. Une assiette y est abandonnée, une fourchette et un couteau en plastique posés en croix dessus, pareils à des armoiries. Des boîtes à outils sont empilées contre le mur du fond, à côté de la porte qui donne dehors. Sur celle du dessus, je reconnais le cutter qu'il m'a emprunté ; un petit bout de lame en dépasse, luisant dans la lumière du plafonnier. Il voisine avec un livre au dos fendillé : *Siddhartha*.

Une photo dans un fin cadre noir est accrochée au mur d'en face. C'est moi et Olivia quand elle avait cinq ans, sur le perron. Je l'enlace. Nous sourions toutes les deux, et il lui manque des dents. « Une de perdue, dix de retrouvées », aimait à dire Ed.

J'avais oublié l'existence de cette photo. Mon cœur se serre. Je me demande pourquoi David ne l'a pas décrochée.

Je m'approche de l'alcôve et l'appelle de nouveau, même si je suis certaine qu'il n'est pas là.

— David ?

Les draps sont repoussés au pied du matelas et des creux profonds se dessinent dans les oreillers. Je dresse l'inventaire de ce que j'ai sous les yeux : fragments de nouilles japonaises sur les taies ; capotes usagées coincées contre l'un des montants ; tube d'aspirine logé entre la tête de lit et le mur ; hiéroglyphes de sueur ou de sperme séché sur le drap du dessus ; un ordinateur portable. Un chapelet de sachets de préservatifs est enroulé autour de la lampe posée par terre. Une boucle d'oreille brille sur la table de nuit.

Je vais jeter un œil dans la salle de bains. Le lavabo est parsemé de poils de barbe, l'abattant des toilettes relevé. Dans la cabine de douche, il n'y a qu'un grand flacon de shampooing et un bout de savonnette.

Revenue dans la pièce principale, je passe une main sur la table à dessin.

Une pensée me traverse l'esprit.

J'essaie de la retenir, mais elle m'échappe.

J'inspecte une dernière fois les lieux. Pas d'albums photo, mais je suppose qu'aujourd'hui plus personne n'en a (je me rappelle soudain que Jane, elle, en avait apporté un chez moi) ; pas de boîtiers de CD ni de tour remplie de DVD, mais, là encore, j'imagine que tout cela a disparu. « Si on se fiait à Internet, on pourrait croire que certaines personnes n'existent pas ! Ça ne vous paraît pas sidérant ? » m'a demandé Bina. Il n'y a rien dans cette pièce qui puisse me permettre de mieux cerner David : pas de musique, pas de souvenirs… Ou plutôt, ils sont partout autour de moi, flottant dans l'éther mais invisibles : accessibles seulement par des fichiers et des icônes, des zéros et des uns. Mais rien de concret, aucun signe tangible, aucun indice. Sidérant, en effet.

Alors que je contemple de nouveau la photo sur le mur, je repense au tiroir dans mon salon, débordant de DVD. Je suis une relique d'un autre temps. Un dinosaure abandonné par ses congénères.

Je me détourne, prête à remonter.

Au même moment, j'entends un grincement derrière moi. C'est la porte qui donne dehors.

Elle s'ouvre brusquement et David s'encadre sur le seuil.

50

— Qu'est-ce que vous foutez là ?

Je tressaille. Je ne l'ai jamais entendu jurer. C'est à peine si j'entends parfois le son de sa voix.

— J'étais seulement…

— De quel droit vous permettez-vous de descendre chez moi ?

Je fais un pas en arrière, trébuche.

— Je suis désolée…

Il avance en laissant la porte grande ouverte derrière lui.

Après avoir pris une profonde inspiration, je déclare :

— Je vous cherchais, en fait.

David lève les mains puis les laisse retomber, faisant cliqueter ses clés entre ses doigts.

— Bon, eh bien, je suis là. Pourquoi vouliez-vous me voir ?

— Parce que…

— Vous auriez pu me téléphoner.

— Je ne pensais pas…

— Non, vous vous êtes dit, autant descendre directement. C'est ça ?

Je hoche la tête. C'est sans doute l'une des plus longues conversations que nous ayons eues jusque-là.

— Pourriez-vous fermer la porte ?

Après un instant d'hésitation, il la repousse. Elle claque dans son encadrement.

Lorsque David reporte son attention sur moi, son expression s'est radoucie. Sa voix reste néanmoins cassante :

— Vous avez besoin de quelque chose ?

Je me sens un peu étourdie.

— Je peux m'asseoir ?

Comme il ne répond pas, je me dirige vers le canapé et m'y laisse choir. David demeure encore immobile un moment, les clés à la main. Pour finir, il les fourre dans sa poche, enlève sa veste et la jette dans l'alcôve. Elle atterrit sur le lit et glisse sur le sol.

— Ce n'est vraiment pas cool, déclare-t-il.

— Je sais.

— Vous aimeriez, vous, que je débarque chez vous à l'improviste ?

— Non. Je comprends, David.

— Vous seriez sacrément en rogne.

— Oui.

— Et si j'avais été avec quelqu'un, hein ?

— J'ai frappé.

— C'est censé tout excuser ?

Je garde le silence.

Il me considère encore quelques instants, avant d'ôter ses bottes et de se diriger vers la kitchenette. Il ouvre le frigo, en sort une bouteille de bière Rolling Rock puis en appuie le goulot contre le bord du plan du travail pour la décapsuler d'un coup sec. La capsule tombe par terre et roule sous le radiateur.

Plus jeune, j'aurais été impressionnée.

Après avoir porté la bouteille à ses lèvres, il va s'adosser à la table à dessin.

— Alors, qu'est-ce que vous me vouliez ? Allez-y, je vous écoute.

— Eh bien, voilà : avez-vous rencontré la femme qui habite de l'autre côté du parc ?

Il fronce les sourcils.

— Qui ?

— Jane Russell. Au numéro…

— Non.

— Vous avez bien travaillé chez les Russell, pourtant !

— Oui, mais j'ai été engagé par M. Russell. Je n'ai jamais vu sa femme. Je ne savais même pas qu'il en avait une.

— Il a un fils.

— Et alors ? Les célibataires peuvent avoir des enfants, pas vrai ? Vous me direz, je n'ai jamais vraiment réfléchi à la question.

Il boit une gorgée de bière.

— C'est tout ?

Je hoche la tête, les yeux fixés sur mes mains. Embarrassée.

— C'est pour ça que vous êtes descendue ?

— Oui.

— Eh bien, vous avez la réponse. En quoi ça vous intéresse, d'ailleurs ?

Je lève les yeux vers lui. Lui non plus ne va pas me croire.

— Comme ça. Simple curiosité.

Je m'appuie sur l'accoudoir pour me relever.

Il me tend la main. Je la saisis, consciente de sa paume rugueuse sous la mienne, et il me tire d'un mouvement souple. Je vois les muscles de son avant-bras se contracter.

— Encore désolée, dis-je. Je n'aurais pas dû entrer. Ne vous inquiétez pas, ça ne se reproduira pas.

Quand je m'avance vers l'escalier, je sens son regard peser sur moi.

Parvenue sur la troisième marche, je me souviens soudain de quelque chose. Je me retourne et appuie mon épaule contre le mur.

— David ? Avez-vous entendu un cri le jour où vous avez travaillé chez les Russell ?

— Vous me l'avez déjà demandé, vous ne vous rappelez pas ? Non, je n'ai rien entendu, à part Springsteen.

L'ai-je déjà interrogé à ce sujet ? Je ne sais plus, j'ai l'impression de perdre la tête.

51

Je viens d'entrer dans la cuisine, et la porte du sous-sol s'est refermée derrière moi, quand le Dr Fielding me rappelle.

— J'ai eu votre message, me dit-il. Vous paraissiez inquiète.

J'ouvre la bouche. Je m'étais préparée à lui raconter mon histoire, à m'épancher auprès de lui, mais à quoi bon ? C'est lui qui paraît inquiet, tout le temps, à propos de tout ! Sans compter que c'est lui qui dose les ingrédients de ma potion médicamenteuse magique, au point que… Bref.

— Non, ce n'était rien, dis-je.

Il reste silencieux un court instant.

— Vous êtes sûre ?

— Oui. En fait, j'avais juste une question à vous poser sur… sur les génériques. Je me demandais si je pouvais en prendre à la place de certaines de mes drogues.

— Vos médicaments, me corrige-t-il.

— C'est ça.

— Eh bien, oui, c'est possible, répond-il, d'un ton cependant peu convaincu.

— Ce serait mieux. Le traitement commence à me revenir cher.

— Est-ce un problème ?

— Non, non, mais je ne veux pas que ça en devienne un.

— Je vois.

Sûrement pas, non.

Silence. J'ouvre le placard près du frigo.

— Bon, nous en parlerons mardi, si vous voulez, déclare-t-il.

— D'accord, dis-je en choisissant une bouteille de merlot.

— Ça peut attendre jusque-là, je présume…

— Oui, bien sûr.

Je débouche la bouteille.

— Anna ? Vous êtes certaine que ça va ?

— Oui, tout à fait.

Je récupère un verre dans l'évier.

— Vous ne buvez pas d'alcool, hein ?

— Non.

Je me sers.

— Tant mieux. À mardi, alors.

— À mardi, docteur.

Une fois la communication coupée, j'avale une longue gorgée de vin.

À l'étage, dans la bibliothèque d'Ed, je trouve la bouteille et le verre que j'ai abandonnés vingt minutes plus tôt, étincelant sous le soleil. Je les récupère et les emporte dans mon bureau.

Je m'assois à ma table de travail pour réfléchir.

Sur l'écran devant moi s'affiche un échiquier. Les pions sont déjà en place, les armées sont prêtes pour la bataille. Je me remémore soudain la reine blanche que j'ai prise à Jane. Jane, en chemisier blanc trempé de sang…

Jane. La reine blanche.

L'ordinateur bipe.

Je tourne la tête vers la maison des Russell. Aucun signe de vie.

GrannyLizzie : Bonjour, Anna.

Je sursaute, contemple les mots.

Où en étions-nous, toutes les deux ? À quand remonte notre dernier échange ? J'agrandis la boîte de dialogue et remonte vers le haut de la page. C'est là : « GrannyLizzie s'est déconnectée. » À 16 h 46, le jeudi 4 novembre.

Ah oui, au moment de mon récit où Ed et moi allions annoncer la nouvelle à Olivia. Je me rappelle maintenant à quel point mon cœur battait fort dans ma poitrine.

Et, six heures plus tard, j'ai appelé police secours.

Ensuite, il y a eu mon expédition dehors. La nuit à l'hôpital. Les questions de Little, du médecin. L'injection. Le trajet à travers Harlem, sous un soleil qui m'écorchait les yeux. Le retour chez moi. Punch, sautant sur mes genoux. Norelli, tournant autour de moi. Alistair dans ma maison. Ethan aussi.

Et cette femme…

Et Bina, nos recherches sur Internet, ses petits ronflements pendant la nuit. Et aujourd'hui : Ed, incrédule ; ce coup de téléphone de « Jane » ; ma visite dans l'appartement de David et sa colère ; la voix grinçante du Dr Fielding dans mon oreille…

Est-il possible que deux jours seulement se soient écoulés ?

Votrepsyenligne : Bonjour ! Comment allez-vous ?

Elle m'a plantée là sans explications, mais je choisis de ne pas lui en tenir rigueur.

GrannyLizzie : Je vais bien, merci. Avant tout, je voudrais m'excuser d'avoir interrompu la discussion aussi brutalement la dernière fois.

Ah. Bien.

Votrepsyenligne : Ne vous inquiétez pas ! On a tous des choses à faire !

GrannyLizzie : Ce n'était pas le problème, JE VOUS ASSURE. Mon Internet a rendu l'âme. Repose en paix, Internet !

GrannyLizzie : Ça se produit à peu près tous les deux mois, mais cette fois c'est tombé un jeudi et la société n'a pas pu m'envoyer de technicien avant le week-end.

GrannyLizzie : TOUTES mes excuses, vraiment. Je n'ose pas imaginer ce que vous devez penser de moi.

Je porte mon verre à mes lèvres, bois une gorgée de vin. Le repose, saisis mon autre verre et avale encore une gorgée. J'avais supposé que Lizzie ne voulait pas entendre ma triste histoire. Ô femme de peu de foi…

Votrepsyenligne : Ne vous excusez pas ! Ça existe, les imprévus !

GrannyLizzie : N'empêche, je me suis comportée de manière grossière.

Votrepsyenligne : Mais non, voyons.

GrannyLizzie : Vous me pardonnez ?

Votrepsyenligne : Il n'y a rien à pardonner ! J'espère que vous vous sentez mieux.

GrannyLizzie : Oui, je vais bien. Mes fils sont là, en visite ☺

Votrepsyenligne : C'est vrai ? Quelle bonne nouvelle !

GrannyLizzie : C'est merveilleux de les avoir auprès de moi.

Votrepsyenligne : Comment s'appellent-ils ?

GrannyLizzie : Beau.

GrannyLizzie : Et William.

Votrepsyenligne : J'aime beaucoup ces prénoms.

GrannyLizzie : Vous aimeriez aussi mes fils. Ils m'ont toujours beaucoup aidée. Surtout quand Richard était malade. Nous les avons bien élevés !

Votrepsyenligne : J'en ai l'impression.

GrannyLizzie : William m'appelle tous les jours de Floride. Il n'a qu'à me dire BONJOUR de sa grosse voix et, ça y est, je souris. Ça me fait chaque fois le même effet.

Je souris aussi.

Votrepsyenligne : Mes proches me disent toujours « Devine qui c'est » quand ils veulent me parler !
GrannyLizzie : Oh, c'est charmant !

Je songe à Livvy et à Ed. J'entends leurs voix dans ma tête et sens ma gorge se nouer. Je m'accorde encore un peu de vin.

Votrepsyenligne : Vous devez être heureuse de recevoir vos fils.
GrannyLizzie : Si vous saviez, Anna, comme c'est AGRÉABLE ! Chacun a repris son ancienne chambre, j'ai l'impression d'être revenue « au bon vieux temps ».

Pour la première fois depuis plusieurs jours, j'ai l'impression d'être plus détendue. Maîtresse de moi-même. Et utile. Presque comme si j'aidais un patient dans mon cabinet de la 88e Rue. « Il suffit de mettre en communication... »

Au fond, j'ai peut-être moi-même plus besoin de ces échanges que Lizzie.

Alors, tandis que le jour décline au-dehors et que les ombres s'allongent au plafond, je bavarde avec cette grand-mère solitaire qui habite à des milliers de kilomètres de chez moi. Lizzie adore cuisiner, me dit-elle ; le plat préféré des garçons est « mon fameux rôti à la cocotte (pas si fameux, en fait) », et elle « confectionne tous les ans des brownies pour les pompiers ». Elle a eu un chat – à ce stade, je lui parle de Punch –, mais aujourd'hui elle a un lapin, « une jolie lapine brune nommée Petunia ». Si elle n'apprécie pas particulièrement les films, elle aime « les émissions de cuisine et *Game of Thrones* ». Je suis surprise ; la série est plutôt violente.

Et elle me parle de Richard, bien sûr. « Il nous manque tellement ! » Il était enseignant, diacre méthodiste, passionné de trains (« il a construit une immense maquette dans la cave »). C'était aussi un parent attentif. « Un homme bien. »

« Un homme bien et un bon père… » L'image d'Alistair s'impose soudain à mon esprit. Je frissonne, plonge le nez dans mon verre de vin.

GrannyLizzie : J'espère que je ne vous ennuie pas trop…
Votrepsyenligne : Pas du tout.

J'apprends que Richard avait le sens des responsabilités et se chargeait de tout l'entretien de la maison : réparations, électronique (« William m'a apporté une "télé apple" que je ne sais pas faire marcher », s'inquiète-t-elle), jardinage, factures… En son absence, m'explique-t-elle, « je me sens débordée. J'ai l'impression d'être une très vieille femme. »

Mes doigts tapotent ma souris. Il ne s'agit pas exactement du syndrome de Cotard, pourtant je peux tout de même lui donner quelques petits trucs. « Il y a des solutions », lui dis-je, et je me sens aussitôt animée d'une énergie nouvelle, comme quand j'aide un patient à surmonter un problème.

Je prends un crayon à papier dans le tiroir, puis griffonne quelques mots sur un Post-it. Dans mon cabinet, je me servais d'un carnet à couverture de moleskine et d'un stylo-plume. Ça ne change rien.

Entretien : Se renseigner pour savoir si un bricoleur du coin pourrait passer une fois par semaine chez elle. Peut-elle le faire ?

GrannyLizzie : Il y a bien Martin, qui fait des petits travaux à église…
Votrepsyenligne : Parfait !

Électronique : La plupart des jeunes maîtrisent parfaitement les ordinateurs et la télévision. Je ne sais pas combien d'adolescents connaît Lizzie, mais…

GrannyLizzie : Les Robert, un peu plus loin dans la rue, ont un fils qui a un iPad.
Votrepsyenligne : C'est lui qu'il vous faut !

Factures (un défi particulier pour elle, semble-t-il ; « Payer en ligne est difficile, il y a trop de noms d'utilisateur et de mots de passe ») : « Il faut choisir des identifiants faciles à mémoriser », lui dis-je. Je lui suggère d'utiliser son prénom, ou celui d'un de ses enfants, ou encore la date d'anniversaire d'un proche, et de remplacer certaines lettres par des chiffres ou des symboles. W1LL1@M, par exemple.

GrannyLizzie : Je pourrais écrire mon prénom L1221E.

Je souris de nouveau.

Votrepsyenligne : C'est accrocheur !
GrannyLizzie : *Laughing Out Loud.*

GrannyLizzie : Aux informations, ils ont parlé de « piratage ». Est-ce que je devrais m'inquiéter ?

Votrepsyenligne : Non, je ne pense pas qu'il y ait de risques !

Je l'espère, en tout cas.

Pour finir, *jardinage* : « Les hivers sont vraiment rigoureux chez nous », écrit Lizzie. Donc, il lui faudra quelqu'un pour déneiger le toit, répandre du sel dans son allée, faire tomber les stalactites des gouttières... « Même si parviens à sortir de chez moi, préparer la maison pour l'hiver est une lourde tâche. »

Votrepsyenligne : Je souhaite sincèrement que vous puissiez affronter le monde extérieur d'ici là. Quoi qu'il en soit, Martin de l'église devrait pouvoir vous aider. Ou des gosses du voisinage. Vos élèves, même, pourquoi pas ? Ne sous-estimez pas le pouvoir d'un billet de 10 dollars !

GrannyLizzie : Oui. Bonne idée.

GrannyLizzie : Merci de tout cœur, docteur Anna. Je me sens DÉJÀ mieux.

Problème résolu. J'ai réussi à aider ma patiente. J'ai l'impression de rayonner. Pour me récompenser, je bois un coup.

Puis, retour au rôti à la cocotte, aux lapins, à William et à Beau.

Le salon des Russell s'éclaire. Je jette un coup d'œil par-dessus mon écran et vois l'usurpatrice brune pénétrer dans la pièce. Au même instant, je me rends compte que je n'ai pas pensé à elle depuis plus d'une heure. Ma séance avec Lizzie me fait décidément le plus grand bien.

GrannyLizzie : William vient de rentrer de courses. J'espère qu'il aura pensé à rapporter les donuts que je lui ai demandés !
GrannyLizzie : Il faut que j'aille l'empêcher de tous les manger.
Votrepsyenligne : Oui, allez-y vite !
GrannyLizzie : dsl, je ne vous ai pas demandé : avez-vous pu sortir de chez vous ?

« dsl », pour « désolée ». Elle apprend le langage de l'Internet.

J'écarte les doigts au-dessus du clavier. Oui, je suis sortie. Deux fois, même.

Votrepsyenligne : Hélas, non.

Inutile de m'étendre sur le sujet.

GrannyLizzie : J'espère que vous en serez capable bientôt...
Votrepsyenligne : Moi aussi !

Elle se déconnecte et je termine mon verre.

Un pied appuyé sur le sol, je fais lentement pivoter mon fauteuil. Les murs tournent autour de moi.

Je m'emploierai à assurer la guérison et le bien-être des patients. C'est ce que j'ai fait aujourd'hui.

Je ferme les yeux. J'ai aidé Lizzie à organiser sa nouvelle vie, à s'impliquer un peu plus. Je lui ai apporté du réconfort.

Je ferai passer l'intérêt d'autrui avant le mien. Oui, d'accord, en attendant j'ai bénéficié moi aussi de cet échange : pendant près de quatre-vingt-dix minutes, il m'a permis de chasser les Russell de mon esprit. Alistair, cette femme, et même Ethan ont battu en retraite.

Et même Jane.

Le fauteuil s'immobilise. Quand je rouvre les yeux, je me trouve face à la porte, au couloir, à la bibliothèque d'Ed.

Et je pense à tout ce que je n'ai pas dit à Lizzie, à tout ce que je n'ai pas pu me résoudre à lui raconter.

53

Comme Olivia ne voulait pas retourner dans la chambre, Ed était resté avec elle pendant que, le cœur serré, je refaisais les bagages. Quand j'avais regagné le hall, les flammes ronflaient dans la cheminée. Marie avait inséré ma carte bleue dans le lecteur, puis nous avait souhaité une bonne soirée en nous gratifiant d'un grand sourire factice.

Olivia s'était approchée de moi. J'avais regardé Ed. Il avait pris les deux sacs et les avait passés en bandoulière. Moi, j'avais saisi la petite main chaude que me tendait notre fille.

Nous étions garés tout au bout du parking. Le temps d'atteindre notre voiture, nous étions couverts de flocons. Ed avait ouvert le coffre et rangé nos bagages à l'intérieur pendant que je dégageais le pare-brise. Olivia était montée à l'arrière sans un mot et avait claqué la portière.

Ed et moi, immobiles à chaque extrémité de la voiture, nous étions regardés tandis que la neige tombait sur et entre nous.

J'avais vu ses lèvres remuer.

« Quoi ?

— C'est toi qui conduis », avait-il répété plus fort.

J'avais pris le volant.

Les pneus avaient crissé sur le sol gelé lorsque j'étais sortie du parking. Les flocons se jetaient sur les vitres. Je m'étais engagée sur l'autoroute, dans un monde en noir et blanc.

Seul le vrombissement du moteur troublait le silence environnant. À côté de moi, Ed contemplait fixement un point devant lui. Un coup d'œil au rétroviseur m'avait révélé qu'Olivia, tassée sur la banquette arrière, dodelinait de la tête, les yeux mi-clos. Prête à s'endormir.

À l'approche d'un virage, j'avais agrippé plus fermement le volant.

Et, soudain, le vide s'était ouvert à côté de nous – un gouffre immense, au fond duquel les arbres luisaient tels des spectres sous la clarté de la lune. Des tourbillons de flocons argentés se précipitaient dans ses profondeurs, où ils se perdaient à jamais, comme des matelots disparaissent dans les abysses.

J'avais levé le pied.

Dans le rétroviseur, j'avais vu Olivia scruter la nuit par la vitre. Ses joues brillaient. Elle avait de nouveau pleuré, en silence.

Mon cœur s'était brisé.

Mon téléphone avait vibré.

Deux semaines plus tôt, nous avions été conviés à une réception, Ed et moi, dans la maison des Lord, de l'autre côté du parc, avec cocktails colorés de Noël et branches de gui de rigueur. Les Takeda étaient là, de même que les Gray (les Wassermen, nous avait dit notre hôte, ne s'étaient même pas donné la peine de répondre à l'invitation). L'un des grands fils Lord avait fait une apparition, traînant sa petite amie dans son sillage. Tous les collègues banquiers de Bert Lord s'étaient déplacés. La maison évoquait une zone de combat ou un champ de mines : des bises claquaient dans le vide, des rires explosaient comme des tirs de canon, les tapes sur le dos pleuvaient telles des bombes.

Au cours de la soirée, alors que j'en étais à mon quatrième verre, Josie Lord s'était approchée de moi.

« Anna !

— Josie ! »

Nous nous étions embrassées. Ses mains avaient brièvement voltigé dans mon dos.

« Quelle robe magnifique ! m'étais-je exclamée.

— Oui, n'est-ce pas ? Et vous, ce pantalon vous va à ravir !

— Oui, n'est-ce pas ?

— J'ai été obligée d'enlever mon châle, tout à l'heure. Figurez-vous que Bert a renversé son... Oh, merci, Anna, m'avait-elle dit quand j'avais ôté un cheveu tombé sur son gant. Bref, il a renversé son verre de vin sur mon épaule.

— Ouh, le vilain ! avais-je plaisanté.

— Je lui ai assuré qu'il allait en entendre parler ! C'est la seconde fois qu'il... Oh, merci, Anna », avait-elle dit alors que j'ôtais un autre cheveu égaré sur sa robe. Ed me faisait souvent remarquer que je tripotais toujours quelque chose ou quelqu'un lorsque j'avais trop bu. « C'est la seconde fois qu'il salit mon châle.

— Le même ?

— Non, non… »

Elle avait de grandes dents d'un blanc tirant sur le jaune. En la regardant, j'avais repensé au phoque de Weddell qui, avais-je récemment appris dans un documentaire animalier, se sert de ses incisives supérieures pour briser la glace de l'Antarctique. « Ses dents s'usent rapidement, avait expliqué le commentateur sur les images d'un phoque massacrant la neige. Les phoques de Weddel meurent jeunes », avait-il ajouté d'un ton sinistre.

« Alors, Anna, qui est cette personne qui a cherché à vous joindre toute la soirée ? » avait demandé le phoque de Weddell devant moi.

Je m'étais figée. De fait, mon téléphone vibrait dans ma poche depuis mon arrivée. Je le sortais régulièrement, jetais un coup d'œil à l'écran et tapais une réponse avec mes pouces. Mais j'avais cru agir discrètement.

« C'est pour le travail, avais-je répondu.

— Ah bon ? De quoi pourrait avoir besoin un enfant à une heure pareille ? » s'était-elle étonnée.

J'avais souri.

« C'est confidentiel. Vous comprenez, j'imagine.

— Oui, bien sûr. Vous avez une grande conscience professionnelle, ma chère. »

En attendant, alors que je continuais à énoncer des questions et des réponses, que le vin coulait à flots et que les chants de Noël résonnaient autour de nous, je ne pouvais penser qu'à lui.

Dans la voiture, mon mobile avait de nouveau vibré.

Durant une fraction de seconde, mes mains avaient quitté le volant. J'avais placé le téléphone entre les deux sièges avant, dans le porte-gobelet où il tressautait.

J'avais coulé un regard furtif en direction d'Ed, qui le contemplait.

Dans le rétroviseur, j'avais constaté qu'Olivia observait toujours la nuit.

Personne ne soufflait mot.

« Devine qui c'est », avait soudain dit Ed.

J'avais fait mine de ne pas avoir entendu.

« Je parie que c'est lui. »

Je n'avais pas protesté.

Ed avait saisi le téléphone pour examiner l'écran. Puis soupiré.

J'avais négocié un virage.

« Tu veux répondre, Anna ? »

Je ne pouvais pas le regarder. Les yeux rivés sur le pare-brise, j'avais secoué la tête.

« Alors c'est moi qui vais le faire.

— Non ! » J'avais voulu lui prendre le portable. Il l'avait éloigné de moi.

« Je veux lui parler, avait déclaré Ed.

— Non ! » J'avais tenté de récupérer le téléphone, qui était tombé à mes pieds.

« Arrêtez ! » s'était écriée Olivia.

J'avais baissé les yeux vers l'écran qui tressautait désormais sur le plancher. Son nom y était affiché.

« Anna… », avait dit Ed dans un souffle.

J'avais relevé les yeux. Devant nous, la route avait disparu.

Nous plongions dans le vide. Dans les ténèbres.

54

Un coup à la porte.

Je me suis assoupie. Je me redresse, encore groggy. La pièce s'est obscurcie, il fait nuit derrière les vitres.

On frappe de nouveau. En bas. À la porte du sous-sol.

Je descends l'escalier. La plupart du temps, David sonne à la porte d'entrée lorsqu'il me rend visite. Est-ce l'une de ses invitées qui se manifeste ?

Mais lorsque j'ouvre, après avoir éclairé la cuisine, c'est lui que je découvre, deux marches plus bas.

— Je me suis dit que ce serait peut-être plus pratique de passer par là, à partir de maintenant, déclare-t-il.

Sur le moment, je suis prise de court, puis je me rends compte qu'il essaie de plaisanter. Je m'écarte, et il pénètre dans la pièce.

— Si vous voulez.

Je ferme la porte et nous nous dévisageons. Je pense savoir ce qu'il va me dire. Il va me parler de Jane.

— Je voulais… je voulais m'excuser, commence-t-il. Pour tout à l'heure.

Je penche la tête sur le côté, sens mes cheveux détachés me chatouiller l'épaule.

— C'est plutôt moi qui devrais m'excuser, David.

— Vous l'avez déjà fait.

— Eh bien, je le refais.

— Non, c'est moi qui suis désolé, insiste-t-il. Je n'aurais pas dû crier. Ni laisser la porte ouverte. Je sais que ça vous perturbe.

C'est un euphémisme, mais peu importe.

— Ce n'est pas grave.

J'aimerais que nous discutions de Jane. J'hésite cependant à l'interroger de nouveau.

— J'ai tendance à…

Il caresse d'une main l'îlot dans la cuisine, puis s'y adosse.

— En fait, je suis très attaché à mon espace vital. J'aurais probablement dû le mentionner plus tôt, mais…

Sans achever sa phrase, il change de position et croise les chevilles.

— Mais ?

— Vous n'auriez pas de la bière, par hasard ? demande-t-il.

— Je peux vous proposer du vin.

Je pense aux deux bouteilles et aux deux verres restés sur mon bureau à l'étage. Devrais-je aller les chercher ? Non, inutile.

— Volontiers.

Je passe devant lui pour m'approcher du placard – je reconnais son parfum, Ivory –, d'où je sors une bouteille de rouge.

— Du merlot, ça vous convient ?

— Je n'y connais rien, réplique-t-il.

— C'est un rouge tout à fait correct.

— Eh bien, ça me paraît une excellente idée.

J'ouvre une autre porte de placard. Vide. Je me dirige vers le lave-vaisselle, en retire deux verres que je pose sur l'îlot, avant de déboucher la bouteille et de servir.

Il saisit un verre et l'incline vers moi.

— À la vôtre, dis-je.

Je commence à boire, quand il déclare soudain :

— Je vais être franc avec vous : j'ai fait de la taule.

Je sens mes yeux s'arrondir. La réplique me semble tirée d'un film.

— Qu'est-ce que… pourquoi vous a-t-on envoyé en prison ?

Il me regarde droit dans les yeux.

— J'ai agressé quelqu'un. Un homme.

Je continue de le dévisager en silence.

— Ça vous rend nerveuse, j'imagine.

— Non.

Mon mensonge ne paraît pas le convaincre.

— Je suis surprise, c'est tout.

— J'aurais dû vous le dire avant d'emménager.

Il se gratte la mâchoire.

— Si vous préférez que je parte, je comprendrai.

Je ne sais pas s'il le pense vraiment. Et moi ? Ai-je envie qu'il s'en aille ?

— Que s'est-il passé ?

Il pousse un léger soupir.

— Une bagarre dans un bar. Oh, rien de bien méchant… Le problème, c'est que j'avais des anté-cédents, pour le même motif. Deux délits, c'était un de trop.

— Je croyais qu'on vous envoyait en prison à partir de trois.

— Tout dépend pour qui.

— Mmm…, fais-je, comme s'il s'agissait d'une vérité indiscutable.

— Et mon avocat commis d'office était un poivrot. Alors j'ai pris quatorze mois.

— Où était-ce ?

— Le bar ou la prison ?

— Les deux.

— Dans le Massachusetts.

— Oh.

— Vous voulez connaître… les détails ?

Oui.

— Non.

— Bah, on s'est battus pour une connerie. Des histoires d'ivrognes.

— Je vois.

— Et c'est en taule que j'ai appris à… à défendre mon territoire.

— Je vois.

Nous sommes l'un en face de l'autre, les yeux baissés, comme deux adolescents timides à une fête.

Je transfère mon poids d'une jambe sur l'autre.

— Et quand êtes-vous sorti de… de taule ?

Si possible, utiliser le même vocabulaire que le patient.

— En avril, répond-il. J'ai passé l'été à Boston, et ensuite je suis venu ici.

— Je vois.

— Arrêtez de répéter ça ! s'exclame-t-il, mais d'un ton amical.

Je souris.

— Eh bien… Quoi qu'il en soit, je n'aurais pas dû envahir votre espace. Bien sûr que vous pouvez rester.

Est-ce vraiment ce que je veux ? Je crois, oui.

Il reprend un peu de vin.

— Je tenais à vous mettre au courant, déclare-t-il. Oh, et merci pour le merlot. Ça se boit tout seul, ce truc-là !

— Je n'ai pas oublié, pour le plafond.

Trois verres plus tard – du moins, trois pour lui et quatre pour moi, mais qui se soucie de compter ? –, nous sommes installés sur le canapé, et sur le coup sa remarque me laisse perplexe.

— Quel plafond ?

— Celui taché par l'eau qui s'infiltre du toit.

— Ah oui !

Je lève les yeux, comme si je pouvais apercevoir le toit d'où je suis.

— Qu'est-ce qui vous y a fait penser ?

— Vous venez de dire que, quand vous pourrez ressortir de chez vous, vous monterez là-haut jeter un coup d'œil.

Ah bon ? J'ai dit ça ?

— Bah, vous savez, David, ce n'est pas près d'arriver ! Pour le moment, je ne peux même pas traverser le jardin.

Un léger sourire joue sur ses lèvres. Il incline la tête.

— Ça viendra.

Il pose son verre sur la table basse et se lève.

— Où sont les toilettes ?

— Par là.

— Merci.

Je le regarde se diriger vers le cabinet rouge, puis me laisse aller contre le dossier du canapé. « J'ai vu ma voisine se faire poignarder, ai-je envie de lui dire. Cette femme que vous n'avez jamais rencontrée, que personne n'a jamais rencontré. Il faut me croire, je vous en prie. »

Je l'entends uriner. Ed non plus n'était pas discret quand il allait aux toilettes.

J'entends ensuite la chasse d'eau. Et le robinet qui coule.

« Il y a une inconnue chez elle, qui se fait passer pour elle. »

La porte des toilettes s'ouvre, se referme.

« Le fils et le mari mentent. Ils mentent tous. » Je m'enfonce plus profondément dans les coussins.

Je contemple le plafond, les spots encastrés. Ferme les yeux.

« Aidez-moi à la retrouver. »

Un craquement. Des gonds qui grincent quelque part. David est peut-être redescendu. Je me laisse tomber sur le côté.

« Aidez-moi à la retrouver. »

Lorsque je rouvre les yeux, un moment plus tard, David revient vers le canapé, sur lequel il se rassoit. Je me redresse en souriant. Il me rend mon sourire, tout en fixant un point derrière moi.

— Elle est mignonne, cette gamine.

Je tourne la tête vers la photo encadrée d'Olivia rayonnante.

— Vous n'avez pas enlevé sa photo, dis-je. Elle est toujours sur le mur, en bas.

— Exact.

— Pourquoi ?

— Je ne sais pas, répond-il en haussant les épaules. Je n'avais rien à mettre à la place.

Il vide son verre.

— Où est-elle, à propos ?

— Avec son père.

— Elle vous manque ?

— Oui.

— Et lui ? Il vous manque ?

— Aussi.

— Vous leur parlez souvent ?

— Tout le temps. Encore hier.

— Quand devez-vous les revoir ?

— Sans doute pas avant un moment. Mais bientôt, j'espère.

Je ne veux pas lui parler d'eux. Non, je veux parler de la femme de l'autre côté du parc.

— Bon, et si on allait jeter un coup d'œil à ce plafond ? lance-t-il.

Les marches de l'escalier s'élèvent vers l'obscurité. Je m'y engage, David sur mes talons.

Alors que nous passons devant le bureau, quelque chose me frôle la jambe. Punch, qui file vers le rez-de-chaussée.

— C'était quoi, ça ? demande David derrière moi. Le chat ?

— Oui.

Nous montons encore, laissons derrière nous les deux chambres plongées dans la pénombre. Parvenue au troisième étage, je plaque ma main sur le mur et actionne l'interrupteur. La lumière me révèle le regard de David posé sur moi.

— Ça ne s'est pas aggravé, apparemment, dis-je en montrant la tache au-dessus de nos têtes.

— Non, mais ça ne va pas s'arranger non plus. Je vais m'en occuper cette semaine.

Silence.

— Vous avez beaucoup de travail, en ce moment ?

Pas de réponse.

J'hésite à lui parler de Jane. Que pourrait-il me dire ?

Avant que je puisse me décider, il pose ses lèvres sur les miennes.

55

Nous nous enlaçons par terre dans le couloir, sur la moquette rêche, puis il me prend dans ses bras et me porte jusqu'au lit le plus proche.

Sa bouche ne lâche pas la mienne, je sens sa barbe naissante me piquer les joues et le menton. Il passe une main dans mes cheveux, tandis que de l'autre il défait la ceinture de mon peignoir. Je rentre le ventre quand les pans du vêtement s'écartent, mais il n'y prête pas attention tant il est occupé à embrasser ma gorge, mes épaules...

La toile s'envola et partit à la dérive ;
Le miroir se brisa de part en part ; [...]
« Les ombres me rendent presque malade ! » s'écria
la Dame de Shalott.

Pourquoi Tennyson ? Pourquoi maintenant ?

Il y a si longtemps que je n'avais pas ressenti ça ! Il y a si longtemps que je ne ressens plus rien...

Mais je veux éprouver ces sensations. Je n'en peux plus de vivre avec des ombres.

Plus tard, dans le noir, je laisse courir mes doigts sur son torse, son ventre, la ligne duveteuse qui part de son nombril.

Bercée par son souffle régulier, je finis par m'assoupir. Je rêve de couchers de soleil, et de Jane. À un certain moment, j'entends un bruit de pas dans le couloir et je me surprends à espérer qu'il reviendra se coucher près de moi.

Dimanche 7 novembre

56

Quand je me réveille, la tête cotonneuse, David n'est plus là. Son oreiller est frais. J'y enfouis mon visage ; il sent la sueur.

Je me tourne sur le côté pour ne plus voir la fenêtre ni la lumière.

Que s'est-il passé ?

Nous avons bu – évidemment que nous avons bu, et à cette pensée je ferme les yeux –, et ensuite nous sommes montés au troisième étage, sous la trappe. Avant de nous retrouver au lit. Ah non, d'abord, nous nous sommes enlacés sur le sol. Et après seulement, sur le lit.

Le lit d'Olivia.

Je rouvre les yeux.

Je suis dans le lit de ma fille, dont les draps sont enroulés autour de mon corps nu, dont l'oreiller est imprégné de la sueur d'un homme que je connais à peine. Mon Dieu, Livvy, je suis tellement désolée !

Je scrute la pénombre du couloir, par-delà le seuil. Puis je m'assois en plaquant le drap sur mes seins – le drap d'Olivia, imprimé de petits poneys. Elle adorait cette parure. Refusait de dormir dans une autre.

Je me retourne vers la fenêtre. C'est une journée typique de novembre : bruine et grisaille. La pluie goutte des feuilles des arbres et des pignons du toit.

Mon regard se porte vers le parc. D'où je suis, j'ai une vue dégagée sur la chambre d'Ethan. Il n'est pas là.

Je frissonne.

Mon peignoir étalé par terre ressemble à une méduse échouée. Je me lève, le ramasse – pourquoi mes mains tremblent-elles ? – et m'en enveloppe. Une pantoufle abandonnée dépasse de sous le lit. Je déniche l'autre sur le palier.

En haut des marches, je prends une profonde inspiration. L'air sent le renfermé. David a raison, je devrais aérer. Je ne le ferai pas, mais je devrais.

Je descends l'escalier. À l'étage du dessous, je jette un coup d'œil à droite et à gauche, comme si je m'apprêtais à traverser une rue. Les chambres sont silencieuses, les draps toujours défaits après ma nuit avec Bina. « Ma Nuit avec Bina… » On dirait le titre d'un truc cochon.

J'ai la gueule de bois.

Arrivée au premier, j'inspecte brièvement la bibliothèque et le bureau. La maison des Russell semble me dévisager. J'ai l'impression qu'elle me suit des yeux tandis que je me déplace.

Je l'entends avant de le voir.

Il est dans la cuisine, occupé à se servir un verre d'eau. La pièce n'est qu'ombres et vitres, aussi grise que le monde derrière les fenêtres.

Je regarde sa pomme d'Adam monter et descendre. Ses cheveux sont emmêlés sur sa nuque, une de ses hanches étroites se dessine sous sa chemise. Les yeux clos, je me rappelle la sensation de cette hanche sous ma paume, de cette gorge sous mes lèvres.

Quand je soulève les paupières, je le découvre en train de m'observer.

— Sacrées excuses, hein ? lance-t-il.

Je me sens rougir.

— J'espère que je ne vous ai pas réveillée.

Il me vouvoie toujours, et je ne le reprends pas. En dépit de ce qui s'est passé cette nuit, nous restons des inconnus l'un pour l'autre.

— J'avais juste besoin de boire un coup, explique-t-il en levant son verre. Je dois partir bientôt.

Après s'être désaltéré, il pose le verre dans l'évier, puis s'essuie la bouche.

Je ne sais pas quoi dire.

Il semble deviner mon embarras.

— Je vous laisse, déclare-t-il en s'avançant vers moi.

Je me raidis, mais déjà il se dirige vers la porte du sous-sol. Je lui cède le passage. Lorsque nos épaules s'effleurent, il se tourne vers moi pour murmurer :

— J'ignore si je dois vous dire merci ou désolé.

Je le regarde droit dans les yeux et me force à parler :

— Ce n'était rien, ne vous en faites pas.

Ma voix me paraît enrouée.

L'air songeur, il hoche la tête.

— Bon, je crois que ça règle la question : désolé, donc.

Je baisse les yeux. Il ouvre la porte.

— Je ne serai pas là ce soir. J'ai un boulot à faire dans le Connecticut. Je devrais rentrer demain.

Je garde le silence.

C'est seulement en entendant la porte du sous-sol se refermer que je relâche mon souffle. Je vais remplir d'eau le verre dans l'évier et l'appuie contre mes lèvres. J'ai l'impression de sentir de nouveau le goût de sa peau.

57

Voilà, c'est arrivé.

Je n'aime pas cette formulation, trop brusque, trop laconique. Mais le fait est que c'est arrivé.

Mon verre à la main, je me dirige vers le canapé, où je découvre Punch lové sur les coussins, fouettant l'air de sa queue. Je m'assois à côté de lui, coince le verre entre mes cuisses et cale ma nuque sur le dossier.

Les considérations morales mises à part – cela dit, je ne suis pas sûre que coucher avec son locataire relève de la morale –, je ne peux pas croire que nous ayons fait ça dans le lit de ma fille. Comment réagirait Ed s'il l'apprenait ? Je grimace. Oh, il ne l'apprendra jamais, bien sûr. N'empêche… J'ai envie de brûler les draps. Tant pis pour les poneys.

La maison respire autour de moi, le tic-tac régulier de l'horloge rythme le silence comme le battement d'un pouls. La pièce tout entière est envahie par les ombres. Je distingue mon reflet fantomatique sur l'écran du téléviseur.

Que ferais-je si j'étais un des personnages de mes films ? Je sortirais de chez moi pour aller enquêter, comme Teresa Wright dans *L'Ombre d'un doute*. Ou je solliciterais l'aide d'un ami, comme James Stewart dans *Fenêtre sur cour*. Mais en aucun cas je ne resterais assise là, dans un vieux peignoir informe, à m'interroger en vain sur la conduite à tenir.

Le locked-in syndrome, ou syndrome d'enfermement... Parmi les causes possibles : crise cardiaque, lésion du tronc cérébral, sclérose en plaques et même poison. En d'autres termes, il s'agit d'un état neurologique et non psychologique. Pourtant, je me retrouve littéralement enfermée derrière des portes verrouillées et des fenêtres closes, à fuir la lumière – témoin impuissant de l'agression d'une femme de l'autre côté du parc. Personne d'autre n'a remarqué quoi que ce soit, personne n'est au courant. Je suis la seule à savoir. Moi, une femme bouffie par l'alcool, séparée de sa famille, qui s'envoie son locataire. Un monstre de foire pour les voisins. Une cinglée pour les flics. Un cas à part pour son psychiatre. Une source de pitié pour sa kiné. Une recluse. Certainement pas une héroïne, ni un limier.

Je suis autant enfermée dans mon univers intérieur qu'exclue par le monde extérieur.

Au bout d'un moment, je me relève et place mécaniquement un pied devant l'autre jusqu'à l'escalier. Arrivée au premier, je suis sur le point d'entrer dans mon bureau quand je remarque la porte du placard de rangement entrebâillée.

Mon cœur manque un battement.

Pourquoi ? Ce n'est qu'une porte entrebâillée. Je l'ai ouverte moi-même l'autre jour. Pour David.

Sauf que je l'ai refermée après. Je l'aurais remarqué, si je l'avais laissée ouverte ; d'ailleurs, je viens de le faire.

Je tangue sur place. Puis-je encore me fier à moi-même ? À mes sens ?

En dépit de tout, oui, je crois.

Je m'approche du placard. Pose la main sur la poignée, avec précaution, comme si elle risquait de me filer entre les doigts. J'écarte le battant.

Il fait noir à l'intérieur. Je tâtonne au-dessus de ma tête, attrape la chaîne et tire. Un flot de clarté blanche inonde l'espace.

Je regarde autour de moi. Rien de nouveau n'est apparu, rien n'a disparu. Les pots de peinture sont toujours là, les transats aussi…

Et la boîte à outils d'Ed sur l'étagère.

Je sais déjà, sans pouvoir me l'expliquer, ce qu'il y a à l'intérieur.

Je m'en approche. Déverrouille les deux fermetures, l'une après l'autre. Soulève lentement le couvercle.

C'est la première chose que je vois : le cutter, rangé à sa place, dont la lame réfléchit la lumière.

58

Me voilà réfugiée dans le fauteuil à oreilles de la bibliothèque, tandis que les pensées se bousculent dans ma tête. Un peu plus tôt, je m'étais installée dans mon bureau, mais cette femme est soudain apparue dans la cuisine de Jane, et j'ai sursauté violemment, avant de fuir la pièce. Il y a maintenant des zones interdites dans ma propre maison.

Je regarde la pendule sur le manteau de la cheminée. Il est presque midi. Je n'ai rien bu aujourd'hui. C'est une bonne chose, je suppose.

Je ne suis peut-être pas mobile – je ne le suis pas, point final –, mais ça ne m'empêche en aucun cas d'analyser la situation. Je n'ai qu'à me dire que c'est un échiquier. Je suis plutôt bonne aux échecs. Concentre-toi. Réfléchis. Déplace tes pions.

Mon ombre s'étend sur le tapis comme si elle voulait se détacher de moi.

David a prétendu qu'il n'avait pas rencontré Jane. Quant à Jane, elle n'a pas fait allusion à lui. Rien ne dit cependant qu'elle ne l'a pas croisé plus tard, après notre soirée bien arrosée… Quand m'a-t-il emprunté le cutter ? Était-ce le jour où j'ai entendu Jane crier ? S'en est-il servi pour la menacer ? A-t-il été plus loin ?

Je me mordille l'ongle du pouce. Avant, mon esprit était aussi organisé qu'une armoire de classement. Aujourd'hui, me semble-t-il, il n'est plus que feuilles volantes, dispersées par les courants d'air.

Non, arrête. Tu divagues. Reprends le contrôle.

N'empêche…

J'ai appris que David avait fait de la prison pour agression. C'est un récidiviste. Il s'est procuré un cutter.

Et moi, je sais ce que j'ai vu, quoi qu'en pensent la police, Bina et même Ed.

J'entends une porte se refermer en bas. Je m'extrais de mon fauteuil, puis me rends dans le bureau. Plus personne n'est visible chez les Russell.

Je viens à peine de me poster près de la fenêtre que mon regard est attiré par un mouvement dans la rue. David est là, sur le trottoir – démarche indolente, jean descendu bas sur les hanches, un sac à dos passé à l'épaule. Il se dirige vers l'est. Je le suis des yeux jusqu'à ce qu'il disparaisse.

Après avoir reculé de quelques pas, je m'immobilise dans la lumière grise de la mi-journée. Une nouvelle fois, je considère la maison de l'autre côté du parc. Rien. Seulement des pièces vides. Je me sens néanmoins tendue à l'idée qu'elle, cette femme, puisse soudain apparaître et me dévisager.

La ceinture de mon peignoir s'est dénouée. Défaite. « Undone ». C'était le titre d'un livre, je crois : *She's come undone*. Je ne l'ai pas lu.

Oh, bon sang ! Ne te laisse pas distraire. Je me prends la tête entre les mains, la serre. Réfléchis.

L'image s'impose soudain, comme un diable sort de sa boîte, et je tressaille. Oui ! La boucle d'oreille.

C'est ce détail qui me chiffonnait hier : la boucle d'oreille sur la table de chevet de David, brillante sur le bois sombre.

Trois minuscules perles. J'en suis sûre.

Presque sûre.

Appartenait-elle à Jane ?

Retour à cette soirée avec elle. Je replonge dans mes souvenirs avec l'impression de m'enfoncer dans les sables mouvants. « Cadeau d'un ancien petit ami », m'avait-elle dit. Du bout des doigts, elle avait effleuré son lobe. « Je ne crois pas qu'Alistair le sache. » Je revois ces trois minuscules perles.

Alors, était-ce la boucle de Jane ?

Ou un délire de mon esprit en surchauffe ? Il pourrait tout aussi bien s'agir d'une autre boucle d'oreille, appartenant à une autre femme… Non, je n'y crois pas, c'est forcément celle de Jane.

Auquel cas…

Je plonge la main dans la poche de mon peignoir, sens le papier rigide sous mes doigts. Je tire la carte : « Inspecteur Conrad Little, Police de New York. »

Non, range-la.

Je me détourne, quitte la pièce et descends l'escalier dans la pénombre. J'ai beau être sobre, mon pas est mal assuré. Arrivée dans la cuisine, je me précipite vers la porte du sous-sol. Le verrou grince quand je l'enclenche.

Une fois certaine qu'il est en place, je retourne vers l'escalier. Au premier, j'ouvre le placard, tire la chaîne pour éclairer. L'escabeau est là, appuyé contre le mur du fond.

Je l'emporte à la cuisine et le pose contre le battant, le haut calé sous la poignée. Je donne ensuite de grands coups de pied dedans pour m'assurer qu'il ne bougera pas.

Puis je recule. Voilà, la porte du sous-sol est barricadée. David ne pourra plus entrer par là.

Évidemment, je condamne aussi une éventuelle issue pour moi.

59

Je me sens complètement desséchée. J'ai besoin d'un verre.

En me détournant, je trébuche sur la gamelle de Punch. Elle glisse sur le sol, envoyant de l'eau partout. Je peste, puis m'efforce de me ressaisir. Il faut que je reste concentrée. Que je réfléchisse. Le merlot m'aidera.

Le vin coule comme du velours dans ma gorge, et je commence à sentir son effet apaisant dès que je pose mon gobelet. Ma vision s'éclaircit, les rouages de mon cerveau sont comme huilés. Je suis une machine. Une machine à penser. N'était-ce pas le surnom d'un personnage dans un roman policier du siècle dernier écrit par un certain Jacques Quelquechose ? Un enquêteur impitoyable, titulaire d'un doctorat, capable de résoudre n'importe quel mystère en se fondant sur la logique. L'auteur, si je me souviens bien, est mort sur le *Titanic* après avoir mis sa femme en sécurité dans un canot de sauvetage. Des témoins l'ont vu partager une cigarette avec Jack Astor alors que le bateau sombrait, soufflant la fumée vers la lune à son déclin

– tout à fait le genre de scénario qui ne peut pas avoir de dénouement heureux.

Moi aussi, j'ai un doctorat. Moi aussi, je peux me montrer d'une logique impitoyable.

Les pions sont en place sur l'échiquier. Coup suivant.

Il y a forcément quelqu'un capable de me renseigner, sinon sur ce qui est arrivé, du moins sur les protagonistes. Puisque je ne peux pas commencer par Jane, je vais me pencher sur le cas d'Alistair. C'est lui qui est au centre de tout. Et dont le passé comporte au moins une énigme.

Le temps que je monte dans mon bureau, mon plan a pris forme dans ma tête. Quand je risque un coup d'œil de l'autre côté du parc, l'usurpatrice est là, dans le salon, son téléphone portable argenté collé contre l'oreille. Je m'oblige à surmonter mon appréhension pour aller m'installer à ma table. J'ai un scénario, une stratégie. Et ma détermination pour moi.

Souris, clavier, Google, téléphone… Tous mes outils sont à portée de main. Je regarde de nouveau la façade des Russell. La brune me tourne le dos à présent, je ne distingue plus d'elle qu'un rempart de cachemire. Bien. Reste comme ça. C'est ma maison, ma vue.

J'entre le mot de passe sur mon ordinateur. Il ne me faut pas longtemps pour trouver ce que je cherchais sur Internet. Pourtant, j'hésite à taper le code secret sur mon iPhone. Est-il possible d'utiliser mon numéro pour remonter jusqu'à moi ? Oui, sûrement.

Je fronce les sourcils. Repose le téléphone. Saisis la souris. Déplace le curseur jusqu'à l'icône de Skype.

Un instant plus tard, une voix d'alto cassante m'accueille :

— Cabinet Atkinson, j'écoute ?

— Bonjour, je...

Je m'éclaircis la gorge.

— Voilà, je cherche à joindre le bureau d'Alistair Russell. Mais c'est à son assistante que j'aimerais parler, pas à Alistair lui-même. C'est... pour une surprise.

Un silence à l'autre bout de la ligne. J'entends le cliquetis des touches d'un clavier. Puis :

— Alistair Russell a quitté ses fonctions le mois dernier.

— Ah bon ? Pourquoi ?

Question idiote.

— Je l'ignore, madame.

— Pourriez-vous me transférer sur son poste ?

— Comme je vous l'ai dit, il...

— Son ancien poste, je veux dire.

— À Boston, alors.

Cette fille a une voix jeune, qui monte dans les aigus à la fin de ses phrases. Résultat, je serais bien en peine de déterminer s'il s'agit d'une affirmation ou d'une question.

— Oui, à Boston...

— Je vous transfère tout de suite.

De la musique s'élève dans le combiné – un nocturne de Chopin. Il y a encore un an, j'aurais sans doute été capable de l'identifier sur-le-champ. Non... Ne te laisse pas distraire, concentre-toi. Ce serait plus facile avec un verre.

De l'autre côté du parc, la brune s'éclipse. S'entretient-elle avec Alistair, en ce moment même ? Je donnerais cher pour pouvoir lire sur les lèvres.

— Atkinson, j'écoute ?

C'est un homme, cette fois.

— Bonjour, je voudrais joindre le bureau d'Alistair Russell.

— Je crains que M. Russell ne soit plus...

— Je suis au courant qu'il ne travaille plus là, mais j'aimerais parler à son assistante. Son ancienne assistante, je veux dire. C'est personnel.

— Eh bien, je peux vous mettre en relation.

— Ce serait...

Des notes de piano m'interrompent. Le numéro 17, en *si* majeur, me semble-t-il. À moins que ce ne soit le 3 ? Ou le 9 ? Je le savais, nom d'un chien !

Concentre-toi. Je secoue la tête, fais rouler mes épaules.

— Allô ? Alex à l'appareil.

Encore un homme. Ou peut-être pas. La voix est si légère et claire que je ne suis sûre de rien. Et le prénom ne m'aide pas.

— Bonjour, je m'appelle...

Zut, j'aurais dû y penser. Il me faut un nom. Vite.

— Alex, moi aussi.

Dans l'urgence, je n'ai pas trouvé mieux.

L'autre Alex ne relève pas.

— Que puis-je faire pour vous ?

— Voilà, je suis une vieille amie d'Alistair – de M. Russell –, et je viens d'appeler son bureau à New York mais apparemment il a quitté la société.

— Exact.

Alex renifle.

— Vous êtes son…, commencé-je.

Assistant(e) ? Secrétaire ?

— J'étais son bras droit, oui.

— Voilà, je me demandais… En fait, j'aurais plusieurs questions à vous poser. Quand est-il parti ?

— Il y a quatre semaines. Ah non, cinq.

— C'est bizarre. Nous étions tous tellement excités à l'idée qu'il vienne s'établir à New York !

— Entre nous, réplique Alex, dont la voix s'anime, me laissant supposer des confidences imminentes, il est bien parti à New York. En principe, il devait être muté. Il a même acheté une maison et tout.

— Ah oui ?

— Oui. Une grosse propriété, à Harlem. J'y ai jeté un coup d'œil sur Internet…

Un homme serait-il aussi enclin à bavarder ? Je penche pour une femme. Quelle affreuse sexiste je fais.

— … mais je ne sais pas ce qui s'est passé. Je ne crois pas qu'il ait été engagé ailleurs. Il pourra sans doute vous en dire plus.

Reniflement.

— Excusez-moi, j'ai un rhume de cerveau. Vous le connaissez bien ?

— Alistair ?

— Oui.

— Oh, nous étions à la fac ensemble.

— À Dartmouth ?

— C'est ça.

Je ne me souvenais pas de ce détail de sa biographie.

— Dites, pardonnez-moi de formuler les choses ainsi, mais… On l'a poussé ou il a pris les devants ?

— Aucune idée, répond-il (elle). Ce sera à vous de le découvrir. Pour nous, toute cette histoire est ultra-mystérieuse.

— Je comprends. Je lui demanderai.

— Il était très apprécié, reprend Alex. C'était vraiment un type bien. Je ne peux pas croire qu'on l'ait viré.

Je me fends d'un petit bruit compatissant, avant de poursuivre :

— J'aurais une autre question à vous poser. À propos de sa femme.

— Jane ?

— Je ne l'ai jamais rencontrée. Alistair a tendance à cloisonner et…

Le terme me paraît trop technique, emprunté au jargon psy. J'espère qu'Alex ne le remarquera pas.

— J'aimerais lui offrir un cadeau de bienvenue, mais je ne connais pas ses goûts.

Reniflement.

— Je pensais à un foulard, dis-je. Le problème, c'est que j'ignore si elle est blonde ou brune.

L'explication ne me paraît guère convaincante. Tant pis.

— En fait, je ne l'ai jamais rencontrée, moi non plus, déclare Alex.

Ah. Il est donc possible qu'Alistair cloisonne réellement. Quelle remarquable intuition de psy !

— Il « cloisonne », poursuit Alex. C'est exactement ça.

— Oh, j'en sais quelque chose !

— J'ai travaillé pour lui pendant presque six mois mais il ne m'a jamais présenté Jane. Et je n'ai croisé leur fils qu'une fois.

— Ethan, oui.

— Un garçon charmant. Un peu timide. Vous l'avez rencontré ?

— Oui, il y a une éternité.

— Alistair l'a amené au bureau un jour parce qu'ils devaient aller voir un match des Bruins ensemble.

— Donc, vous ne pouvez rien me dire sur Jane.

— Non. Mais vous voulez savoir à quoi elle ressemble, c'est ça ?

— Oui.

— Je crois qu'il y avait une photo d'elle dans son bureau. Il a laissé des effets personnels que nous avons mis dans un carton en attendant de les envoyer à New York. Il est toujours là. On ne sait pas trop quoi en faire.

Un reniflement, suivi cette fois par une petite toux.

— Attendez, je vais vérifier…

J'entends le téléphone racler le bureau quand Alex le pose. Je n'ai pas droit à Chopin, cette fois. Tout en me mordillant la lèvre, je coule un regard vers la fenêtre. La brune est dans la cuisine, en train de scruter les profondeurs du congélateur. L'espace d'un instant de folie, j'imagine le corps de Jane à l'intérieur, gelé, les yeux brillants.

— Voilà, je l'ai ! annonce Alex. La photo, je veux dire.

Je retiens mon souffle.

— Elle a les cheveux bruns et la peau claire.

J'expire. Jane et l'usurpatrice sont toutes les deux des brunes à la peau claire. Ça ne m'aide pas. Mais je ne peux décemment pas m'enquérir de sa taille ou de son poids.

— D'accord, merci. Rien d'autre ? Oh, vous savez ce que vous pourriez… Vous serait-il possible de scanner la photo et de me l'envoyer ?

Un court silence. Chez les Russell, la femme referme le congélateur et sort de la pièce.

— Je vais vous donner mon adresse mail.

Rien. Puis :

— Vous m'avez bien dit que vous étiez une amie d'…

— … d'Alistair, oui.

— Je ne crois pas que ce soit une bonne idée de vous transmettre des informations personnelles à son sujet. Vous feriez mieux de vous adresser directement à lui.

Je remarque qu'il (elle) en oublie de renifler.

— Vous vous appelez Alex, c'est bien ça ?

— Oui.

— Alex comment ?

J'ouvre la bouche pour répondre, avant de couper la communication.

Tout est silencieux autour de moi. J'entends le tic-tac de la pendule dans la bibliothèque d'Ed, de l'autre côté du couloir.

Alex est-il (elle) en train de téléphoner à Alistair en ce moment même ? De lui décrire ma voix ? De chercher mon numéro ? Je contemple mon téléphone sur la table comme si c'était un animal endormi susceptible de se réveiller d'un instant à l'autre.

Le téléphone demeure inerte. Immobile. Un mobile immobile. Ha ha !

Concentre-toi.

60

Dans la cuisine, alors que des gouttes de pluie crépitent sur les vitres, je me ressers du merlot, puis en avale une longue gorgée. Bien. J'en avais besoin.

Concentre-toi.

Que sais-je maintenant que j'ignorais jusque-là ? Alistair Russell ne mélangeait pas vie privée et vie professionnelle ; c'est typique du comportement de nombreux criminels violents. Pour autant, ça ne m'apprend rien. Il était prêt à accepter une mutation à New York, il a même acheté une maison où il a installé sa famille, mais quelque chose a mal tourné, et il a perdu son travail.

Qu'est-il arrivé ?

J'ai la chair de poule. Il ne fait pas chaud dans la pièce. Je me dirige vers la cheminée et tourne le bouton d'allumage près de l'âtre. Un petit bouquet de flammes s'épanouit aussitôt.

Puis, installée sur le canapé, mon verre à la main, j'examine mon peignoir. Il faudrait que je le lave. Que je me lave aussi, à vrai dire.

Une nouvelle fois, je saisis la carte de visite de Little dans ma poche. La relâche.

Mes yeux se portent vers mon reflet sur l'écran de télé. J'ai l'air d'un fantôme. J'ai l'impression d'en être un.

Non. Ne te laisse pas distraire. Pense au coup suivant. Je pose le verre sur la table basse, place mes coudes sur mes genoux.

Le problème, c'est que j'ignore comment poursuivre mes investigations. Je ne peux même pas démontrer l'existence, présente ou passée, de Jane – ma Jane, la vraie ; alors, comment me serait-il possible d'apporter la preuve de sa disparition ? Ou de sa mort ?

Ou de sa mort...

Je songe à Ethan, piégé dans cette maison. « Un garçon charmant », pour reprendre les propos d'Alex.

Machinalement, je me peigne avec mes doigts. J'ai l'impression d'être une souris se cognant partout dans un labyrinthe. Je suis revenue en cours de psychologie expérimentale : je revois ces petites créatures, avec leurs minuscules yeux ronds et leur longue queue, qui filaient vers une première impasse, puis vers la suivante. « Allez, encore un effort ! » les encouragions-nous en riant et en prenant les paris.

Aujourd'hui, je ne ris plus. La même question me taraude toujours : devrais-je prévenir Little ?

Pour finir, c'est à Ed que je parle.

— Tu vas devenir folle à force de tourner en rond, ma petite picoleuse !

Avec un soupir, je frotte mes pieds sur le tapis du bureau. J'ai baissé les stores afin que la femme d'en face ne puisse pas me voir. La pièce est striée d'ombre et de lumière ; on se croirait dans une cage.

— Je me sens totalement impuissante, Ed. Comme si j'étais au cinéma, encore en train d'essayer de démêler le nœud de l'intrigue alors que le film est terminé, la salle éclairée et tous les spectateurs partis.

Il laisse échapper un petit rire.

— Quoi ? Qu'est-ce qu'il y a de si drôle ?

— Rien. Juste que c'est typique de ta part d'établir une comparaison avec le cinéma.

— Ah bon ?

— Oh oui !

— Il faut dire que le champ de mes références est restreint, depuis quelque temps.

— D'accord, d'accord, admet-il.

Je n'ai fait aucune allusion à la soirée d'hier, dont le seul souvenir m'arrache une grimace. Mais je lui ai relaté le reste, toutes ces séquences qui défilent dans ma tête comme sur un écran : le message de l'usurpatrice, la boucle d'oreille dans l'appartement de David, le cutter, ma conversation téléphonique avec Alex...

— Je t'assure, Ed, j'ai vraiment l'impression de voir un film. Et je pensais que tu serais plus inquiet. Entre autres, parce que mon locataire a dans sa chambre un bijou appartenant à une morte.

— Tu ne sais pas si cette boucle est à elle.

— Faux. J'en suis sûre.

— Ce n'est pas possible, Anna ! Tu n'es même pas certaine qu'elle soit...

— Qu'elle soit quoi, hein ?

Il soupire.

— Vivante.

— Je ne crois pas qu'elle soit vivante, Ed.

— Non, je voulais dire, tu n'es même pas certaine qu'elle existe ni…

— J'en suis absolument certaine, au contraire ! Tu m'entends ? Je n'ai pas d'hallucinations !

Silence. Je l'écoute respirer.

— Tu ne penses pas que tu nous fais une petite crise de paranoïa ? finit-il par suggérer.

Piquée au vif, je m'emporte :

— Il n'est pas question de paranoïa quand il s'agit d'événements réels !

Nouveau silence, que je suis la première à rompre :

— C'est tellement frustrant d'être interrogée comme ça ! Et de rester coincée ici, dans cette maison, dans ce…

Au moment où je vais ajouter « cercle infernal », il affirme :

— Je comprends.

— Non, tu ne peux pas comprendre.

— J'imagine, alors. Écoute, Anna, tu as été bousculée ces deux derniers jours. Tout le week-end. Maintenant, tu en viens à soupçonner David d'être mêlé à… Enfin, peu importe.

Il toussote.

— Tu te montes la tête. Tu devrais regarder un film, ce soir, ou lire un peu. Te changer les idées. Et te coucher tôt.

Une autre quinte de toux.

— Tu prends tes médicaments ?

Non.

— Oui.

— Tu évites l'alcool ?

Bien sûr que non.

— Évidemment.

Une pause. Je ne sais pas s'il me croit.

— Tu veux parler à Livvy ?

Je pousse un soupir de soulagement.

— Oui.

Pendant quelques secondes, je n'entends que la pluie tambouriner contre la vitre. Puis la voix douce de ma fille s'élève :

— Maman ?

Je sens un grand sourire s'épanouir sur mon visage.

— Hello, ma puce. Tu vas bien ?

— Oui.

— Tu me manques.

— Mmm…

— Hein ?

— J'ai dit : « Mmm… »

— C'est un raccourci pour : « Tu me manques aussi, maman » ?

— Oui. Qu'est-ce qui se passe, à New York ?

— Chez nous, tu veux dire ? Oh, un petit problème avec les nouveaux voisins. Ce n'est pas grave, ma puce. Un simple malentendu.

Ed intervient de nouveau :

— Anna ? Désolé de vous interrompre, mais à la réflexion il me semble que tu devrais appeler la police, au sujet de David. Oh, pas parce qu'il est forcément impliqué dans… dans cette histoire, mais parce qu'il a quand même un casier, et que tu ne devrais pas avoir peur de ton locataire.

— D'accord.

— Tu as toujours le numéro de ce flic ?

366

— L'inspecteur Little ? Oui, j'ai sa carte.

Je vais jeter un coup d'œil dehors, entre les lamelles des stores. Il y a du mouvement de l'autre côté du parc. La porte des Russell s'est ouverte, dévoilant le vestibule éclairé – une source de lumière dans la grisaille ambiante.

— Promis ? Tu lui téléphones ? insiste Ed, mais je ne l'écoute plus.

La brune apparaît sur le perron. Elle est vêtue d'un manteau rouge qui lui arrive aux genoux et tient au-dessus de sa tête un parapluie transparent. Le temps d'aller chercher mon appareil photo sur la table, et je braque mon objectif sur elle.

— Quoi ? Qu'est-ce que tu as dit ?

— J'aimerais que tu fasses attention à toi, répète Ed.

À travers le viseur, je vois des filets d'eau couler du parapluie. Je zoome sur le visage de l'usurpatrice : nez retroussé, peau laiteuse, yeux cernés… De toute évidence, elle a mal dormi.

Alors que je prends congé d'Ed, elle descend lentement les marches dans ses bottes hautes. Elle s'arrête sur le trottoir, tire son téléphone de sa poche et examine l'écran. Puis elle le range et tourne vers l'est, en direction de ma maison. Sa figure est dissimulée par le parapluie.

Je dois absolument lui parler.

61

Maintenant, pendant qu'elle est seule. Maintenant, en un moment où Alistair ne peut pas intervenir. Maintenant, alors que le sang me martèle les tempes.

Maintenant.

Je dévale les marches en direction du vestibule. Je peux y arriver, si je ne prends pas le temps de penser. Ne pense pas, cette fois. « La définition de la folie, Fox, me répétait souvent Wesley, paraphrasant Einstein, c'est de s'obstiner à refaire encore et encore la même chose en espérant un résultat différent. » Par conséquent, arrête de cogiter et commence à agir.

Évidemment, c'est aussi ce que je me suis dit il y a trois jours seulement, ce qui m'a conduit à prendre la même initiative et à me réveiller dans un lit d'hôpital. N'est-ce pas de la folie que de vouloir renouveler la tentative ?

Eh bien, d'accord, je suis folle. En attendant, j'ai besoin d'avoir des réponses à mes questions. Et, de toute façon, je ne suis plus certaine d'être en sécurité dans ma propre maison.

Mes pantoufles dérapent sur le sol du salon quand je le traverse en hâte. Je contourne le canapé. Le tube d'Ativan est là, sur la table basse. Je le débouche, fais tomber trois comprimés dans ma paume et les glisse entre mes lèvres. J'ai l'impression d'être Alice avalant la potion « Buvez-moi ».

Courir jusqu'à la porte, récupérer le parapluie au passage, écarter le battant... Je suis à présent dans le vestibule baigné par la clarté grise filtrant à travers les panneaux vitrés. Je respire – un, deux – et appuie sur le bouton-poussoir du parapluie, qui se déploie dans un claquement sec. Je le lève à hauteur de mes yeux tout en tâtonnant de mon autre main à la recherche de la poignée. Surtout, ne pas arrêter de respirer.

Je reste concentrée sur mon souffle.

Je tourne la clé, puis la poignée. Ferme les yeux et tire. Une bouffée d'air frais. Le parapluie heurte l'encadrement lorsque je franchis le seuil.

Le froid me saisit et m'enveloppe. Les yeux clos, je descends rapidement les marches. Un, deux, trois, quatre. Le parapluie repousse l'air devant moi, y plonge comme l'étrave d'un navire dans les flots.

Avant d'être arrêté par la grille. Je tâtonne jusqu'à trouver le loquet et l'ouvre. Les semelles de mes pantoufles frappent maintenant le ciment. Je suis sur le trottoir. Je sens la pluie me piqueter les cheveux, la peau.

C'est étrange : depuis plusieurs mois que nous expérimentons cette technique ridicule du parapluie, il ne m'est jamais venu à l'esprit (ni au Dr Fielding non plus, je présume) que je pouvais me contenter de fermer les yeux. En même temps, quel intérêt de déambuler dehors sans rien voir ? Je perçois désormais un changement dans la pression atmosphérique. Tous mes sens sont avivés, me semble-t-il ; je sais que le ciel s'étend au-dessus de moi, immense, tel un océan à l'envers... mais je garde néanmoins les yeux obstinément clos, en songeant à ma maison : mon bureau, ma cuisine, mon canapé. Mon chat. Mon ordinateur. Mes photos.

Je pivote vers la gauche.

Je ne peux pas continuer de marcher à l'aveuglette. Il faut que je m'oriente. Je soulève une paupière, aperçois la lumière à travers mes cils.

Mes pas ralentissent. Je contemple l'armature métallique du parapluie. Quatre carrés noirs, quatre lignes blanches. J'imagine ces lignes se mettre en mouvement, monter et descendre comme sur un moniteur au rythme de mes battements de cœur. Concentre-toi. Un, deux, trois, quatre.

J'incline le parapluie vers le haut, encore un peu... Oui, elle est là-bas : manteau rouge pareil à une flamme mouvante, bottes noires, parapluie transparent. Entre nous, il n'y a que la pluie et quelques mètres de ciment.

Comment réagirai-je si elle se retourne ?

Elle poursuit son chemin. Je baisse mon parapluie et referme mon œil. Fais un pas.

Puis un autre. Un troisième et un quatrième. La sueur me dégouline dans le dos. Après avoir trébuché dans mes pantoufles détrempées, j'ose un nouveau coup d'œil sous le parapluie. Une tache de couleur vive me révèle que la brune est toujours devant moi. Sur ma gauche, je distingue St Dymphna, puis la maison rouge vif dont les jardinières foisonnent de chrysanthèmes. Sur ma droite, je vois les phares allumés d'un pick-up engagé dans la rue. Je m'immobilise. Le véhicule me dépasse. Je referme les yeux.

Quand je les rouvre, il a disparu. Et quand je reporte mon attention sur le trottoir, je m'aperçois que la femme aussi.

Elle n'est plus là. Il n'y a plus personne. Au loin, à travers une sorte de voile brumeux, je distingue une file de voitures au niveau du carrefour.

La brume s'épaissit, et je me rends compte que ma vision se brouille rapidement.

Mes genoux se bloquent, puis se dérobent. Je me sens chuter, mes yeux se révulsent et je m'imagine vue d'en haut, grelottante dans mon peignoir mouillé, les cheveux collés dans le dos, agitant inutilement un parapluie. Une silhouette solitaire sur un trottoir désert.

Sur le point de sombrer, d'être engloutie par le béton. Mais…

Elle ne peut pas avoir disparu, elle n'avait même pas encore atteint le bout de la rue ! Je ferme une nouvelle fois les yeux, me la représente de dos, ses cheveux effleurant sa nuque. Je me remémore ensuite Jane devant mon évier, sa longue natte formant une ligne entre ses omoplates. Elle se retourne pour me regarder…

Cette image me donne un coup de fouet. Mes genoux se pressent l'un contre l'autre. Le bas de mon peignoir frotte le trottoir, mais je ne suis pas encore tombée.

Je reste immobile, les muscles des jambes tétanisés.

Elle a dû entrer dans… Je rassemble mes souvenirs du quartier. Qu'y a-t-il après la maison rouge ?

Le magasin d'antiquités, aujourd'hui vide, se trouve de l'autre côté. La maison rouge voisine avec…

Le café, bien sûr ! C'est là qu'elle doit être.

Je redresse la tête, replie les coudes, m'appuie de tout mon poids sur mes pieds écartés. La poignée du parapluie tremblote dans ma main. Je lève un bras pour assurer mon équilibre. Consciente de la pluie fine autour de moi et de la rumeur de la circulation au loin, je me redresse lentement, jusqu'à me tenir le dos bien droit.

J'ai les nerfs à vif et mon cœur s'est emballé. Je sens l'Ativan se répandre dans mes veines, telle de l'eau dans un vieux tuyau rouillé.

Un, deux, trois, quatre.

Je force mon pied droit à avancer. Une seconde plus tard, le gauche suit. Je me remets en marche. J'ai du mal à croire que j'en sois capable, pourtant c'est le cas.

Le bruit de la circulation se rapproche, s'intensifie. Continue ! Je me focalise sur mon parapluie, il emplit tout mon champ de vision. Il n'y a rien au-delà.

Jusqu'au moment où je le sens partir brusquement vers la droite.

— Oh, pardon !

Je tressaille. Quelque chose, ou quelqu'un, a heurté la toile. J'aperçois vaguement un jean et le bas d'un manteau, et en me retournant je découvre mon reflet dans une vitre : cheveux semblables à un paquet d'algues, peau mouillée, parapluie à carreaux dans ma main, pareil à une énorme fleur.

Et derrière mon reflet, de l'autre côté de la cloison de verre, je découvre la brune.

J'ai atteint le café.

L'auvent semble ployer au-dessus de ma tête. Je cligne des yeux.

L'entrée est toute proche. Je tends le bras, les doigts tremblants. Avant que j'aie pu saisir la poignée, la porte s'écarte pour livrer passage à un jeune homme : le fils Takeda.

Cela fait plus d'un an que je ne l'ai pas vu de près. En personne, je veux dire, et non à travers le viseur de mon appareil. Il est plus grand aujourd'hui, son menton et ses joues sont couverts d'un chaume sombre, mais il dégage toujours cette impression de gentillesse que j'ai appris à repérer chez les jeunes, une sorte d'aura d'enfant sage. Comme Livvy. Et comme Ethan aussi.

Le jeune garçon – jeune homme, plutôt (pourquoi son prénom s'obstine-t-il à m'échapper ?) – me tient la porte et me fait signe d'entrer. Je remarque ses mains fines de violoncelliste. Je dois avoir l'air pitoyable, pourtant il me traite avec respect. Ses parents l'ont bien élevé, comme dirait GrannyLizzie. M'a-t-il reconnue ? Je ne sais pas ; j'ai moi-même du mal à me reconnaître.

Alors que je pénètre dans la salle, des souvenirs resurgissent. Avant, je venais ici plusieurs fois par semaine, les matins où je n'avais pas le temps de me faire un café à la maison. Le breuvage qu'on y servait était amer, et j'imagine qu'il l'est toujours, mais j'aimais bien l'atmosphère : le miroir fendillé sur lequel les plats du jour étaient inscrits au marqueur effaçable, les comptoirs constellés de taches, les vieilles chansons diffusées par les enceintes… « Une mise en scène sans prétention, avait dit Ed la première fois que je l'avais amené dans l'établissement.

— C'est un peu contradictoire, avais-je fait remarquer.

— Alors, juste "sans prétention". »

Rien n'a changé. La vue de ma chambre d'hôpital m'avait dévastée, mais ici c'est différent : je suis en terrain connu. Je bats des cils, survole du regard la clientèle, étudie le menu punaisé au-dessus de la caisse enregistreuse. Le café coûte maintenant 2,95 dollars. C'est cinquante *cents* de plus que lors de ma dernière visite. Fichue inflation !

Mon parapluie, que j'ai baissé, me frôle les chevilles.

Il y a tellement de choses que je n'ai pas revues depuis des lustres. Tellement de sensations que je n'ai pas éprouvées, de sons que je n'ai pas entendus, d'odeurs que je n'ai pas senties… La chaleur des corps humains, la pop des décennies précédentes, l'arôme des grains de café moulus… La scène semble se dérouler au ralenti, dans la lumière dorée. Les yeux clos, j'inhale et plonge dans le passé.

Je me rappelle cette époque où je m'avançais au milieu de la foule comme on fend l'air, où j'entrais le matin dans ce café, en manteau d'hiver ou en robe d'été, où j'étais capable d'aborder les gens, de leur sourire et de leur parler…

Quand je rouvre les yeux, la clarté dorée se dissipe. Je suis dans une salle sombre, près de vitres éclaboussées de pluie. Mon cœur cogne vite.

Une silhouette en rouge se tient devant le comptoir des pâtisseries. C'est elle, en train d'examiner des gâteaux. Elle relève la tête, s'aperçoit dans le miroir, passe une main dans ses cheveux.

Je me rapproche. J'ai conscience des regards curieux que je suscite – pas le sien, ceux d'autres clients qui s'étonnent devant cette femme en peignoir brandissant un parapluie ouvert. Ils s'écartent en silence. Puis les bavardages reprennent, le brouhaha me submerge comme de l'eau se refermant sur moi alors que je me noie.

Elle est tout près, à présent. Encore un pas, et je n'aurai qu'à tendre le bras pour la toucher. Pour attraper ses cheveux, et tirer.

Soudain, elle plonge une main dans sa poche et en sort son iPhone surdimensionné. Je regarde dans le miroir ses doigts danser sur l'écran, son visage s'animer. Je l'imagine en train d'écrire à Alistair.

— Oui ? s'enquiert l'employé derrière le comptoir.

Elle rédige toujours son message.

— Et pour vous, ce sera… ? insiste l'employé.

Presque malgré moi, je m'éclaircis la gorge.

— C'est à vous.

Elle cesse de taper et hoche la tête dans ma direction.

— Oh, pardon, dit-elle en s'adressant à l'homme derrière le comptoir. Un latte écrémé, s'il vous plaît. Medium.

À aucun moment elle ne m'a regardée. Je me vois dans la glace, debout derrière elle tel un spectre, un ange vengeur prêt à l'affronter.

— Un latte écrémé, medium. Bien, madame. Vous voulez manger quelque chose ?

J'observe son reflet, sa petite bouche au dessin délicat, si différente de celle de Jane. La colère me saisit, enfle et gronde en moi.

— Non, répond-elle après une seconde d'hésitation.

Et d'ajouter, avec un large sourire :

— Il vaut mieux que je m'abstienne.

Derrière nous, les pieds de plusieurs chaises raclent le sol en même temps. Je jette un coup d'œil par-dessus mon épaule : un groupe de quatre personnes se dirige vers la sortie. Je reporte mon attention sur la femme devant moi.

La voix de l'employé s'élève par-dessus le vacarme :

— Quel nom pour la commande ?

Soudain, les yeux de la brune croisent les miens dans le miroir. Elle tressaille, son sourire s'évanouit.

Durant quelques secondes, le temps semble se figer, comme en ces instants terribles où on quitte la route pour plonger dans le vide.

Puis, sans se retourner, sans chercher à détourner les yeux, elle déclare :

— Jane.

— *Jane*.

Le prénom jaillit de mes lèvres avant que je puisse le ravaler. Elle pivote enfin.

— Eh bien, je suis surprise de vous voir ici.

Son intonation est aussi froide que son regard. J'aimerais répliquer que je suis surprise d'être ici, moi aussi, mais ma bouche refuse de former les mots.

— Je croyais que vous aviez une... déficience, poursuit-elle, méprisante.

Je fais non de la tête. Elle n'ajoute rien.

Je m'éclaircis de nouveau la gorge. « Où est-elle et qui êtes-vous ? » voudrais-je demander. « Qui êtes-vous et où est-elle ? » Les voix tourbillonnent autour de moi, se mélangent aux questions dans ma tête.

— Quoi ?

— Qui êtes-vous ?

Voilà, c'est dit.

— Jane !

Ce n'est pas sa voix, mais celle de l'employé derrière le comptoir.

— Un latte écrémé pour Jane !

Elle ne me quitte pas des yeux, comme si je risquais de l'attaquer. « Je suis une psychiatre respectée, pourrais-je dire – devrais-je dire. Et vous, vous n'êtes qu'une menteuse, une usurpatrice. »

— Jane ? lance l'homme pour la troisième fois. Votre commande est prête !

La brune se détourne le temps de prendre son gobelet en carton.

— Vous savez parfaitement qui je suis, m'affirme-t-elle.

— Non. Je connais Jane, je l'ai rencontrée. Je l'ai vue dans sa maison.

J'ai énoncé les mots d'une voix mal assurée, mais claire.

— Faux, vous n'avez vu personne dans ma maison.

— Oh si.

— C'est faux, répète-t-elle. J'ai entendu dire que vous buviez, que vous mélangiez allègrement alcool et médicaments.

Elle se déplace à présent, me tourne autour comme une lionne intimidant sa proie. Je pivote lentement en essayant de soutenir son regard. J'ai l'impression d'être une gamine. Les conversations autour de nous se sont tues, le silence est tendu. Du coin de l'œil, je vois le fils Takeda toujours posté près de la porte.

— Vous nous espionnez ! gronde-t-elle. Vous me suivez. Il faut que ça cesse ! On ne peut pas continuer à vivre comme ça. Vous, vous pouvez peut-être, mais pas nous.

— Je veux juste savoir où elle est, dis-je dans un souffle.

Nous avons décrit un cercle complet à présent.

— J'ignore de qui ou de quoi vous parlez. Je vous préviens, je vais appeler la police.

Elle m'écarte d'un coup d'épaule. Je la vois dans la glace s'éloigner à grands pas, en se frayant un passage entre les tables.

La clochette tinte une première fois quand elle ouvre la porte, une seconde quand elle la claque derrière elle.

Je ne bouge pas. Il n'y a plus aucun bruit dans la salle. Mes yeux se posent sur mon parapluie. Je les ferme. « Comme si l'extérieur essayait d'entrer », a écrit Lizzie. Je me sens à la fois bouleversée et vidée. J'ai échoué, une fois de plus : je n'ai rien appris.

À un détail près : la brune ne cherchait pas à se quereller avec moi – du moins, pas seulement.

Je crois qu'elle m'implorait.

62

— Docteur Fox ?

Une voix assourdie derrière moi. Une main me saisit par le coude avec douceur. J'entrouvre un œil.

C'est le fils Takeda.

Son prénom ne me revient toujours pas. Je referme mon œil.

— Avez-vous besoin d'aide ?

Ai-je besoin d'aide ? Je suis à quelques centaines de mètres de chez moi, en peignoir dans un café. Oui, j'ai besoin d'aide. Je hoche la tête.

Il serre plus fermement mon bras.

— Par là, me dit-il.

Quand il me guide dans la salle, mon parapluie tape contre des chaises et des genoux. Je m'y raccroche comme si c'était une canne blanche. Un bourdonnement de conversations nous environne.

Puis la clochette tinte, je sens l'air frais me fouetter le visage et la main du jeune homme se poser sur mes reins pour m'aider à sortir.

Dehors, il ne pleut plus. Le fils Takeda essaie de me délester de mon parapluie, mais je le tire vers moi.

Sans insister, il me reprend par le coude.

— Je vous raccompagne jusque chez vous, déclare-t-il.

Durant tout le trajet, ses doigts m'enserrent le bras, comme un tensiomètre. J'imagine qu'il perçoit la circulation du sang dans mes veines. C'est étrange, d'être escortée ainsi ; j'ai l'impression d'être une vieille dame. Je voudrais ouvrir les yeux et regarder son visage. Je n'en fais rien.

Il calque son allure sur la mienne, et nous progressons par saccades, écrasant les feuilles mortes sous nos pieds. J'entends vrombir le moteur d'une voiture sur notre gauche. À un certain moment, des gouttes de pluie tombées de branches au-dessus de nous me mouillent la tête et les épaules. La brune est-elle devant nous ? Va-t-elle se retourner et m'accuser de nouveau de la suivre ?

— Mes parents m'ont raconté ce qu'il vous était arrivé, déclare soudain le fils Takeda. Je suis désolé.

Je hoche la tête, les yeux toujours clos.

— Vous n'avez pas quitté votre maison depuis un bon moment, je suppose…

En fait, je suis sortie souvent, ces derniers temps, mais je ne le contredis pas et me borne à hocher la tête.

— Ne vous inquiétez pas, vous êtes presque arrivée.

À ces mots, le soulagement m'envahit.

Quelque chose me heurte soudain le genou, et je comprends qu'il s'agit de son propre parapluie, dont il a passé la poignée autour de son bras.

— Oh, excusez-moi, dit-il.

Je ne prends pas la peine de répondre.

Quand lui ai-je parlé pour la dernière fois ? Ce devait être à Halloween, il y a plus d'un an. Oui, c'est ça : c'est lui qui nous avait ouvert quand nous avions frappé, Ed et moi en tenue décontractée, Olivia déguisée en camion de pompier. Il l'avait complimentée pour son costume, avant de remplir de bonbons son sac à dos. Puis il nous avait souhaité bon courage pour notre tournée de la soirée. Je l'avais trouvé adorable.

Et aujourd'hui, douze mois plus tard, il me guide dans la rue.

Un garçon adorable, vraiment.

Qui me fait penser à un autre. Je demande :

— Vous connaissez les Russell ?

J'ai posé la question d'une voix faible, mais sans bafouiller.

Il ne réagit pas tout de suite. Sans doute est-il surpris que j'aie pris la parole.

— Qui ?

— Vous savez, la famille qui habite de l'autre côté du parc.

— Oh, les nouveaux ! Non. Ma mère dit toujours qu'elle va aller se présenter, mais je ne crois pas qu'elle l'ait encore fait. Voilà, vous y êtes, ajoute-t-il en me poussant doucement vers la droite.

Je lève mon parapluie, ouvre les yeux, découvre la grille et, derrière, la façade de la maison. Un frisson me parcourt.

— Votre porte est ouverte, observe-t-il.

Il a raison, bien sûr : du trottoir, je distingue l'intérieur, le salon éclairé. Le parapluie tremble dans ma main. Je referme les yeux.

— C'est vous qui l'avez laissée comme ça ?

— Oui.

— OK.

Sa main remonte jusqu'à mon épaule pour m'inciter à avancer.

— Qu'est-ce que vous faites ?

Ce n'est pas sa voix. Il tressaille, et je soulève les paupières.

Ethan se tient près de nous, pâle, l'air perdu dans son sweat-shirt trop large. Un bouton d'acné discret est apparu au-dessus d'un de ses sourcils. Il tripote ses poches.

Je m'entends murmurer son prénom.

— Vous vous connaissez ? s'enquiert le fils Takeda.

— Qu'est-ce que vous faites ? répète Ethan en avançant vers moi. Vous ne devriez pas être dehors.

Ta « mère » n'aura qu'à t'expliquer, me dis-je.

— Elle va bien ? demande-t-il au fils Takeda.

— Je crois, oui, répond ce dernier.

À cet instant seulement, je me souviens de son prénom : Nick.

Je les examine tour à tour. Ils doivent avoir le même âge, pourtant Nick est déjà un jeune homme à la silhouette bien proportionnée. À côté de lui, Ethan – mince, les épaules étroites, le front boutonneux – ressemble à un enfant. C'est encore un enfant, d'ailleurs.

— Je peux… Est-ce que je peux la ramener chez elle ? lance-t-il en me regardant.

Nick se tourne également vers moi. Je hoche la tête.

Ethan se rapproche encore et me pose lui aussi une main dans le dos. Durant quelques secondes, je suis reliée aux deux.

— Si vous êtes d'accord, bien sûr, ajoute Ethan.

Je sonde ses yeux d'un bleu limpide.

— Oui.

Nick retire sa main.

— Merci, dis-je.

— De rien, répond-il.

Il s'adresse ensuite à Ethan :

— Je crois qu'elle a eu un choc. Il faudrait peut-être lui donner de l'eau.

Il recule, puis lance :

— Vous voulez que je revienne plus tard ?

Je fais non de la tête. Ethan hausse les épaules.

— Peut-être. On va d'abord voir comment ça se passe.

— OK.

Nick agite la main en guise de salut.

— Au revoir, docteur Fox.

Au moment où il s'éloigne, il se remet à pleuvoir.

— On rentre, d'accord ? dit Ethan.

Les flammes crépitent toujours dans la cheminée ;
je n'ai pas pensé un seul instant à éteindre le feu avant
de partir. Quelle négligence !

Mais, au moins, il fait bon dans la maison, même
si la porte ouverte a laissé entrer le froid de novembre.
Dans le salon, Ethan me prend le parapluie, le referme
et va l'appuyer contre le mur tandis que je m'approche
de l'âtre, qui m'attire comme un aimant. Je m'age-
nouille devant.

Durant quelques instants, je n'entends plus que mon
souffle et le ronflement du feu.

Je sens le regard d'Ethan rivé sur mon dos.

Le mécanisme de l'horloge s'enclenche, puis sonne
trois coups.

Au bout d'un moment, le jeune garçon se dirige vers
la cuisine, remplit d'eau un verre à l'évier et revient
vers moi.

J'ai recouvré une respiration régulière à présent.
Ethan pose le verre sur le sol à côté de moi.

— Pourquoi as-tu menti, Ethan ?

Silence. Je patiente.

Toujours à genoux, je finis par me tourner vers lui. Sa frêle silhouette me domine, ses joues sont empourprées par la chaleur.

— À propos de quoi ? demande-t-il en regardant ses pieds.

— Tu le sais très bien.

Nouveau silence. Il ferme les yeux. Il a l'air très jeune, ainsi. Encore plus qu'avant.

— Qui est cette femme, chez toi ?

— Ma mère, murmure-t-il.

— Non. J'ai rencontré ta mère.

— Pas du tout. Vous... vous mélangez tout.

Il secoue la tête.

— Vous êtes perturbée, vous racontez des trucs qui n'ont pas de sens. C'est ce... c'est ce que dit mon père.

J'appuie mes paumes par terre pour me redresser.

— Et c'est ce que tout le monde prétend. Tous ceux qui me connaissent, y compris mon mari. N'empêche, je sais ce que j'ai vu.

— Il dit aussi que vous êtes folle.

Il recule d'un pas.

— Il faut que je parte. Je ne devrais pas être là.

— Où est ta mère ?

J'avance vers lui. Il me dévisage sans un mot, les yeux écarquillés. « Privilégiez la douceur », nous conseillait toujours Wesley, mais je n'en suis plus là.

— Est-ce qu'elle est morte ?

Rien. Je vois les flammes se refléter dans ses yeux. Ses pupilles sont minuscules.

Puis il articule des mots que je ne saisis pas.

— Quoi ?

— J'ai peur, lâche-t-il.

Avant que je puisse réagir, il se précipite vers la porte du vestibule et l'ouvre à la volée. J'entends ensuite grincer puis claquer celle de l'entrée.

Abasourdie, je reste près de la cheminée, consciente de la chaleur dans mon dos et de la fraîcheur venue du vestibule.

Après avoir refermé la porte, je ramasse le verre d'eau et vais le vider dans l'évier. Le goulot de la bouteille tinte contre le bord quand je le remplis de merlot. Mes mains tremblent.

Je bois de longues gorgées en m'efforçant de réfléchir. Je me sens épuisée mais euphorique. Je me suis aventurée dehors et j'ai survécu. Je me demande ce qu'en pensera le Dr Fielding. Et je me demande ce que je devrais lui dire. Peut-être rien, après tout. Je fronce les sourcils.

J'en sais plus, à présent. L'usurpatrice panique ; Ethan est effrayé. Quant à Jane… eh bien, je n'ai rien appris de nouveau à son sujet. Quoi qu'il en soit, j'ai progressé. J'ai l'impression d'avoir capturé un pion. Je suis la machine à penser.

Je lève mon verre. Je suis aussi la machine à boire.

Je bois jusqu'à me sentir plus calme – pendant une heure, à en croire l'horloge. J'ai regardé la petite aiguille avancer sur le cadran en imaginant que le vin circulait dans mes veines, à la fois vivifiant et apaisant. Ensuite, je me transporte à l'étage. J'aperçois le chat sur le palier, qui se coule dans le bureau en me voyant. Je le suis.

Sur la table de travail, mon iPhone s'éclaire. Le numéro ne me dit rien. Je pose mon verre. À la troisième sonnerie, je passe mon doigt sur l'écran.

— Docteur Fox ?

Une voix masculine grave.

— Inspecteur Little à l'appareil. Nous nous sommes rencontrés vendredi, vous vous rappelez ?

Je m'assois. Repousse le verre loin de moi.

— Oui, je me rappelle.

— Tant mieux. Alors, comment allez-vous, doc ?

Il s'exprime d'un ton satisfait. Je me le représente tranquillement installé dans son fauteuil, un bras replié derrière la tête.

— Bien, merci.

— Je pensais que vous alliez me téléphoner… Bref, j'ai demandé votre numéro à l'hôpital Morningside. Je voulais prendre de vos nouvelles. Tout va bien ?

M'a-t-il écoutée ? Je lui ai déjà répondu.

— Oui, merci.

— Tant mieux. Et la petite famille ?

— Elle va bien aussi. Tout le monde va bien.

— Tant mieux.

Où veut-il en venir, bon sang ?

— Bon, écoutez, nous avons reçu un appel de votre voisine, tout à l'heure.

Ah ! La garce. Elle m'avait avertie, cela dit. Garce, mais fiable. Je tends le bras, récupère mon verre.

— Elle a raconté que vous l'aviez suivie dans la rue et jusque dans un café. Alors voilà : je présume

388

que vous n'avez pas été saisie d'une envie subite d'un petit café crème précisément aujourd'hui, et que vous ne l'avez pas rencontrée là-bas par hasard.

Malgré moi, j'ébauche un sourire.

— Je sais que vous traversez un moment difficile. La semaine a été pénible pour vous.

Je me surprends à hocher la tête. Il est décidément très compréhensif. Il pourrait se reconvertir en psy.

— Mais ce genre d'initiative n'arrangera rien, ni pour elle ni pour vous.

Il n'a pas encore prononcé son nom. Le fera-t-il ?

— Les propos que vous avez tenus vendredi ont beaucoup choqué ces gens, reprend-il. Entre nous, Mme Russell semble extrêmement tendue.

Et pour cause : elle a endossé l'identité d'une morte !

— Et je ne crois pas non plus que son fils en soit très heureux non plus.

— Je lui ai parl…

— Alors, je… Oh, pardon, je vous ai coupée. Vous alliez dire quelque chose ?

Je pince les lèvres.

— Non, rien.

— Vous êtes sûre ?

— Oui.

Il émet un petit grognement.

— Eh bien, je voulais juste vous demander d'y aller mollo pendant un moment. Content de savoir que vous avez réussi à sortir, à propos.

C'est une blague ?

— Comment va le chat ? Toujours caractériel ?

Je m'abstiens de répondre, mais ça ne semble pas le déranger.

— Et votre locataire ?

Je me mordille la lèvre. Dans la cuisine, il y a un escabeau appuyé contre la porte du sous-sol. J'ai vu la boucle d'oreille d'une morte dans l'appartement de David.

— Inspecteur ?

Je serre plus fort mon téléphone.

— Vous ne me croyez toujours pas, hein ?

Un long silence, suivi d'un profond soupir.

— Je suis désolé, docteur Fox. Je pense que vous êtes sincèrement convaincue d'avoir vu quelque chose, mais… Non, je n'y crois pas.

Je m'y attendais. Au moins, c'est clair.

— Si vous avez besoin de parler, nous avons ici, dans le service, de très bons psychologues susceptibles de vous aider. Ou simplement de vous écouter.

— Merci, inspecteur, dis-je d'un ton guindé.

— Relâchez la pression, d'accord ? Je vais avertir Mme Russell que nous nous sommes entretenus, vous et moi.

Je grimace, avant de raccrocher la première.

65

Je bois une gorgée de vin, prends mon téléphone et sors dans le couloir. Je voudrais oublier Little. Et les Russell.

L'Agora. Je vais voir si j'ai des messages. Je redescends, laisse le verre dans l'évier et me rends dans le salon en tapant mon code sur l'écran du mobile.

« Code incorrect », m'indique-t-il.

Bon, j'ai dû mal taper. Je recommence.

CODE INCORRECT.

— Allons bon !

Les mots résonnent dans le salon assombri par le crépuscule. J'allume la lampe puis, une fois de plus, les yeux rivés sur l'écran, j'entre les chiffres : 0-2-1-4.

CODE INCORRECT.

Je ne peux pas déverrouiller mon téléphone. Je ne comprends pas.

Quand ai-je saisi mon code pour la dernière fois ? Je n'ai pas eu besoin de le faire pour répondre à Little il y a quelques minutes. Et je me suis servie de Skype pour appeler Boston plus tôt dans la journée. Je ne sais plus trop, j'ai l'esprit embrumé.

Contrariée, je remonte dans le bureau. J'espère ne pas être privée non plus de mes mails... Je saisis le mot de passe sur mon ordinateur et survole la page d'accueil Gmail. Mon adresse est mémorisée. Je tape lentement le second mot de passe.

Oui ! J'ai accès à mes données. La procédure de réinitialisation du code pour mon téléphone n'a rien de compliqué ; quelques secondes plus tard, j'en reçois un nouveau dans ma boîte mail. Je le saisis sur mon mobile, puis le remplace par l'ancien : 0214.

Après tout, peut-être avait-il expiré... Est-ce que ça arrive ? L'aurais-je changé sans en garder le souvenir ou ai-je simplement fait preuve de maladresse chaque fois ? Je me mordille un ongle. Ma mémoire n'est plus ce qu'elle était. Ma motricité non plus. Je lorgne en direction de mon verre de vin.

Plusieurs messages m'attendent dans ma boîte, la plupart envoyés par des membres de l'Agora. Il y a aussi une demande d'aide financière émanant d'un supposé prince du Niger. Je passe une heure à répondre. Mitzi, de Manchester, prend depuis peu d'autres anxiolytiques, Kala88 s'est fiancée et GrannyLizzie, escortée par ses fils, a réussi à faire quelques pas dehors cet après-midi. Moi aussi, me dis-je.

Un peu après 18 heures, la fatigue s'abat sur moi d'un coup. Je me penche et pose ma joue sur la table. Il faut que je dorme. Je doublerai la dose de témazépam ce soir. Et demain, j'essaierai de trouver un moyen de faire parler Ethan.

L'un de mes patients les plus précoces commençait toujours la séance en déclarant : « C'est dingue, mais… », avant de décrire des expériences tout à fait banales. C'est exactement ce que je ressens. C'est dingue, mais ce qui me semblait capital tout à l'heure – et même depuis jeudi – me paraît maintenant sans importance, presque insignifiant. Jane, Ethan, la brune, Alistair…

Je n'ai plus d'énergie, plus de jus. « De jus de raisin, bien sûr », dirait Ed. Ha ha.

Ed, Livvy… Je leur parlerai demain.

Lundi 8 novembre

66

« Ed... »

Puis, plus tard – quelques minutes ou une heure, impossible à dire :

« Livvy... »

Ma voix portée par mon souffle formait un petit nuage de vapeur. Je le voyais flotter devant mon visage, tel un ectoplasme dans l'air glacé.

Un pépiement incessant, quelque part à proximité – une seule note, répétée encore et encore, pareille au cri d'un oiseau pris de folie.

Le rouge emplissait mon champ de vision. Ma tête m'élançait. Mes côtes me mettaient au supplice. J'avais l'impression d'avoir le dos brisé. Ma gorge desséchée me brûlait.

L'airbag m'écrasait le côté du visage. Le tableau de bord projetait des reflets pourpres. Le pare-brise fissuré ployait vers moi, près de céder.

J'avais froncé les sourcils. Mon cerveau patinait, me semblait-il, ne parvenait pas à se réinitialiser, comme s'il y avait un bug dans le système.

J'avais toussé, craché. Je m'étais entendue gémir de douleur. En voulant tourner la tête, j'avais senti le haut de mon crâne frotter contre une surface dure. Et la salive s'accumuler sur mon palais. Comment...

Le jour s'était soudain fait dans mon esprit.

La voiture s'était retournée.

Affolée, je m'étais de nouveau à moitié étouffée. Mes mains avaient voltigé, repoussant l'airbag et le toit comme si elles pouvaient remettre le SUV d'aplomb. J'avais conscience de mes lamentations, de mes cris de panique.

Puis j'avais découvert Ed à côté de moi, la tête détournée. Immobile. Du sang lui coulait de l'oreille.

J'avais prononcé son prénom – essayé, du moins : une seule syllabe dans l'air froid, une petite bouffée blanche. Ma gorge était à vif. La ceinture de sécurité me comprimait le cou.

Alors que je m'humectais les lèvres, le bout de ma langue s'était insinué dans un trou en haut de ma bouche. J'avais perdu une dent.

La ceinture de sécurité, tendue au maximum, me cisaillait aussi la taille. De ma main droite, j'avais appuyé sur le cliquet, de plus en plus fort, jusqu'à percevoir le déclic. La sangle avait glissé le long de mon corps, et je m'étais affalée sur le toit.

Le pépiement, toujours... Le signal de la ceinture de sécurité. Il s'était brusquement tu.

Exhalant un souffle blanc teinté de rouge par la lueur du tableau de bord, je m'étais retournée tant bien que mal.

Olivia, attachée sur la banquette arrière, pendait dans le vide, sa queue-de-cheval se balançant sous sa tête.

Je m'étais contorsionnée afin de pouvoir tendre la main vers sa joue.

Sa peau était froide.

Après avoir replié mon bras et ramené mes jambes sur le côté, j'avais rampé sur le verre étoilé du toit ouvrant, que j'avais senti craquer sous moi. Mon cœur cognait à grands coups sourds. J'avais saisi ma fille par les épaules. Je l'avais secouée.

« Livvy ! » avais-je hurlé, la gorge en feu. Le goût du sang imprégnait ma bouche, mes lèvres.

« Livvy ! » avais-je appelé, les joues sillonnées de larmes.

« Livvy… », avais-je dit dans un souffle, et elle avait ouvert les yeux.

Durant un instant, mon cœur s'était arrêté de battre.

Son regard s'était posé sur moi, m'avait traversée, et elle n'avait prononcé qu'un mot :

« Maman… »

J'avais débouclé sa ceinture en lui soutenant la tête, puis je l'avais rattrapée et serrée contre moi. L'un de ses bras était inerte.

Je l'avais allongée sur le toit ouvrant. « Chut, chut », répétais-je, alors qu'elle n'avait pas émis le moindre son. Les yeux de nouveau clos, elle avait l'air d'une petite princesse endormie.

« Hé ! Réveille-toi » Je lui avais pressé l'épaule et elle m'avait de nouveau regardée. J'avais essayé de sourire, mais mon visage me semblait engourdi.

En hâte, je m'étais jetée contre la portière, j'avais saisi la poignée et appuyé. De mon autre main, je poussais la vitre. La portière s'était écartée sans bruit dans la nuit.

À plat ventre, j'avais posé mes paumes sur le sol et senti la brûlure de la neige sous mes doigts. J'y avais enfoncé mes coudes pour dégager mon torse du véhicule, avant de m'affaler dans la poudreuse. J'avais ensuite mobilisé mes forces afin de m'extirper de l'habitacle. Hanches. Cuisses. Genoux. Chevilles. Pieds. Le bas de mon jean s'était coincé dans un crochet à vêtements. Je l'avais dégagé pour me libérer.

Lorsque j'avais roulé sur le dos, une douleur fulgurante s'était propagée dans ma colonne vertébrale, comme si j'avais reçu une décharge électrique. J'avais grimacé. Ma tête oscillait de manière incontrôlable.

Vite ! Le temps presse ! Je m'étais efforcée de rassembler mes esprits, puis j'avais ramené mes jambes sous moi et m'étais agenouillée près du SUV.

Au moment où je levais les yeux, un vertige m'avait saisie.

Le ciel n'était qu'espace et étoiles. Sous la lune énorme, aussi brillante que le soleil, le canyon se découpait en contrebas, mélange d'ombre et de lumière. Il ne neigeait presque plus ; seuls quelques flocons isolés voltigeaient ici et là. J'avais l'impression de découvrir un monde nouveau.

Et le silence…

Un silence absolu. Sans un souffle d'air, sans un bruissement de branches. Un silence de nature morte. Toujours à genoux, j'avais pivoté lentement, la neige crissant sous mon poids.

Retour sur Terre. À la réalité. La voiture était inclinée vers l'avant, le capot écrasé sur le sol, l'arrière légèrement relevé. Le châssis exposé m'avait fait penser au ventre d'un insecte. Un long frisson m'avait parcourue.

Revenue près de la portière ouverte, j'avais agrippé l'anorak d'Olivia. Je l'avais tirée vers moi, hors de l'habitacle, puis enveloppée de mes bras. Son petit corps était aussi mou qu'une poupée de chiffon. J'avais répété son prénom à plusieurs reprises, et elle avait ouvert les yeux.

« Salut, ma puce. »

Elle les avait refermés.

Je l'avais allongée près de la voiture puis, après réflexion, l'avais déplacée un peu plus loin, au cas où le véhicule se renverserait. Sa tête avait roulé vers son épaule. Je l'avais soulevée, tout doucement, pour tourner de nouveau son visage vers le ciel.

Hors d'haleine, j'avais fait une pause et regardé mon bébé, un ange dans la neige. Effleuré son bras blessé. Pas de réaction. J'avais appuyé plus fort et vu ses traits se crisper de douleur.

Au tour d'Ed.

Mais, après avoir rampé une nouvelle fois à l'intérieur du SUV, je m'étais rendu compte qu'il n'y avait aucun moyen de le faire sortir par l'arrière. J'étais ressortie à reculons pour aller ouvrir la portière avant côté passager.

Sa peau rougeoyait à la lueur du tableau de bord et je m'étais demandé comment la batterie alimentant cette lumière avait pu résister au choc. Une fois libéré de la ceinture de sécurité, Ed s'était affaissé contre moi, et je l'avais saisi par les aisselles.

Je l'avais ensuite tiré, me cognant la tête contre le levier de vitesses. En émergeant de l'habitacle, j'avais vu sa figure inondée de sang.

Le temps de me remettre debout, et je l'avais traîné jusqu'à Olivia. Elle avait remué. Pas lui. J'avais remonté une des manches d'Ed et pressé mes doigts à l'intérieur de son poignet. Son pouls battait, faiblement.

Nous étions tous les trois sous les étoiles, au fond de l'univers… Je percevais un son régulier, un bruit assourdi de locomotive. C'était moi qui haletais, à bout de souffle. La sueur dégoulinait le long de mes flancs, coulait dans mon cou.

J'avais passé un bras par-dessus mon épaule pour palper doucement mon dos. La douleur avait fusé au niveau des vertèbres, entre mes omoplates.

D'un coup d'œil, j'avais vérifié qu'Olivia et Ed respiraient toujours. Des filets de vapeur s'échappaient de leur bouche.

Un peu rassurée, je m'étais retournée.

La falaise s'élevait sur une bonne centaine de mètres devant moi, baignée par la clarté pâle de la lune. La route au sommet était invisible, mais de toute façon je n'avais aucun moyen d'escalader la paroi. Notre chute avait été arrêtée par une saillie, une sorte de promontoire rocheux. Devant et en dessous, le néant. Des étoiles, la neige, l'espace. Le silence.

Mon téléphone !

J'avais palpé frénétiquement les poches de mon jean et de ma parka, avant de me souvenir qu'Ed l'avait écarté de moi et qu'il était tombé sur le plancher, entre mes pieds, affichant toujours ce nom.

Alors j'avais replongé dans la voiture pour la troisième fois et tâtonné sur le toit jusqu'à le découvrir enfin, coincé contre le pare-brise. La vue de l'écran encore intact avait été un choc. Mon mari et ma fille étaient blessés, j'étais contusionnée, notre SUV était détruit, mais le téléphone avait résisté. 22 h 27, indiquait-il. Nous étions sortis de la route depuis près d'une demi-heure.

À quatre pattes dans l'habitacle, j'avais passé le pouce sur l'écran, composé le 911 et appuyé l'iPhone contre mon oreille.

Rien.

J'avais coupé la communication, puis j'étais ressortie, les yeux fixés sur le mobile. Pas de signal. J'étais tombé à genoux dans la neige. Et j'avais composé de nouveau le numéro.

Rien.

J'avais néanmoins fait deux autres tentatives.

En vain.

Je m'étais redressée, j'avais activé le haut-parleur et levé le bras le plus haut possible. Sans résultat.

J'avais contourné la voiture en titubant dans la poudreuse. Et recommencé, encore et encore. Quatre fois, huit fois, treize… J'avais perdu le compte.

Rien, rien, rien.

Un hurlement avait jailli de mes lèvres, irritant ma gorge, faisant voler en éclats le silence, puis se perdant dans la nuit en échos de plus en plus faibles. J'avais hurlé jusqu'à ce que ma voix me trahisse.

De désespoir, j'avais jeté le téléphone, qui s'était enfoncé dans la neige. Je l'avais ramassé et expédié encore plus loin. La panique s'était alors emparée de moi, et je m'étais précipitée pour le récupérer. Après avoir épousseté l'écran, j'avais encore essayé d'appeler.

Nouvel échec.

Retour près d'Olivia et Ed, étendus côte à côte, éclairés par la lune.

Un sanglot m'avait échappé. Mes jambes s'étaient dérobées, et je m'étais effondrée. En larmes, j'avais rampé jusqu'à mon mari et ma fille, et m'étais allongée entre eux.

À mon réveil, je tenais toujours le téléphone entre mes doigts gourds et bleus. Il était 00 h 58. La batterie s'était déchargée dans l'intervalle : elle n'en était plus qu'à onze pour cent de sa capacité. Et alors ? De toute façon, je ne pouvais pas appeler les secours. Je ne pouvais joindre personne.

J'avais pourtant réessayé. Sans résultat.

J'avais ensuite tourné la tête à gauche et à droite, vers Ed et Livvy, dont la respiration était faible mais régulière. Le visage de mon mari était maculé de sang séché, les cheveux d'Olivia lui collaient aux joues. J'avais posé ma paume sur son front. Il était froid. Aurait-il mieux valu rester à l'abri dans la voiture ? Mais ne risquait-elle pas de glisser vers le vide ? Ou de prendre feu ?

Je m'étais levée et j'avais regardé la masse du SUV. Puis le ciel, la lune énorme et les étoiles. Et, enfin, je m'étais tournée vers la falaise.

En m'avançant vers elle, j'avais brandi haut mon iPhone, passé mon pouce sur l'écran et appuyé sur l'icône de la lampe. La lumière avait jailli.

Devant moi, la paroi paraissait lisse et nue. Pas la moindre crevasse où enfoncer mes doigts, rien à saisir, pas une herbe ni une branche, pas d'avancée rocheuse, seulement de la terre et de la caillasse – un rempart aussi infranchissable qu'un mur. J'avais orienté le faisceau lumineux toujours plus haut, jusqu'à ce que la nuit l'engloutisse.

Rien. Le monde n'était plus qu'un néant.

Dix pour cent de charge restante. 1 h 11 du matin.

Petite, j'adorais les constellations. Je les étudiais, traçais des cartes du ciel sur de grandes feuilles dans le jardin les soirs d'été, à plat ventre dans l'herbe moelleuse, environnée par le bourdonnement paresseux des mouches. À présent, ils paradaient au-dessus de ma tête, tous ces héros de l'hiver, scintillant dans la nuit : Orion le chasseur, brillant et muni de sa ceinture ; le Grand Chien, courant derrière lui ; les Pléiades, disséminées tels des joyaux sur l'épaule du Taureau. Les Gémeaux. Persée. La Baleine…

J'avais récité leurs noms de ma voix brisée comme une formule magique susceptible de soulager Livvy et Ed, dont la tête posée sur ma poitrine se soulevait et s'abaissait au rythme de ma respiration. Je leur caressais les cheveux, les lèvres, les joues.

Nous frissonnions sous toutes ces étoiles glacées. Pourtant, nous nous étions endormis.

Je m'étais réveillée grelottante. Il était 4 h 34 du matin. Je les avais examinés tous les deux, d'abord Olivia, ensuite Ed. J'avais étalé de la neige sur le visage de mon mari, qui n'avait pas réagi. J'avais frotté sa peau, nettoyant le sang, lui arrachant enfin un tressaillement. « Ed ? » Je lui avais secoué l'épaule. Pas de réaction. Je lui avais repris le pouls. Plus rapide, plus faible aussi.

Mon ventre gargouillait. Nous n'avions pas dîné, m'étais-je rappelé. Ils devaient eux aussi être affamés.

J'avais replongé dans la voiture, où la lumière du tableau de bord avait faibli. Le sac en toile que j'avais rempli de sandwichs au beurre de cacahuète et de briques de jus de fruits était bien là, écrasé contre la vitre arrière côté passager. Au moment où je saisissais la poignée, la lumière s'était éteinte.

De retour dehors, j'avais déballé un sandwich puis posé le film plastique à côté de moi. Un souffle de vent l'avait emporté et je l'avais regardé s'envoler, léger et transparent, comme un esprit, un feu follet. J'avais ensuite apporté un petit bout de pain à Olivia. « Coucou, ma puce », avais-je murmuré en lui caressant la joue. Elle avait ouvert les yeux. « Tiens », avais-je dit en glissant le pain dans sa bouche. Ses lèvres s'étaient entrouvertes, le morceau avait disparu à l'intérieur. J'avais détaché la paille sur la brique de jus de fruits et percé l'opercule. De la citronnade avait dégouliné dans la neige. Un bras passé sous la nuque de ma fille, je lui avais soulevé la tête pour qu'elle puisse boire à la paille. Quand j'avais pressé le carton, le liquide avait jailli. Elle avait commencé par cracher.

Après, elle avait bu à toutes petites gorgées. Au bout d'un moment, sa tête avait roulé sur mon bras, et ses yeux s'étaient refermés. Je l'avais reposée doucement sur le sol.

Au tour d'Ed.

Je m'étais agenouillée près de lui, mais il n'avait ouvert ni les yeux ni la bouche. J'avais tapoté un bout de pain sur ses lèvres en lui caressant la joue, comme si ce geste pouvait suffire à lui débloquer la mâchoire. Il ne remuait toujours pas. Une nouvelle fois, la panique m'avait gagnée. Je m'étais penchée vers son visage. Son souffle à peine perceptible avait réchauffé ma peau, et le soulagement avait déferlé en moi.

S'il ne mangeait pas, il fallait au moins qu'il boive… J'avais frotté un peu de neige sur ses lèvres sèches, glissé la paille dans sa bouche puis appuyé sur la brique de citronnade. Le liquide avait coulé de chaque côté de son menton, sur sa barbe naissante. « Je t'en prie, fais un effort », l'avais-je supplié – en vain.

J'avais alors retiré la paille et appliqué encore un peu de neige sur ses lèvres, puis sur sa langue. En fondant, elle humecterait sa gorge.

Je m'étais rassise pour boire. La citronnade était trop sucrée, mais j'avais tout avalé.

Après avoir retiré de la voiture un autre sac contenant des parkas et des pantalons de ski, j'en avais recouvert Livvy et Ed.

J'avais ensuite laissé mon regard se perdre dans l'immensité du ciel.

La lumière pesait sur mes paupières. Je les avais soulevées avec difficulté.

Pour plisser aussitôt les yeux. Le ciel se déployait au-dessus de nous à l'infini, pareil à un océan de nuages. Des flocons semblables à des aigrettes tournoyaient dans l'air et venaient se déposer sur ma peau. Un coup d'œil à mon téléphone m'avait révélé qu'il était 07 h 28. Il ne restait plus que cinq pour cent de charge.

Olivia avait changé de position dans son sommeil : elle était allongée sur son bras gauche et le droit pendait mollement le long de son flanc. Sa joue reposait sur le sol. Je l'avais étendue sur le dos, avant d'ôter doucement la neige tombée sur sa figure.

Ed n'avait pas bougé. Je m'étais penchée vers lui. Il respirait toujours.

Le téléphone se trouvait dans la poche de mon jean. Je l'avais récupéré et, priant pour que la chance nous sourie, j'avais composé encore une fois le 911. Durant quelques secondes, j'avais retenu mon souffle en imaginant que je l'entendais sonner.

Mais non. Rien. Submergée par l'impuissance, j'avais considéré l'écran.

Puis la voiture retournée, pareille à une tortue sur le dos.

Puis la vallée en contrebas, hérissée d'arbres, traversée par une rivière qui, au loin, formait un fin ruban argenté.

Pour finir, je m'étais redressée, et retournée.

Vers la paroi rocheuse. Au grand jour, j'avais pris la mesure de mon erreur de la veille, quand j'avais estimé la hauteur de notre chute : nous étions au moins à deux cents mètres de la route au sommet, et le rempart de pierre paraissait encore plus hostile et inaccessible que la nuit précédente.

Les yeux levés, j'avais porté une main à ma gorge. Comment était-il possible que nous ayons survécu ?

J'avais ensuite renversé la tête pour contempler le ciel. Il paraissait tellement vaste que j'avais l'impression d'être un personnage miniature dans une maison de poupées. Un point minuscule perdu dans l'immensité.

Ma vue s'était brouillée. Mes jambes tremblaient.

J'avais secoué la tête et m'étais frotté les yeux. Peu à peu, mon vertige s'était dissipé et le monde autour de moi avait recouvré sa réalité.

Durant quelques heures, j'avais somnolé entre Ed et Olivia. Quand je m'étais réveillée, à 11 h 10, la neige s'abattait sur nous par vagues, tandis que les bourrasques nous cinglaient. Le tonnerre grondait tout près. J'avais essuyé mon visage couvert de flocons et m'étais levée d'un bond.

Le même phénomène s'était alors produit, altérant ma vision, me donnant l'impression d'être sous l'eau. Cette fois, mes genoux s'étaient brusquement resserrés, comme s'ils étaient aimantés. « Non ! » avais-je crié d'une voix rauque en me sentant tomber. J'avais appuyé une main dans la neige pour prévenir ma chute.

Que m'arrivait-il ?

Vite, le temps presse… Au prix d'un immense effort, j'étais parvenue à me redresser. Ed et Olivia gisaient à mes pieds, à moitié ensevelis.

J'avais entrepris de les ramener dans le SUV.

Comment le temps peut-il s'écouler aussi lentement ? Il m'avait semblé, l'année suivante, que les mois passaient plus vite que ces quelques heures avec Ed et Livvy dans la voiture retournée, alors que la neige montait derrière les vitres comme la marée, et que le pare-brise craquait sous son poids.

J'avais chanté pour ma fille, des chansons pop, des comptines, des mélodies que j'inventais, tandis que le vacarme dehors s'intensifiait et que la lumière déclinait. Tout en fredonnant, j'étudiais la bordure délicatement ourlée de son oreille, je la suivais du doigt. J'avais serré Ed dans mes bras, entremêlé nos jambes, uni nos mains. À un certain moment, j'avais englouti un sandwich, vidé une autre brique de jus de fruits et débouché la bouteille de vin, avant de me dire que l'alcool ne ferait que me déshydrater. Dieu sait pourtant que j'en avais envie...

Nous étions sous terre, me semblait-il, enfouis dans un endroit sombre et secret, un lieu abrité du monde extérieur. Je ne savais pas quand nous en sortirions. Ni comment. Ni même si nous en sortirions.

Mon téléphone avait fini par s'éteindre. Je m'étais endormie à 15 h 40, alors qu'il restait deux pour cent de charge, et à mon réveil l'écran était noir.

Tout était calme autour de nous. Je n'entendais plus que les hurlements du vent, la respiration laborieuse de Livvy et un léger bruit éraillé dans la gorge d'Ed. Et mes sanglots, remontant du plus profond de mon être.

Le silence. Profond. Absolu.

J'avais émergé du sommeil, les yeux larmoyants, dans l'habitacle transformé en cocon. Puis j'avais aperçu la lumière filtrant dans la voiture et pris conscience de ce silence total, aussi tangible qu'une présence supplémentaire avec nous.

À peine m'étais-je assise que j'avais voulu ouvrir la portière. En vain. Elle refusait de bouger.

Non !

Je m'étais mise à quatre pattes, avant de m'allonger sur mon dos douloureux et d'appuyer mes pieds sur la portière. À force de pousser, je l'avais sentie remuer légèrement. Galvanisée, j'avais donné des coups de pied dans la vitre, jusqu'au moment où la portière s'était écartée, déclenchant une mini-avalanche.

Je m'étais extirpée de l'habitacle sur le ventre tandis que le ciel s'éclairait au-dessus des montagnes au loin. À genoux, j'avais examiné le monde inconnu autour de moi : la vallée recouverte de blanc ; le fin ruban de la rivière distante ; l'épais tapis de neige sous moi.

Un nouveau vertige m'avait saisie, et au même moment j'avais entendu un grand *crac*. J'avais alors compris que le pare-brise venait de céder.

Après m'être relevée, je m'étais traînée jusqu'à l'avant de la voiture, où j'avais découvert le trou béant à la place de la paroi de verre. Retour à l'intérieur. Une fois de plus, j'avais tiré Livvy et Ed hors de l'épave, et une fois de plus je les avais allongés côte à côte sur le sol.

Alors que j'étais debout près d'eux, exhalant de la vapeur blanche, ma vision m'avait encore joué des tours. Le ciel semblait enfler, se rapprocher de moi, et je m'étais effondrée, les yeux clos, le cœur battant à se rompre.

J'avais hurlé comme un animal sauvage. Puis j'avais roulé sur le ventre et enlacé Olivia et Ed de toutes mes forces en gémissant dans la neige.

C'était ainsi qu'on nous avait trouvés.

67

Quand je me réveille le lundi matin, je me dis que je vais appeler Wesley.

Je me suis entortillée dans les draps et je dois d'abord m'en dépêtrer. Le soleil qui entre à flots par les fenêtres tombe sur le lit et me chauffe la peau. Une fois n'est pas coutume, je me sens belle.

Mon iPhone est sur l'oreiller à côté de moi. Je cherche le nom dans le répertoire puis, alors que les sonneries se succèdent, je me demande s'il n'a pas changé de numéro, mais soudain sa voix de stentor explose dans mon oreille : « Laissez-moi un message », ordonne-t-il.

Je ne le fais pas. Au lieu de quoi, j'essaie de le joindre à son cabinet.

— Bonjour, je m'appelle Anna Fox, dis-je à la femme qui me répond, et dont le timbre me laisse supposer qu'elle est jeune.

— Docteur Fox ? Bonjour, c'est Phoebe.

— Oh, désolée. Je ne vous avais pas reconnue.

Pour avoir travaillé avec elle pendant presque un an, je sais que ce n'est plus une jeunesse.

— Ce n'est pas grave, docteur. Je suis enrhumée, alors forcément ça change ma voix.

Comme toujours, Phoebe se montre polie et pleine de tact.

— Comment allez-vous ? ajoute-t-elle.

— Bien, merci. Pourrais-je parler à Wesley ?

— Le Dr Brill a des rendez-vous toute la matinée, mais je peux lui dire de vous téléphoner plus tard, si vous voulez.

Je la remercie et lui redonne mon numéro.

— Oui, c'est bien celui que j'avais, confirme-t-elle.

Après avoir raccroché, je me demande si Wesley me rappellera.

Je descends l'escalier, bien décidée à ne pas boire de vin de la journée. Ou, du moins, pas ce matin. Je dois garder les idées claires en prévision de mon entretien avec Wesley. Le Dr Brill.

D'abord, je me rends dans la cuisine, où l'escabeau est toujours appuyé contre la porte du sous-sol. Dans la lumière matinale, il paraît fragile et dérisoire ; il suffirait sans doute à David de donner un coup d'épaule contre le battant pour le déloger. Le doute s'insinue soudain dans mon esprit : d'accord, il y a une boucle d'oreille sur sa table de chevet ; et alors ? « Tu ne sais pas si cette boucle est à elle », m'a dit Ed, à juste titre. Trois petites perles… Je crois que j'en ai moi-même une paire semblable.

J'observe l'escabeau avec méfiance, comme s'il risquait de se jeter brusquement sur moi. Puis mon regard glisse vers la bouteille de merlot posée sur le plan de travail, près de la clé de la maison pendue à son crochet. Non, pas d'alcool. D'autant que j'ai dû semer des verres de vin partout. (Où ai-je vu une scène dans ce genre, déjà ? Ah oui, dans ce film de science-fiction,

Signes – pas mal, et surtout une musique formidable à la Bernard Herrmann –, où les gobelets d'eau à moitié bus que laisse traîner partout une gamine suffisent à chasser les envahisseurs de l'espace. « Tu peux me dire ce que les *aliens* viennent faire sur Terre s'ils sont allergiques à l'eau ? » avait râlé Ed. C'était notre troisième rendez-vous.)

Mais je m'égare. Direction mon bureau.

Je m'installe à ma table de travail, place mon téléphone près de mon tapis de souris et le connecte à l'ordinateur pour le charger. L'écran me révèle qu'il est 11 heures et quelques – plus tard que je ne le pensais. Ce témazépam m'a assommée. Ces deux comprimés de témazépam, à vrai dire.

Par la fenêtre, j'aperçois Mme Miller qui sort de sa maison, pile à l'heure, et referme la porte derrière elle. Elle a enfilé un manteau noir ce matin et exhale de petits nuages de vapeur. Je consulte l'appli météo sur mon portable. Il fait six degrés dehors. Je me lève pour aller vérifier le thermostat dans le couloir.

Que devient le mari de Rita ? Je ne l'ai pas vu depuis une éternité, me semble-t-il.

De retour à ma table, je survole du regard la pièce, puis la maison des Russell de l'autre côté du parc. Elle paraît vide. Ethan… Il faut absolument que je parle à Ethan. Je l'ai senti vaciller hier soir. « J'ai peur », m'a-t-il avoué, les yeux écarquillés. C'est un enfant en détresse ; il est de mon devoir de l'aider. J'ignore ce qu'il est arrivé à Jane, ce qu'elle est devenue, mais je protégerai son fils.

Reste à savoir comment.

Je me mordille la lèvre. Me connecte à mon site d'échecs. Entame une partie.

Une heure plus tard, à midi passé, je n'ai toujours pas d'idées.

J'ai brièvement réuni la bouteille de merlot et mon verre – j'insiste, il est midi passé –, tout en essayant de réfléchir. La question tourne en boucle dans ma tête, pareille à un bruit de fond : comment faire pour entrer en contact avec Ethan ? Toutes les cinq minutes, je jette un coup d'œil de l'autre côté du parc, comme si la réponse était écrite sur la façade des Russell. Je ne peux pas appeler la ligne fixe, il n'a pas de combiné dans sa chambre. Si je tente de lui adresser un signal quelconque, son père – ou cette femme – risque de m'apercevoir avant lui. Il n'a pas d'adresse mail, m'a-t-il confié, pas de compte Facebook non plus. « On pourrait croire que certaines personnes n'existent pas », comme l'a dit Bina.

Il est presque aussi isolé que moi.

Je m'adosse à mon fauteuil, bois un peu de vin et repose le verre en regardant la lumière du soleil se déplacer insensiblement sur le rebord de la fenêtre. Quand mon ordinateur bipe, je déplace un cavalier sur l'échiquier, puis attends de voir comment va réagir mon adversaire.

L'horloge sur le bureau indique 12 h 12. Toujours pas de nouvelles de Wesley. Devrais-je rappeler ? Je prends mon téléphone, effleure l'écran.

Un autre bip s'élève – celui de Gmail, cette fois. Je saisis la souris, éloigne le curseur de l'échiquier, clique sur le navigateur. De mon autre main, je porte le verre à mes lèvres. Il brille au soleil.

Il n'y a qu'un message sans objet dans ma boîte de réception. Le nom de l'expéditeur apparaît en gras.

Jane Russell.

Mes dents heurtent le bord du verre.

Je contemple l'écran avec l'impression que l'air autour de moi se raréfie.

Ma main tremble quand je pose mon verre sur la table. La souris semble énorme sous ma paume. Je retiens mon souffle.

Et clique sur le nom.

Le message s'ouvre, révélant un grand blanc. Il n'y a pas de texte, seulement une pièce jointe. Je clique deux fois dessus.

L'écran devient noir.

Puis une image se forme, lentement, bande grise après bande grise.

Je suis comme hypnotisée. Je ne respire plus.

Jusqu'au moment où je distingue enfin un entrelacs de… branches ? Non, des cheveux, noirs et emmêlés, en gros plan.

Un bout de peau claire.

Un œil fermé, bordé de longs cils.

C'est un visage endormi, de profil.

Mon visage.

L'image s'élargit brusquement, la moitié inférieure de l'image se matérialise et je découvre ma tête entière. Une mèche me barre le front. Mes yeux sont clos, ma bouche entrouverte, ma joue enfouie dans l'oreiller.

Je me lève d'un bond, bousculant le fauteuil qui se renverse derrière moi.

« Jane » vient de m'envoyer une photo de moi endormie.

Elle est entrée chez moi de nuit.

Elle est venue dans ma chambre.

Elle m'a espionnée dans mon sommeil.

Je reste immobile, abasourdie, dans la pièce silencieuse. Puis mes yeux se posent sur les chiffres dans le coin inférieur droit de la photo : la date d'aujourd'hui, à 02 h 02 du matin.

Ce matin. À 2 heures. Comment est-ce possible ? Je regarde l'adresse mail indiquée entre crochets près du nom de l'expéditeur :

[devinequicestanna@gmail.com]

69

Il ne s'agit donc pas de Jane, mais de quelqu'un qui se cache derrière son nom. Et qui se joue de moi.

Mes pensées filent aussitôt vers le sous-sol – vers David, derrière cette fichue porte.

Je sens mes doigts se crisper sur mon peignoir. Réfléchis. Ne panique pas. Du calme.

A-t-il forcé la porte ? Non, puisque j'ai trouvé l'escabeau comme je l'avais laissé.

Est-il possible – j'appuie mes mains tremblantes sur le bureau – qu'il ait fait faire un double de ma clé ? J'ai entendu des bruits dans le couloir la nuit où j'ai couché avec lui. A-t-il fouillé la maison puis volé la clé dans la cuisine ?

J'en doute : je l'ai vue pendue à son crochet il y a environ une heure. Et, comme j'ai bloqué la porte de communication peu après son départ, il n'a pas pu revenir.

Sauf si, bien sûr, il s'est servi d'un double après avoir remis l'originale à sa place.

Mais il est parti hier pour le Connecticut.

Du moins, c'est ce qu'il a prétendu.

Je regarde ma photo sur l'écran, la courbe de mes cils, mes lèvres entrouvertes laissant apparaître mes dents. J'étais inconsciente à ce moment-là, totalement désarmée et vulnérable. Je frissonne. Un flot de bile me remonte dans la gorge.

Devinequicestanna. Alors qui, si ce n'est pas David ? Et pourquoi m'avertir ? Non seulement quelqu'un s'est introduit chez moi, et jusque dans ma chambre, pour me prendre en photo endormie, mais cette personne tient à me le faire savoir.

Une personne qui connaît Jane.

Je saisis mon verre à deux mains. Le vide à longs traits. Le repose et récupère mon téléphone.

Le « Allô » de l'inspecteur Little est étrangement doux, presque assourdi. Dormait-il ? Peu importe.

— Quelqu'un est entré chez moi, dis-je tout de go.

Je suis maintenant à la cuisine, devant la porte du sous-sol, l'iPhone dans une main et mon verre dans l'autre. Prononcés à voix haute, les mots me paraissent vides et peu convaincants. Irréels, en quelque sorte.

— Oh ! C'est vous, docteur Fox ? réplique-t-il d'un ton enjoué.

— Quelqu'un s'est introduit chez moi à 2 heures du matin.

— Une minute… Vous dites qu'on a pénétré chez vous ?

— C'est ça. À 2 heures du matin.

— Pourquoi n'avez-vous pas signalé l'intrusion tout de suite ?

— Parce que je dormais à ce moment-là.

— Ah. Alors, comment pouvez-vous savoir qu'on est entré chez vous ?

Il pense m'avoir coincée, je le sens.

— Parce que cette personne a pris une photo et me l'a envoyée par mail.

Un bref silence.

— Une photo de quoi ?

— De moi. En train de dormir.

Quand il reprend la parole, il me paraît soudain plus proche.

— Vous en êtes sûre ?

— Oui.

— Écoutez, je ne voudrais pas vous faire peur...

— J'ai déjà peur, inspecteur.

— Vous êtes certaine que la maison est vide ?

Je me fige. Cette pensée ne m'avait pas effleurée.

— Allô, docteur Fox ? Anna ?

— Oui.

S'il y avait quelqu'un avec moi, je le saurais. Forcément.

— Pouvez-vous aller dehors ?

Pour un peu, j'éclaterais de rire. Je me contente de murmurer :

— Non.

— Bon, d'accord, restez à l'intérieur. Ne... ne bougez pas. Voulez-vous que je vous garde en ligne ?

— Je veux que vous veniez ici.

— On arrive.

« On ». Donc Norelli sera avec lui. Tant mieux, autant qu'elle soit là. Cette fois, elle ne pourra pas nier la réalité de ce qui s'est passé.

Little parle toujours dans mon oreille, je l'entends respirer :

— Anna ? Je vais vous demander de vous diriger vers la porte d'entrée, au cas où vous seriez obligée de sortir précipitamment. On sera là dans quelques minutes, mais…

Je m'avance vers le vestibule.

— On est dans la voiture, Anna. On fait au plus vite.

Je hoche la tête.

— Vous avez vu des films, récemment ?

Je ne peux me résoudre à ouvrir la première porte, à me retrouver dans cette zone crépusculaire entre les deux battants.

— Vous n'avez pas regardé un de vos vieux classiques ?

Je m'apprête à lui répondre « non » quand je me rends compte que je tiens toujours mon verre. Intrus ou pas – et je doute qu'il soit encore là –, je ne peux pas accueillir les policiers comme ça. Il faut que je m'en débarrasse.

Mais, dans ma précipitation, je fais un faux mouvement et renverse du vin sur mon peignoir. Une grosse tache rouge sang, semblable à une blessure, s'étale maintenant sur ma poitrine, juste au-dessus du cœur.

— Anna ? Tout va bien ?

Je fonce vers la cuisine, le téléphone plaqué contre l'oreille, et place le verre dans l'évier.

— Oui, ça va.

Je fais couler l'eau, enlève mon peignoir et, en tee-shirt et pantalon de survêtement, le rince sous le jet. La tache s'atténue peu à peu, vire au rose pâle.

Je presse le tissu éponge, les doigts blanchis par le froid.

— Vous êtes à l'entrée ?

— Oui.

Je ferme le robinet, retire le peignoir de l'évier et l'essore.

— Parfait. Ne bougez pas.

Il n'y a plus de papier absorbant sur le dévideur. J'ouvre le tiroir du linge de table, pour tomber sur un autre portrait de moi, posé sur une pile de serviettes de table pliées.

Je ne suis pas endormie sur celui-là, mais au contraire bien réveillée, souriante, les cheveux tirés, les yeux brillants. C'est un dessin à l'encre.

« Vous êtes rudement douée », avais-je dit.

« Un original de Jane Russell », avait-elle répliqué.

Ensuite, elle l'avait signé.

70

Le papier tremblote dans ma main. J'ai les yeux rivés sur la signature griffonnée dans le coin.

J'en étais presque arrivée à douter de ce que j'avais vécu. Et même de sa réalité à elle. Or il est là, devant moi : un souvenir concret de cette fameuse nuit. Un mémento. *Memento mori*. Souviens-toi que tu vas mourir.

Souviens-toi.

Et tout me revient : les échecs et le chocolat, les cigarettes, le vin, le tour de la maison. Surtout, je me souviens de Jane, de son grand rire et de sa bonne descente, de la façon dont elle s'était penchée vers la fenêtre pour contempler sa maison… « Elle est belle, hein ? » avait-elle murmuré.

Elle était bel et bien là. Chez moi.

— On est tout près, dit l'inspecteur Little dans mon téléphone.

— J'ai…

Je m'éclaircis la gorge.

— J'ai retrouvé un…

— On tourne dans…

La suite m'échappe, parce que je vois soudain derrière la vitre Ethan sortir de chez lui. S'était-il caché dans une pièce jusque-là ? J'ai coulé des regards furtifs vers la maison des Russell pendant une bonne heure, allant du salon à la chambre et vice versa, sans rien remarquer. Comment ai-je pu le manquer ?

— Anna ?

La voix du policier me semble lointaine, étrangement atténuée. Je baisse les yeux, découvre le téléphone dans ma main, près de ma hanche, et le peignoir tombé en tas à mes pieds. Je pose le mobile sur le plan de travail et la photo près de l'évier, puis tape contre la vitre, plusieurs coups secs.

— Anna ? appelle de nouveau Little.

Je l'ignore.

Je toque plus fort. Ethan s'est engagé sur le trottoir à présent, il vient vers moi.

Je n'hésite plus.

Mes doigts agrippent le châssis de la fenêtre à guillotine. Se crispent. Je ferme les yeux et le soulève.

L'air du dehors me saisit, si vif que j'ai l'impression d'être transpercée. Il s'insinue sous mes vêtements, les agite autour de moi. Le grondement du vent résonne à mes oreilles. Le froid m'envahit, me remplit.

Malgré tout, je crie son prénom, lance les deux syllabes comme un projectile vers le monde extérieur : « E-than ! »

Le silence se brise. J'imagine des nuées d'oiseaux prenant leur envol, des passants s'arrêtant net.

Puis mon souffle emporte les derniers mots :

« Je sais. »

Je sais qui est ta mère ; je sais qu'elle est venue ici ;
je sais que tu as menti.

Je referme la fenêtre et appuie mon front contre la
vitre. Ouvre les yeux.

Ethan s'est figé sur le trottoir, dans sa parka trop
large sur son jean trop étroit. Le vent fait voltiger sa
mèche. Il me regarde, la figure voilée par la vapeur
blanche de son souffle. Mon cœur s'affole.

Il secoue la tête. Repart.

71

Je le suis des yeux jusqu'à ce qu'il disparaisse. Ma tension se relâche, mes épaules s'affaissent. Un soupçon d'air froid du dehors hante toujours ma cuisine. J'ai tenté le tout pour le tout et, au moins, Ethan n'a pas couru se réfugier chez lui.

En attendant, les inspecteurs seront là d'une minute à l'autre. Je vais leur montrer le portrait, tombé par terre dans l'intervalle. Je le ramasse, de même que mon peignoir humide.

On sonne. Little.

Je me redresse, attrape le téléphone et le fourre dans ma poche. Puis je me hâte vers la porte du vestibule, appuie sur la touche de l'interphone et tire les verrous. Derrière la vitre dépolie se profile une ombre, qui devient rapidement une silhouette.

Mon impatience est à son comble. Je tourne la poignée, ouvre la porte.

Et me retrouve face à Ethan.

Sur le coup, je suis trop surprise pour réagir. Je me contente de rester plantée là, le portrait pincé entre mes doigts, le peignoir gouttant sur le sol.

Ses joues sont rougies par le froid. Et il aurait besoin d'aller chez le coiffeur : sa mèche atteint ses sourcils, ses cheveux bouclent autour de ses oreilles. Ses yeux sont écarquillés.

Nous nous dévisageons un moment, en silence.

— Vous n'avez pas le droit de m'interpeller comme ça, déclare-t-il posément.

Cette remarque inattendue me prend au dépourvu.

— Je ne savais pas comment faire autrement pour attirer ton attention, dis-je.

Des gouttes tombent sur mon pied, sur le sol. Je fourre le peignoir sous mon bras.

Punch, arrivé de l'escalier, trottine droit vers les tibias du jeune garçon.

— Qu'est-ce que vous voulez ? demande-t-il, les yeux baissés.

— Ta mère est venue ici, Ethan.

Il soupire, secoue la tête.

— Vous… vous avez des hallucinations.

Il a prononcé ces mots d'un ton guindé, comme s'ils ne lui étaient pas familiers. Je n'ai pas besoin de lui demander où il les a entendus. Ni dans la bouche de qui.

— Non, tu te trompes.

Je sens mes lèvres s'incurver en un sourire.

— Tiens, regarde ce que j'ai trouvé.

Je l'entraîne dans le salon et lui montre le portrait. Il l'examine.

Seul le ronronnement de Punch qui se frotte contre le jean d'Ethan trouble le silence autour de nous.

— Qui est-ce ? lance-t-il au bout d'un moment, sans quitter la feuille des yeux.

— C'est moi.

— Qui l'a dessiné ?

J'avance d'un pas.

— Tu peux lire la signature, non ?

Il prend le papier. Plisse les yeux.

— Mais...

L'interphone nous fait sursauter tous les deux. D'un même mouvement, nous tournons la tête vers l'entrée. Punch file vers le canapé.

Abandonnant Ethan, je vais déverrouiller la porte. Des pas lourds résonnent dans le vestibule, et un instant plus tard Little s'engouffre dans la pièce, Norelli sur les talons.

Ils semblent surpris de voir Ethan.

— Qu'est-ce qui se passe ici ? lance Norelli.

Le jeune garçon me regarde, puis esquisse un pas vers le vestibule.

— Reste là, lui dis-je.

— Tu peux partir, déclare Norelli à l'adresse d'Ethan.

— Reste !

J'ai crié, et cette fois il ne bouge plus.

— Vous avez fouillé la maison ? me demande Little.

— Non.

Il fait signe à sa coéquipière, qui traverse la cuisine et s'arrête devant la porte du sous-sol. Elle examine l'escabeau, puis se tourne vers moi d'un air interrogateur.

— C'est à cause de mon locataire, dis-je.

Sans un mot, elle se dirige vers l'escalier.

Je me concentre de nouveau sur Little qui, les mains dans les poches, m'observe attentivement. Je prends mon souffle.

— J'ai tellement de choses à vous dire, inspecteur ! D'abord, j'ai reçu ce…

Je tire le téléphone de la poche de mon peignoir, lequel s'échoue sur le sol avec un bruit mouillé.

— Ce message.

Je clique sur le mail puis agrandis la photo. Little saisit le mobile dans sa grosse main.

Des frissons me parcourent tandis qu'il examine l'écran. Il fait frais dans la maison et je n'ai pas grand-chose sur le dos. Mes cheveux sont en bataille, j'en ai bien conscience. Je me sens mal à l'aise.

Ethan aussi, manifestement : il n'arrête pas de se dandiner. Il paraît si délicat à côté de l'inspecteur, si fragile… Je dois résister à l'envie de le serrer dans mes bras.

Le policier passe son pouce sur l'écran.

— Jane Russell, hein ?

— Sauf que ce n'est pas elle. Regardez l'adresse mail.

— « devinequicestanna@gmail.com »,   lit-il. La photo a été prise à 2 heures deux du matin et envoyée à midi douze… Vous aviez déjà reçu un message de cette adresse ?

— Non. Est-ce qu'il y a un moyen de remonter jusqu'au véritable expéditeur ?

— C'est quoi ? intervient Ethan.

— Une photo, dis-je.

— Comment a-t-on pu s'introduire chez vous ? s'étonne Little. Vous n'avez pas d'alarme ?

— Non. À quoi servirait-elle ? Je ne sors jamais.

— Une photo de quoi ? interroge Ethan.

Cette fois, Little se tourne vers lui et le foudroie du regard.

— Ça suffit, les questions !

Le ton est brutal, et le jeune garçon tressaille.

— Va t'asseoir.

Docilement, Ethan se dirige vers le canapé et s'installe près de Punch.

Little marche jusqu'à la cuisine, soulève le loquet de la porte de derrière, l'ouvre puis la referme. Un souffle d'air froid circule dans la pièce.

— Quelqu'un aurait pu entrer par là, fait-il remarquer.

Je juge bon de rectifier :

— Quelqu'un *est* entré par là.

— On vous a pris quelque chose ?

Je n'ai même pas pensé à vérifier.

— Je n'en sais rien. On n'a pas touché à mes ordinateurs ni à mon téléphone, mais… pour le reste, je n'en ai aucune idée. Je n'ai pas regardé. J'avais trop peur.

Son expression s'adoucit.

— Je veux bien vous croire, docteur Fox. D'après vous, qui aurait pu prendre cette photo ?

— La seule personne ayant peut-être une clé : mon locataire. David.

— Et où est-il ?

— Je l'ignore. Il m'a dit qu'il s'absentait, mais…

— Il a la clé ou pas ?

Je croise les bras.

— Peut-être. Il en utilise une autre pour son appartement, mais il est possible qu'il ait volé la mienne.

— Pourquoi ? Vous avez des problèmes avec lui ?

— Non.

— Rien à signaler, vraiment ?

431

— Eh bien, il m'a... il m'a emprunté un couteau un jour. Un cutter, plus précisément. Et il l'a remis en place sans me le dire.

Après avoir avalé une grande goulée d'air, Little se met soudain à brailler, si fort que je grimace.

— Hé ! Val ?

— Je suis en haut ! répond Norelli.

— Tu vois quelque chose ?

Silence. Nous attendons.

— Rien, répond-elle quelques instants plus tard.

— Pas de désordre suspect ?

— Non.

— Personne dans les placards ?

— Personne. Je vous rejoins.

Little reporte son attention sur moi.

— Bon, récapitulons : quelqu'un s'est introduit chez vous – on ne sait pas comment –, vous a prise en photo mais n'a rien emporté.

— C'est ça.

Doute-t-il de mon témoignage ? J'indique le téléphone dans sa main, comme si c'était une preuve irréfutable. C'en est une, d'ailleurs.

— Désolé, dit-il en me le rendant.

Norelli s'avance jusqu'à la cuisine, les pans de son long manteau flottant derrière elle.

— Pas d'indésirable ? lui demande Little.

— Non. Ni aucune trace d'effraction. Il se serait passé quoi au juste ? ajoute-t-elle à mon intention.

Je lui tends le téléphone. Elle se borne à regarder l'écran.

— Jane Russell ?

Je lui indique l'adresse mail à côté du nom. Son visage s'assombrit.

— Vous aviez déjà reçu quelque chose de cet expéditeur ?

— Non.

— C'est une adresse Gmail, souligne-t-elle.

Je la vois échanger un coup d'œil entendu avec Little.

— Exact. Vous pouvez faire des recherches ?

— Eh bien, ça va poser un problème.

— Pourquoi ?

Elle se tourne vers son coéquipier.

— C'est Gmail, déclare-t-il.

— Et ?

— Gmail cache les adresses IP.

— Je ne sais pas ce que ça veut dire.

— Qu'on n'a aucun moyen d'identifier un compte Gmail, poursuit-il.

— En clair, vous auriez très bien pu vous envoyer ce message, sans qu'on puisse le prouver, intervient Norelli.

Un rire incrédule m'échappe.

— Quoi ? Mais, pour... pourquoi j'aurais fait ça ?

J'en bafouille. Norelli gratifie d'un regard appuyé le peignoir trempé. Je le ramasse, juste pour m'occuper les mains, remettre un semblant d'ordre dans la pièce.

— Cette photo m'a tout l'air d'un petit selfie de minuit, ajoute Norelli.

— Je dors, je vous signale.

— Vous fermez les yeux, disons.

— Parce que je dors.

— Ou parce que vous faites semblant.

Dépassée, je me tourne vers Little.

— Il faut nous comprendre, docteur Fox, se justifie-t-il. Il n'y a aucun signe d'intrusion chez vous. Apparemment, rien ne manque. La porte d'entrée n'a pas été forcée, celle de derrière non plus, et vous dites vous-même que personne d'autre n'a la clé.

— Non, j'ai dit que mon locataire en avait peut-être une.

Ai-je réellement prononcé ces mots ? Je n'en suis plus certaine. Je frissonne de nouveau.

— À propos, qu'est-ce qu'il fabrique là, cet escabeau ? lance Norelli.

— Le Dr Fox a eu un petit différend avec son locataire, répond Little à ma place.

— Tu lui as demandé pour... le mari ? s'enquiert sa coéquipière.

Quelque chose dans son intonation me dérange, sans que je puisse définir quoi exactement. Elle s'adresse ensuite à moi :

— Je vous avais déjà priée de ne pas nous faire perdre notre temps...

L'indignation me submerge.

— Ce n'est pas moi qui vous en fais perdre, c'est vous-même ! Quelqu'un est entré chez moi, je vous en ai donné la preuve, et vous restez là, à me raconter que j'ai tout inventé. J'ai vu une femme se faire poignarder, et vous ne m'avez pas crue. Comment pourrais-je...

Le portrait.

Je pivote vers Ethan, toujours assis sur le canapé, Punch sur ses genoux.

— Apporte-moi le dessin, dis-je.

434

— Ne le mêlez pas à vos histoires, m'ordonne Norelli.

Mais déjà Ethan s'approche de moi, tenant le chat d'une main, le papier dans l'autre. Il me le remet presque cérémonieusement.

Je brandis la feuille sous le nez de Norelli, l'obligeant à reculer.

— Regardez la signature !

Son front se plisse.

Et, pour la troisième fois de la journée, on sonne à la porte.

72

Little me dévisage un instant, avant de s'avancer vers le visiophone.

— Qui est-ce ? dis-je.

Il ouvre sans me répondre.

Des pas rapides se font entendre, puis Alistair Russell entre, engoncé dans un épais gilet, le visage rougi par le froid. Il paraît plus vieux que lors de notre dernière rencontre, sans doute parce qu'il a les traits tirés.

Son regard perçant balaie la pièce et s'arrête sur Ethan.

— Toi, tu laisses ce chat et tu retournes à la maison tout de suite, lui ordonne-t-il.

Le jeune garçon ne bouge pas.

— Je voudrais vous montrer quelque chose, dis-je en levant le portrait vers lui.

Mais il m'ignore et s'adresse à Little.

— Je suis heureux que vous soyez là, déclare-t-il, l'air on ne peut moins heureux. Mon épouse m'a raconté qu'elle avait entendu cette femme apostropher notre fils par la fenêtre. J'ai décidé de venir quand j'ai vu votre voiture se garer devant chez elle.

Lors de sa précédente visite, cet homme était resté poli. Il paraissait aussi vaguement perplexe. Plus maintenant.

— Monsieur Russell…, commence Little.

— Elle a téléphoné chez moi, vous le saviez ? Et à mon ancien poste, poursuit Alistair Russell.

Ainsi, Alex m'a dénoncée… J'en profite pour demander :

— Pourquoi vous a-t-on licencié, monsieur Russell ?

Emporté par la colère, il ne m'écoute pas.

— Elle a aussi suivi mon épouse hier, jusque dans un café ! Elle vous en a parlé ? Non, bien sûr !

— Nous sommes au courant, monsieur, souligne Little.

— Elle l'a provoquée devant tout le monde !

Je jette un coup d'œil à Ethan. Apparemment, il n'a pas raconté à son père qu'il m'avait parlé après.

— C'est la seconde fois que nous nous retrouvons tous ici, continue Alistair d'une voix tremblante d'indignation. D'abord, elle prétend avoir vu quelqu'un se faire agresser dans ma maison. Aujourd'hui, elle attire mon fils chez elle. Il faut que ça cesse ! Il le faut, vous m'entendez ? Cette femme est une menace pour ma famille, ajoute-t-il en se tournant vers moi.

Je pointe le doigt sur le portrait.

— Je connais votre « épouse » ! C'est…

— Faux ! Vous ne la connaissez pas ! D'ailleurs, vous ne connaissez personne. Vous restez enfermée chez vous, vous passez vos journées à espionner les gens…

Je sens mes joues s'empourprer. Ma main retombe.

Il n'en a cependant pas fini avec moi.

— Vous avez inventé une… une rencontre avec une femme qui n'est pas mon épouse et qui n'est même pas… réelle. Aujourd'hui, vous harcelez mon fils. Vous nous harcelez tous !

Dans le silence qui suit, on entendrait une mouche voler.

Little est le premier à le rompre.

— Bien.

— Elle a des hallucinations, assène encore Alistair.

Voilà, il l'a dit. Ethan baisse les yeux.

— Bien, répète Little. Ethan ? Je crois que tu ferais mieux de rentrer chez toi, maintenant. Monsieur Russell, si vous pouviez rester encore un moment…

Je saisis la balle au bond.

— Oui, restez. Peut-être pourrez-vous expliquer ceci ?

De nouveau, je lui tends le portrait.

— Qu'est-ce que c'est ? demande-t-il en le prenant.

Il a l'air dérouté.

— Un dessin fait par votre femme. Quand elle était ici, assise à cette table.

Little s'approche d'Alistair pour examiner à son tour la feuille.

— C'est vous, observe-t-il.

Je confirme d'un hochement de tête.

— Elle est venue chez moi. Ceci le prouve.

Mais déjà, Alistair s'est ressaisi.

— Ça ne prouve rien du tout ! rétorque-t-il. Sinon que vous êtes tellement dingue que vous en êtes réduite à semer de faux indices !

Il ricane.

— Vous êtes complètement givrée.

438

« Tu ne savais plus où tu en étais », *Rosemary's Baby*.

— Pardon ?

— Vous avez fait ce dessin vous-même, pas vrai ? attaque Alistair.

— Tout comme vous auriez pu prendre cette photo vous-même et vous l'envoyer, renchérit Norelli.

Je titube, chancelle, avec l'impression d'avoir reçu un coup à l'estomac.

— Qu'est-ce que vous…

— Docteur Fox ? Vous vous sentez bien ? s'enquiert Little.

Le peignoir glisse de ma main, tombe de nouveau par terre.

Je tangue. Les murs tournent autour de moi. Alistair me toise d'un air suffisant, le regard de Norelli est impénétrable, la main de Little s'approche de mon épaule. Ethan recule, le chat toujours dans les bras. Ils sont tous contre moi, je n'ai personne à qui me raccrocher, personne sur qui m'appuyer.

— Ce n'est pas moi qui ai dessiné ce portrait ! C'est Jane, lorsqu'elle était là…

Je tends la main vers la cuisine.

— Et je n'ai pas pris cette photo non plus. Je n'aurais pas pu. Je… Il se passe des choses, mais vous refusez de m'aider !

Je ne sais pas comment formuler ça autrement. Ma sensation de vertige s'accentue et, chancelante, je fais un geste en direction d'Ethan et referme une main tremblante sur son épaule.

— Ne le touchez pas ! rugit Alistair.

Plongeant mon regard dans celui du jeune garçon, je répète dans un souffle :

— Il se passe des choses…

— Quoi ? Qu'est-ce qui se passe ? lance une nouvelle voix.

Nous nous retournons tous d'un même mouvement.

— La porte était ouverte, déclare David.

73

Il se tient sur le seuil, les mains dans les poches, un vieux sac de voyage à l'épaule.

— Qu'est-ce qui se passe ? répète-t-il au moment où je relâche Ethan.

— Qui êtes-vous ? demande Norelli.

David croise les bras.

— J'habite ici. Au sous-sol.

— Ah ! s'exclame Little. Vous êtes le fameux David…

— Possible.

— Vous avez un nom de famille, j'imagine ?

— Comme tout le monde.

— Winters, dis-je, après avoir extrait le patronyme des profondeurs de mon cerveau.

David m'ignore.

— Et vous ? Vous êtes qui ? lance-t-il.

— La police. Je suis l'inspecteur Norelli, et voici l'inspecteur Little.

Du menton, David indique Alistair.

— Lui, là, je le connais.

Alistair Russell confirme d'un signe de tête.

— Vous allez peut-être pouvoir nous dire ce qui cloche chez cette femme.

— Je ne vois pas ce qui cloche chez elle, rétorque David.

La gratitude me submerge. J'ai un allié, enfin.

Puis je me rappelle qui il est.

— Où étiez-vous hier soir, monsieur Winters ? interroge Little.

— Dans le Connecticut, pour un boulot. Pourquoi ?

— Quelqu'un a pris une photo de Mme Fox dans son sommeil, vers 2 heures du matin, et la lui a ensuite envoyée par mail.

— Hein ? C'est… tordu, déclare David, qui me regarde. Quelqu'un est entré ici en pleine nuit ?

Je n'ai pas le temps de répondre.

— Y a-t-il des témoins pour confirmer que vous étiez bien dans le Connecticut hier soir, monsieur Winters ? demande Little.

David change de position.

— La dame avec qui j'étais.

— Un nom, peut-être ?

— Je ne connais pas son nom de famille.

— Elle a un numéro de téléphone, cette dame ?

— Comme tout le monde.

— On va en avoir besoin, déclare Little.

N'y tenant plus, je lance :

— C'est lui. C'est le seul qui aurait pu prendre cette photo.

Un bref silence s'ensuit. David fronce les sourcils.

— Quoi ?

Quand il pose sur moi un regard indéchiffrable, je sens ma détermination vaciller.

— Vous me soupçonnez de m'être introduit chez vous et...

— Personne ne vous soupçonne, le coupe Norelli.

— Moi, si, dis-je.

— Je n'ai aucune idée de ce que vous racontez, réplique David.

La lassitude perce dans sa voix. Il tend son téléphone à Norelli.

— Tenez, appelez-la. Elle s'appelle Elizabeth.

La coéquipière de Little s'éloigne vers le salon.

Je n'en peux plus, il me faut un verre. Au moment où je me dirige vers la cuisine, j'entends Little déclarer :

— Le Dr Fox affirme avoir vu une femme se faire agresser dans la maison d'en face. Avez-vous vous-même été témoin de quelque chose ?

— Non, répond David. Alors c'est pour ça qu'elle m'a demandé si j'avais entendu des cris, l'autre jour ?

Je ne me retourne pas. Je suis déjà en train de me servir du vin.

— Comme je le lui ai dit, je n'ai rien entendu, déclare David.

— Et pour cause ! intervient Alistair.

Mon verre à la main, je leur fais face.

— Mais Ethan m'a...

— Ethan ! s'écrie Alistair. Sors d'ici. Combien de fois faudra-t-il que je te le répète ?

— Du calme, monsieur Russell, l'interrompt Little. Docteur Fox, ajoute-t-il en agitant son index vers moi, je vous déconseille vivement de boire. Ce n'est pas le moment.

Je pose le verre sur le comptoir, sans toutefois le lâcher. Je sens la révolte gronder en moi.

Il s'adresse de nouveau à David :

— Avez-vous remarqué quoi que ce soit d'inhabituel dans la maison d'en face ?

— Sa maison ? lance David en regardant Alistair, qui se hérisse.

— C'est inadmis…, commence ce dernier.

— Non, rien du tout, affirme David.

Son sac glisse de son épaule. Il se redresse et le remet en place.

— Mais bon, je n'ai pas spécialement fait attention non plus, ajoute-t-il.

Little hoche la tête.

— Je comprends, monsieur Winters. Avez-vous rencontré Mme Russell ?

— Non.

— Comment avez-vous connu M. Russell ?

— Je l'ai embauché…, tente Alistair, mais, d'un geste, Little lui intime le silence.

— Il m'a engagé pour faire quelques travaux, explique David. Je n'ai pas rencontré sa femme.

— Ah oui ? Alors comment sa boucle d'oreille a-t-elle atterri dans votre chambre ?

À peine ai-je formulé la question que tous les regards convergent vers moi.

— Je l'ai vue, dis-je en serrant plus fort mon verre. Sur votre table de nuit. Trois perles. C'est la boucle de Jane Russell.

David soupire.

— Non, c'est celle de Katherine, une femme que j'ai fréquentée. Elle a passé plusieurs nuits ici.

— C'était quand ? interroge Little.

— La semaine dernière. Pourquoi ? Quelle importance ?

— Aucune, monsieur Winters, lui assure Norelli en lui rendant son téléphone. Elizabeth Hughes confirme qu'elle était avec lui à Darien la nuit dernière, de minuit à 10 heures ce matin.

— Ensuite, je suis rentré directement, ajoute David.

— Qu'est-ce que vous faisiez dans la chambre de votre locataire, madame Fox ? me demande Norelli.

— Elle fouinait, répond David.

Rouge d'embarras, je contre-attaque :

— Vous m'aviez pris un cutter !

Quand il s'avance vers moi, je vois Little se raidir.

— Vous me l'aviez prêté, se défend David.

— D'accord, mais ensuite vous l'avez remis en place sans rien dire.

— Et alors ? Je l'avais dans ma poche, et en allant pisser je l'ai rangé. Drôle de façon de me remercier, vraiment !

— Comme par hasard, vous l'avez reposé dans la boîte à outils après que Jane…

— Oh, bon sang ! Ça suffit ! gronde Norelli.

Je lève mon verre et bois une longue gorgée de vin sous leurs yeux.

Le portrait, la photo, la boucle d'oreille, le cutter… Tous mes pions ont été balayés. Il ne me reste rien.

Ou peut-être une dernière carte.

J'avale encore un peu de vin, puis prends une profonde inspiration.

— Il a fait de la prison.

Alors même que les mots sortent de ma bouche, j'ai du mal à croire que je suis en train de les prononcer.

— Pour agression.

La mâchoire de David se crispe. Alistair darde sur lui un regard noir. Norelli et Ethan m'observent. Quant à Little, il paraît soudain triste au-delà de toute expression.

La colère m'emporte.

— Alors, pourquoi n'est-ce pas lui que vous questionnez ? Vous m'accusez d'imaginer des choses quand je vois une femme se faire assassiner, de fabriquer des preuves quand je vous montre un dessin qu'elle a fait et signé…

Je pointe sur Alistair un index accusateur.

— Et quand je vous signale qu'il y a chez lui une femme qui n'est pas celle qu'elle prétend être, vous ne vous donnez même pas la peine de vérifier. Vous vous en fichez !

J'avance d'un pas vers eux, et tous reculent comme si je les effrayais. Bien.

— Là-dessus, quelqu'un s'introduit chez moi et m'envoie une photo prise à mon insu, et vous prétendez que je mens…

Ma voix se brise, des larmes coulent sur mes joues, mais je poursuis :

— Je ne suis pas folle, je n'ai rien inventé ! Je n'ai pas l'habitude de voir des choses qui n'existent pas. Sa femme, dis-je en indiquant Alistair, qui est aussi sa mère – je désigne cette fois Ethan –, a été poignardée sous mes yeux. C'est ce mystère-là que vous devriez essayer de résoudre, parce que je sais ce que j'ai vu !

Silence. Devant moi, tous sont aussi figés que les personnages d'un tableau. Même Punch s'est immobilisé, la queue incurvée en point d'interrogation.

Du dos de la main, je m'essuie les joues et le nez, puis repousse une mèche tombée dans mes yeux et vide mon verre.

Little s'anime brusquement. Il me rejoint, me prend mon verre et le pose loin de moi, comme s'il me délestait d'une arme.

— Le problème, Anna, c'est que j'ai parlé à votre médecin hier, après vous avoir eue au téléphone.

J'ai la bouche sèche, soudain.

— Le Dr Fielding, précise-t-il. Vous l'avez mentionné à l'hôpital. Je voulais m'entretenir avec quelqu'un qui vous connaissait.

Je sens mon cœur se serrer.

— J'ai pu constater qu'il se souciait beaucoup de vous. Je lui ai avoué que je m'inquiétais à cause de ce que vous m'aviez raconté. Et que je n'étais pas tranquille de vous savoir toute seule dans cette grande maison, d'autant que vous m'aviez confié être séparée de votre famille. Or...

Je devine ce qu'il va dire. En un sens, je suis soulagée que ce soit lui qui le dise, parce qu'il est gentil et que sa voix est chaleureuse. Je ne pourrais pas le supporter venant de quelqu'un d'autre.

Malheureusement, Norelli le devance :

— ... or votre mari et votre fille sont morts.

74

Personne n'a jamais formulé les choses ainsi, énoncé les mots dans cet ordre.

Ni le médecin des urgences, qui m'a annoncé : « Votre mari n'a pas survécu », pendant qu'on soignait mon dos blessé et ma trachée endommagée.

Ni l'infirmière-chef qui, quarante minutes plus tard, m'a dit : « Madame Fox, je suis au regret de… », sans jamais terminer sa phrase. C'était inutile.

Ni les amis – ceux d'Ed, en fait ; j'ai découvert de façon brutale que ni Livvy ni moi n'en avions – qui sont venus à l'enterrement, m'ont présenté leurs condoléances et se sont manifestés ensuite de loin en loin au fil des mois. « Ils sont partis », disaient-ils. Ou : « Ils ne sont plus là. » Ou encore, pour les plus brusques : « Ils ont péri. »

Ni Bina. Ni même le Dr Fielding.

Or Norelli l'a fait. Elle a rompu le charme, exprimé l'indicible : « Votre mari et votre fille sont morts. »

C'est vrai. Ils n'ont pas survécu, ils sont partis, ils ont péri. Ils sont morts. Je ne le nie pas.

La voix du Dr Fielding, implorante, s'élève dans ma tête : « Ne voyez-vous pas, Anna, que c'est tout le contraire ? Vous êtes en plein déni. »

Tout juste.

Mais comment pourrais-je leur faire comprendre, à tous ? À Little et à Norelli, à Alistair et à Ethan, à David ou à d'autres ? Je les entends réellement : leurs voix résonnent à l'intérieur comme à l'extérieur de moi. Je les entends quand je suis submergée par la douleur de leur absence, par la réalité de mon deuil, de… oui, je peux le dire : de leur mort. Je les entends lorsque j'ai besoin de parler à quelqu'un. Je les entends dans les moments les plus inattendus. « Devine qui c'est », disent-ils, et je sens mon visage s'illuminer, mon cœur se gonfler de joie.

Alors je leur réponds.

75

L'écho des paroles de Norelli s'atténue peu à peu dans le silence.

Derrière Little, je vois Alistair et Ethan me dévisager, les yeux ronds. Je vois aussi David me regarder bouche bée. Norelli, elle, contemple ses pieds.

— Docteur Fox ?

Little. Je m'oblige à me concentrer sur lui. Il se tient de l'autre côté de l'îlot, le visage baigné par la lumière de l'après-midi.

— Anna…, dit-il plus doucement.

Je ne bouge pas. Je ne peux pas.

Il prend son souffle, le relâche.

— Le Dr Fielding m'a tout raconté.

Je ferme les yeux pour me réfugier dans l'obscurité. La voix de Little me parvient encore :

— Il m'a dit qu'un policier de l'État vous avait découverts dans un précipice, sur une saillie rocheuse.

Oui. Je me souviens des appels de cet homme, répercutés par la falaise.

— Et qu'à ce stade vous aviez passé deux nuits dehors. En pleine tempête de neige, au cœur de l'hiver.

Trente-trois heures exactement, entre le moment où nous étions sortis de la route et celui où l'hélicoptère était apparu dans le ciel.

— Il a ajouté qu'Olivia était encore vivante quand les sauveteurs vous avaient rejoints...

« Maman », avait-elle murmuré lorsqu'ils l'avaient chargée sur la civière, enveloppée dans une couverture.

— ... mais que votre mari était déjà parti.

Oh non, il n'était pas « parti ». Il était même bien trop présent, ce corps glacé dans la neige. « Lésions internes irréversibles, m'avait-on dit. Aggravées par l'exposition au froid. Vous ne pouviez rien faire. »

Il y a au contraire tant d'autres choses que j'aurais pu faire...

— C'est après l'accident que vos troubles se sont manifestés, poursuit Little. Dont l'impossibilité de sortir de chez vous. Vous êtes en état de stress post-traumatique, et je ne peux même pas imaginer ce que vous endurez.

Oh, Seigneur, comme j'avais eu peur sous les néons de l'hôpital, et dans la voiture de patrouille ! Je me rappelle aussi ma panique les premières fois où j'avais voulu quitter la maison, mes chutes répétées, mes efforts pour me traîner à l'intérieur.

Et ma décision de verrouiller les portes.

De fermer toutes les fenêtres.

En me jurant de rester cachée.

— Vous aviez besoin de sécurité, ce que je peux comprendre. Vous étiez en hypothermie à l'arrivée des secours. Vous avez vécu l'enfer.

Je sens mes ongles s'enfoncer dans mes paumes.

— Le Dr Fielding m'a également dit que, parfois, vous… vous les entendiez.

Je garde obstinément les paupières closes. « Ce ne sont pas des hallucinations, avais-je expliqué au psychiatre. C'est seulement que, de temps à autre, j'ai besoin de faire comme s'ils étaient encore là, pour pouvoir tenir le coup. Mais je sais que ce n'est pas sain. »

— Et aussi que vous leur parliez, ajoute Little.

Le soleil me chauffe la nuque. « Il vaut mieux en effet ne pas céder trop souvent à la tentation de ces conversations, m'avait conseillé le Dr Fielding. Il ne faudrait pas qu'elles deviennent une béquille. »

— Je dois bien reconnaître que j'ai été dérouté, au début, dans la mesure où vous parliez de votre mari et de votre fille comme s'ils étaient ailleurs.

Je ne prends pas la peine de faire remarquer à l'inspecteur que c'est le cas. Toute ma combativité m'a désertée. Je ne suis plus qu'une coquille vide.

— Vous m'aviez juste dit que vous étiez séparés. N'est-ce pas la vérité ? Je suis si fatiguée…

— C'est aussi ce que vous m'avez raconté, intervient une autre voix.

J'ouvre les yeux. La lumière inonde la pièce à présent, chassant les ombres. Les cinq personnes devant moi sont alignées tels des pions sur l'échiquier. Je regarde Alistair, qui vient de s'adresser à moi.

— Vous avez prétendu qu'ils habitaient ailleurs, précise-t-il avec une grimace.

Je ne lui ai jamais dit ça. Pas en ces termes, en tout cas. Mais peu importe. Plus rien ne compte.

Little se penche par-dessus l'îlot pour poser une main sur la mienne.

— Je pense que vous avez affronté des épreuves terribles, docteur Fox. Je pense aussi que vous croyez vraiment avoir rencontré cette femme, tout comme vous croyez parler à Olivia et à Ed.

Il a hésité durant une fraction de seconde, me semble-t-il, comme s'il n'était pas certain des prénoms. Ou peut-être cherche-t-il seulement à ralentir son débit par égard pour moi.

— Le problème, Anna, c'est que ce n'est pas réel, reprend-il d'une voix douce. Alors, vous devez vous ressaisir.

Je me surprends à hocher la tête. Il a raison, bien sûr : je suis allée trop loin. « Il faut que ça cesse », a dit Alistair tout à l'heure.

— Il y a des gens qui tiennent à vous, vous savez : le Dr Fielding, votre kinésithérapeute, et…

Et ? ai-je envie de demander. Qui d'autre tient à moi ?

— Et ils souhaitent vous aider.

Ses doigts serrent les miens. Je baisse les yeux vers ma main nichée dans la sienne. Me focalise sur son alliance, dont l'or brille d'un éclat terni, puis sur la mienne.

— D'après votre médecin, le traitement qu'il vous a prescrit peut provoquer des hallucinations.

Et une dépression. Et des crises d'insomnie. Et la combustion spontanée ! Mais ce dont j'ai fait l'expérience, ce ne sont pas des hallucinations.

— C'est peut-être le cadet de vos soucis, ajoute Little. Personnellement, ça me serait bien égal aussi.

— Jane Russell…, lâche soudain Norelli.

Sans me quitter des yeux, Little lève son autre main, et sa coéquipière se tait.

— On a vérifié, déclare-t-il. L'occupante du 207 est bien celle qu'elle dit être.

Je ne lui demande pas comment ils l'ont appris. Ça m'est égal à présent. Je suis tellement, tellement fatiguée…

— Quant à cette mystérieuse Jane dont vous auriez fait la connaissance… Eh bien, je pense que vous l'avez imaginée, docteur Fox. Elle est censée vous avoir porté secours dans la rue, n'est-ce pas ? Mais peut-être vous êtes-vous débrouillée toute seule pour rentrer. Il est possible que vous ayez rêvé cette intervention.

« Si je rêve tout éveillée… » Où ai-je entendu cette phrase ?

Peu importe. Je visualise la scène, à présent, comme s'il s'agissait d'un film : moi, me hissant sur les marches du perron, me traînant dans le vestibule, dans la maison… J'ai presque l'impression de m'en souvenir.

— Elle aurait joué aux échecs avec vous et dessiné votre portrait. Mais, là encore…

Oui, là encore. Oh, Seigneur… J'ai tous les détails en tête : les bouteilles de vin ; les tubes de comprimés ; les pions, les reines, les armées bicolores en marche, ma main qui s'approche de l'échiquier… Et mes doigts tachés d'encre, qui tiennent un stylo. Ne m'étais-je pas exercée à reproduire cette signature, quand j'avais griffonné son nom dans la buée sur la vitre de la cabine de douche, puis regardé les lettres couler et disparaître sous mes yeux ?

— Le Dr Fielding n'était pas au courant de tous les incidents récents.

Little marque une pause.

— J'en ai conclu que vous ne lui en aviez pas parlé parce que vous ne vouliez pas qu'il essaie de vous... raisonner.

Je ne réagis pas.

— Pour ce qui est du cri que vous avez entendu, j'ignore d'où il venait.

Moi, je sais. Ethan. Il n'a jamais nié. L'après-midi où je l'ai aperçu avec « Jane » dans le salon, il ne la regardait même pas, il contemplait ses genoux. Pas le fauteuil à côté de lui. Et pour cause : personne n'y était assis.

Du coin de l'œil, je le vois poser doucement Punch par terre sans me quitter du regard.

— Quant à cette histoire de photo, elle me laisse perplexe, déclare Little. D'après le Dr Fielding, il vous arrive de vous mettre en scène, peut-être parce que c'est une façon pour vous de demander de l'aide.

Est-ce moi qui me suis envoyé ce message ? Oui, bien sûr. « Devine qui c'est », c'est la formule dont je me sers pour communiquer avec Ed et Livvy. « devine-quicestanna ».

— Mais pour en revenir à ce que vous avez vu cette nuit-là...

Je sais ce que j'ai vu cette nuit-là.

J'ai vu un film, un vieux classique remastérisé, aux couleurs sanglantes du Technicolor, mélange de *Fenêtre sur cour*, de *Body Double* et de *Blow-Up*. J'ai vu un assemblage de séquences tirées d'une bonne centaine de films policiers où il est question de voyeurs.

J'ai vu un meurtre sans meurtrier ni victime. J'ai vu une causeuse vide dans un salon désert. J'ai vu ce que j'ai voulu voir, ce que j'avais besoin de voir. « Vous ne souffrez pas trop de la solitude ? demande Bogart à Bacall – à moi.

— Je suis née solitaire », répond-elle.

Pas moi. Le destin m'a faite ainsi.

Si je suis suffisamment perturbée pour parler à Ed et à Livvy, alors je suis certainement capable de mettre en scène un meurtre dans ma tête. Surtout avec l'aide de substances chimiques. Et n'ai-je pas nié la vérité avec la dernière énergie ? N'ai-je pas déformé et altéré les faits ?

Évidemment que Jane est bien celle qu'elle prétend être.

Évidemment que la boucle d'oreille dans la chambre de David appartient à Katherine, ou quel que soit son prénom.

Évidemment qu'il n'y a pas eu d'effraction chez moi la nuit dernière.

Ces révélations déferlent en moi comme des vagues qui balaient tout sur leur passage, ne laissant derrière elles que des débris en se retirant.

Je me suis trompée.

Plus grave : je me suis délibérément abusée.

Plus grave encore : j'étais la seule responsable de ce qu'il m'arrivait. Je suis la seule responsable.

« Si je rêve tout éveillée, c'est que je suis en train de perdre la tête. » Ça me revient maintenant. C'est dans *Hantise*.

Silence. Je n'entends même plus la respiration de Little.

Puis la voix d'Alistair s'élève :

— C'est donc ça, l'explication ? Je... Oh, bon sang !

Les yeux fixés sur moi, il secoue la tête, les lèvres entrouvertes.

J'avale péniblement ma salive.

Il me regarde encore quelques instants, puis fait signe à son fils et se tourne vers la porte.

— Ethan ? On s'en va.

Avant de sortir, Ethan lève vers moi des yeux brillants.

— Je suis désolé, dit-il d'une toute petite voix.

À ces mots, je dois me retenir de fondre en larmes.

La porte claque. Nous ne sommes plus que quatre.

— Si je comprends bien, la gamine sur la photo en bas est morte ? lance David, qui contemple la pointe de ses chaussures.

Je ne réponds pas.

— Et ces plans que vous vouliez conserver, c'étaient ceux d'un défunt ?

Je reste silencieuse.

— Et...

Il montre du doigt l'escabeau calé contre la poignée.

Devant mon mutisme, il se contente de hocher la tête. Puis il remonte son sac sur son épaule, se détourne et sort.

Norelli le suit des yeux.

— On le convoque au poste ?

— Est-ce qu'il vous importune ? me demande Little.

Je fais non de la tête.

— Bon, dit-il en relâchant ma main. Voyez-vous, je ne suis pas vraiment le mieux placé pour gérer la situation à partir de maintenant. Moi, mon boulot consiste à refermer ce dossier et à m'assurer que tout le monde, y compris vous, reprend le cours de sa vie. Je suis bien conscient que tout cela a dû être très pénible pour vous – je veux parler de ce que vous avez vécu aujourd'hui. Alors, Anna, j'aimerais que vous passiez un coup de fil au Dr Fielding. Je crois que c'est important.

Je n'ai pas prononcé un mot depuis la terrible annonce de Norelli : « Votre mari et votre fille sont morts. » Je ne peux même pas imaginer le son que rendrait ma voix dans un univers où une telle vérité a été énoncée et entendue.

— Je sais que vous vous battez, poursuit-il.

Je hoche la tête, lui aussi.

— J'ai l'impression de vous poser la question chaque fois que je viens ici, mais vous sentez-vous capable de rester seule ?

Je hoche de nouveau la tête, lentement.

— Anna ? Docteur Fox ? Répondez-moi, insiste-t-il.

— Oui.

Ma voix me semble lointaine. Étouffée.

— À la lumière de ce qui vient de…, commence Norelli.

Mais Little l'interrompt d'un geste. Je me demande ce qu'elle allait dire.

— Vous avez mon numéro, me rappelle-t-il. Et je vous en prie, appelez le Dr Fielding. Il attend de vos nouvelles. Ne nous donnez pas de raisons de nous inquiéter, ni à moi ni à…

Il indique sa coéquipière.

— Val est une anxieuse née.

Norelli m'observe.

Little recule vers la porte comme s'il hésitait à me tourner le dos.

— Et n'oubliez pas, nous avons des personnes qualifiées dans le service, à qui vous pourriez parler si vous le souhaitez.

Déjà, Norelli disparaît dans le vestibule. J'entends ses bottes claquer sur le carrelage, puis la porte d'entrée s'ouvrir.

Je reste avec Little, qui contemple la fenêtre derrière moi.

— Très franchement, murmure-t-il au bout d'un moment, je ne sais pas comment je réagirais s'il arrivait quelque chose à mes filles.

Il me regarde droit dans les yeux à présent.

— Non, je ne sais pas.

Il toussote.

— Au revoir, Anna.

Un instant plus tard, la porte d'entrée se referme.

Demeurée seule dans la cuisine, je regarde de minuscules galaxies de poussière se former et se dissoudre dans la lumière du soleil.

Je tends la main vers mon verre. Le saisis délicatement, le lève vers mon visage, en hume le contenu.

Puis je le fracasse contre le mur en hurlant plus fort que je ne l'ai fait de toute ma vie.

76

Assise au bord de mon lit, je regarde les ombres jouer sur le mur devant moi.

J'ai allumé une bougie Diptyque que j'ai sortie de sa boîte, un cadeau de Livvy pour Noël il y a deux ans. Figuier. Elle adore – adorait – ce parfum.

Un courant d'air venu d'on ne sait où hante la chambre. La flamme vacille mais ne s'éteint pas.

Une heure s'écoule ainsi. Puis une autre.

La bougie se consume rapidement, la mèche est déjà à moitié noyée dans une petite mare de cire fondue. Je suis toujours assise à la même place, le dos rond, les mains jointes entre mes jambes.

Mon téléphone s'éclaire soudain et se met à vibrer. Le nom de Julian Fielding apparaît sur l'écran. Il est censé venir demain. Il ne me verra pas.

La nuit tombe comme un rideau au théâtre.

« C'est après l'accident que vos troubles se sont manifestés, m'a rappelé l'inspecteur Little. Dont l'impossibilité de sortir de chez vous. »

À l'hôpital, on m'a dit que j'étais en état de choc. Le choc s'est ensuite mué en peur, laquelle s'est transformée en panique. Et quand le Dr Fielding est entré en scène, j'étais déjà… eh bien, c'est lui qui a trouvé la meilleure formulation, la plus simple aussi : « Un cas grave d'agoraphobie. »

J'ai besoin de sentir autour de moi les confins familiers de ma maison, parce que j'ai passé deux nuits dans une nature hostile, sous l'immensité du ciel.

J'ai besoin de me trouver dans un environnement que je peux maîtriser, parce que j'ai assisté à la lente agonie de mes proches.

« Vous remarquerez que je ne vous ai pas demandé ce qui a fait de vous ce que vous êtes », m'avait dit Jane ce soir-là. Ou plutôt, m'étais-je dit à moi-même.

C'est la vie qui m'a faite ainsi.

— Devine qui c'est…

Je secoue la tête. Je n'ai pas envie de parler à Ed.

— Comment tu te sens, ma petite picoleuse ?

Je secoue la tête de plus belle. Je ne dirai pas un mot. Je ne peux pas.

— M'man ?

Non.

— Maman ?

Je tressaille.

Non.

À un certain moment, je m'affale sur le côté et m'endors. Lorsque je me réveille, la nuque raide, la flamme de la bougie n'est plus qu'un minuscule point bleu qui tremblote dans l'obscurité.

Mes articulations craquent quand je me redresse. On dirait une vieille échelle toute vermoulue. Je dérive jusqu'à la salle de bains.

En revenant, je vois toutes les pièces éclairées chez les Russell, comme dans une maison de poupées. En haut, dans la chambre, Ethan est assis devant son ordinateur ; dans la cuisine, Alistair, armé d'un couteau, tranche quelque chose sur une planche à découper – des carottes, orange vif sous la lumière crue. Un verre de vin est posé sur le plan de travail. Je le regarde avec envie.

Et, dans le salon, il y a cette femme, installée sur la causeuse rayée. Je suppose que je devrais l'appeler Jane.

Elle passe le doigt sur l'écran de son téléphone. Elle fait défiler des photos de famille, peut-être. À moins qu'elle ne joue au solitaire, ou à n'importe lequel de ces jeux à la mode…

Il est possible aussi qu'elle soit en train de tout raconter à ses amies : « Vous vous rappelez cette voisine bizarre ? Eh bien, figurez-vous que… »

La gorge nouée, je m'approche des fenêtres pour tirer les rideaux.

Et je reste là, dans le noir, frigorifiée, totalement seule, envahie par la peur et par un sentiment qui s'apparente à de la nostalgie.

Mardi 9 novembre

77

Je passe la matinée au lit. Un peu avant midi, encore groggy, j'envoie un texto au Dr Fielding : « Pas aujourd'hui. »

Il m'appelle cinq minutes plus tard et me laisse un message que je n'écoute pas.

Vers 3 heures de l'après-midi, des crampes d'estomac m'obligent à me lever. Je descends à la cuisine et prends dans le frigo une tomate fripée.

Au moment où je mords dedans, Ed tente de me parler. Puis c'est au tour d'Olivia. Je me détourne d'eux, le jus de la tomate dégoulinant sur mon menton.

Je nourris le chat. Avale un premier témazépam, puis un deuxième et un troisième, avant de me rallonger. Je n'ai qu'une envie : dormir.

Mercredi 10 novembre

78

C'est la faim qui me réveille. Dans la cuisine, je verse machinalement des céréales Grape Nuts dans un bol avant de les arroser de lait, dont la date de péremption est celle d'aujourd'hui. Je n'aime pas spécialement les Grape Nuts ; ce sont les préférées d'Ed. Moi, elles m'irritent la gorge et l'intérieur des joues. Je ne sais même pas pourquoi je continue à en acheter.

Si. Bien sûr que je le sais.

Résistant à la tentation de retourner me coucher, je me rends au salon, m'approche du téléviseur et ouvre le tiroir dessous. *Sueurs froides*, me dis-je. Une histoire d'erreur d'identité, ou plutôt d'usurpation d'identité. Je connais les dialogues par cœur, et j'ai le sentiment inexplicable que le film m'apaisera.

« Qu'est-ce qui vous prend ? braille le policier à James Stewart – et à moi. Donnez-moi la main ! » Puis il perd l'équilibre et tombe du toit.

Apaisant, en effet.

À la moitié du film, je vais me resservir des céréales. Ed me glisse quelque chose à l'oreille quand je referme la porte du frigo. C'est ensuite Olivia qui prononce des paroles indistinctes. Je me réinstalle sur le canapé et monte le volume du téléviseur.

« Sa femme ? demande la créature dans la Jaguar vert jade. La pauvre. Je ne la connaissais pas. Dites-moi : croyait-elle vraiment… »

Je m'enfonce plus profondément dans les coussins. Le sommeil me rattrape.

Plus tard, pendant la séquence de maquillage (« Je refuse de m'habiller comme une morte ! »), mon téléphone vibre sur le plateau en verre de la table basse. Le Dr Fielding, sans doute. Je tends la main.

« C'est pour cette raison que je suis là ? s'écrie Kim Novak. Pour vous donner l'impression que vous avez retrouvé une morte ? »

Le nom de Wesley Brill s'affiche sur l'écran.

J'hésite un instant.

Puis je coupe le son de la télé, passe mon pouce sur le téléphone et le colle contre mon oreille.

Pour m'apercevoir que je suis incapable de prononcer un mot. C'est cependant inutile. Après quelques secondes de silence, il déclare :

— Je t'entends respirer, Fox.

Presque onze mois se sont écoulés depuis notre dernière conversation, pourtant sa voix tonitruante me paraît toujours aussi familière.

— Phoebe m'a prévenu que tu avais appelé, reprend-il. Je voulais te téléphoner hier, mais j'ai été débordé.

Je ne réponds pas. Il n'ajoute rien pendant un bon moment. Enfin, il demande :

— Tu es toujours là, Fox ?

— Je suis là, oui.

Ma propre voix, que je n'ai pas entendue depuis des jours, rend un son étrangement ténu, comme si elle appartenait à quelqu'un d'autre – un ventriloque qui s'exprimerait à travers moi.

— Bien. Je m'en doutais.

Il mâchonne quelque chose ; il a dû ficher une cigarette entre ses dents.

— Mon postulat était le bon.

Un bruissement dans mon oreille. Il souffle la fumée sur le micro.

— Je voulais te parler, dis-je.

Je décèle aussitôt un changement – une altération du rythme de sa respiration, peut-être. J'ai l'impression de voir les rouages de son cerveau se mettre en branle. Il est maintenant en mode psychologue.

— J'avais besoin de…

Il s'éclaircit la gorge, et je comprends qu'il est nerveux. Ce constat me surprend. Wesley « Brillant », fébrile ?

— Je ne vais pas bien.

Voilà, c'est sorti.

— Pour une raison particulière ? demande-t-il.

« La mort de mon mari et de ma fille ! » ai-je envie de crier.

— Je…

— Mmm…

Veut-il gagner du temps ou au contraire manifeste-t-il ainsi son impatience d'en savoir plus ?

— Ce soir-là…

Je ne sais pas comment terminer ma phrase. Je me sens comme l'aiguille d'une boussole tournoyant follement, incapable de se fixer.

— Oui, Fox ? Que cherches-tu à me dire ?

C'est typique de sa façon de procéder. Moi, j'avais pour principe de laisser le patient se confier à son rythme ; Wesley veut toujours que les choses aillent vite.

— Ce soir-là…

Ce soir-là, avant que notre voiture plonge dans le vide, tu m'as appelée. Je ne te le reproche pas. Je n'essaie pas de t'impliquer, je veux juste que tu le saches.

Ce soir-là, c'était déjà terminé entre nous. Quatre mois de mensonges : à Phoebe, qui soupçonnait certainement quelque chose ; à Ed, qui avait tout découvert, cet après-midi de décembre où je lui avais envoyé un texto qui t'était destiné.

Ce soir-là, j'ai regretté chaque moment que nous avions passé ensemble, toi et moi : les réveils dans cet hôtel au coin de la rue, quand la grisaille du jour filtrait à travers les rideaux ; les soirs où nous échangions des messages téléphoniques pendant des heures… Le jour où tout avait commencé, devant ce verre de vin dans ton cabinet.

Ce soir-là, cela faisait une semaine qu'Ed et moi avions mis la maison en vente, que l'agent immobilier avait commencé les visites, que je suppliais mon mari de m'écouter et qu'il ne pouvait plus me regarder. « Je pensais toujours à toi comme à l'épouse idéale. »

Ce soir-là…

472

Mais Wesley m'interrompt déjà.

— Pour être franc, Anna – et je me raidis car, même s'il est toujours franc, il est rare en revanche qu'il m'appelle par mon prénom –, j'ai tout fait pour mettre cette histoire derrière moi.

Il marque une pause.

— Et j'y suis parvenu, en grande partie.

Ah.

— Tu n'as pas voulu me voir, à l'hôpital. Je voulais… Par la suite, je t'ai proposé plusieurs fois de te rendre visite chez toi, tu t'en souviens ? Tu n'as jamais répondu à mes messages.

Il bute sur les mots, dérape et titube comme une femme peinant dans la neige autour de sa voiture accidentée.

— J'ignorais… J'ignore si tu as trouvé quelqu'un. Un confrère, je veux dire. Sinon, je serais heureux de t'en recommander un.

Au terme d'un autre silence, plus long cette fois, il déclare :

— Je ne sais pas trop ce que tu attends de moi.

Je me suis trompée. Il ne joue pas au psychologue, il ne réfléchit pas au moyen de m'aider. D'ailleurs, il a mis deux jours à me rappeler. En fait, il cherche une échappatoire.

Et qu'est-ce que j'attends de lui ? Bonne question. Je ne lui en veux pas. Sincèrement. Je ne le hais pas. Il ne me manque pas.

Quand j'ai téléphoné à son cabinet – ce coup de fil remonte-t-il à deux jours seulement ? –, j'espérais sans doute quelque chose de sa part. Mais, là-dessus,

473

Norelli a prononcé les mots magiques, et tout a changé.
Aujourd'hui, ça n'a plus d'importance.

J'ai dû prononcer ces derniers mots à voix haute,
car il demande :

— Quoi ? Qu'est-ce qui n'a plus d'importance ?

« Toi » est la réponse qui me vient aussitôt aux
lèvres. Je la garde cependant pour moi.

Et je raccroche.

Jeudi 11 novembre

79

À 11 heures tapantes le lendemain matin, on sonne à la porte. Je m'arrache à mon lit et vais jeter un coup d'œil par la fenêtre. C'est Bina, dont les cheveux noirs brillent sous le soleil. J'avais complètement oublié qu'elle devait venir aujourd'hui. De fait, j'avais presque oublié son existence.

Je recule, survole du regard les maisons de l'autre côté de la rue, d'est en ouest : les sœurs Gray, les Miller, les Takeda, la grande demeure abandonnée... Mon empire méridional.

Nouveau coup de sonnette.

Je descends, m'approche de la porte du vestibule et vois ma kiné sur l'écran de l'interphone vidéo. J'appuie sur le bouton du micro.

— Bina ? Je ne me sens pas très bien aujourd'hui.

— Vous avez besoin de moi ?

— Non, ce n'est pas la peine.

— Puis-je entrer quand même ?

— Non. Merci, mais j'ai vraiment besoin d'être seule.

Elle se mordille la lèvre.

— Bon, d'accord.

J'attends qu'elle parte.

— Le Dr Fielding m'a mise au courant de ce qui s'est passé, ajoute-t-elle. Il l'a appris par la police.

Je garde le silence.

— Eh bien, à la semaine prochaine alors ! lance-t-elle. Mercredi, comme d'habitude.

Peut-être pas.

— Oui.

— Vous m'appellerez si vous avez besoin de quelque chose ?

Non.

— Entendu.

Elle se détourne, puis descend les marches du perron.

Voilà. Une bonne chose de faite. D'abord le Dr Fielding, maintenant Bina. Quelqu'un d'autre ? Ah oui : Yves, demain. Je vais lui écrire pour annuler. « Je ne peux pas… »

Je rédigerai le message en anglais.

Avant de remonter l'escalier, je remplis de croquettes et d'eau les gamelles de Punch. Il arrive en trottinant, renifle ses Fancy Feast puis dresse les oreilles. Les canalisations grondent.

David… Je n'ai pas repensé à lui depuis un certain temps.

Je m'arrête près de la porte du sous-sol, écarte l'escabeau et l'appuie contre le mur à côté. Je frappe en criant son prénom.

Pas de réponse. Je l'appelle de nouveau.

Cette fois, j'entends des pas. Je soulève le loquet.

— J'ai déverrouillé la porte ! Vous pouvez monter. Enfin, si vous…

Avant que j'aie terminé, le battant s'ouvre, me révélant David deux marches plus bas, en tee-shirt moulant sur un jean élimé. Nous nous dévisageons.

Je prends la parole la première :

— Je voulais…

— Je m'en vais, m'annonce-t-il.

Je cille.

— La situation est devenue trop… inconfortable.

Je hoche la tête.

De sa poche arrière, il tire un morceau de papier qu'il me tend.

Je le déplie.

« Cet arrangement ne fonctionne pas. Désolé de vous avoir effrayé. Ai laissé la clé sous la porte. »

Je hoche de nouveau la tête. J'entends le tic-tac de l'horloge résonner dans la pièce.

— Du coup, je vous rends la clé tout de suite, déclare-t-il en me la présentant. Je claquerai la porte derrière moi.

Je saisis la clé sans un mot.

Il me regarde droit dans les yeux.

— Cette boucle d'oreille…, commence-t-il.

— Oh, vous n'avez pas besoin de vous…

— Elle appartenait à une certaine Katherine, comme je vous l'ai dit. Je ne connais pas la femme de ce type, Russell.

— Je sais. Je suis désolée.

Il opine du chef à son tour, puis referme la porte.

Je la laisse déverrouillée.

Revenue dans ma chambre, j'envoie au Dr Fielding un message laconique : « Je vais bien. Vous verrai lundi. » Il me rappelle immédiatement. Les sonneries se succèdent dans le vide.

Bina, David, le Dr Fielding. Je fais le ménage.

Je m'arrête un instant sur le seuil de la salle de bains, d'où je considère la douche à distance, comme on regarde un tableau dans une galerie de peinture. Non, pas aujourd'hui. Je vais dans ma chambre chercher un peignoir propre (il faut que je pense à laver l'autre, même si le vin s'est sans doute incrusté dans le tissu, depuis le temps) et descends dans le bureau.

La dernière fois où je me suis assise devant mon ordinateur remonte à trois jours. Je saisis la souris, la fais glisser sur le côté. L'écran s'éclaire, me demande mon mot de passe. Je le tape.

Une nouvelle fois, je me retrouve face à mon visage endormi.

Je me carre dans mon fauteuil. La photo est restée là dans l'intervalle, dissimulée derrière l'écran assombri comme un sale petit secret. Ma main se pose brutalement sur la souris. Je déplace le curseur dans le coin, clique pour fermer le document.

Je contemple maintenant le mail dans lequel elle a été insérée. « devinequicestanna ».

Non, décidément, je ne me rappelle pas avoir pris ce... comment Norelli a-t-elle formulé ça, déjà ? Ah oui, ce « petit selfie de minuit ». Je serais prête à jurer, la main sur le cœur, que je n'en ai aucun souvenir. Pourtant, ce sont bien mes mots, *nos* mots, à Ed et moi ; et David a un alibi (je n'avais encore jamais rencontré quelqu'un qui avait un alibi) ; et personne d'autre que lui n'aurait pu entrer dans ma chambre.

Sauf que... la photo devrait sûrement encore être archivée dans mon appareil, non ?

Je fronce les sourcils.

À moins que je n'aie pensé à l'effacer, mais...

Mon Nikon est posé au bord de mon bureau, la dragonne pendant sur le côté. Je m'en empare, l'allume et fais défiler les photos en mémoire.

La plus récente montre Alistair Russell, enveloppé dans un manteau, gravissant les marches de son perron. Elle date du samedi 6 novembre. Depuis, plus rien. J'éteins l'appareil, le repose.

Quoi qu'il en soit, le Nikon ne m'aurait pas permis de prendre un selfie ; il est trop gros. Je tire mon téléphone de la poche de mon peignoir, entre le code secret et sélectionne Photos puis Album.

C'est la première qui apparaît : le même cliché, en plus petit sur l'écran de l'iPhone. La bouche entrouverte, les cheveux emmêlés, le renflement de l'oreiller... Et l'heure : 02 h 02.

Personne d'autre que moi ne connaît le code de déverrouillage.

Il me reste une dernière vérification à faire, mais je me doute déjà du résultat.

J'ouvre le navigateur et tape gmail.com. Il s'affiche instantanément, me révélant l'adresse : « devinequicestanna@gmail.com ».

C'est réellement moi qui ai envoyé ce message.

Forcément. Je n'ai jamais confié à quiconque le mot de passe de mon ordinateur. Même s'il y avait quelqu'un d'autre dans la maison cette nuit-là, même si David s'y était introduit, je suis la seule à le savoir.

Je me cache le visage derrière mes mains.

Je ne me souviens de rien, je le jure…

80

Après avoir glissé le téléphone dans ma poche, je prends une profonde inspiration et me connecte à l'Agora.

De nombreux messages m'attendent. Je les parcours. La plupart émanent de mes habitués, qui donnent des nouvelles : DiscoMickey, Pedro de Bolivie, Talia de Bay Area. Même Sally4th m'a écrit : « Suis enceinte !!! c'est pour avril !!! »

Le cœur serré, je considère l'écran un moment.

Du côté des nouveaux, ils sont quatre à solliciter une aide. Mes mains s'immobilisent au-dessus du clavier, puis retombent sur mes genoux. Qui suis-je pour vouloir expliquer aux autres comment surmonter leurs problèmes ?

Je sélectionne tous les messages. Les supprime.

Je suis sur le point de me déconnecter quand une boîte de dialogue apparaît.

GrannyLizzie : Comment allez-vous, docteur Anna ?

Pourquoi pas ? Après tout, j'ai bien dit au revoir aux autres.

Votrepsyenligne : Bonjour, Lizzie ! Vos fils sont-ils toujours avec vous ?

GrannyLizzie : William est toujours là, oui !

Votrepsyenligne : Formidable ! Vous avez fait des progrès ?

GrannyLizzie : Oui, c'est stupéfiant. Je sors régulièrement, depuis quelque temps. Et vous, où en êtes-vous ?

Votrepsyenligne : Tout va pour le mieux ! C'est mon anniversaire aujourd'hui.

J'ai écrit ces mots sans réfléchir, et j'en suis la première surprise. Je n'ai pas pensé une seule fois à cette date la semaine dernière.

GrannyLizzie : Joyeux anniversaire, alors ! C'est un de ceux qui comptent ?

Votrepsyenligne : Non. Sauf si vous considérez que trente-neuf ans est un tournant !

GrannyLizzie : Que ne donnerais-je pas pour les avoir...

GrannyLizzie : Avez-vous des nouvelles de votre famille ?

Mes doigts se crispent sur la souris.

Votrepsyenligne : Je n'ai pas été honnête avec vous.

GrannyLizzie : ??

Votrepsyenligne : Ma famille est morte en décembre dernier.

Le curseur clignote.

Votrepsyenligne : Dans un accident de voiture.

Votrepsyenligne : J'avais eu une liaison. Mon mari et moi nous querellions à ce sujet quand nous avons quitté la route.

Votrepsyenligne : Quand j'ai quitté la route.

Votrepsyenligne : Un psychiatre m'aide à lutter contre le sentiment de culpabilité et l'agoraphobie.

Votrepsyenligne : Voilà. Je voulais que vous sachiez la vérité.

Il faut que je mette fin à cet échange.

Votrepsyenligne : Je dois vous laisser maintenant. Heureuse de savoir que vous allez mieux.

GrannyLizzie : Oh, ma pauvre petite

Je n'attends pas qu'elle ait terminé de taper son message. Je ferme la boîte de dialogue et me déconnecte.

Il n'y aura plus d'Agora.

81

Trois jours que je n'ai pas bu une goutte d'alcool.

Cette pensée me frappe alors que je suis en train de me brosser les dents. (Mon corps peut se passer d'ablutions pour le moment, mais pas ma bouche.) Trois jours… À quand remonte la dernière fois où j'ai tenu aussi longtemps ? Je n'ai même pas eu spécialement envie de boire.

Je penche la tête et crache.

L'armoire à pharmacie est remplie de tubes, de boîtes et de flacons de comprimés. J'en choisis quatre.

Quand je m'engage sur les marches pour descendre, le dôme du puits de lumière dispense la grisaille du crépuscule dans la cage d'escalier.

Puis, assise sur le canapé, je sélectionne un tube, le débouche et le fais glisser sur la table basse, semant les cachets comme des miettes de pain.

Je les étudie. Les compte. Les fais tomber dans ma paume. Les éparpille sur le plateau de la table.

En porte un à mes lèvres.

Non. Pas encore.

La nuit tombe vite.

Je me tourne vers les fenêtres et contemple longuement la maison de l'autre côté du parc. Le théâtre de mon esprit tourmenté. Belle image, me dis-je. Très poétique.

Les fenêtres sont brillamment éclairées, les pièces paraissent vides.

J'ai l'impression d'avoir été délivrée d'une forme de folie. Je frissonne.

Plus tard, je monte dans ma chambre. C'est décidé, demain je reverrai certains de mes films préférés : *Piège à minuit*, *Correspondant 17* (au moins la scène du moulin), *À vingt-trois pas du mystère*… Peut-être aussi *Sueurs froides,* de nouveau. Je me suis endormie devant la dernière fois que je l'ai regardé.

Et le jour d'après…

Allongée dans mon lit, alors que le sommeil me gagne, j'écoute les bruits de la maison : l'horloge en bas qui sonne 9 heures, le grincement des parquets…

— Joyeux anniversaire ! s'exclament Ed et Livvy, en chœur.

Je me tourne vers le mur – me détourne d'eux.

Une pensée me traverse soudain l'esprit : c'est aussi l'anniversaire de Jane. Celui que je lui ai attribué. Le onze onze.

Encore plus tard, alors que j'émerge brièvement du sommeil au cœur de la nuit, j'entends le chat rôder dans les ténèbres de la cage d'escalier.

Vendredi 12 novembre

82

Le soleil entre à flots par le puits de lumière, éclairant l'escalier, formant une flaque à l'entrée de la cuisine. Je me sens comme sous le feu des projecteurs quand je la traverse.

Il fait sombre partout ailleurs. J'ai tiré tous les rideaux, baissé tous les stores. L'ombre est dense, presque palpable. J'ai l'impression de percevoir son odeur.

L'écran de télé montre la dernière scène de *La Corde*. Deux beaux jeunes hommes, un camarade de classe assassiné, un cadavre dissimulé dans un vieux coffre au milieu du salon, et de nouveau James Stewart, le tout filmé en un seul plan, semble-t-il (en réalité, huit plans-séquences de dix minutes raccordés de manière discrète, mais l'effet de continuité est assez réussi, surtout pour une production datant de 1948). « Le chat et la souris, le chat et la souris, marmonne Farley Granger, tandis que l'étau se resserre autour de lui. Mais qui est le chat et qui est la souris ? » Je répète les mots à voix haute.

Mon propre chat est couché de tout son long sur le dossier du canapé, sa queue fouettant l'air. Il s'est blessé à la patte arrière gauche ; je me suis aperçue ce matin qu'il boitait fortement. J'ai pris soin de remplir sa gamelle de croquettes pour plusieurs jours, afin qu'il ne…

On sonne.

Je tressaille. Tourne la tête vers la porte.

Qui ça peut être ?

Certainement pas David, ni Bina. Pas le Dr Fielding non plus ; il a beau m'avoir laissé plusieurs messages auxquels je n'ai pas répondu, je ne pense pas qu'il débarquerait à l'improviste. À moins qu'il n'ait annoncé sa visite dans l'un des messages que j'ai ignorés, justement…

Nouveau coup de sonnette. Je mets le film sur Pause, m'approche du visiophone.

C'est Ethan, les mains dans les poches de son blouson, une écharpe autour du cou. Ses cheveux paraissent embrasés par le soleil.

Je presse la touche du micro.

— Tes parents savent que tu es ici ?

— Ne vous inquiétez pas, il n'y a pas de problème, répond-il.

J'hésite.

— Dites, ça caille, dehors !

Pour finir, je lui ouvre.

Un instant plus tard, il entre dans le salon, suivi par un courant d'air glacé.

— Merci, j'étais gelé.

Il regarde autour de lui.

— Qu'est-ce qu'il fait sombre, ici !

— Non, c'est le contraste avec la luminosité du dehors qui te donne cette impression.

Mais il a raison, bien sûr. J'allume le lampadaire.

— Vous voulez que je relève les stores ? propose-t-il.

— Si tu veux. Non, en fait, je préfère comme ça.

— OK.

Je prends place sur la méridienne.

— Vous permettez que j'aille m'asseoir là-bas ? demande Ethan en indiquant le canapé.

« Vous permettez » : il est étonnamment respectueux, pour un adolescent.

— Bien sûr.

À peine s'est-il installé que Punch saute du dossier et disparaît sous le meuble.

Ethan balaie la pièce du regard.

— La cheminée fonctionne ?

— C'est un modèle à gaz, mais oui, elle fonctionne. Tu veux que je l'allume ?

— Non, je me posais la question, c'est tout.

Silence.

— Toutes ces pilules, c'est pour quoi ?

Mes yeux se posent sur la table basse toujours jonchée de comprimés. Quatre tubes, dont un vide, sont rassemblés dans une petite boîte en plastique.

— Je suis en train de les compter, dis-je. En prévision d'un renouvellement d'ordonnance.

— Ah. Je vois.

Nouveau silence.

— Je suis venu…, commence-t-il, en même temps que je prononce son prénom.

Je me lance :

— Je suis vraiment navrée. Je regrette d'avoir créé tant de problèmes, de t'avoir impliqué. Je… j'étais tellement sûre qu'il se passait quelque chose d'anormal !

Le regard fixé sur le sol, il hoche la tête.

— J'ai eu une année… très difficile.

Je ferme les yeux. Quand je les rouvre, je le découvre en train de m'observer.

— J'ai perdu ma fille et mon mari. Ils…

Respire un bon coup. Vas-y, dis-le.

— Ils sont morts.

Inspire. Un, deux, trois, quatre.

— Et je me suis mise à boire, beaucoup plus qu'avant. Comme je prends un traitement, c'est dangereux. Il ne faut pas mélanger alcool et médicaments. En fait, je… je n'ai jamais pensé que mes proches communiquaient réellement avec moi, qu'ils me parlaient depuis…

— … l'au-delà ? suggère-t-il à voix basse.

— C'est ça.

Je change de position, me penche en avant.

— Je savais qu'ils avaient disparu. Mais j'aimais bien les entendre, avoir le sentiment de… de… Enfin, ce n'est pas facile à expliquer.

— D'établir un lien avec eux ?

Je hoche la tête. C'est vraiment un adolescent différent des autres.

— Quant au reste, eh bien, je ne… je ne me souviens pas de grand-chose. Je devais vouloir « établir un lien » avec d'autres personnes, comme tu dis. Peut-être que j'en avais besoin.

Mes cheveux m'effleurent la joue quand je secoue la tête.

— Je ne comprends pas moi-même mes réactions. En attendant, crois-moi, j'en suis désolée.

Les larmes me montent aux yeux. Je m'éclaircis la gorge, me redresse.

— Mais tu n'es pas venu ici pour voir une adulte pleurer.

— J'ai bien pleuré devant vous, moi, souligne-t-il. Je souris.

— Exact.

— Vous m'avez prêté un film, vous vous rappelez ?

Il sort un boîtier de la poche de son blouson et le pose sur la table basse. *La Force des ténèbres*. J'avais complètement oublié.

— Tu l'as regardé ?

— Oui.

— Et ? Qu'est-ce que tu en as pensé ?

— Ça fait froid dans le dos. Ce type, là…

— Robert Montgomery.

— C'était lui, Danny ?

— Oui.

— Il fout les jetons. J'ai bien aimé le moment où il demande à la fille…

— Rosalind Russell.

— Olivia, c'est ça ?

— Oui.

— Bref, il lui demande si elle l'aime, elle lui répond que non, et lui, il sort : « Tout le monde m'aime, pourtant ! »

Il éclate de rire. Je souris.

— Je suis contente que ça t'ait plu.

— Le noir et blanc, c'est pas mal, finalement.

— Tu peux en emprunter d'autres, si tu veux.

— Merci.

— Mais je ne veux pas t'attirer d'ennuis avec tes parents…

À ces mots, il détourne les yeux et examine l'âtre.

— J'ai bien conscience qu'ils sont furieux contre moi, dis-je.

— Bah, de toute façon, ils s'engueulent tout le temps. Ils sont vraiment pénibles à vivre. Super pénibles, même.

— Je pense que beaucoup de jeunes pensent ça de leurs parents.

— Sauf que là, c'est vrai. Bon sang, je suis tellement impatient d'aller à la fac ! Encore deux ans à attendre. Un peu moins, en fait.

— Tu sais déjà où tu veux aller ?

— Non. Loin d'ici, c'est sûr. De toute façon, je n'ai pas de copains dans le coin.

— Ni de petite amie ?

Il secoue la tête.

— Un petit ami, alors ?

La question paraît le surprendre. Il hausse les épaules.

— En fait, je… je me cherche encore, explique-t-il.

— Je vois.

Je me demande si ses parents s'en doutent.

L'horloge sonne quatre coups.

— Je voulais te dire, Ethan : l'appartement au sous-sol est vide.

Il fronce les sourcils.

— Ah bon ? Qu'est-ce qu'il est devenu, votre locataire ?

— Il est parti.

Je m'éclaircis de nouveau la gorge.

— Bref, si tu en as envie, tu peux l'utiliser. Je sais combien c'est important d'avoir un espace à soi.

Est-ce un moyen pour moi de me venger d'Alistair et Jane ? Je ne crois pas. Je pense surtout que ce serait agréable d'avoir une présence chez moi. Même s'il s'agit d'un adolescent solitaire.

Je continue, avançant mes arguments comme si je faisais l'article :

— Il n'y a pas la télé, mais je peux te donner la clé Wifi. Et il y a un canapé. Ça te fera un endroit où venir quand les choses sont trop compliquées à la maison.

Il me regarde avec de grands yeux.

— Ce serait génial !

Je me lève d'un bond avant qu'il puisse changer d'avis. La clé de David est restée sur le plan de travail à la cuisine. Je vais la chercher et la tends à Ethan, qui se met debout.

— Génial, répète-t-il en la fourrant dans sa poche.

— Tu viens quand tu veux.

— Bon, il vaudrait mieux que je rentre, maintenant. Merci encore, déclare-t-il en tapotant sa poche. Et aussi pour le film.

— De rien.

Je lui emboîte le pas jusqu'au vestibule.

Avant de partir, il se retourne et indique le canapé.

— Le chat est timide, aujourd'hui. Oh, au fait, j'ai oublié de vous dire : j'ai un téléphone !

— Ah oui ? Félicitations !

— Vous voulez le voir ?

— Bien sûr.

Il me montre un iPhone éraflé.

— Il est reconditionné, mais je m'en fiche. C'est un modèle de quelle génération, le vôtre ?

— Aucune idée. Et le tien ?

— Un six. Il est relativement récent.

— Je suis très heureuse pour toi.

— J'ai déjà rentré votre numéro dans le répertoire. Vous voulez le mien ?

— Oui.

Il effleure son écran, et je sens mon mobile vibrer au fond de la poche de mon peignoir.

— Voilà. Comme ça, vous l'avez, m'explique-t-il en raccrochant.

— Merci.

La main sur la poignée, il me regarde droit dans les yeux, l'air soudain grave.

— Je suis désolé pour tout ce qui vous est arrivé, dit-il, d'une voix si douce que j'en ai la gorge nouée.

Je hoche la tête.

Après son départ, je verrouille la porte derrière lui.

Revenue sur le canapé, je contemple la table basse parsemée de cachets, puis attrape la télécommande et relance le film.

« Et pour ne rien vous cacher, déclare James Stewart, j'ai un peu peur. »

Samedi 13 novembre

83

Il est 10 h 30, et à mon réveil je me sens différente.

Peut-être parce que j'ai bien dormi (deux témazépam, douze heures de sommeil) ; ou peut-être parce que j'ai mangé quelque chose hier soir : après le départ d'Ethan, et à la fin du film, je me suis préparé un sandwich. De toute la semaine, c'est la première fois que j'ai été près de faire un vrai repas.

Bref, quelle que soit la cause, je me sens différente.

Je vais mieux.

Je prends une douche. Reste un bon moment sous le jet, laisse l'eau inonder mes cheveux, cascader sur mes épaules. Quinze minutes s'écoulent ainsi. Puis vingt. Puis trente. Lorsque j'émerge enfin de la cabine, récurée et shampouinée, j'ai l'impression d'être une autre femme. J'enfile un jean et un pull. (Un jean ! Depuis quand n'en ai-je pas porté ?)

Dans ma chambre, je m'approche de la fenêtre et écarte les rideaux. Le soleil illumine la pièce. Je ferme les yeux, savoure sa chaleur.

Je suis prête à me battre, prête à affronter la journée. Prête aussi à boire un verre de vin. Rien qu'un.

Je descends, visitant chaque pièce au passage, relevant les stores, écartant les rideaux. La maison est inondée de lumière.

Dans la cuisine, je me sers deux doigts de merlot. (« Seul le scotch se mesure en doigts », rectifie Ed.) Je le chasse résolument de ma tête et me sers encore un doigt de vin.

Prochaine étape : *Sueurs froides*, deuxième round. Je m'installe sur le canapé, reviens au début du film : la séquence du plongeon mortel depuis le toit. James Stewart apparaît, en train de grimper à une échelle. J'ai passé beaucoup de temps avec lui, ces derniers jours.

Une heure plus tard, alors que j'en suis à mon troisième verre :

« Il était disposé à faire entrer sa femme en clinique, dit le magistrat, où elle aurait reçu les soins de spécialistes qualifiés. » Je m'agite, puis finis par me lever pour aller remplir mon verre.

Cet après-midi, ai-je décidé, je jouerai aux échecs, me connecterai à mon site de films policiers classiques, ferai peut-être le ménage… Il y a une bonne couche de poussière dans les pièces du haut, ai-je remarqué. En aucun cas je n'épierai mes voisins.

Pas même les Russell.

Surtout pas les Russell.

Debout devant la fenêtre de la cuisine, je me force à ne pas regarder leur maison. Je lui tourne le dos, repars vers le canapé, m'y allonge.

Quelques minutes s'écoulent.

« Il est tout à fait regrettable que, ayant connaissance de ses tendances suicidaires… »

Je lorgne vers l'assortiment de comprimés sur la table basse. Puis je m'assois et les rassemble dans ma main. Ils forment un petit monticule sur ma paume.

« Le jury déclare que Madeleine Elster s'est suicidée lors d'une crise de démence. »

Vous vous trompez, me dis-je. Ce n'est pas ce qui s'est passé.

Je laisse tomber les comprimés, un par un, dans les tubes. Que je rebouche.

Adossée au canapé, je me demande si Ethan viendra ce soir. Et j'espère qu'il aura encore envie de bavarder.

« Je n'ai pas pu aller plus loin », déclare James Stewart.

J'énonce à mon tour la phrase à voix haute.

Une heure s'est écoulée. Le soleil à l'ouest éclaire la cuisine de ses rayons obliques. Je commence à être éméchée. Le chat s'approche en boitant et gémit quand j'inspecte sa patte.

Je fronce les sourcils. Ai-je pensé à l'emmener chez le vétérinaire, cette année ?

— Je suis trop négligente, lui dis-je.

Punch cligne des yeux, puis se blottit entre mes jambes.

Sur l'écran, James Stewart force Kim Novak à monter en haut du clocher. « Je n'ai pas pu la suivre, et Dieu sait que j'ai essayé ! crie-t-il en la saisissant par les épaules. On ne nous offre pas souvent de seconde chance. Je dois me libérer de cette obsession ! »

— « Je dois me libérer de cette obsession », dis-je.

Les yeux clos, je répète ces mots en caressant le chat. Tends la main vers mon verre.

« Et c'est elle qui est morte. Sa véritable épouse. Pas toi ! crie James, les mains autour du cou de Kim. Tu n'étais qu'une copie. Une imitation. »

Un déclic se produit dans ma tête. Une pensée commence à prendre forme, qui me distrait un instant…

Mais, déjà, elle m'échappe. Je me réinstalle en sirotant mon vin.

Une religieuse, un cri, le son du glas. Fin du film.

— C'est comme ça que je veux disparaître, dis-je au chat.

Je me redresse laborieusement et pose Punch par terre. De nouveau, il gémit. J'emporte mon verre dans l'évier. Il faut que je m'oblige à mieux tenir ma maison. Si Ethan vient régulièrement ici, je ne veux pas qu'il voie en moi une autre Miss Havisham. (Dickens. Encore une sélection de Christine Gray pour son club de lecture. Je devrais aller jeter un coup d'œil à ce qu'elles lisent en ce moment. Pour le coup, il n'y a certainement aucun mal à ça.)

En haut, dans le bureau, je vais faire un tour sur mon site d'échecs. Deux heures passent. Dehors, la nuit tombe. Après avoir gagné trois parties d'affilée, je décide de m'encourager. Je vais chercher une bouteille de merlot dans la cuisine – je joue toujours mieux quand l'alcool circule dans mes veines – et me sers un verre en montant l'escalier, aspergeant de vin le revêtement de sisal. Peu importe, je l'épongerai plus tard.

Deux heures plus tard, j'ai encore deux victoires à mon actif. Rien ne peut plus m'arrêter. Je vide dans mon verre le fond de la bouteille. J'ai bu bien plus que je n'en avais l'intention, mais je serai raisonnable demain.

Au début de la sixième partie, je songe aux deux semaines écoulées, à cette fièvre inexplicable qui s'est emparée de moi. J'avais l'impression d'être sous hypnose, comme Gene Tierney dans *Le Mystérieux Docteur Korvo*, ou de sombrer dans la folie, comme Ingrid Bergman dans *Hantise*. Je ne me souviens pas de certaines choses que j'ai faites et je me souviens d'autres choses que je n'ai pas faites. La clinicienne en moi se frotte les mains : un authentique épisode de dissociation ? Le Dr Fielding va…

Ah, zut !

J'ai sacrifié ma reine par inadvertance ; je l'ai confondue avec le fou. Je lâche un juron bien senti. Cela fait des jours que je n'ai pas dit de gros mots, et je savoure celui-là.

N'empêche, c'est dommage pour ma reine. Rook & Roll n'en fait qu'une bouchée, évidemment.

« WTF ??? écrit-il. Mauvais choix lol !!! »

« Me suis trompée de pion. » Après m'être justifiée, je porte mon verre à mes lèvres.

Et suspends brusquement mon geste.

84

Et si… ?

Réfléchis.

Mais j'ai du mal à cerner l'idée ; elle est aussi insaisissable que de l'eau.

Je serre plus fort mon verre.

Et si… ?

Non.

Oui.

Et si la femme que j'ai prise pour Jane n'avait jamais été Jane ?

Et s'il s'agissait de quelqu'un d'autre ?

C'est ce que Little m'a dit. Ou, plus exactement, c'est en partie ce que Little m'a dit. Il a déclaré que la femme du 207, celle à la coiffure impeccable et aux hanches minces, était incontestablement Jane Russell. Bien. D'accord.

Et si la femme que j'ai rencontrée, ou cru rencontrer, était en réalité une autre personne qui se faisait passer pour Jane ? Un pion que j'aurais confondu avec un autre ? Un fou que j'aurais pris pour une reine ?

Et si c'était elle – la victime de l'agression –, la copie ? Si c'était elle, l'usurpatrice ?

Le verre s'est écarté de mes lèvres. Je le replace sur le bureau et le repousse.

Mais pourquoi ?

Réfléchis. Pars du principe qu'elle était réelle. Oui, oublie Little, oublie la logique et imagine que tu aies eu raison depuis le début… OK, elle était réelle. Elle est venue chez moi. Et elle est allée là-bas, dans leur maison. Pourquoi les Russell ont-ils nié son existence ? Ils auraient très bien pu se contenter de dire que ce n'était pas Jane, or ils ont poussé les choses plus loin.

Et, de son côté, comment pouvait-elle en savoir si long sur eux ? Et pourquoi aurait-elle endossé l'identité de Jane ?

— Qui était-elle ? demande Ed.

Non, tais-toi.

Je me lève, marche vers la fenêtre, lève les yeux vers la maison des Russell. Alistair et Jane parlent dans la cuisine ; il tient un ordinateur portable, elle a les bras croisés. Même s'ils regardaient dans ma direction, ils ne me verraient pas. Dans la pénombre du bureau, je me sens à l'abri, en sécurité.

Un mouvement, entraperçu du coin de l'œil. En haut, dans la chambre d'Ethan.

Il est à sa fenêtre, mais je ne distingue qu'une silhouette frêle qui se découpe à contre-jour dans la lumière derrière lui. Il a placé ses deux mains de chaque côté de son visage, comme s'il essayait de mieux voir. Au bout d'un moment, il me fait un signe de la main.

Mon rythme cardiaque s'accélère. Je lui fais signe à mon tour.

La partie est engagée.

Bina décroche à la première sonnerie.

— Anna ? Vous allez bien ?

— Je suis…

— Votre médecin m'a appelée. Il se fait beaucoup de souci pour vous.

— Je sais.

Je suis assise sur les marches, dans la pâle clarté de la lune. Une tache humide se dessine près de mon pied, à l'endroit où j'ai renversé du vin tout à l'heure. Il faudra que je nettoie.

— Il dit qu'il a essayé plusieurs fois de vous joindre, ajoute-t-elle.

— Exact. Mais je vais bien, Bina. Transmettez-lui le message. Écoutez…

— Vous avez bu ?

— Non.

— Pourtant, vous avez l'air… Vous avez la voix pâteuse.

— Non, je dormais, c'est tout. Voilà, j'ai réfléchi et…

— Ah bon ? Je croyais que vous dormiez !

Je ne relève pas.

— J'ai repensé à certaines choses.

— Lesquelles ? demande-t-elle, méfiante.

— À ces personnes, de l'autre côté du parc. Et à cette femme.

— Oh, Anna... ! soupire-t-elle. Je voulais vous en parler jeudi, mais vous ne m'avez pas ouvert.

— Désolée, je...

— Cette femme n'a jamais existé.

— Si, sauf que je ne peux pas le prouver.

— Arrêtez, Anna, c'est de la folie. Tout est terminé, maintenant.

Je ne dis rien.

— Il n'y a rien à prouver, bon sang ! reprend-elle d'une voix forte, vibrante de colère, que je ne lui avais jamais entendue. Je ne sais pas exactement ce qui vous est passé par la tête, mais c'est terminé, d'accord ? Vous êtes en train de vous démolir. Plus vous vous obstinerez, plus vous mettrez de temps à guérir.

Silence.

— Vous avez raison, Bina.

— Vous êtes sincère ?

Je soupire à mon tour.

— Oui.

— Je vous en prie, dites-moi que vous n'allez rien faire d'insensé.

— D'accord.

— Promettez-le-moi.

— Je vous le promets.

— Anna ? Je voudrais vous entendre dire que tout ça n'était que le fruit de votre imagination.

— Ce n'était que le fruit de mon imagination. Je suis désolée, Bina. C'est sans doute le... le contrecoup du choc, quelque chose comme ça. Quoi qu'il en soit, je ne ferai rien d'insensé.

Sa voix redevient chaleureuse.

— Vous avez promis, ne l'oubliez pas.

— Je n'oublierai pas.

— Donc, quand je viendrai la semaine prochaine, je n'entendrai rien de… perturbant.

— Rien d'autre que les habituels sons perturbants que j'émets pendant nos séances de torture.

J'ai l'impression de la voir sourire.

— Le Dr Fielding m'a raconté que vous étiez sortie de chez vous. Pour aller jusqu'au café.

Il y a une éternité de cela.

— Exact.

— Alors, c'était comment ?

— Un cauchemar.

— N'empêche, vous avez réussi.

— J'ai réussi, oui.

— Une dernière fois, Anna…, commence-t-elle.

— Je vous le promets. Ce n'était que le fruit de mon imagination.

Nous prenons congé et coupons la communication.

Ma main s'est égarée sur ma nuque, comme souvent quand je mens.

86

J'ai besoin d'étudier la question avant d'agir. Je n'ai pas droit à l'erreur, parce que je n'ai pas d'alliés.

Ou peut-être en ai-je un. Un seul. Je ne le solliciterai cependant pas tout de suite. Pour le moment, c'est impossible.

Il faut que je réfléchisse. Mais, d'abord, il faut que je dorme. Je me sens exténuée, sans doute – certainement – à cause du vin. Je consulte l'heure sur mon téléphone. Presque 22 heures. Le temps passe si vite !

Je retourne dans le salon, éteins la lampe. Monte dans le bureau, allume l'ordinateur (j'ai un message de Rook & Rool : « Où êtes-vous ??!! »). Direction la chambre. Punch me suit en traînant la patte. Je vais devoir m'occuper de lui. Et si je demandais à Ethan de l'emmener chez le vétérinaire ?

Je tourne la tête vers la salle de bains. Non, je suis trop fatiguée pour me débarbouiller et me brosser les dents. De plus, je l'ai déjà fait ce matin. Je me rattraperai demain. Je me déshabille, prends le chat dans mes bras et me mets au lit.

Punch tourne un moment sur les draps avant d'aller se coucher au bout du matelas. Je l'écoute ronronner.

Mais impossible de fermer l'œil ; là encore, sans doute – certainement – à cause du vin. Allongée sur le dos, je contemple le plafond et ses moulures. Puis je roule sur le flanc, scrute l'obscurité du couloir. M'étends sur le ventre, appuie ma joue sur l'oreiller.

Le témazépam. Le tube est toujours dans le salon, sur la table basse. Ai-je le courage de descendre ? Non. Je me tourne résolument de l'autre côté.

En face de moi, la maison des Russell est plongée dans le sommeil : la cuisine est sombre, les rideaux sont tirés dans le salon, la chambre d'Ethan n'est éclairée que par la lueur spectrale de l'ordinateur.

Je la regarde jusqu'à ce que ma vue se trouble.

Maman ? Qu'est-ce que tu vas faire ?

J'enfouis mon visage dans l'oreiller. Non, pas maintenant ! Concentre-toi sur autre chose. N'importe quoi.

Sur Jane.

Retour en arrière. Je repense à ma conversation avec Bina, à Ethan derrière sa fenêtre, en contre-jour, les doigts écartés sur la vitre. Je change la bobine du film, me revois devant *Sueurs froides*, puis pendant la visite du jeune garçon. Les heures solitaires de la semaine défilent à l'envers ; ma cuisine s'emplit de visiteurs : d'abord les inspecteurs, ensuite David, puis Alistair et Ethan. Les images se succèdent de plus en plus vite – le café, l'hôpital, la nuit où j'ai vu Jane mourir –, et je remonte le temps jusqu'à ce moment où, postée devant l'évier, elle s'était retournée vers moi.

Stop. Je me rallonge sur le dos, les yeux grands ouverts, fixés sur le plafond comme sur un écran de cinéma.

Gros plan sur Jane – du moins, sur la femme que je connaissais sous le nom de Jane. Elle est près de la fenêtre de la cuisine, sa longue natte pendant dans son dos.

Je rejoue la scène au ralenti.

Jane se tourne vers moi, et je zoome sur son visage radieux, sur ses yeux brillants, sur son médaillon en argent. Puis j'élargis le champ : elle tient un verre d'eau dans une main, un de cognac dans l'autre. « Je ne sais pas du tout si le cognac a un effet bénéfique ! » s'exclame-t-elle.

Je fige l'image.

Que dirait Wesley ? « Affinons notre approche, Fox. »

Question numéro un : Pourquoi se serait-elle présentée sous le nom de Jane Russell ?

Question numéro un, rectificatif : L'a-t-elle fait ? N'est-ce pas moi qui ai pris la parole la première ? Qui l'ait appelée par ce nom ?

Je rembobine de nouveau dans ma tête, reviens à notre rencontre. Elle est de dos, devant l'évier. « J'allais vers la maison d'en face… »

Voilà, c'est ça. C'est à cet instant que je lui ai attribué une identité. Le moment où j'ai commis une erreur d'interprétation.

Donc, seconde question : Comment a-t-elle réagi ? Les yeux fixés sur le plafond-écran, je zoome sur sa bouche alors que je m'entends déclarer : « Vous êtes la femme qui habite de l'autre côté du parc... Vous êtes Jane Russell. »

Ses lèvres s'entrouvrent. Elle dit...

J'entends soudain quelque chose qui ne fait pas partie de la bande-son de mon film.

En bas, au rez-de-chaussée.

Un fracas de verre.

87

Si j'appelle les secours, combien de temps mettront-ils à arriver ? Si j'appelle Little à cette heure, décrochera-t-il ?

Je tâtonne frénétiquement à côté de moi.

En vain. Pas de téléphone.

Je secoue l'oreiller à côté de moi, soulève drap et couverture. Rien. Il n'est pas là.

Doucement, essaie de te rappeler. Quand m'en suis-je servie pour la dernière fois ? Dans l'escalier, lorsque j'ai parlé à Bina. Ensuite, je suis allée au salon éteindre les lampes. Qu'ai-je fait de ce fichu téléphone ? Est-ce que je l'ai emporté dans mon bureau ?

Peu importe. Je ne l'ai pas, point final.

Le même bruit déchire de nouveau le silence. Du verre brisé.

Je m'assois, pose mes pieds sur le tapis, me redresse. Attrape mon peignoir drapé sur le dossier d'une chaise et l'enfile. Marche vers la porte.

Dans le couloir, je distingue la lueur grise venue du puits de lumière. Je me coule hors de la pièce, me plaque contre le mur. Descends l'escalier, le souffle court, le cœur cognant de plus en plus fort.

Je m'immobilise sur le palier du premier. En bas, tout est calme.

Lentement, à pas de loup, je me dirige vers le bureau. Franchis le seuil. Le sisal sous mes pieds cède la place à la moquette. De là où je suis, je vois la surface de la table. Pas d'iPhone.

Je me retourne. Quelques marches seulement me séparent du rez-de-chaussée. Je n'ai pas d'arme. Je ne peux pas appeler à l'aide.

Encore un fracas de verre.

Je frissonne, me cogne la hanche contre la poignée de la porte du placard.

Le placard…

Je saisis la poignée, la tourne, ouvre.

Noir total. J'avance.

À l'intérieur, je lève la main vers la droite, frôle une étagère. La chaîne de l'ampoule m'effleure le front. Puis-je prendre le risque d'éclairer ? Non, la lumière, trop vive, se verra dans l'escalier.

Je fais quelques pas dans l'obscurité, les mains tendues devant moi comme si je jouais à colin-maillard, jusqu'à sentir le métal froid de la boîte à outils. Je soulève le couvercle, cherche le cutter.

Après l'avoir saisi, je le serre dans mon poing et fais sortir la lame. Revenue sur le palier, je pose mon autre main sur la rampe. Me prépare à descendre.

Au même moment, je me souviens du téléphone dans la bibliothèque. La ligne fixe. Tout près. Je me détourne.

Mais, avant que je puisse faire un pas, une voix s'élève du rez-de-chaussée :

— Madame Fox ? Venez donc me rejoindre à la cuisine.

88

Je connais cette voix.

Le cutter tremble dans ma main quand je m'engage dans l'escalier. La rampe en bois glisse sous ma paume. Je m'entends respirer, j'entends aussi le bruit de mes pas.

— C'est ça. Un peu plus vite, je vous prie.

Parvenue au bas des marches, je m'arrête un instant. Prends une profonde inspiration qui me fait tousser. Je tente d'étouffer le son, même s'il sait que je suis là.

— Entrez.

Je m'exécute.

La lune éclaire la cuisine, répand des reflets argentés sur les plans de travail et les bouteilles vides près de la fenêtre. Le robinet luit, l'évier brille. Tout comme le parquet.

Alistair Russell est adossé à l'îlot, simple silhouette dans la lumière blanche. Des débris scintillent à ses pieds : des éclats de verre répandus sur le sol. Des bouteilles et des verres sont alignés à côté de lui.

— Désolé pour… le bazar, dit-il en balayant la pièce d'un geste circulaire. Je ne voulais pas monter vous chercher, alors j'ai dû trouver un moyen pour vous faire descendre jusqu'à moi.

Je ne dis rien, me bornant à resserrer ma prise sur le cutter.

— J'ai été plus que patient, madame Fox.

Il soupire et tourne la tête, me présentant son profil : front haut, nez pointu…

— Ou « docteur Fox », ou quelle que soit la dénomination que vous avez choisie.

Ses inflexions traînantes me révèlent qu'il a bu. Il est ivre.

— J'ai été patient, répète-t-il. J'ai supporté beaucoup de choses.

Il renifle, saisit un gobelet et le fait rouler entre ses paumes.

— Comme nous tous, me direz-vous. Mais surtout moi.

Je le distingue mieux à présent. Il a remonté la fermeture Éclair de son blouson jusqu'en haut, et il porte des gants noirs. Je sens ma gorge se nouer.

Toujours sans un mot, je me déplace légèrement vers l'interrupteur.

Un verre explose à quelques centimètres de ma main tendue en direction du mur. Je m'écarte d'un bond.

— N'allumez pas ces putains de lumières ! aboie-t-il.

Je reste immobile.

— Quelqu'un aurait dû nous mettre en garde contre vous.

Il secoue la tête en partant d'un petit rire.

J'avale ma salive. Son rire faiblit, puis meurt.

— Vous avez donné à mon fils la clé de votre appartement, poursuit-il en me la montrant. Je suis venu vous la rendre.

Il la fait tomber sur l'îlot.

— Même si vous aviez toute votre tête, je ne voudrais pas qu'il passe du temps avec vous, une femme adulte.

— Je vais appeler la police, dis-je dans un souffle.

— Allez-y, ne vous gênez pas ! ricane-t-il. Tenez, voilà votre téléphone.

Il le prend sur l'îlot, le lance en l'air et le rattrape. Une fois, deux fois…

Ainsi, je l'avais laissé dans la cuisine. Durant un instant, je m'attends presque à voir Alistair fracasser mon iPhone sur le sol ou contre un mur. Au lieu de quoi, il finit par le poser à côté de la clé.

— La police pense que vous êtes cinglée, gronde-t-il en esquissant un pas vers moi.

Je brandis le cutter vers lui.

— Oh ! s'exclame-t-il avec un large sourire. Qu'est-ce que vous comptez faire avec ça ?

Il avance de nouveau.

Moi aussi, cette fois.

— Sortez de chez moi !

Mon bras tremble, ma main également. La lame luit dans la clarté de la lune.

En face de moi, Alistair ne bouge plus.

— Qui était cette femme, monsieur Russell ?

Sa main plonge soudain vers mon cou et il me repousse jusqu'au mur, contre lequel je me tape la tête. Un cri de douleur m'échappe. Ses doigts m'enserrent la gorge.

— Vous délirez ! s'écrie-t-il.

Son haleine tiède empestant l'alcool me pique les yeux.

— Ne vous approchez plus de mon fils ! Ni de mon épouse !

J'étouffe. D'une main, je griffe ses doigts, son poignet…

De l'autre, je projette ma lame vers son flanc.

Mais j'ai mal visé et le cutter tombe par terre. Alistair le coince sous son pied en accentuant la pression de ses doigts.

— Foutez-nous la paix ! rugit-il.

Ma vue se brouille. Des larmes coulent sur mes joues.

Je vais perdre connaissance…

Pour finir, il me relâche. Je glisse le long du mur en hoquetant.

Il me domine à présent. D'un coup de pied, il expédie le cutter dans un coin.

— Rappelez-vous bien ceci, dit-il encore, hors d'haleine.

Je ne peux pas le regarder.

Je l'entends néanmoins ajouter :

— S'il vous plaît.

Silence.

Puis je vois ses pieds chaussés de bottes se détourner et s'éloigner.

En passant devant l'îlot, il en balaie d'un geste la surface. D'autres verres et bouteilles explosent sur le parquet. Je voudrais hurler, mais ma gorge ne produit qu'un son sifflant.

Déjà, Alistair atteint la porte du vestibule et l'ouvre à la volée. Il écarte ensuite celle de l'entrée et la claque derrière lui.

Une main posée sur mon cou, l'autre crispée sur ma cuisse, j'éclate en sanglots convulsifs.

Quand Punch s'approche timidement et me lèche les doigts, mes larmes redoublent.

Dimanche 14 novembre

89

J'examine ma gorge dans le miroir de la salle de bains. Cinq marques bleu sombre forment un étrange collier autour de mon cou.

Je baisse les yeux vers Punch qui, couché sur le carrelage, lèche sa patte blessée. Quel duo nous formons !

Je ne signalerai pas l'incident d'hier soir à la police. Je ne peux pas. Il y a des preuves, bien sûr, ces traces de doigts sur ma peau, mais les inspecteurs voudront savoir pourquoi Alistair se trouvait chez moi, et la vérité est… Eh bien, elle n'est pas facile à formuler : « J'ai invité un adolescent dont j'ai harcelé les parents à venir passer du temps dans mon sous-sol. Pour rompre ma solitude, vous comprenez, parce que ma fille et mon mari sont morts. » Ça ne fera pas bonne impression.

— Non, ça ne fera pas bonne impression, dis-je, pour éprouver ma voix.

Un simple filet, en fait. À peine audible.

Je sors de la salle de bains et descends l'escalier. Mon téléphone, au fond de la poche de mon peignoir, cogne contre ma cuisse.

Je passe un coup de balai pour rassembler éclats de verre et bouteilles brisées, puis les jette dans un sac-poubelle. En essayant de ne pas penser à la main d'Alistair serrant ma gorge. Ni à sa silhouette menaçante campée devant moi. Ni au crissement des débris sous ses pas.

Le parquet de bouleau blanc est désormais immaculé.

Plus tard, assise à la table de la cuisine, devant la boîte à outils, je tripote le cutter, fais sortir et rentrer la lame.

De l'autre côté du parc, la maison des Russell semble poser sur moi un regard éteint. Derrière les fenêtres, les pièces sont vides. Je me demande où ils sont tous. Où est Alistair.

J'aurais dû mieux viser. Frapper plus fort. J'imagine la lame tranchante fendre son blouson, entailler sa peau…

Et après, il aurait fallu que j'explique la présence d'un blessé chez moi.

Je lâche le cutter pour saisir mon mug. Il n'y a pas de thé dans les placards – Ed n'a jamais été amateur, et pour ma part je préfère des boissons plus corsées –, alors je l'ai rempli d'eau chaude salée. Elle me brûle la gorge. Je grimace.

Mes yeux se portent de nouveau vers le parc. Je finis par me lever pour aller baisser les stores.

Les événements de la nuit dernière me paraissent irréels, comme les images d'un rêve enfiévré. Le plafond transformé en écran de cinéma. Le son cristallin du verre brisé. L'obscurité à l'intérieur du placard. L'escalier. Et lui, dans ma cuisine, qui m'appelait, m'attendait…

J'effleure ma gorge. « Ne me dis pas que c'était un rêve, qu'il n'est jamais venu ici. » Où ai-je entendu cette réplique ? Ah oui, *Hantise*, encore une fois.

Oh non, ce n'était pas un rêve. (« Ce n'est pas un rêve ! C'est réellement en train d'arriver ! » Mia Farrow, *Rosemary's Baby*.) Mon foyer a été envahi, des objets m'appartenant ont été détruits. J'ai été menacée. Agressée, même. Et je ne peux rien faire.

Rien du tout. Alistair m'a démontré qu'il était violent ; j'ai vu de quoi il était capable. Mais il a raison : la police ne m'écoutera pas. Le Dr Fielding pense que j'ai des hallucinations. J'ai dit à Bina, je lui ai même promis, que je tournerais la page. Je ne peux pas communiquer avec Ethan. Et Wesley ne fait plus partie de ma vie. Je n'ai personne vers qui me tourner, personne pour me soutenir.

Devine qui c'est ?

C'est Olivia, cette fois. Sa voix se réduit à un murmure, pourtant je l'entends distinctement.

Non. Je secoue la tête.

« Qui était cette femme ? » ai-je demandé à Alistair.

Si elle a jamais existé.

Je ne sais pas. Je ne le saurai jamais.

90

Je passe au lit le reste de la matinée, puis l'après-midi, en essayant de ne pas pleurer, de ne pas penser non plus – à la nuit dernière, à aujourd'hui, à demain, à Jane.

De gros nuages noirs s'amoncellent derrière la fenêtre. J'ouvre l'appli météo sur mon téléphone. Des orages sont prévus dans la soirée.

L'ombre d'un crépuscule précoce envahit la pièce. Je vais tirer les rideaux puis allume mon ordinateur portable et le pose à côté de moi. Il chauffe les draps quand je regarde *Charade* en streaming.

« Que pourrais-je faire pour vous satisfaire ? demande Cary Grant. Être la prochaine victime ? »

Un frisson me parcourt.

Je somnole à moitié lorsque le film se termine. La musique du générique de fin s'élève. Je tâtonne jusqu'à sentir l'ordinateur sous ma main. Puis je le referme.

Plus tard, c'est le bourdonnement de mon téléphone qui me réveille. J'ai un message :

Risques de crues jusqu'à 3 heures du matin. Évitez les zones inondables. Informez-vous auprès des médias locaux.

Ils veillent au grain, au service national de la météo ! Quoi qu'il en soit, j'ai bien l'intention d'éviter les zones inondables. Je bâille sans me retenir, m'extirpe de mon lit et me traîne jusqu'à la fenêtre. J'écarte les rideaux.

Il fait noir dehors. Il ne pleut pas encore, mais le ciel a disparu derrière les nuages bas. Les branches du sycomore s'agitent. J'entends le vent. Je ramène mon bras droit contre moi, pose ma main sur mon épaule gauche.

De l'autre côté du parc, la cuisine des Russell s'éclaire, et je vois Alistair s'approcher du réfrigérateur. Il l'ouvre, en sort une bouteille – de bière, me semble-t-il. Je me demande s'il va encore se saouler.

Mes doigts effleurent ma gorge douloureuse.

Je laisse tomber le rideau et retourne me coucher. Efface le message sur mon téléphone, vérifie l'heure. 21 h 29. Je pourrais visionner un autre film. Ou me servir un verre.

Je caresse l'iPhone d'un geste absent. Un verre, un seul. De toute façon, j'ai du mal à avaler.

Du coin de l'œil, j'aperçois une tache de couleur sous mes doigts. Je regarde l'écran du téléphone. J'ai ouvert l'Album par inadvertance, et je me retrouve une nouvelle fois devant cette photo de moi endormie. Celle que j'ai prétendument prise moi-même.

Je frémis. Un instant plus tard, je la supprime.

La photo précédente s'affiche aussitôt.

Sur le coup, je ne la reconnais pas. Puis je me souviens : j'ai photographié le ciel depuis la fenêtre de la cuisine. Un soleil orange à son déclin, semblable à une boule de sorbet, et les immeubles sombres au loin. La rue sous une lumière dorée. Un oiseau solitaire figé en plein vol, les ailes déployées.

Et, dans la vitre, le reflet de la femme que je connaissais sous le nom de Jane.

91

Elle est translucide, les contours manquent de netteté, mais c'est bien Jane qui hante le coin inférieur droit du cliché. Elle regarde vers l'objectif, les lèvres entrouvertes. Un de ses bras sort du cadre – elle a écrasé sa cigarette dans un bol, je m'en souviens. Au-dessus de sa tête flotte un épais tourbillon de fumée. Heure indiquée : 18 h 04. La date remonte à près de deux semaines.

Jane… Penchée sur l'écran, j'ose à peine respirer.

Jane.

« Le monde est un endroit merveilleux », m'avait-elle dit.

Et : « Ne l'oubliez pas. »

Et : « Et ne passez pas à côté. »

Et aussi : « Je suis fière de vous ! »

Elle m'a dit tout ça, parce qu'elle était bien réelle.

Jane.

Je dégringole de mon lit, entraînant les draps avec moi. Mon ordinateur tombe par terre. Je bondis vers la fenêtre, ouvre les rideaux en grand.

C'est le salon des Russell qui est éclairé à présent – cette même pièce où tout a commencé. Et ils sont tous les deux assis sur cette causeuse rayée : Alistair et sa femme. Il est avachi, sa bouteille de bière à la main ; elle se lisse les cheveux, les jambes repliées sous elle.

Les menteurs.

Je regarde le téléphone dans ma main.

Que dois-je faire ?

Je sais ce que Little répondrait – ce qu'il va sûrement me répondre : « Cette photo ne prouve rien, sinon l'existence d'une femme anonyme. »

— Le Dr Fielding ne t'écoutera pas non plus, déclare Ed.

Tais-toi.

Il a raison, pourtant.

Réfléchis. Fais travailler tes méninges.

— Et Bina, maman ?

Ça suffit !

Réfléchis.

Je n'ai qu'un recours possible. Mon regard monte vers la chambre en haut de la maison.

Capturer le pion.

— Allô ?

Une petite voix fragile, ténue, qui me fait penser à un oisillon. Je scrute l'obscurité. Aucun signe de lui.

— C'est Anna, dis-je.

— Je sais, murmure-t-il.

— Où es-tu ?

— Dans ma chambre.

— Je ne te vois pas.

Quelques secondes plus tard, il apparaît derrière la fenêtre comme un fantôme, mince et pâle dans son tee-shirt blanc. Je pose ma main sur la vitre.

— Ethan ? Tu me vois ?

— Oui.

— Je voudrais que tu viennes ici.

— Je ne peux pas. Je n'ai pas le droit.

Je baisse les yeux vers le salon, où Alistair et Jane sont toujours à la même place.

— Je sais, mais c'est important. Très important, même.

— Mon père m'a pris la clé que vous m'aviez donnée.

— Je suis au courant, oui.

Un bref silence.

— Si je peux vous voir…, commence-t-il.

Il ne termine pas sa phrase.

— Oui ? Quoi ?

— Alors mes parents aussi.

Je recule pour rapprocher les rideaux, en ne laissant subsister qu'une fente entre eux. Dans le salon, le couple n'a pas bougé.

— Viens, s'il te plaît. Tu… À quel moment peux-tu quitter la maison ?

Le silence se prolonge un moment. Je vois Ethan examiner son téléphone, puis le presser de nouveau contre son oreille.

— Mes parents vont regarder *The Good Wife* à 10 heures. Je pourrai peut-être en profiter pour sortir.

C'est à mon tour de consulter mon portable. Il reste vingt minutes.

— D'accord. Parfait.

— Ça va ?

— Oui.

Ne pas l'inquiéter, surtout. Éviter les remarques du style : « Tu n'es pas en sécurité. »

— Je voudrais te parler de quelque chose.

— Ce serait plus facile pour moi de passer demain.

— Ça ne peut pas attendre, je t'assure.

Coup d'œil au salon, où Jane contemple ses genoux. Elle aussi tient une bouteille de bière, à présent.

Alistair a disparu.

— Raccroche ! dis-je brusquement.

— Pourquoi ?

— Raccroche tout de suite !

La lumière inonde brusquement la chambre du jeune garçon.

Alistair apparaît derrière lui, la paume sur l'interrupteur.

Ethan fait volte-face en laissant retomber son bras le long de son flanc. J'entends la tonalité ; il a coupé la communication.

Je ne peux qu'assister à la scène de loin.

Alistair s'adresse à lui du seuil. Ethan avance, lève sa main qui tient le téléphone.

Durant un moment, aucun des deux ne bouge.

Puis Alistair s'approche de son fils, lui prend le mobile et l'examine.

Relève la tête, regarde Ethan et marche vers la fenêtre. Je bats en retraite.

Un instant plus tard, il ferme les volets.

La chambre est scellée.

Échec et mat.

92

Un sentiment d'impuissance me submerge.

Je n'ose pas imaginer ce qui se passe en ce moment même chez les Russell, à cause de moi.

Je me traîne jusqu'à l'escalier. À chaque pas que je fais, je pense à Ethan, derrière ces volets clos, seul avec son père.

En bas, dans la cuisine, je suis en train de rincer un verre dans l'évier quand un grondement de tonnerre assourdi résonne. Je jette un coup d'œil dehors, entre les lamelles d'un store. Les nuages filent dans le ciel, les branches du sycomore s'agitent de plus belle. Le vent forcit. L'orage approche.

Je m'assois à table avec une bouteille de merlot. « Silver Bay, New Zealand », peut-on lire sur l'étiquette, sous une petite gravure représentant un navire ballotté par les flots. Et si j'allais m'établir en Nouvelle-Zélande, pour prendre un nouveau départ ? « Silver Bay », ça sonne bien. Et j'aimerais tellement refaire de la voile !

Encore faudrait-il que je puisse sortir de cette maison, évidemment.

Au bout d'un moment, je vais de nouveau écarter les lamelles du store pour regarder dehors. La pluie mitraille la vitre. De l'autre côté du parc, les volets d'Ethan sont toujours fermés.

Alors que je reviens vers la table, on sonne à la porte.

Je sursaute, et un peu de vin déborde de mon verre.

C'est lui. Alistair.

Affolée, je plonge une main dans ma poche pour récupérer mon téléphone. De l'autre, j'attrape le cutter.

Puis je m'avance lentement vers l'interphone. Rassemble mon courage et scrute l'écran.

Ethan.

Je relâche mon souffle.

Ethan, qui sautille sur place, bras croisés, mains aux épaules. J'appuie sur la touche et ouvre la porte du vestibule. Quelques secondes plus tard, il entre, les cheveux trempés.

— Qu'est-ce que tu fais là ?

Il me dévisage d'un air dérouté.

— C'est vous qui m'avez demandé de venir !

— Mais je croyais que ton père…

Il referme la porte et se dirige vers le salon. Je lui emboîte le pas.

— J'ai dit que je parlais avec un copain de la natation, tout à l'heure.

— Il n'a pas vérifié sur ton téléphone ?

— J'ai enregistré votre numéro sous un autre nom.

— Il aurait pu rappeler…

Ethan hausse les épaules.

— Il l'a pas fait. C'est quoi, ça ? demande-t-il en découvrant le cutter dans ma main.

Je m'empresse de le cacher dans ma poche.

— Rien.

— Je peux aller aux toilettes ?

— Bien sûr.

Pendant qu'il se rend dans le cabinet rouge, je tapote sur l'écran de mon iPhone afin de tout mettre en place pour la suite.

Je l'entends tirer la chasse puis se laver les mains. En revenant, il lance :

— Où est Punch ?

— Aucune idée.

— Comment va sa patte ?

— Mieux.

J'ai répondu d'un ton absent. Dans l'immédiat, c'est le cadet de mes soucis.

— Je voudrais te montrer quelque chose, Ethan.

Je lui donne mon téléphone.

— Vas-y, ouvre l'Album.

Comme il se borne à me dévisager d'un air interrogateur, j'insiste :

— S'il te plaît, ouvre l'Album de photos.

Je ne le quitte pas des yeux quand il s'exécute. L'horloge sonne 10 heures. Je retiens mon souffle.

Il reste impassible.

— C'est notre rue, hein ? Le soleil se lève… Ah non, là, c'est l'ouest. Donc, il se cou…

Il s'interrompt brusquement.

Ça y est, il a remarqué.

Ses yeux s'arrondissent.

Six coups, sept.

Il ouvre la bouche.

Huit. Neuf.

— Qu'est-ce que…, commence-t-il.

Dix.

— Je crois que le moment est venu de me dire toute la vérité, Ethan.

93

Il reste immobile, comme pétrifié, alors que l'écho du dixième coup se répercute dans la pièce. Je finis par le prendre par l'épaule pour l'entraîner vers le canapé. Nous nous asseyons. Il n'a pas lâché mon téléphone.

Je ne dis plus rien, me contentant de le regarder, les mains posées sur mes genoux pour les empêcher de trembler.

— Quand est-ce que vous avez trouvé ça ? murmure-t-il enfin.

— Ce soir, quelques minutes avant de t'appeler.

Un hochement de tête.

— Qui est-ce, Ethan ?

Il contemple toujours la photo. Sur le moment, je pense qu'il ne m'a pas entendue.

— Qui est cette…

— Ma mère.

Je fronce les sourcils.

— Pourtant, l'inspecteur a affirmé que ta mère…

— Ma vraie mère. Biologique.

— Tu as été adopté ?

En guise de réponse, il hoche de nouveau la tête, les yeux baissés. Je me penche en avant, fais glisser mes doigts dans mes cheveux.

— Et donc…

— Je ne sais même pas par où commencer, avoue-t-il.

Je dois surmonter mon désarroi pour le guider. Il a besoin de moi. Et, au moins, je sais comment l'aider.

Je me tourne vers lui, lisse les pans de mon peignoir sur mes cuisses, puis cherche son regard.

— À quel âge as-tu été adopté ?

Avec un soupir, il s'appuie contre le dossier.

— À cinq ans. Elle… elle se droguait.

Sa voix est hésitante. Combien de fois a-t-il déjà raconté son histoire ?

— Et elle était à peine sortie de l'adolescence quand elle m'a eu.

Ce qui explique pourquoi Jane m'avait semblé si jeune.

— Après, je suis allé vivre avec mes nouveaux parents.

J'observe son visage, le bout de sa langue quand il s'humecte les lèvres, le voile d'humidité sur ses tempes.

— Où as-tu grandi, Ethan ?

— Avant Boston, vous voulez dire ?

— Oui.

— À San Francisco. C'est là que mes parents adoptifs m'ont recueilli.

Je dois résister à l'envie de le toucher pour le réconforter. Au lieu de quoi, je récupère mon téléphone et le pose sur la table basse.

— Elle m'avait déjà retrouvé une fois, poursuit-il. Quand j'avais douze ans. On vivait encore à Boston à l'époque. Elle a débarqué chez nous et demandé à mon père si elle pouvait me voir. Il n'a pas voulu.

— Tu ne lui as pas parlé ?

— Non.

Il marque une pause et, les yeux brillants, inspire profondément.

— Mes parents étaient furieux. Ils m'ont dit que si elle essayait de reprendre contact, je devais absolument les avertir. Après, on est venus habiter ici.

Je hoche la tête.

— Et ton père a perdu son travail.

— Oui.

— Pour quelle raison ?

Ethan change de position sur le canapé.

— À cause d'un problème avec la femme de son patron, je crois. En fait, je ne sais pas trop. Mes parents n'arrêtaient pas de se disputer.

« Toute cette histoire est ultra-mystérieuse », m'avait dit Alex. À présent, je comprends mieux. Alistair avait une liaison. Rien d'extraordinaire, en somme. Je me demande si ça en valait la peine.

— Un peu après notre emménagement, ma mère a dû retourner à Boston régler des trucs. Peut-être aussi qu'elle avait envie de prendre ses distances avec mon père… Ensuite, il est parti la rejoindre. Du coup, je suis resté tout seul, rien qu'une nuit. Ce n'était pas la première fois. Et c'est à ce moment-là qu'elle est arrivée.

— Ta vraie mère ?

— C'est ça.

— Comment s'appelle-t-elle ?

541

Il renifle, puis s'essuie le nez.

— Katie.

— Quand exactement s'est-elle présentée chez vous ?

— Je ne me rappelle pas…

Il secoue la tête.

— Ah si ! C'était… le jour de Halloween.

Autrement dit, le jour où je l'ai rencontrée.

— Elle m'a dit qu'elle était… "clean", ajoute-t-il, hésitant, comme si le mot le rebutait. Et aussi qu'elle avait appris par Internet la mutation de mon père à New York et qu'elle avait décidé de venir.

— Comment as-tu réagi ?

— Je l'ai laissée entrer.

— C'est cet après-midi-là que j'ai fait sa connaissance.

— Je suis au courant, confirme-t-il. Elle était partie chercher un album photo dans sa chambre d'hôtel. Elle voulait me montrer de vieilles photos de moi, quand j'étais bébé et tout. En revenant, elle vous a vue tomber.

Je me rappelle son bras autour de ma taille, ses cheveux m'effleurant la joue.

— Elle s'est présentée sous le nom de Jane Russell, dis-je.

Ethan ne paraît pas étonné.

— Tu le savais ?

— Oui, répond-il.

— Pourquoi ? Pourquoi se faire passer pour quelqu'un d'autre ?

— D'après elle, c'est vous qui l'avez appelée par le nom de ma mère. Sur le moment, elle a été prise de court. Elle n'était pas censée se trouver là, vous comprenez ? Ni chez vous ni chez nous.

Une pause. Il se gratte la main.

— Et puis, je crois que ça lui plaisait d'être prise pour ma mère. Enfin, vous voyez ce que je veux dire.

Un coup de tonnerre déchire le silence. Nous sursautons tous les deux.

— Et ensuite, que s'est-il passé ? Qu'a-t-elle fait quand elle est sortie de chez moi ?

— Elle est revenue et on a encore parlé, m'explique-t-il en baissant les yeux. De mon enfance, de sa vie depuis que j'avais été adopté. Et elle m'a montré des photos. Après, elle est partie.

— Elle est retournée à l'hôtel ?

— Euh, non.

— Où est-elle allée, alors ?

— Je… je ne l'ai appris que plus tard. En fait, elle est venue ici.

Le tic-tac de l'horloge semble résonner étrangement fort, soudain. Je me sens mal à l'aise.

— Comment ça ?

— Elle avait rencontré le type qui loue – louait – votre appartement.

— David ?

Un hochement de tête.

Je repense au lendemain de Halloween, lorsque j'avais entendu l'eau circuler dans les canalisations alors que David et moi examinions le rat mort. Et à la boucle d'oreille sur la table de chevet. « C'est celle de Katherine, une femme que j'ai fréquentée… » Katherine. Katie.

— Elle était chez moi ?

— Je ne l'ai découvert que plus tard, insiste Ethan.

— Combien de temps est-elle restée ?

— Jusqu'à…

Sa voix s'étrangle. Il se tord les mains à présent.

— Elle est encore revenue me voir le lendemain. Je lui ai promis de demander à mes parents si je pouvais la voir. Officiellement, je veux dire, parce que j'ai presque dix-sept ans, et que quand j'en aurai dix-huit je ferai ce que je veux. Après, j'ai téléphoné à mes parents pour leur en parler.

» Mon père a explosé, poursuit-il. Ma mère était en colère aussi, mais mon père, lui, était fou de rage. Il est rentré aussitôt. Il hurlait, voulait absolument savoir où elle était, et comme je ne répondais pas il…

Une larme roule sur sa joue.

Je lui presse l'épaule.

— Il t'a frappé, c'est ça ?

Il incline la tête, puis inspire à plusieurs reprises.

— J'avais vu, depuis ma chambre, qu'elle était avec vous dans la cuisine, me confie-t-il d'une voix tremblante. J'ai fini par le dire à mon père. Je suis désolé. Vraiment désolé.

Il pleure sans retenue à présent.

— Il fallait que… que je trouve un moyen d'échapper à sa colère, vous comprenez ?

— Oui, ne t'inquiète pas, Ethan, je comprends.

— Je vous regardais par la fenêtre, alors je savais qu'elle était partie quand il est allé chez vous. J'espérais qu'il ne s'en prendrait pas à vous.

— Il ne m'a rien fait.

« J'aurais juste aimé savoir si vous aviez eu des visiteurs ce soir », m'avait expliqué Alistair. Et, plus tard :

« Je cherchais mon fils, pas ma femme. » Un tissu de mensonges.

— Après, il venait de rentrer à la maison quand Katie a sonné à la porte, poursuit Ethan. Elle ignorait qu'il était déjà là, évidemment. Mon père m'a obligé à aller ouvrir. J'avais tellement peur… Ensuite, elle et moi, on a essayé de lui parler.

— Vous étiez dans le salon.

Il cille.

— Vous nous avez vus ?

— Oui.

Je me souviens d'eux dans cette pièce : Ethan, Jane – Katie – sur la causeuse, Alistair dans un fauteuil en face d'eux. *Sait-on jamais ce qui se passe dans une famille ?*

— Ça a dégénéré. Papa lui a dit qu'il allait appeler la police et porter plainte pour harcèlement.

J'ai toujours en tête le tableau qu'ils formaient : le fils, le père, la « mère ». *Sait-on jamais ce qui se passe dans…*

— Elle est quand même revenue le lendemain, reprend Ethan. Cette fois, mon père a menacé de la tuer. Il lui a serré la gorge.

Silence. Alors que les mots résonnent entre nous, je me rappelle Alistair me plaquant contre le mur, la main autour de mon cou.

— Alors elle a crié, dis-je.

— C'est ça.

— Et c'est à ce moment que j'ai téléphoné chez toi.

— Oui.

— Pourquoi ne t'es-tu pas confié à moi ?

— Mon père était là, j'avais une trouille bleue. Mais je voulais vous expliquer... D'ailleurs, je suis venu vous voir tout de suite après le départ de Katie.

— Je sais, oui.

— J'ai essayé.

— Je sais.

— Là-dessus, ma mère est rentrée de Boston. Et le soir même, Katie a débarqué. Elle devait penser que ce serait plus facile de parler avec elle.

— Et ensuite ?

Il se couvre le visage de ses paumes, tout en m'observant du coin de l'œil.

— Vous avez vu ce qui s'est passé, non ?

— Pas tout. J'ai seulement vu ta... j'ai seulement vu Katie crier après quelqu'un, puis tituber. Elle avait quelque chose dans...

Je porte une main à ma poitrine.

— Je n'ai vu personne d'autre.

Quand il reprend la parole, sa voix est plus ferme, plus assurée :

— Ils sont montés tous les trois au premier, dans le salon, pour avoir une discussion. Mon père, ma mère et elle. J'étais dans ma chambre mais j'entendais tout. Papa voulait prévenir la police. Katie n'arrêtait pas de répéter que j'étais son fils, qu'elle avait le droit de me rendre visite et que mes parents ne pouvaient pas l'en empêcher. Maman hurlait de rage. Et puis, ça s'est calmé d'un coup. Quand je suis descendu, quelques minutes plus tard, Katie était...

Son visage se chiffonne et les larmes affluent de nouveau. Il s'agite, fixe son regard sur un point à sa gauche.

— Elle était par terre. Elle l'avait poignardée, avec un coupe-papier.

— Hé ! Attends un peu… *Qui* l'avait poignardée ?

— Ma… ma mère, hoquette-t-il entre deux sanglots. Elle m'a dit qu'elle n'aurait pas supporté de me perdre, qu'elle refusait de laisser quelqu'un m'emmener loin d'elle.

Il se penche en avant, la tête entre les mains, les épaules agitées de soubresauts.

« Ma mère. » Je me suis trompée, du tout au tout.

— Elle a ajouté qu'elle avait attendu tellement longtemps pour avoir un enfant…

Je ferme les yeux.

— Elle ne voulait pas que Katie puisse encore me faire du mal.

Ethan pleure doucement, à présent.

Plusieurs minutes s'écoulent ainsi. Je songe à Jane, la vraie, à son instinct maternel de lionne – cette même force qui m'avait animée sur la saillie rocheuse, après l'accident. « Elle avait attendu tellement longtemps pour avoir un enfant… Elle refusait de laisser quelqu'un m'emmener loin d'elle. »

Je rouvre les yeux, pour m'apercevoir que les larmes d'Ethan se sont taries. Il halète comme s'il avait couru.

— Elle l'a tuée pour moi, murmure-t-il. Pour me protéger. Ensuite, ils ont tous les deux transporté le corps jusqu'à notre maison de campagne, dans le nord de l'État, pour l'enterrer.

Il pose ses mains sur ses genoux.

— Mais comment… comment se sont-ils comportés quand la police est venue les interroger le lendemain ?

— C'était horrible, avoue-t-il. Les flics ont déclaré que, dans la nuit, quelqu'un avait signalé une agression chez nous. Mes parents ont nié. Ensuite, quand ils ont su que c'était vous, ils ont compris que c'était votre parole contre la leur. La nôtre. Personne d'autre n'avait vu ma vraie mère.

— Sauf David, dis-je. Il a passé…

Je fais le point sur les dates dans ma tête.

— … quatre nuits avec elle.

— On l'a découvert seulement quand on a consulté le journal des appels sur le téléphone de Katie, explique Ethan. Mais, d'après mon père, il n'y avait aucune chance pour qu'un pauvre type vivant dans un sous-sol soit pris au sérieux. Donc, c'était eux contre vous. Et il a dit que vous étiez…

Il se tait brusquement.

— Que j'étais quoi, Ethan ?

— Instable. Et que vous buviez trop.

Dans le silence qui suit, j'entends la pluie mitrailler les vitres.

— On n'était pas au courant, pour votre famille, ajoute-t-il.

Je ferme les yeux et commence à compter. Un, deux…

J'en suis à trois lorsque Ethan déclare :

— Je vous assure, je n'en peux plus de garder tous ces secrets. C'est trop lourd à porter.

J'ouvre les paupières. À la lumière tamisée de la lampe, le jeune garçon ressemble à un ange.

— Il faut qu'on prévienne la police, dis-je doucement.

Il se penche en avant, les mains crispées sur ses genoux, puis se redresse, me regarde un moment et détourne les yeux sans piper mot.

— Ethan ?

— Je sais, chuchote-t-il.

Un miaulement derrière moi m'amène à me retourner. Punch s'est assis sur le dossier du canapé. La tête penchée de côté, il miaule de nouveau.

— Ah, te voilà !

Ethan veut le caresser, mais le chat s'écarte vivement.

— J'ai l'impression qu'il ne m'aime plus.

— Écoute, Ethan, c'est... extrêmement grave. Je vais appeler l'inspecteur Little et lui demander de venir pour que tu puisses lui répéter ce que tu viens de me dire.

— Je peux les avertir, d'abord ? Mes parents.

— Non. On...

— Je vous en prie !

— Ethan, on...

— Je vous en prie ! Je vous en prie !

Sa voix monte dans les aigus, il a les yeux bouffis et les joues rouges. Il panique.

— Elle l'a fait pour moi ! Pour moi, vous entendez ? Je ne peux pas la traiter comme ça !

— Je...

— De toute façon, il vaudrait mieux qu'ils se rendent, non ?

Je réfléchis. En effet, ce serait sans doute préférable, pour eux comme pour leur fils. Néanmoins...

— Ils flippent comme des dingues depuis que c'est arrivé, insiste-t-il. Mon père a déjà parlé à ma mère de se dénoncer, alors je suis sûr qu'ils m'écouteront. Surtout si je leur dis que vous allez prévenir la police.

— Tu es certain que…

Que tu peux faire confiance à ta mère ? Qu'Alistair ne t'attaquera pas ? Qu'aucun d'eux ne cherchera à me nuire ?

— Vous voulez bien attendre un peu, Anna ? S'il vous plaît. Je suis incapable de… de leur infliger ça. Je ne pourrais plus me supporter après. Je dois leur laisser une chance, les aider… C'est ma mère !

Il parle de Jane, pas de Katie.

Rien dans mon expérience ne m'avait préparée à une telle situation. Que me conseillerait Wesley ? « Apprends à penser par toi-même, Fox. »

Est-il prudent de le laisser retourner chez lui ? Auprès de ces… gens ?

Mais ai-je le droit de le condamner à une vie de regrets ? Je sais ce qu'on ressent dans ce cas-là, je connais cette douleur de tous les instants. Et je veux lui épargner ça.

— D'accord.

Il cille.

— C'est vrai ?

— Oui. Va leur parler.

Il me dévisage d'un air incrédule.

— Merci, murmure-t-il au bout d'un moment.

— Surtout, fais très attention.

— Promis.

Il se lève.

— Que vas-tu leur dire ?

Avec un soupir, il se rassoit.

— La vérité, je suppose : je vous ai raconté toute l'histoire, de votre côté vous avez des preuves, et vous voulez maintenant qu'ils se dénoncent. Qu'est-ce qui va leur arriver, à votre avis ?

La réponse n'est pas évidente, et je m'efforce de rester prudente.

— C'est… Je pense que les policiers comprendront qu'ils étaient harcelés, que Katie vous suivait et refusait de lâcher prise. Ce faisant, elle devait probablement enfreindre les termes qui ont été fixés au moment de ton adoption. Et ils tiendront certainement compte des circonstances, du fait que c'est arrivé pendant une dispute. Mais… ce ne sera pas facile.

— Non, admet-il en baissant les yeux.

Puis il les relève et pose sur moi un regard chargé d'une telle intensité que je me sens embarrassée.

— Merci, Anna.

— Eh bien, je…

— Je suis sincère. Merci.

Je hoche la tête.

— Tu as bien ton téléphone sur toi ?

— Oui.

— Appelle-moi si… enfin, pour me rassurer.

— OK.

Il se met debout. Je l'imite.

— Ethan ? J'ai encore une question à te poser. Ton père… est-ce qu'il est venu chez moi la nuit ?

Il fronce les sourcils.

— Oui. Hier soir. Je croyais que…

— Non, la semaine dernière. On m'a affirmé que j'avais imaginé cette agression chez vous, et je sais maintenant qu'il n'en est rien. On a prétendu aussi que

551

j'étais l'auteur d'un portrait que je n'ai jamais dessiné. Alors j'ai besoin de découvrir qui a pris cette photo de moi. Parce que je… je ne veux pas que ce soit moi.

Un silence.

— Je l'ignore, déclare Ethan. Comment serait-il entré ?

Une question à laquelle je n'ai pas de réponse.

Je l'accompagne jusqu'à la porte. Avant qu'il sorte, je l'attire contre moi et le serre dans mes bras. Fort.

— S'il te plaît, fais attention à toi.

Nous demeurons ainsi quelques instants, tandis que la pluie cingle les vitres et que le vent hurle dehors.

Puis il recule, m'adresse un sourire triste et s'en va.

94

J'écarte les lamelles du store, vois Ethan gravir les marches du perron puis glisser la clé dans la serrure. Il ouvre la porte, entre et la referme derrière lui. Voilà, il a disparu.

Ai-je eu raison de le laisser y retourner ? Aurions-nous dû prévenir Little avant ? Aurait-il mieux valu faire venir Alistair et Jane ici ?

Quoi qu'il en soit, il est trop tard.

Je balaie du regard le parc, la façade de la maison, les fenêtres sombres. Ethan est là, quelque part dans les profondeurs de cette bâtisse, en train de parler à ses parents, d'anéantir leur univers. J'éprouve une appréhension sourde, semblable à celle que j'avais chaque jour quand Olivia était encore vivante. *Je vous en prie, faites qu'il ne lui arrive rien.*

S'il y a bien une chose que j'ai apprise durant toutes ces années où j'ai travaillé avec des enfants – si je devais résumer mon expérience à une seule révélation –, c'est la suivante : ils sont extraordinairement résilients. Ils sont capables de supporter la négligence, d'endurer les mauvais traitements, de survivre à des épreuves qui auraient raison de la plupart des adultes. J'espère de tout mon cœur qu'Ethan possède cette force. Il en a besoin.

Mon Dieu ! Quelle histoire sordide ! Je frissonne en retournant dans le salon éteindre la lampe. Pauvre femme. Et pauvre Ethan.

Quant à Jane… C'est elle que je plains, pas Alistair.

Une larme coule le long de ma joue. Je la recueille sur le bout de mon index, que j'essuie sur mon peignoir.

J'ai les paupières lourdes. Je remonte dans ma chambre pour attendre des nouvelles. L'inquiétude me ronge.

Postée devant ma fenêtre, je surveille la maison de l'autre côté du parc. Toujours aucun signe de vie.

Je me mordille l'ongle du pouce jusqu'au sang.

N'y tenant plus, je commence à arpenter la pièce, à tourner autour du tapis.

Je consulte mon téléphone. Une demi-heure s'est déjà écoulée…

J'ai besoin de penser à autre chose, pour me calmer. De retrouver un univers familier, apaisant.

L'Ombre d'un doute. Scénario de Thornton Wilder, le préféré de Hitchcock parmi tous ses films : une jeune femme naïve découvre que son héros n'est pas celui qu'il prétend être. « On a notre train-train et il ne se passe rien, se plaint-elle. On s'encroûte. On mange et on dort, et c'est à peu près tout. On n'a même pas de vraies conversations. » Jusqu'à la visite de son oncle Charlie.

D'après moi, elle se complaît un peu trop longtemps dans l'ignorance.

Je regarde le film sur mon ordinateur portable, en léchant mon pouce blessé. Le chat entre dans la chambre au bout de quelques minutes et vient se blottir contre moi. Quand je lui palpe la patte, il crache.

L'intrigue se noue devant mes yeux en même temps que mon sentiment de malaise s'accentue. Que peut-il bien se passer chez les Russell ?

Mon téléphone vibre sur l'oreiller à côté de moi. Je le saisis.

« OK pour la police. »

Il est 23 h 33. Je me suis assoupie.

Je me lève pour aller écarter les rideaux. La pluie fouette les vitres, ruisselle sur le verre.

La maison de l'autre côté du parc est toujours plongée dans l'obscurité.

« Tu ignores tellement de choses. Tellement... »

Derrière moi, le film se poursuit.

« Tu vis dans un rêve, affirme l'oncle Charlie. Tu es une somnambule, aveugle. Comment peux-tu connaître le monde ? Sais-tu qu'en arrachant les façades des maisons, tu trouverais des porcs ? Utilise ta cervelle. »

Guidée par la faible lumière en provenance de la fenêtre, je me rends à la salle de bains. J'ai besoin de quelque chose pour m'aider à me rendormir. De la mélatonine, peut-être. Oui, je vais en prendre ce soir.

J'avale un comprimé. Sur l'écran de l'ordinateur, le corps tombe, le train arrivant en sens inverse siffle. Générique de fin.

— Devine qui c'est.

Je ne peux pas l'ignorer, cette fois, parce que je suis endormie. En même temps, je suis consciente de dormir. C'est un rêve conscient.

Je fais néanmoins une tentative.

— Laisse-moi, Ed.

— S'il te plaît, réponds-moi.

— Non.

Je ne le vois pas. Je ne vois rien du tout. Ah si ! Il est là, à peine distinct – juste une ombre.

— Il faut qu'on parle, Anna.

— Non, va-t'en.

L'obscurité. Le silence.

— Quelque chose cloche.

— Non.

Il a raison, pourtant, il y a bien quelque chose qui cloche. Je le sens au plus profond de moi, dans mes tripes.

— Dis donc, cet Alistair Russell est un drôle de type, hein ?

— Je refuse d'en discuter.

— Oh, j'ai failli oublier : Livvy a une question à te poser.

— Je ne veux pas l'entendre.

— Rien qu'une.

J'entrevois des dents découvertes par un sourire.

— Toute simple.

— Non.

— Vas-y, ma puce, demande à maman.

— J'ai dit…

Mais, déjà, elle approche sa bouche de mon oreille, et son souffle chaud effleure mon lobe quand elle prend la parole dans un chuchotement guttural, comme chaque fois qu'elle me confie un secret :

— Comment va la patte de Punch ?

Je me réveille instantanément, avec les idées claires, comme si j'avais été aspergée d'eau froide. Mes yeux se fixent sur le plafond traversé par un rai de lumière.

Je me lève et marche jusqu'aux rideaux, que j'ouvre. L'obscurité devient grisaille autour de moi. Derrière les vitres, je vois la maison des Russell battue par une pluie torrentielle. Un éclair zèbre le ciel au-dessus de la bâtisse. Un coup de tonnerre résonne comme un glas.

Punch miaule doucement quand je retourne m'allonger sur le lit.

« Comment va la patte de Punch ? »

Lorsque Ethan s'est assis sur le canapé, avant-hier, le chat couché sur le dossier a sauté par terre et s'est glissé sous le meuble. Je fouille dans mes souvenirs, réexamine la scène sous tous les angles. Non, Ethan n'a pas pu se rendre compte qu'il boitait.

Alors, comment… ? Ma main s'égare, mes doigts se referment sur la queue de Punch, qui se frotte contre moi. Je jette un coup d'œil à mon téléphone. 01 h 10 du matin.

— Comment pouvait-il être au courant, pour ta patte ? dis-je au chat.

— Parce que je viens vous voir la nuit, répond Ethan.

Lundi 15 novembre

95

Sur le coup, j'en reste muette de saisissement. Puis je tourne la tête vers la porte.

Un éclair illumine brièvement la chambre. Ethan se tient sur le seuil, appuyé contre l'encadrement, les cheveux mouillés, une écharpe nouée lâchement autour du cou.

Au prix d'un énorme effort, je parviens à recouvrer l'usage de ma voix.

— Je croyais que tu étais rentré chez toi.

— Oh, je suis rentré, réplique-t-il à voix basse. J'ai dit bonsoir à mes parents, et ensuite j'ai attendu qu'ils aillent se coucher.

Ses lèvres s'incurvent en un sourire plein de douceur.

— Après, je suis revenu ici. Je viens souvent, vous savez...

— Quoi ?

Je ne comprends toujours pas ce qui se passe.

— Il faut que je vous dise un truc, docteur Fox : j'ai vu beaucoup de psys dans ma vie, mais vous êtes la seule à ne pas m'avoir diagnostiqué un trouble de la personnalité.

Il hausse les sourcils.

— Comme quoi, vous n'êtes peut-être pas la meilleure psy du monde, hein ?

Je sens ma bouche s'ouvrir et se refermer sans avoir produit le moindre son.

— N'empêche, vous m'intéressez, reprend-il. Non, sérieux ! C'est pour ça que je vous rends visite. Les femmes plus âgées m'intriguent.

Son expression se fait soucieuse, soudain.

— Je ne vous ai pas vexée, au moins ?

Je suis comme paralysée.

— J'espère que non.

Un soupir.

— L'ancien boss de mon père avait une femme intéressante. Jennifer. Je l'aimais bien. Elle m'aimait bien aussi, je crois. Sauf que…

Il se déplace légèrement pour s'appuyer de l'autre côté du chambranle.

— Il y a eu un petit malentendu. Un peu avant qu'on déménage. Je suis entré dans leur baraque, de nuit, et elle n'a pas apprécié. Du moins, c'est ce qu'elle a prétendu.

Une lueur farouche brille dans son regard.

— Elle savait parfaitement ce qu'elle faisait quand elle me recevait chez elle !

À ce moment seulement, je m'aperçois qu'il tient quelque chose à la main. Un petit objet argenté, effilé.

Un coupe-papier.

Ses yeux vont de mon visage à la lame. J'ai la gorge nouée.

— J'ai dû m'en servir pour me débarrasser de Katie, parce qu'elle ne voulait pas me foutre la paix, déclare-t-il. Je lui avais pourtant demandé je ne sais combien de fois de… Bref, elle refusait de comprendre. Un peu comme vous, en fait.

— Mais ce soir, tu…

Je m'humecte les lèvres.

— Tu m'as raconté que…

— Je vous ai raconté suffisamment de conneries pour que vous me lâchiez un peu la grappe, m'interrompt-il. Désolé de tourner les choses comme ça, parce que vous êtes plutôt sympa, mais j'avais besoin de gagner du temps. Vous vouliez appeler les flics, alors il fallait que je trouve un moyen de vous en empêcher.

Du coin de l'œil, je perçois un mouvement. C'est le chat, qui s'étire sur le lit. Puis il tourne la tête vers Ethan et feule.

— Foutu chat ! s'exclame le jeune garçon. Vous vous rappelez ce film, *L'Espion aux pattes de velours* ? Je l'adorais quand j'étais gosse…

Il se fend d'un sourire.

— En parlant de pattes, je crois bien que je lui en ai cassé une. Désolé.

Le coupe-papier luit quand il l'agite vers le lit.

— Il était sans arrêt dans mes jambes, alors, forcément, j'ai fini par perdre mon calme ! En plus, je suis allergique, comme je vous l'ai dit. Je ne voulais pas courir le risque de vous réveiller en éternuant. Remarquez, là, vous êtes bien réveillée !

— Tu… tu es déjà entré chez moi la nuit ?

La lame toujours pointée vers moi, il avance d'un pas.

— Presque toutes les nuits.

— Mais comment… ?

Il sourit de nouveau.

— Je vous ai fauché votre clé un jour, pendant que vous me notiez votre numéro de téléphone. Je l'avais repérée sur le crochet la première fois que je vous ai rendu visite, et j'ai pensé que vous ne vous en apercevriez pas si je l'empruntais. On ne peut pas dire que vous vous en serviez beaucoup, pas vrai ? Alors j'en ai fait faire un double, et après je l'ai remise en place. Un vrai jeu d'enfant, quoi !

Il pouffe, presse sa main libre sur sa bouche.

— Désolé, c'est juste que… J'ai cru que vous aviez tout compris lorsque vous m'avez téléphoné en début de soirée. Vous m'avez pris de court. J'avais ça dans ma poche quand je suis passé, ajoute-t-il en agitant de nouveau le coupe-papier. Des fois que j'en aurais eu besoin. Je me demandais bien comment j'allais m'en sortir. Mais… vous avez tout gobé. Tout, depuis le début ! « Mon père est violent », « Oh, il me fait tellement peur ! », « Non, mes parents ne veulent pas que j'aie un téléphone… » J'avais l'impression de vous voir baver devant mon cas. Comme quoi, encore une fois, vous n'êtes pas la meilleure des psys !

» Hé ! s'exclame-t-il soudain. J'ai une idée : analysez-moi. Vous n'aimeriez pas que je vous parle de mon enfance ? Ils veulent tous en savoir plus sur mon enfance.

Je me contente de hocher bêtement la tête.

— Vous allez adorer ! Mon histoire, c'est le rêve pour un psy. Katie n'était qu'une junkie, crache-t-il. Une accro à l'héro et une vraie salope. Elle n'a jamais voulu me dire qui était mon père. Une paumée comme elle n'aurait jamais dû être mère.

Les yeux rivés sur le coupe-papier, il poursuit :

— Elle est tombée dans la drogue quand j'avais un an. Enfin, c'est ce que mes parents m'ont raconté ; moi, je n'ai pas beaucoup de souvenirs, évidemment : je n'avais que cinq ans lorsqu'on a été séparés. Mais je me rappelle avoir eu faim. Je me rappelle les seringues. Et je me rappelle aussi les raclées que me filaient ses petits copains.

Une pause.

— Je suis sûr que mon vrai père ne m'aurait jamais traité comme ça.

Je ne dis rien.

— Je me souviens aussi qu'une de ses copines a fait une overdose, un jour. Je l'ai vue mourir devant moi. J'avais quatre ans.

Nouveau silence, plus long cette fois, ponctué par un léger soupir.

— C'est là que j'ai commencé à faire n'importe quoi. Katie a bien essayé de m'aider, ou de m'arrêter, mais la plupart du temps elle était trop défoncée pour s'occuper de moi. Après, les services sociaux m'ont emmené, et ensuite mes parents m'ont adopté.

Il hausse les épaules.

— Ils… C'est vrai qu'ils m'ont beaucoup donné.

Un autre soupir.

— Je leur crée des problèmes, c'est sûr. C'est pour ça qu'ils m'ont retiré de l'école. Et mon père a perdu son boulot parce que j'ai voulu mieux connaître Jennifer. Il était fou de rage, évidemment, mais…

Son visage s'assombrit.

— Bah ! C'est pas de bol.

La pièce s'éclaire encore une fois fugacement. Le tonnerre gronde.

— Bref, pour en revenir à Katie…

Ethan regarde par la fenêtre à présent, en direction du parc.

— Comme je vous l'ai dit, elle nous a retrouvés à Boston, mais ma mère ne l'a pas autorisée à me voir. Plus tard, elle s'est pointée chez nous, à New York, un jour où j'étais tout seul. Elle m'a montré son médaillon, avec ma photo à l'intérieur. Je lui ai parlé, parce que ça m'intéressait. Et surtout parce que je voulais savoir qui était mon père.

Il reporte son attention sur moi.

— Vous imaginez ce que ça fait de se demander tout le temps si votre père biologique est aussi barré que votre vraie mère ? En espérant que ce ne soit pas le cas ? Mais elle, elle m'a répondu que ça n'avait aucune importance. Il n'était même pas sur ses photos. Elle en avait réellement apporté. Là-dessus, je vous ai dit la vérité.

» Bon, d'accord, pas toute la vérité, rectifie-t-il d'un air penaud. Le jour où vous l'avez entendue hurler, j'avais les mains autour de son cou. Oh, je ne serrais pas fort, je voulais seulement l'effrayer pour qu'elle s'en aille. J'en avais trop marre d'elle. Mais elle est devenue dingue. Impossible de la faire taire ! Mon père ne savait même pas qu'elle était là jusqu'à ce qu'il l'entende. Il s'est précipité en lui criant : "Fichez le camp avant qu'il s'en prenne à vous !" Après, vous avez téléphoné chez nous, et j'ai été obligé de prétendre avoir la trouille. Quand vous avez rappelé, c'est mon père qui a dû prétendre que tout allait bien…

Il secoue la tête.

— Sauf qu'elle a remis ça le lendemain, cette cinglée !

» Là, j'ai pété un câble, je le reconnais. J'en avais rien à cirer de ses putains de photos ! Je m'en foutais qu'elle aime la voile ou qu'elle apprenne la langue des signes. Tout ce que je voulais, c'était qu'elle me dise qui était mon père, et elle refusait de me répondre. Peut-être parce qu'elle ne le savait même pas !

Il ricane.

— Oh, oui, elle est revenue. Ce soir-là, j'étais dans ma chambre quand je l'ai entendue se disputer avec mon père. Du coup j'ai vu rouge. Je la détestais, cette bonne femme, pour m'avoir traité comme elle l'avait fait, pour m'avoir caché l'identité de mon père, et je n'avais qu'une envie : qu'elle disparaisse, qu'elle sorte de ma vie. Alors j'ai attrapé ce truc sur mon bureau, enchaîne-t-il en levant le coupe-papier, je suis descendu au salon et… Tout s'est passé très vite. Elle n'a même pas crié.

Incrédule, je repense à tout ce qu'il m'a raconté il y a quelques heures à peine. Au moment où il m'a affirmé que Jane avait poignardé Katie, je m'en souviens maintenant, ses yeux ont dévié vers la gauche.

Ces mêmes yeux qui, à présent, brillent étrangement.

— C'était, comment dire… exaltant ! Et, par un incroyable coup de chance, vous n'aviez pas vu toute la scène. Mais… vous en avez quand même vu trop, ajoute-t-il en marchant lentement vers le lit. Ma mère ne s'est doutée de rien. Elle n'était même pas là, la pauvre, elle n'est rentrée que le lendemain matin, et mon père m'avait fait jurer de garder le secret. Il cherche à me protéger, vous comprenez. Et, au fond, je le plains. Ça doit être dur de cacher un truc pareil à sa femme, non ? Elle, elle est persuadée que vous êtes folle.

Un dernier pas, et il franchit la courte distance qui le sépare encore de moi. Puis il approche la lame de ma gorge.

Un gémissement de terreur m'échappe.

Quand il s'assoit sur le matelas, je sens ses reins contre mes genoux.

— Allez-y, analysez-moi, ordonne-t-il en penchant la tête de côté. Réparez ce qui est cassé.

Je frémis. Non, je ne peux pas.

Bien sûr que si, tu peux, maman.

Non. C'est fini.

Allez, Anna, fais un effort.

Il a une arme, Ed.

Sers-toi de ta tête.

D'accord, d'accord.

Un, deux, trois, quatre.

— Je sais déjà ce que je suis, murmure Ethan. Ça vous aide ?

Un psychopathe. Charme superficiel, caractère instable, manque total d'empathie.

— Tu fais du mal aux animaux depuis que tu es petit, dis-je en m'efforçant de maîtriser ma voix.

— Oui, mais ça, c'était facile. Tenez, j'ai refilé à votre chat un rat que j'avais charcuté. Je l'avais trouvé dans votre sous-sol. Cette ville est vraiment dégueulasse…

Il regarde le coupe-papier. Me regarde.

— Rien à ajouter ? Vous me décevez, là !

Je prends une profonde inspiration.

— Tu aimes manipuler les autres.

— Ça, c'est sûr, admet-il, avant de se gratter la nuque. C'est marrant. Et tellement simple ! Avec vous en tout cas, je me suis bien amusé.

Il assortit cette remarque d'un clin d'œil.

Au même moment, je sens quelque chose de dur sous mon bras et je coule un regard furtif de côté. Mon téléphone a glissé de l'oreiller et s'est coincé sous mon coude.

— Avec Jennifer, je crois que j'y suis allé un peu fort, déclare-t-il, l'air songeur. Elle a… enfin, c'était trop pour elle. J'aurais dû prendre mon temps, comme avec vous.

Il pose la lame à plat sur sa cuisse et la caresse comme pour l'aiguiser.

— Je ne voulais pas éveiller votre méfiance. Voilà pourquoi je vous ai raconté que mes copains me manquaient. Et que je vous ai laissée supposer que j'étais gay. Sans compter toutes les fois où je me suis forcé à chialer ! Il fallait que je vous inspire de la pitié, parce que… parce que je ne peux plus me passer de vous.

Je ne réagis pas. L'image de mon téléphone m'obsède.

— Vous avez remarqué, au moins, quand je me suis désapé devant ma fenêtre ? Je l'ai fait plusieurs fois. Mouais, je suis sûr que vous m'avez vu…

J'avale ma salive, remonte lentement mon coude pour dégager le mobile.

— Sinon, quoi d'autre, docteur ? Vous avez identifié quelques petits problèmes relationnels entre mon papa et moi, peut-être ?

Sourire suffisant.

— Je sais que je vous en ai parlé. De mon vrai père, je veux dire. Pas d'Alistair. Lui, c'est juste un brave type malchanceux.

Je sens l'écran sous mon poignet, lisse et frais.

— Tu ne…

— Quoi ?

— Tu ne respectes pas l'intimité des autres.

— Exact. La preuve, je suis là !

Je hoche la tête, effleure l'écran de mon pouce.

— Je vous le répète, vous m'intéressiez. Cette vieille sorcière un peu plus loin dans la rue m'avait parlé de vous. Oh, elle ne m'a pas tout dit, loin de là ! J'en ai appris beaucoup depuis. Entre autres, grâce à la bougie que je vous ai apportée. C'était mon idée, je précise, pas celle de ma mère. Elle ne m'aurait jamais laissé aller seul chez vous.

Dans le silence qui suit, il scrute mes traits.

— Je parie que vous étiez mignonne, avant.

Il lève le coupe-papier vers mon visage. Glisse la lame sous une mèche qui tombe sur ma joue. L'écarte d'une chiquenaude. Je tressaille en étouffant un cri.

— La Wasserman m'avait raconté que vous restiez tout le temps enfermée chez vous. Ça m'intriguait. La femme mystérieuse qui ne met jamais le nez dehors. Une bête curieuse, quoi.

Je place ma paume sur le téléphone. Mes doigts doivent pouvoir taper tout seuls ces quatre chiffres. Je les ai composés si souvent… J'y arriverai, malgré l'obscurité, malgré la présence d'Ethan assis à côté de moi.

— Il fallait que je fasse votre connaissance, vous comprenez ?

Maintenant. J'effleure le bouton sur le mobile, en même temps que je tousse pour distraire l'attention du jeune garçon.

— Mes parents…, commence-t-il en se tournant vers la fenêtre.

Il s'interrompt brusquement.

Je suis la direction de son regard… et découvre ce qu'il voit : la lueur du téléphone, réfléchie par la vitre.

Je pousse une exclamation étouffée. Lui aussi.

Quand je l'affronte de nouveau, il sourit, à ma grande surprise.

— Non mais, sans rire… Qu'est-ce que vous croyez ? lance-t-il en pointant le coupe-papier vers l'iPhone. J'ai encore changé le code secret tout à l'heure, quand vous dormiez. Je ne suis pas idiot au point de vous laisser utiliser votre téléphone !

J'ai l'impression de ne plus pouvoir respirer.

— Ah oui, et j'ai aussi enlevé les piles du combiné dans la bibliothèque. Au cas où vous auriez la mauvaise idée de vouloir vous en servir.

Il fait un geste vers le couloir.

— Bref, tout ça pour dire que je suis venu chez vous pendant bien deux semaines. J'ai passé des heures à fouiner partout, à vous observer… Je me sens bien ici. C'est calme, il n'y a pas beaucoup de lumière. J'ai l'impression de faire des recherches sur vous, comme si je préparais un documentaire. Un soir, je vous ai même prise en photo avec votre mobile.

Une grimace.

— Je suis peut-être allé un peu loin, là ? C'est le sentiment que j'ai, en tout cas. Oh, mais vous ne me demandez pas comment j'ai déverrouillé votre téléphone ?

Atterrée, je garde le silence.

— Posez-moi la question !

Le ton est menaçant.

— Comment... comment as-tu déverrouillé mon téléphone ?

Il m'adresse un large sourire, comme un enfant fier de lui.

— C'est vous qui m'avez donné le truc.

Je fais non de la tête.

Il lève les yeux au ciel, puis se penche vers moi.

— Bon, OK, ce n'est pas à moi que vous l'avez donné, mais à cette vieille chouette dans le Montana.

— Lizzie ?

— C'est ça.

— Tu nous as espionnés ?

Il pousse un profond soupir.

— Vous êtes idiote ou quoi ? Oh, à propos, je n'apprends pas à nager aux gamins attardés. Je préférerais encore me pendre. Non, Anna, Lizzie, c'est moi.

J'étouffe un cri de stupeur.

— Ou plutôt, *c'était* moi. Elle sort beaucoup, depuis quelque temps. Il me semble qu'elle va mieux, grâce à ses fils. Comment ils s'appellent, déjà ?

— Beau et William.

La réponse a jailli avant que je puisse la retenir.

Ethan s'esclaffe.

— Oh putain ! Je n'arrive pas à croire que vous vous en souveniez ! « Beau »... Je ne sais même pas où je suis allé pêcher un nom pareil. Ça m'est venu le premier jour où je vous ai rendu visite. Votre ordi était dans le salon, et vous étiez connectée à ce site bizarroïde… À peine rentré chez moi, j'ai créé un compte pour en apprendre plus. Tous ces losers qui crèvent de solitude, c'est pitoyable ! En attendant, ce DiscoMickey m'a mis en relation avec vous. Je ne voulais pas éveiller vos soupçons en prenant directement contact avec Votrepsyenligne…

» Et donc, vous avez expliqué un jour à Lizzie comment composer ses codes d'accès. En remplaçant certaines lettres par des chiffres. Ou en en inversant le jour et le mois dans une date d'anniversaire. Or vous m'aviez dit que votre fille était née le jour de la Saint-Valentin. Le 1-4-0-2 ou, en inversé, 0-2-1-4. Voilà comment j'ai pu prendre cette photo de vous en train de roupiller. Après, j'ai changé le code, pour rigoler.

Il me brandit son index sous le nez.

— Et je suis aussi allé dans votre bureau, sur votre ordi. Évidemment que votre mot de passe était « Olivia ». Pour les mails aussi. Vous aviez interverti les lettres, c'est tout… Vous êtes vraiment bête à ce point ?

Je ne réponds pas. Il me lance un regard furieux.

— J'ai dit, vous êtes vraiment…

— Oh, oui !

— Oui quoi ?

— Oui, je suis vraiment bête à ce point. La dernière des connes.

Il hoche la tête. La pluie frappe toujours les vitres.

— C'est également comme ça que j'ai pu créer le compte Gmail sur votre bécane. Vous aviez raconté à Lizzie que vous utilisiez souvent l'expression « devine qui c'est » pour parler avec vos proches. Je ne pouvais pas laisser passer ça ! « Devine qui c'est, Anna » ?

Il glousse.

— J'aurais tellement voulu voir votre tête quand vous avez découvert la photo !

L'air de la pièce est devenu irrespirable. J'ai l'impression d'étouffer.

— En mettant le compte au nom de ma mère, j'étais sûr que ça ferait son petit effet, ajoute-t-il avec un sourire. Franchement, je n'en reviens pas de tout ce que vous avez déballé à Lizzie. Entre autres, que vous aviez eu un amant, espèce de pute, et que vous avez tué votre famille...

Je suis incapable de dire un mot. Je me sens vaincue, défaite.

— En tout cas, vous avez sacrément perdu les pédales après la mort de Katie ! C'était dément. Bon, en un sens, je peux comprendre : je l'ai poignardée devant mon père, et lui aussi il a flippé – même si, au fond, je pense qu'il était soulagé par sa disparition. Moi, c'est sûr, je l'étais.

Il se déplace sur le matelas pour venir plus près de moi.

— Poussez-vous un peu.

Je replie mes jambes et les appuie contre sa cuisse.

— J'aurais dû l'empêcher de s'approcher des fenêtres, mais tout est arrivé trop vite. Bah, de toute façon, ç'a été facile pour moi de nier. Bien plus facile que de mentir ou de dire la vérité, en fait.

Il secoue la tête.

— Mais je plains quand même mon père.

— Il a essayé de te protéger de moi, c'est ça ? Même s'il savait que…

— Non, il a essayé de *vous* protéger de moi.

Une remarque d'Alistair me revient à l'esprit. « Je ne voudrais pas qu'il passe du temps avec vous, une femme adulte », avait-il dit. Pas dans l'intérêt d'Ethan, non. Dans le mien.

— Mais qu'est-ce qu'on peut y faire, hein ? Un de ces foutus psys a dit à mes parents que j'étais foncièrement mauvais.

Il hausse les épaules.

— Génial, non ?

La colère gronde en lui. C'est une faiblesse à exploiter. Concentre-toi. Réfléchis.

— À la réflexion, je plains aussi ce flic, le grand, reprend-il. Il a été d'une patience avec vous… Un vrai saint !

Un petit reniflement.

— Contrairement à sa collègue. Une sacrée garce, celle-là…

Je ne l'écoute plus que d'une oreille.

— Parle-moi encore de ta mère, Ethan.

— Quoi ?

— Ta vraie mère.

— Qu'est-ce que vous voulez savoir ? demande-t-il, méfiant.

Je m'éclaircis la gorge.

— Tu m'as dit que ses petits copains te maltraitaient.

— Non, j'ai dit qu'ils me filaient des raclées.

— Ça arrivait souvent ?

— Oui. Pourquoi ?

— Tu as dit aussi que tu étais « foncièrement mauvais ».

— Je ne fais que répéter ce que m'a sorti l'autre psy.

— Eh bien, je n'y crois pas.

Il penche la tête.

— Ah bon ?

— Non.

Je m'efforce de maîtriser mon souffle.

— Je ne crois pas que les gens naissent mauvais. Tu n'es pas né comme ça, Ethan.

— Ah non ?

Le coupe-papier pend de sa main.

Après m'être calée contre les oreillers, je lisse le drap sur mes jambes.

— Tu as été confronté très jeune à des choses qui te dépassaient, sur lesquelles tu n'avais aucun contrôle. Mais tu as survécu. Katie n'a pas été une bonne mère pour toi, c'est évident.

Il déglutit, moi aussi.

— Et à mon avis, quand tes parents t'ont adopté, toutes ces épreuves t'avaient déjà profondément affecté. Je pense néanmoins…

J'hésite une fraction de seconde. Puis-je prendre le risque ?

— Je pense qu'ils tiennent beaucoup à toi, même s'ils ne sont pas parfaits.

Il me regarde droit dans les yeux, et je vois ses traits se crisper légèrement.

— Je leur fais peur.

— Tu as dit toi-même qu'Alistair essayait de me protéger en te tenant à distance de moi. Pourtant, je suis persuadée qu'il s'inquiétait également pour toi. À mon avis, tes parents t'ont sauvé en t'adoptant.

Il me dévisage toujours.

— Ils t'aiment, Ethan. Et toi, tu mérites leur amour. Si nous leur parlons, je suis certaine qu'ils feront tout ce qui est en leur pouvoir pour t'aider. Tous les deux. Je suis sûre qu'ils veulent… communiquer avec toi.

Ma main s'approche de son épaule, mais ne s'y pose pas.

— Ce qui t'est arrivé quand tu étais plus jeune n'est pas ta faute, et…

— Arrêtez vos conneries !

Il s'écarte avant que je puisse le toucher.

J'ai perdu son attention. Ma tête se vide, ma bouche s'assèche.

Soudain, il se penche vers moi, le regard brillant.

— Je sens quoi ?

Je secoue la tête.

— Allez, reniflez ! Qu'est-ce que je sens ?

J'inhale en me remémorant notre première rencontre, quand j'avais humé le parfum de la bougie. Lavande.

— La pluie, dis-je.

— Et ?

— Le parfum.

— Tout juste ! Romance, de Ralph Lauren. Je voulais me faire beau pour vous. Bon, maintenant, reprend-il d'un air pensif, j'ai du mal à me décider, entre une chute dans l'escalier et une overdose. Vous étiez si triste, ces dernières semaines ! Et il y avait tous ces cachets sur la table basse… En même temps, vous êtes une vraie loque, alors vous avez très bien pu rater une marche…

Affolée, je jette un coup d'œil éperdu au chat, qui dort tranquillement sur le flanc.

— Je vous regretterai, Anna. Je serai sans doute le seul à qui vous manquerez, d'ailleurs. Personne ne s'apercevra de rien avant des jours, et de toute façon tout le monde s'en fichera après.

En désespoir de cause, je replie lentement mes jambes sous les draps.

— À part votre psy, peut-être, mais je parie qu'il en a marre de vous. Vous avez dit à Lizzie qu'il devait supporter non seulement votre agoraphobie, mais aussi votre sentiment de culpabilité. Encore un putain de saint !

Je ferme les yeux.

— Regarde-moi quand je te parle, connasse !

De toutes mes forces, je propulse mes pieds vers lui.

96

Atteint au creux de l'estomac, il se plie en deux, et j'en profite pour lui expédier un autre coup de pied, au visage cette fois. Mon talon lui écrase le nez. Il s'écroule par terre.

Je repousse les draps, bondis hors du lit et me précipite dans le couloir.

Au-dessus de moi, la pluie martèle le dôme du puits de lumière. Je trébuche, tombe à genoux, agrippe la rampe d'une main pour me relever.

Au même moment, la clarté fugace d'un éclair me révèle les marches en dessous de moi.

Je cille. L'escalier est de nouveau plongé dans le noir. Je ne vois plus rien, ne perçois plus que le tambourinement de la pluie.

Sans attendre, je dévale d'un étage, accompagnée par un grondement de tonnerre. Puis la voix d'Ethan s'élève soudain derrière moi :

— Salope !

Je l'entends tituber dans le couloir, et ensuite percuter la rampe, qui grince sous le choc.

Il faut que j'atteigne le rez-de-chaussée. Je songe au cutter que j'ai laissé sur la table, aux bouts de verre dans la poubelle. À l'interphone.

Aux portes…

Est-ce que tu seras capable de sortir ? demande Ed dans un chuchotement.

Je n'ai pas le choix. Laisse-moi.

Il te rattrapera dans la cuisine, insiste-t-il. *Tu n'auras pas le temps de t'enfuir. Et même si tu…*

Parvenue au premier, je tente de me repérer. Quatre portes m'entourent. Le bureau. La bibliothèque. Le placard. Le cabinet de toilette.

Choisis.

Attends.

Choisis !

Le cabinet de toilette. Peint en bleu, nuance « Extase divine ». Je saisis la poignée, ouvre la porte, fais un pas à l'intérieur. Puis, immobile, le souffle court, je tends l'oreille.

Il dégringole les marches à présent. Il ne va plus tarder. Je retiens ma respiration.

Quelques secondes plus tard, il déboule sur le palier du premier et s'arrête à environ un mètre de moi. J'ai l'impression de sentir un léger déplacement d'air.

Seul le crépitement de la pluie trouble le silence. Un filet de sueur dégouline dans mon dos.

— Anna…

Le ton est glacial. Je serre les dents.

Les doigts crispés sur le battant, je risque un œil vers le couloir obscur.

Ethan n'est qu'une ombre parmi les ombres, mais je distingue néanmoins la ligne de ses épaules et la forme pâle de ses mains. Je ne saurais dire laquelle tient le coupe-papier. Il est de dos.

Puis il fait lentement un quart de tour, et je discerne son profil. Il s'est immobilisé devant la porte de la bibliothèque.

Second quart de tour, plus rapide cette fois. Avant que je puisse reculer dans le cabinet de toilette, il se retrouve en face de moi.

Je ne bouge pas. Je ne peux pas.

— Anna, répète-t-il doucement.

Mes lèvres s'entrouvrent, mon cœur s'emballe.

L'envie de hurler devient irrépressible.

Un autre quart de tour.

Il ne m'a pas vue, les ténèbres sont trop denses pour lui – mais pas pour moi, qui suis habituée à vivre dans la pénombre.

Il se tient maintenant en haut de l'escalier, une main dans la poche de son blouson.

— Anna !

Il retire la main de sa poche, la lève devant lui.

Et la lumière jaillit de sa paume. Celle de la lampe sur son téléphone.

De mon poste d'observation, j'aperçois les marches et les murs de la cage d'escalier.

Une fois de plus, il pivote. Éclaire le couloir et la porte du placard. Il s'en approche, l'ouvre à la volée, braque le téléphone à l'intérieur.

Ensuite, le bureau. Il y entre, explore toute la surface de la pièce avec le faisceau lumineux. Les yeux fixés sur son dos, je me prépare à foncer au rez-de-chaussée.

Mais il te rattrapera...

Je n'ai pas d'autre solution.

Si.

Laquelle ?

Monte.

Je fais non de la tête au moment où Ethan ressort du bureau. Il va inspecter la bibliothèque, ensuite ce sera le cabinet de toilette. Je dois absolument sortir avant qu'il...

Ma hanche heurte la poignée de la porte. Le bruissement est à peine audible.

Mais Ethan l'a entendu. Le faisceau lumineux glisse sur la porte de la bibliothèque et vient s'arrêter sur moi.

Je suis aveuglée. Le temps se fige.

— Ah ! T'es là...

Sans réfléchir, je plonge vers lui.

Je le percute brutalement. Déséquilibré, la respiration sifflante, il chancelle. Je ne vois rien, mais je le repousse sur le côté, vers l'escalier...

Où il disparaît brusquement. Je l'entends rouler sur les marches, tandis que la lumière du téléphone balaie frénétiquement le plafond.

Monte, chuchote Olivia.

Toujours éblouie, je bute dans l'escalier, puis le gravis en courant.

Arrivée au deuxième, je jette un coup d'œil hésitant en direction de ma chambre et de la chambre d'amis.

Monte encore.

Mais il n'y a que l'autre chambre d'amis, là-haut. Et la tienne.

Monte plus haut.

Sur le toit ?

Oui.

Mais comment ? Comment veux-tu que je fasse ?

Tu n'as pas le choix, ma petite picoleuse, intervient Ed.

Un grand bruit, deux étages plus bas : Ethan s'élance à ma poursuite. Je grimpe toujours, le sisal me brûlant la plante des pieds.

Au troisième, je fonce sous la trappe, et je tire d'un coup sec la chaîne au-dessus de moi.

97

L'eau m'éclabousse le visage quand le panneau s'ouvre. L'échelle se déplie dans un concert de grincements. En contrebas, Ethan crie quelque chose, mais le vent m'empêche de distinguer ses paroles.

Les yeux mi-clos pour me protéger de la pluie, je grimpe. Un, deux, trois, quatre… Les barreaux, froids et glissants, craquent sous mon poids. Les pieds sur le septième, je passe la tête dans l'ouverture et…

Le vacarme manque de me déséquilibrer. L'orage gronde comme un animal sauvage, le vent se déchaîne, un véritable déluge s'abat sur mon visage, me trempe les cheveux en un instant…

La main d'Ethan se referme sur ma cheville.

Je secoue désespérément ma jambe pour me libérer, puis me hisse dehors et roule sur le toit, entre la trappe et le dôme du puits de lumière. Prenant appui d'une main sur le verre bombé, je me redresse.

L'espace d'un instant, le monde tangue autour de moi. Je m'entends gémir au cœur de la tempête.

Malgré la pénombre et la fureur des éléments, je distingue peu à peu la forêt vierge qu'est devenu notre jardin. Les pots et les jardinières débordent, les plantes grimpantes ont envahi les murs, le lierre dissimule le groupe de ventilation. Plus loin devant moi se dresse la masse du treillage, sur presque quatre mètres de long, qui penche sous le poids du feuillage exubérant dont il est recouvert.

Des rideaux de pluie agités par les bourrasques m'en séparent. Déjà, mon peignoir me colle à la peau.

Les jambes molles, je tourne lentement sur moi-même à la recherche d'une issue. En vain. Sur trois côtés, une hauteur de trois étages. À l'est, le mur de St Dymphna forme un véritable rempart.

Le ciel au-dessus de moi, le vide autour de moi… Mes doigts se crispent, mes genoux tremblent.

Au moment où je reporte mon attention sur l'ouverture sombre et béante de la trappe, un bras en émerge. Ethan.

Quand il se hisse à son tour sur le toit, je vois briller le coupe-papier dans sa main.

Je commence à reculer, lorsque mon pied heurte le dôme du puits de lumière. Je le sens vibrer légèrement sous l'impact. « C'est fragile. Suffirait qu'une branche tombe dessus pour tout emporter », m'a avertie David.

La silhouette de l'adolescent se rapproche. Je pousse un cri, aussitôt étouffé par les rafales.

Ethan s'immobilise, puis éclate de rire.

— Personne peut t'entendre ! lance-t-il. Pas avec ce…

La pluie redouble d'intensité, noyant le reste de sa phrase.

Impossible pour moi d'escalader le dôme de verre. Je me déplace sur le côté, de quelques centimètres seulement, et sens un objet métallique contre mes orteils.

Je baisse les yeux. C'est l'arrosoir dans lequel David a trébuché.

Ethan reprend sa progression, le regard brillant.

En un éclair, je me baisse, ramasse l'arrosoir et le jette vers lui, mais je manque de force et le lâche trop tôt.

Par réflexe, Ethan se baisse.

Je me mets à courir.

Sous l'orage, au milieu de la végétation foisonnante, effrayée par l'immensité du ciel au-dessus de moi mais encore plus terrorisée par le garçon sur mes talons. Ma mémoire m'aide à me repérer : la rangée de jardinières à gauche, les massifs de fleurs après. Des cache-pots vides sur la droite, ensuite des sacs de terreau aujourd'hui avachis comme des ivrognes en train de cuver. Le tunnel formé par le treillage est droit devant moi.

Le tonnerre gronde, les éclairs blanchissent par intermittence les nuages et le toit. J'ai beau redouter que le ciel ne s'effondre brusquement et ne m'écrase, je cours toujours.

L'eau accumulée sur la bâche protégeant le treillage se déverse en cascade à l'entrée. Je la traverse pour plonger dans le tunnel sombre, humide et froid. C'est plus calme à l'intérieur, sous les branches et la toile : je m'entends haleter. Sur le côté, je distingue le banc commémoratif. « À travers l'adversité, jusqu'aux étoiles. »

Elles se trouvent bien tout au bout du tunnel, à l'endroit où je l'espérais : les cisailles. Je les saisis à deux mains. Me retourne.

La silhouette d'Ethan se découpe derrière la petite chute d'eau à l'entrée. L'image me rappelle la première fois où je l'ai vu : juste une ombre derrière la vitre dépolie de la porte du vestibule.

Puis il la traverse à son tour.

— Alors là, franchement, c'est l'idéal ! lance-t-il.

Il se passe une main sur la figure en avançant vers moi. Son blouson est trempé, son écharpe gorgée d'eau pend autour de son cou. La lame dépasse de son poing.

— J'étais tenté de te briser la nuque moi-même, mais là c'est encore mieux : t'étais tellement au fond du trou que t'as sauté du toit.

Je fais non de la tête.

Il sourit.

— Non ? Tu ne veux pas ? Oh, mais... qu'est-ce que t'as trouvé, Anna ?

Je lève vers lui les lourdes cisailles qui tremblent dans mes mains et marche dans sa direction.

Son sourire s'évanouit.

— Pose ça, ordonne-t-il.

J'avance toujours. Il hésite.

— Pose ça ! répète-t-il.

Encore un pas, et je fais claquer les lames.

Après avoir jeté un coup d'œil au coupe-papier, il recule vers la cascade et la retraverse.

J'attends un moment, le cœur battant. Rien. Il a disparu.

Je regagne prudemment l'entrée du treillage et pointe les cisailles devant moi.

Maintenant !

Je bondis de l'autre côté de la petite chute d'eau. S'il me guette, il sera...

Je me fige. Il n'est pas là.

Je balaie le toit du regard.

Aucune trace de lui près des jardinières.

Ni près du groupe de ventilation ou des massifs.

Alors, où est… ?

Il se jette sur moi par-derrière, avec tant de force que j'en ai le souffle coupé. Je m'effondre en même temps que lui, lâche les cisailles dans ma chute, et me cogne la tempe contre l'asphalte mouillé. Le sang envahit ma bouche.

Nous roulons l'un sur l'autre, une fois, deux fois, jusqu'à percuter le dôme vitré, qui frémit sous l'impact.

— Salope, murmure Ethan.

Il s'est redressé dans l'intervalle et appuie son pied sur ma gorge. Je m'étrangle.

— M'emmerde pas, compris ? gronde-t-il. Tu vas sauter de ce toit, de gré ou de force. Alors, quel côté tu préfères ? Le parc ou la rue ?

Je ferme les yeux et murmure :

— Ta mère…

— Quoi, ma mère ?

— Elle… elle m'a dit…

— Quoi ?

La pression sur mon cou s'accentue. Mes yeux vont jaillir de leurs orbites. J'étouffe.

Il finit par ôter son pied.

— Qu'est-ce qu'elle t'a dit, hein ?

— Elle m'a… donné le nom de ton père.

Il ne bouge pas. La pluie baigne mon visage, j'ai toujours dans la bouche le goût âcre du sang.

— Tu mens.

Je tousse.

— Non.

— Peuh ! Tu ne savais même pas qui elle était. Ni que j'avais été adopté. Alors, comment...

— Quand elle m'a donné le nom, je n'ai pas compris sur le moment. Mais après, elle m'a expliqué que...

— Qui c'est ?

Je garde le silence.

— Qui ?

Il m'expédie un coup de pied dans le ventre. Je me recroqueville sur moi-même en gémissant, mais déjà il saisit le col de mon peignoir et me hisse sur mes pieds. Quand mes jambes se dérobent, il m'attrape par le cou et serre.

— Dis-moi qui c'est ! hurle-t-il.

Je tente en vain de desserrer ses doigts. Il me soulève jusqu'à pouvoir me regarder dans les yeux.

Il a l'air si jeune, avec ses cheveux collés sur le front... « Un garçon charmant. » Derrière lui, j'aperçois l'étendue du parc, l'ombre de sa maison. Et, sous mes pieds, je sens le renflement du dôme.

— Tu vas répondre, oui ?

Je hoquette.

Il me relâche. Je baisse les yeux vers le coupe-papier qu'il tient toujours, avant de débiter :

— C'était... un architecte. Il la surnommait « ma petite picoleuse » et adorait le chocolat noir. Il avait une passion pour le cinéma. Elle aussi. Tous les deux, ils...

Ethan fronce les sourcils.

— Quand est-ce qu'elle t'a raconté ça ?

— Le soir où elle m'a rendu visite. Elle m'a dit aussi qu'elle l'aimait.

— Qu'est-ce qu'il est devenu ? Où est-il ?

— Il est… mort.

— Quand ?

— Ça fait déjà quelque temps. Mais la date n'est pas importante. Il est mort et elle s'est effondrée.

Sa main s'avance de nouveau vers ma gorge.

— Si, c'est important ! Quand…

— Ce qui compte, c'est qu'il t'aimait, Ethan.

Il se fige. Consciente d'avoir touché une corde sensible, j'insiste :

— Ils t'aimaient tous les deux.

Alors qu'il darde toujours sur moi un regard noir, j'inspire profondément.

Et le prends dans mes bras.

Il se raidit, puis je le sens se détendre peu à peu contre moi. Nous restons un moment enlacés sous la pluie.

Je me déplace tout doucement, l'entraînant avec moi, et pose mes mains sur son torse.

— Tous les deux, dis-je encore.

De toutes mes forces, je le pousse sur le dôme.

98

Il tombe sur le dos, faisant trembler le verre.

Puis me regarde d'un air désemparé, comme si je venais de lui poser une question compliquée.

Le coupe-papier a atterri sur le côté, hors de sa portée. Ethan tente de se redresser. Le temps paraît suspendu.

Soudain, le dôme se désintègre sous lui, dans un fracas inaudible au milieu du vacarme ambiant.

Une seconde plus tard, Ethan a disparu. S'il a hurlé, je ne l'ai pas entendu.

Je titube jusqu'au puits de lumière et plonge mon regard dans les profondeurs de la maison. Des torrents de pluie se déversent dans le vide ; le palier en contrebas est jonché d'éclats de verre. Je ne vois pas plus loin, il fait trop sombre.

Pendant un moment, je me sens trop étourdie pour bouger. L'eau me lèche les pieds.

Lorsque mon malaise se dissipe, je m'écarte avec précaution et me dirige vers l'ouverture de la trappe.

Je descends en m'efforçant de ne pas lâcher les barreaux glissants.

J'atteins enfin le couloir. Mes pieds s'enfoncent dans la moquette détrempée quand je marche vers la chambre d'Olivia.

Je m'arrête sur le seuil. Jette un coup d'œil à l'intérieur.

Mon bébé, mon ange… Je suis tellement désolée !

Quelques instants plus tard, je m'engage dans l'escalier, sur le sisal sec et rêche. Je m'avance sur le palier du deuxième, traverse le rideau de pluie, et vais me poster sur le seuil de ma chambre. Mes yeux se posent sur le lit, les rideaux, la forme spectrale de la maison des Russell de l'autre côté du parc.

Retour sous la pluie, puis dans l'escalier. Je suis maintenant au premier, dans la bibliothèque. La pendule sur la cheminée sonne deux coups. Il est 2 heures du matin.

Je me détourne et sors.

Du haut des dernières marches, j'aperçois son corps désarticulé sur le sol. Un ange tombé du ciel… Je continue de descendre, m'approche de lui.

Le sang dessine une couronne sombre autour de sa tête. Une de ses mains repose sur son cœur. Ses yeux grands ouverts semblent me regarder.

Je soutiens son regard.

Puis le contourne.

Dans la cuisine, je branche le téléphone fixe pour le recharger et appeler l'inspecteur Little.

Six semaines plus tard

99

Les derniers flocons ont voltigé il y a une heure, et à présent le soleil de midi brille dans un ciel d'un bleu incroyablement lumineux – un ciel « fait, non pour réchauffer les corps, mais uniquement pour le plaisir des yeux ». Nabokov, *La Vraie Vie de Sebastian Knight*[1]. Aujourd'hui, je décide moi-même de mes lectures. Finie, l'époque où je me laissais dicter mes choix à distance par les fidèles du club de Mme Gray.

De fait, c'est un ravissement, ce ciel. Tout comme la rue en contrebas, recouverte de blanc, qui scintille dans la lumière. Au moins vingt centimètres de neige sont tombés sur la ville ce matin. J'ai admiré le spectacle depuis la fenêtre de ma chambre, regardant les trottoirs, les perrons et les jardinières disparaître peu à peu. Un peu après 10 heures, les quatre membres de la famille Gray ont jailli de la maison en poussant des cris de joie, puis ont pataugé dans la poudreuse jusqu'au moment où je les ai perdus de vue.

1. Traduit de l'anglais par Yvonne Davet, Folio, 1979.

De l'autre côté de la rue, Rita Miller est sortie devant chez elle, enveloppée dans un peignoir, un mug à la main. Son mari est apparu derrière elle, l'a enlacée et a appuyé le menton sur son épaule. Elle l'a embrassé sur la joue.

Je connais son vrai nom, à propos : Little me l'a dit, après avoir interrogé tous les voisins. Elle s'appelle Sue. Je suis un peu déçue.

Le parc n'est qu'une étendue blanche immaculée. Au-delà, impassible sous ce ciel éblouissant, tous volets clos, se dresse toujours la maison que certains journaux ont décrite comme « la propriété à 4 millions de dollars où vivait le jeune meurtrier ». Elle ne les valait pas, je le sais, mais j'imagine que « 3,45 millions » était moins racoleur.

Elle est vide depuis des semaines. Little est venu me voir une seconde fois ce matin-là, après l'arrivée de ses collègues, alors que le corps d'Ethan venait d'être emporté par les urgentistes. Alistair Russell avait été arrêté pour complicité de meurtre, m'a-t-il révélé. Il avait avoué dès qu'il avait appris ce qui était arrivé à son fils. Tout s'était passé comme l'avait raconté Ethan, avait-il dit. Il était effondré, mais pas Jane. C'était elle, la plus coriace des deux. Je me demande encore si elle avait deviné depuis le début qui avait tué Katie.

« Je vous dois des excuses, a déclaré Little. Et Val vous en doit sans doute encore plus que moi. »

Je ne l'ai pas contredit.

Il est repassé le lendemain. À ce stade, les journalistes se bousculaient à ma porte, pressaient sans relâche la sonnette. Je les ai laissés dehors. Depuis un an, s'il y a bien une chose que je sais faire, c'est ignorer le monde extérieur.

« Alors, comment allez-vous, Anna Fox ? m'a lancé Little. Et vous, je suppose que vous devez être le fameux psychiatre… »

Le Dr Fielding, qui m'avait suivie dans la bibliothèque, dévisageait le policier avec des yeux ronds, manifestement impressionné par son imposante stature.

« Je suis heureux de savoir qu'elle peut compter sur vous, docteur, a dit Little en lui serrant la main.

— Je le suis également », a répliqué le psychiatre.

Et moi aussi, j'en suis heureuse. Ces six dernières semaines m'ont permis de me stabiliser, de m'éclaircir les idées. Le puits de lumière est désormais réparé, et une entreprise de nettoyage est venue récurer la maison, qui étincelle. Je prends régulièrement mon traitement, en respectant la posologie, et je bois moins. Je ne bois plus du tout, à vrai dire, en partie grâce à l'aide d'une faiseuse de miracles tatouée prénommée Pam. « J'ai eu affaire à toutes sortes de gens, dans toutes sortes de situations, m'a-t-elle déclaré lors de sa première visite.

— Celle-ci sera peut-être inédite », l'ai-je prévenue.

J'ai voulu m'excuser auprès de David : je l'ai appelé au moins une bonne dizaine de fois, mais il n'a pas répondu. Je me demande où il est, ce qu'il devient. J'ai récupéré ses écouteurs sous le lit au sous-sol. Je les ai remontés et rangés dans un tiroir, au cas où il se manifesterait.

Et puis, il y a quelques semaines, je suis retournée sur l'Agora. C'est là que se trouve ma tribu

– ma famille, en quelque sorte. « Je m'emploierai à assurer leur bien-être et leur guérison… »

Je résiste à la tentation de parler à Ed et à Livvy. Pas tout le temps, c'est vrai. Certains soirs, quand je les entends, je leur réponds. Mais nos conversations ne sont plus qu'un souvenir.

100

— Venez.

Bina me tient par la main. Sa paume est sèche, contrairement à la mienne.

— Allez, venez !

Elle a écarté en grand la porte donnant sur le jardin. Un vent vif s'engouffre à l'intérieur.

— Vous êtes montée sur un toit sous l'orage.

Mais c'était différent : je défendais ma vie.

— C'est votre jardin, là, insiste-t-elle. Sous le soleil.

C'est vrai.

— Et vous avez chaussé vos après-skis.

Exact. Je les ai retrouvés au fond du grand placard. Je ne les avais pas remis depuis cette nuit dans le Vermont.

— Alors, qu'est-ce que vous attendez ?

Rien. Plus rien. J'ai attendu le retour de mes proches, mais ils ne reviendront pas. J'ai attendu une amélioration de mon état, mais la dépression ne guérira pas toute seule. Pas sans ma participation.

J'ai attendu le moment où je pourrais enfin retourner dans le monde extérieur. Aujourd'hui, l'heure est venue.

Aujourd'hui, alors que le soleil inonde ma maison. Aujourd'hui, alors que j'ai les idées en place et le regard clair. Aujourd'hui, alors que Bina se tient à côté de moi en haut des marches.

Elle a raison : je me suis risquée sur un toit sous l'orage pour échapper à un adolescent déterminé à me tuer. J'en déduis que je ne voulais pas mourir.

Et si je ne veux pas mourir, je dois recommencer à vivre.

« Alors, qu'est-ce que vous attendez ? »

Un, deux, trois, quatre.

Bina lâche ma main et s'avance dans le jardin, imprimant ses pas dans la neige. Puis elle se retourne et me fait signe.

— À vous, Anna.

Je ferme les yeux.

Les rouvre.

Et marche vers la lumière.

Remerciements

Je tiens à remercier :
Jennifer Joel, mon amie, mon agente, et aussi une guide précieuse ;
Felicity Blunt, pour avoir accompli des miracles ;
Jake Smith-Bosanquet et Alice Dill, qui m'ont offert le monde ;
Les équipes d'ICM et de Curtis Brown.

Jennifer Brehl et Julia Wisdom, mes zélatrices à l'œil vif et au grand cœur ;
Les équipes de Morrow and Harper ;
Mes éditeurs internationaux, avec toute ma gratitude.

Josie Freedman, Greg Mooradian, Elizabeth Gabler et Drew Reed.

Ma famille et mes amis ;
Hope Brooks, première lectrice avisée et soutien infatigable ;
Robert Douglas-Fairhurst, source d'inspiration depuis longtemps ;
Liate Stehlik, qui m'a dit que j'en étais capable ;
George S. Georgiev, qui m'a poussé à le faire.

POCKET N° 17295

« L'atmosphère est aussi venteuse que mystique... »

24 heures

Elly GRIFFITHS
LE SECRET DES ORPHELINS

Un squelette d'enfant est retrouvé sous la porte d'une vieille bâtisse victorienne à Norwich. S'agit-il d'un sacrifice datant de la période romaine, ou de la dépouille d'un des petits pensionnaires de l'ancien orphelinat ? L'archéologue Ruth Galloway rejoint l'équipe de l'inspecteur Harry Nelson, partenaire d'investigation et parfois plus.

Tandis que Ruth remonte la piste du drame jusque dans les années 1970 et croise le chemin de prêtres retraités, de magnats de l'immobilier et de druides chevelus, quelqu'un semble décidé à la faire littéralement mourir de peur...

Retrouvez toute l'actualité de Pocket :
www.pocket.fr

POCKET N° 17257

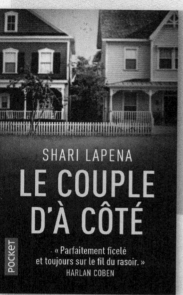

> « Ce polar bien ficelé nous réserve de multiples surprises. »

ELLE

Shari Lapena
LE COUPLE D'À CÔTÉ

Ce soir, Anne et Marco sont invités à dîner chez leurs voisins, le couple d'à côté. Comme la baby-sitter annule au dernier moment et que les maisons sont mitoyennes, Marco convainc Anne de laisser Cora, 6 mois, dans son berceau et d'emporter le babyphone. Tout se passe comme prévu malgré la chaleur écrasante, l'alcool, et les avances que fait la voisine à Marco. Mais lorsqu'ils rentrent enfin chez eux, Anne et Marco découvrent un berceau vide. Leur foyer douillet se transforme en scène de crime envahie par les uniformes, la culpabilité, l'effroi, l'angoisse et la suspicion…

Composition et mise en pages
Nord Compo à Villeneuve-d'Ascq

Imprimé à Barcelone par:
BLACK PRINT
en janvier 2019

S29186/01